宿命皇后 下

木子西 著

重慶出版集團 重慶出版社

第十二章 步步惊心	283
第十三章 立后之争	308
第十四章 凤临天下	337
第十五章 暗箭难防	360
第十六章 落入圈套	391
第十七章 宫杀	422
第十八章 东窗事发	452
第十九章 情难自禁	478
第二十章 决绝	504
第二十一章 成全	528
第二十二章 后记一（莫言篇）	540
第二十三章 后记二（木莲篇）	543

第十二章　步步惊心

我歪在楠木椅上小口吃着彩衣刚端进来的冰镇雪梨，看着睿儿的可爱模样直发笑。

小安子掀了帘子，进来禀道："主子，孙常在过来了。"

我转头看看窗外火辣辣的骄阳，眉头轻蹙："这么大热天的，怎么顶着骄阳就过来了，也不怕中了暑？"

小安子回道："孙常在是昨儿傍晚搬回永和宫的，估摸着昨儿太晚了也就没过来，今儿一早就过来了，主子还未起身，奴才便让她先回去了。方才又来了一次，不巧，皇上在主子屋里，孙常在一听，便告辞回去了，这不，主子刚起身，她又过来了。"

"如此，你带她进来吧。"我扔下吃了半块的雪梨，取了丝帕擦了擦手，吩咐道。

珠帘响动，孙常在一进来便跪了拜道："嫔妾拜见德妃娘娘，娘娘千岁，千岁，千千岁！"

"妹妹快起来吧。"我柔声笑道，"这大热的天，你有心了，仔细着别中暑了。"

孙常在规矩谢了恩，这才上前坐在旁边的椅子上，彩衣奉上新削好切成小块镇在冰渣上的仙桃。我笑道："妹妹快先用些，降降暑气吧。"

孙常在推托不过，这才伸出纤纤玉指，取了一小块，送至口中轻咬了一小口。我见她吃得挺喜人的，也便推开雪梨，取了一小块桃放在口中，脆而轻滑，甜而不腻，是我喜欢的味道，紧着又吃了两口。

孙常在用完那小块桃，起身走到中间，规矩跪了道："嫔妾今日前来，是特来谢娘娘救命之恩的！"

　　说着端正磕了个头，从袖中取出一小锦盒，恭敬道："娘娘救命之恩，嫔妾无以回报，日后但有娘娘用得着的地方，嫔妾愿供驱使！这块上古暖玉是嫔妾入宫的陪嫁之物，虽不是什么稀罕物儿，但总是嫔妾的一片心意，还望娘娘不弃！"

　　我忙示意小安子上前接了锦盒，放置一旁，含笑柔声道："妹妹若能时常有今日的恭敬柔顺，也不至于……"我顿了一下，又道："妹妹快起来吧，如今你没事，本宫总算不负将军所托，也就放心了。"

　　"谢娘娘。"孙常在谢了恩，起身端正坐了，回道："以前妹妹不懂事，惹了祸事，给娘娘添麻烦，让娘娘费心了。"

　　我点点头，缓声道："妹妹能有如今的感悟，本宫也就放心了。这宫里头不比家里，不能由着性子来，妹妹可要处处小心些才是。"

　　"谢娘娘教诲！"孙美金进了圈儿冷宫，想来也吃了不少苦，学乖了不少，出来以后越发地低调起来，往日的孤傲冷漠少了许多，青春的脸上多了几丝无奈。

　　我心中无声地叹了口气，后宫这个大染缸迟早也是会改变她的，只是改变的多与少罢了。又说了会子话，我便打发了她回去。

　　转头看看，日已偏西，一天又要过去了，玲珑带了睿儿回去。我想想，也在屋子里闷了一天了，起身唤了小安子，到园子里去散步。

　　一路只拣了僻静的地儿走，一边同小安子有一搭没一搭地聊着，也就没去在意走到哪儿了。

　　"主子，这孙常在也学得挺快的，不过进了趟冷宫，可规矩多了。"小安子跟在我身旁，小声道，"那日在冷宫容婕妤要她跪，她死活都不跪，今儿个我瞧她跪得倒挺规矩的。"

　　"跪是跪了，可她心里是怎么想的，咱们谁也不知道。"我慢慢地朝林间小径走了过去，"本宫救她的初衷只是因着威远将军那边罢了，至于她如何，且看看再说吧。"

　　"是，到底主子谨慎些，这知人知面不知心的，还是谨慎些的好。"

　　"你替我多留意着吧，若真是好，提携提携她倒也无妨。"我随意说着，穿过小树林，却见前面隐约可见青瓦红墙，我奇怪道，"小安子，前面是什么地儿？"

　　"回主子，前面是斜芳殿宫了。"小安子顺着我所指看了看，才回道，"这斜芳殿本是一宫，不过里面住的都是一些不受宠的低级妃嫔，甚至连一个宫主都没有，所以才称为斜芳殿了。"

　　"斜芳殿？"我抓住脑中一闪而过的灵光，问道，"小安子，我记着你禀过，原来皇上跟前的木莲也是住在这里的吧？"

　　"是的，主子。"小安子沉思了一下，仿若想起什么似的，回道，"奴才还听人禀过，皇后去了后，太医诊出木莲已怀有身孕了，只是……她不过是个奴才，又没名没分

284

的，这才被送来了斜芳殿。算一算时间，那孩子也应该已经生下来了吧。"

听他这么一说，我愣了一下，皇后去了后我便忙碌着，也没顾得上她，如今连孩子都生了，都到跟前了，还是去看看吧。

"小安子，进去看看她吧，说起来，她也是个可怜人。"我示意小安子领了路朝斜芳殿而去。

踏入斜芳殿后，小安子问了一下管事的太监，才知道了木莲的居室。到底住进来时，她怀着皇上的骨肉，这才稍稍被特殊照顾了一下，没有和其他人混居在一起，好歹有了属于自己的院子。

走进院子里，我让小安子进去通报一声，而自己就随处打量了一番，眼前的凄凉让我叹息连连。

我一直认为除了冷宫外，刚入宫时极不受宠的我原来住的樱雨殿已是够冷清的了，却想不到即使是那最惨淡的时候也根本无法和这里相比，至少我记得那时每日都有人来给我打扫庭院，不想在这里，花丛之中的杂草甚至超过了花，一看就知道已经许久都没有人来打理过了。

"奴婢⋯⋯给德妃娘娘请安。"温婉却又带着一丝拘谨的婉转声音自我身后响起。

是她！我猛地转身看去，门口阶下见到了一抹和我印象中一样娇弱的身影，同时我也注意到了，即便是产下龙胎的她时至今日仍然自称做"奴婢"二字，过了片刻后，我才反应过来，想起她仍跪在地上。

"起来吧，莲妹妹。"我上前伸手准备扶她起身。

"是。"她欠了欠身应诺着缓缓站了起来，微微朝后躲闪过我伸出的手，眉头轻蹙，小心翼翼地看着我，而紧紧拧着帕子的双手泄露了她此刻紧张的心情。

借着院中微明的光线，我细细打量着如今的她，淡淡的柳眉，朦胧湿润的双眸，精致的瓜子脸配着晶莹剔透的雪白肌肤，面容上淡淡的哀愁就着她那纤纤羸弱的身姿使得她整个人显得愈发的婀娜。

平心而论，木莲真的是很美，不过这种美却显得有些空洞无力，小安子说得没错，她这般战战兢兢的样子在皇上面前是掀不起什么大浪的，无德无才的脑子，时间一长便会让男人枯燥无味。

我斜斜地望过去，今日我才发现她的美不在这张脸蛋，而在于她骨子中透出的那股娇弱女儿态，任男人再刚强也定会屈服在这般的绕指柔之下，只是，这般娇态怕是还无人发觉吧。

不过如今木莲的身子好像虚了点儿，脸色也不是很好，再加上我无声的注视更是让她束手无策，神情紧张，满头冷汗，方才站了一会子她竟然有些晕眩了，身子也有些晃动起来。

第十二章 步步惊心 285

"当心！"我惊呼了一声，一旁的小安子上前及时扶住了她，她美丽的眼眸紧紧闭着，额上不断冒出细微的小汗珠，沿着两鬓滚落而下。

我朝小安子使了个眼色，他立刻会意地点了点头，和我一起一左一右扶了她一步步走入屋内。

进了房，我才发现里面竟然没有半个下人在伺候，便和小安子先扶她到炕上躺下，吩咐道："小安子，快去倒杯水来。"

"主子，您要的水。"小安子向来是个办事利索之人，不一时便倒来了水。

我接过小安子递过来的茶杯，用手指轻轻蘸了些水，对着她的脸轻轻弹了几下。

她蹙了蹙眉后才渐渐醒来，口中喃喃道："唔……梅香，我这是怎么了……"嘤咛了一声缓缓张开眼，惊觉在身边的是我而不是她的宫女在照顾她，慌得立刻就要从炕上起身，口中连连道："奴婢，奴婢该死！娘娘恕罪，奴婢怎么就……"

"木莲，你不要怕，没事的，你不舒服，我照顾你也没什么大不了的。"我将她重新按回炕上，拉起她的手轻轻拍着，安抚着她，却发现她的手在这五六月的天气里竟是一片冰凉。

"真的没关系吗？不会麻烦到娘娘吗？"她局促不安地看着我，又问了我一遍。

时光仿佛回到我去储秀宫前去御书房见她的时光，那样的谨慎小心，那样的柔情似水。

"真的没关系的，你不要紧张，真的没事。"我不厌其烦地重复着，真诚地看着她，轻言细语道，但我仍然从她眼中看出了一丝慌乱。

"你……你这些日子过得好吗？"决定要来的路上我便一直想着见到她之后要说什么，怎样向她表示我的歉意，想不到到头来说出口的还是只有这么一句。

她闻言，却是一震，略略低下了头，颤抖着有些发白的嘴唇，半晌，才细声说道："奴婢，奴婢还好……只是……只是……苦了孩子。"

"孩子？"我一愣，追问道，"孩子怎么啦？"

她一听，眼泪簌簌而下，过了好一会子，才哽咽道："都怪奴婢没用，身子骨不好，还不到九个月就早产了，生产后又没奶喂养，只能……只能每天让梅香带了去奶子府守着，待有剩余的喂上一口。那些人都说……都说孩子……怕是活不长了……"

她的话霎时搅乱了我平静的心湖，同为母亲，她那一脸的哀伤引发了我的无限感慨，对她也不由得生出几分同情。

木莲伤心地哭着，见我没有回应，慢慢地抬头看着我，突然间像是想起了什么似的瞪大了眼睛，带泪的脸上露出一抹惊慌，激动地支起身子，一把拉住我的手，说话的声音都带着颤抖："娘娘，奴婢不是这个意思，奴婢不是有意的，奴婢真的是忘了浔阳公主她……奴婢该死！"

我起初并没有想到浔阳头上,只是奇怪她为何突然这般慌张,这下子才想起来浔阳也是生了后没几个月就去了的,她如今这样一说,怕是担心触到我的痛处吧。

我心中一紧,如针扎般扩散开去,直至四肢百骸,是啊,我的浔阳……如今的她只怕也是每日生活在恐惧之中的吧?

我经历过那样的痛楚,同为女人,同为孩子的母亲,我又怎么忍心这样一个娇娇弱弱的女人再遭受那般的痛苦呢?

"没有,我没有怪你的意思。你既然也知道浔阳之事,就该清楚我能理解你日夜担心的心情,这样的我又怎么会怪你呢?"我拍拍她的手安抚道,她见我这么坦然,这才轻轻舒了口气,慢慢地平静下来。

"木莲,当初的事,你……你后悔过吗?往后的日子,你有什么打算?"我知道我这么问有些个残忍,但我真的想知道她心中的想法,想知道我这个始作俑者一手导演的那场悲剧中的另一个受害者的感受。

木莲的目光黯然下来,叹了口气道:"没什么打算,奴才的日子这么多年来一直都是这么过的,如今有了孩子,我会尽最大的努力好好抚养她长大的。至于当初……"

她说到这里却又顿住了,我有些心疼地问了声:"你怪过我,恨过……"

我的话还没有问完,就因为她眼中瞬间涌出的一滴滴滚落而下的泪水而止住了,的确,当初那般残忍地对待她,如今又来问这些,实在是有些假惺惺。

"当初的事,奴婢不后悔,娘娘对奴婢承诺过的事确实都做到了。奴婢的父亲在殿前侍卫营里有了份管事的体面差事,奴婢的娘和弟弟妹妹们也在街口开了个杂货店,全家人衣食无忧,不用再为钱财烦恼。每每想起这些,奴婢就觉得值得,一切都值得。只是,只是苦了孩子……"

看着柔弱的木莲,我心中怜惜万分,是我,是我用这样的交换条件同她做交易,害苦了她的一生。也许,在她的心目中只是感叹着自己的命不好,偏生遇上皇后殡天这等事,心中对我还是万分感激的。

我不敢想象,如若她知道了真相,又会是怎样的感受?定然是对我恨之入骨的吧?

面对这样一个善良柔弱的木莲,心中涌上的是深深的愧疚,我知道自己的能力有限,但总想做些什么来补偿她,至少让她能脱离现在的生活,毕竟,她也是因为我才卷入了那场精心的算计和不幸的命运之中的人,严格说起来,其实她才是最无辜的人。

在她那样满怀欣喜,初沐圣宠时,就一下子从天堂被打入了地狱,被标上不祥的女人的标签,更因着她怀孕的时日正是王皇后殡天前后,宫中又有些风言风语的,太后便一旨懿旨将她送到了这斜芳殿来,开始了这孤苦无依、百无聊赖的枯燥生活。

"木莲,要不……我找个机会跟皇上说说,兴许能接……"虽说这场交易中她的家人得到了稳定的生活,可是……竟要这般牺牲她的一生么?

第十二章 步步惊心 287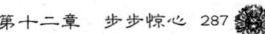

　　我看着歪在床上虚弱的木莲，严格说起来她还不过是个孩子呀，过早地接触到这深宫的残酷，让她原本纯真灿烂的面容上多了几分沉默，眼中更是多了许多忧愁。

　　"不！"我的话还没说完，她已经迫不及待地打断了我，那娇弱的脸上，神情却是无比的坚决，"奴婢卑贱的出身无论怎样都是注定了要低贱一生了，娘娘这般帮了我，又能怎样？圣宠么？不过是虚无缥缈的东西，即使得到了也会很快失去。奴婢已经闹过一次笑话了，就永远不要闹第二次。娘娘，请您为奴婢保留这最后一丝尊严！"

　　事到如今，我听她如此一说，张了几次嘴，却终是再也吐不出半个字来，发不出半点声音来。这都是命，是这深宫之中的女人不可避免的悲剧之一，难得木莲年纪轻轻便能看得如此明白。

　　我面对自己一手导演的悲剧却无能为力，心中一片凄凉，鼻子一酸，眼泪滚落而出。

　　"娘娘，不可！您如今身子重，不可随意掉眼泪，对孩子可不好！"木莲见我掉泪，忙伸手替我擦去，讷讷道，"娘娘这又是何必，奴婢从来没有怪过娘娘，怪只怪奴婢贪图富贵，娘娘答应过奴婢的事，都做到了，奴婢已经很感激娘娘了。"

　　我拍拍她的手，哽咽道："木莲，是我害了你，若不是怕失了圣宠，我也不会让你去皇上身边了，都是我不好。如今说这些为时已晚，不过……你不为自己着想，总得为你的孩子着想啊，你这般没名没分的，将来孩子怎么办？"

　　木莲一听，漠然地低了头，抹着眼泪。

　　"如今的情形，我能帮你的实在不多。不过，我会让奶子府专门派个奶妈每天过来给孩子喂奶，让内务府多派一个人过来伺候你。看看你如今的身子，得好好调养才行。"我取了手帕揩了揩眼角的泪水，诚恳地说道。

　　木莲见我仍如当初那般温和有礼，也逐渐平静了下来，没有先前那么生分了，听我如此一说，眼泪掉得更厉害了，连连道："谢谢娘娘，谢谢娘娘！"

　　"行了，你也才生产没多久，别只顾着掉眼泪了，好生将养着。"我取了丝帕递与她，她哽咽着点点头，接了丝帕小心擦着眼泪。

　　就在这时，一个宫女慌慌张张地走了进来，见到我在这里，很是惊讶，忙上前跪了："德妃娘娘，您怎么来了？奴婢给娘娘请安！"

　　"你叫梅香是吗？你怎么可以把你主子一个人扔在这里呢？"我有些不悦地看着这个慌慌张张闯进来的宫女，语气也跟着重了些。

　　梅香还未说话，歪在床上的木莲却惊恐地失声问道："梅香，孩子呢？"

　　梅香听了我的呵斥，立时红了眼圈，又听木莲惊慌的问话，见她激动的神情，轻声道："娘娘恕罪！"说着又朝木莲道："主子不用担心，小公主在奶子府喝奶呢。奶娘们都很疼爱她，奴婢挂心着您的身子，便请奶娘们帮奴婢带着，奴婢去药房拿药去了。"

　　我听她如此一说，又注意到她手上拿几包药，转过头看看木莲白得有些透明的肤色，这才意识到木莲不是身子虚，而是真的病了。

我无声地叹了口气，轻声道："梅香，你家主子病了，你怎么不去请太医？去拿什么药？"

梅香听我如此一说，刚稍稍平静了些的神情又委屈起来，眼泪含在眼眶中，哽咽道："回娘娘，奴婢不敢，奴婢一早就去请过很多次了，可太医院的太医们谁都不愿来，奴婢没有法子，就去求药房的管事，还是南御医看奴婢可怜，才时常给奴婢些药回来煎给主子喝。"

我转头看着木莲，心疼万分："你病多久了？哪里不舒服，要不要紧？"

"没事，娘娘不必担心，一点点风寒，气喘而已。"木莲虚弱地笑着宽慰我。

我半信半疑间，跪在地上的梅香却突然哭了出来："德妃娘娘，主子，主子实在是太傻了，怀着身孕的时候便天天守在门口盼，天天盼，日日盼，才到八个月，九个月不到就早产了，只盼皇上来看一眼孩子，却始终都盼不到，等不到。"

"你……这又是何苦呢？你明知道……明知道……"看着眼前一脸苍白的木莲，我想骂她傻，想骂她蠢，想骂醒她，却在见到她眼中对那段过去的追忆时将到嘴边的话都吞回了肚子。

那段时光怕是她一生之中最幸福的时光吧！有回忆，有梦想，有祈盼或者也是一种幸福吧！

浑浑噩噩地回到樱雨殿中，我陷入了一片茫然中。有人轻声上前，立于我跟前，勾起我的下颚，轻声问道："言言，你怎么啦？怎么一个人坐在这里发呆？"

我立时醒悟过来，才发现自己不知何时开始端坐在窗前椅子上对着窗外一片漆黑，转头望着那一片明黄："皇上，您来了。"

皇上上前扶了我移步至贵妃榻上，柔声问道："言言，你在想什么？"

"皇上，你还记不记得……"我不由得脱口而出，转念一想，蓦然住了口。

"记得什么？"皇上追问道。

"没，没什么……"我喃喃道，"臣妾只是想起了以前的事。"

"哦？想起什么事了？"

我沉默了一下，一言不发地伸手抱住了他，紧紧扯住他的衣服，将头埋进他的肩窝处，颤抖的身子昭示着我心中的不安，低声呢喃道："肃郎，肃郎，你可不要忘了臣妾……"

"傻瓜！"皇上愣了一下，随即轻拍我的背，低声哄道，"朕怎么可能忘了你呢？放心吧，无论什么时候都不会。"

我低声呢喃着自己也听不懂的语句，窝在他怀中沉沉睡去。

次日醒来时，已是日上三竿，彩衣伺候我起身，正用着甜品，小安子掀了帘子进来禀

道:"主子,皇上今儿早上突然下了旨意,晋斜芳殿的木莲为莲常在,莲常在所出之女赐名海雅,赐居月华宫樱霞殿!"

"什么?!"我大吃一惊,这……这是……皇上怎么突然就记起这么个木莲来了?昨儿个我刚好才去看过她,难道……

我脊背一片冷凉,不知是该感激圣恩荣宠,还是该暗自庆幸自己并未有半分差错。

"主子,莲常在求见!"门口传来小碌子的通传声。

"请她进来吧。"我示意小安子立于一旁,柔声朝门口道。

话刚落音,珠帘响动,那抹柔弱的身影随即入了屋中,上前几步,端正跪拜道:"奴婢给德妃娘娘请安。"

我一听,笑了:"妹妹快起来吧。"

木莲谢了恩,这才起身立在跟前。我招手示意她上前来,拉了她同坐炕上,满脸含笑,柔声道:"恭喜妹妹了。"

木莲挣开我的手,起身端正跪在跟前,磕头道:"奴婢谢娘娘恩典,娘娘的大恩大德奴婢铭记在心,做牛做马报答娘娘的恩典!"

"好啦,好啦!"我忙微微倾身上前拉了她起来,拉着她的手,轻拍道:"如今你我同侍君前,这些个虚礼就免了吧。妹妹往后可别张口闭口就称奴婢了。"

木莲苍白的脸上竟浮出两朵红云,微低着头,轻轻地点了点头。

"刚过来吧?"

"嗯。"她用力地点着头,"奴婢……"她见我挑起了眉头,顿了一下,忙改口道:"臣妾一接了旨,就跟曲公公过来了,一进宫门听说娘娘已经起身了,便先赶了过来。"

我笑着点点头,柔声道:"成了,今儿个够你忙的了,就先回去吧。我会安排人替你打点的,晚上时候我再命人传太医过来给你瞧瞧,你和海雅的身子都要好好调养调养。这会子内务府的管事恐怕领了下人们和奶娘过来给你挑了,别让别人候久了,不明理的人还只当你晋了位,做了主子,架子就大了呢,快回去吧。"

"嗯。"木莲犹豫了一下,才起身朝我福了一福,"娘娘,臣妾先行告退!"

"快去吧。"我挥了挥手,含笑示意她快些回去,吩咐道:"彩衣,秋霜呢?叫她过去帮帮忙,看看莲常在差些什么,快些补上。"

"是,主子。"彩衣答应着,随莲常在出去了。

"小安子,你不觉得今儿这事儿也太巧合了?"我收了笑容,陷入深深的沉思中。

"昨儿个陪着主子的也就奴才一人,这主子昨儿个刚去看过莲常在,皇上今儿个就晋了她的位,赐了小公主的名……"小安子摇了摇头,语气肯定地说道,"依奴才看,这绝对不会是巧合。"

"你是说有人……"我拖长了声音,疑惑道。

"也不可能，奴才一直很是谨慎的，昨儿个主子出去走的都是僻静的地儿，奴才一路留意，并未发现有人跟着。"小安子沉吟了一下，又道，"主子先莫惊慌，奴才这就想办法打听打听，看看卫公公那边有无风声。"

我点点头，道："也好，你快去快回，可得小心些。"

刚用过午膳，小安子回来了。不待他上前行礼，我忙追问道："怎么样？有结果了吗？"

小安子恭敬回道："主子切莫着急，奴才打听清楚了。今儿上朝时，皇上亲自吩咐小玄子去办的，让奴才们仔细打听娘娘昨儿个的行踪。小玄子七拼八凑才打探出主子昨儿个往斜芳殿而去了，皇上一下朝便追问着，小玄子来不及传话过来，只得如实禀了。"

我见小安子满头大汗，气喘吁吁的样子，朝他指了指桌上的茶杯。小安子也不客气，上前端了茶杯，揭起茶盖，一咕噜喝了个见底，这才用袖口挼了一下嘴，接着说道："皇上即刻摆驾斜芳殿，问了管事太监，见到了木莲，当即便下了口谕，晋了莲常在的位，赐了小公主的名，并赐居在主子宫里。"

"你……"我一听，愣在当场，半晌，才颤声道，"你是说，皇上派人四处打探我的行踪？"

"主子，"小安子面容沉重地看着我，沉声道，"皇上真的是对主子极上心的。昨儿个主子没说，皇上也注意到主子的心思了。注重如斯，只怕连荣宠时的丽贵妃也望尘莫及了。"

我心中一暖，用力地点点头："你说的这些，我又何尝不知？只是君恩浅薄，圣宠说没便就那么没了。丽贵妃芳名传遍后宫，宠冠六宫，最终也不过黯然收场。小安子，这后宫的宠辱圣恩，你应该比我还看得明白些。三年一选秀，后宫最不缺的，就是女人，三年又三年，我到时又拿什么去跟别人争宠？不过成为别人闲余饭后的话柄罢了。"

"主子，奴才明白你的心思，主子内敛沉着，非一般人可比，主子的心愿一定可以达成的。"小安子目光炯炯地看着我，语气肯定道。

"只怕宁寿宫那位……"我不禁黯然伤神起来。

"主子，水滴石穿，你一定要忍耐才是，况且如今她的身子一日不如一日了，主子几年都熬过去了，又何妨再熬几年？"

"呵呵，你说得对。"我自嘲地一笑，"这后宫的日子，日复一日也就这般过了，多几年少几年也是没多大分别的。"

午歇刚起身，皇上进来了，神情爽朗地细细含笑看着我，也不说话。我被看得有些不好意思起来，笑道："皇上，今儿个这是怎么啦？"

"没，没什么。"皇上上前搂了我，哈哈笑道，"朕只是想看看，朕的言言今儿个心情是否美丽？"

我蓦地想起昨儿个之事，羞红了脸，躲进他怀里，柔声道："臣妾代莲常在谢皇上恩典。"

"只要你高兴，朕就放心了。"皇上扶了我踱步至贵妃榻上，"言言，你有心事，可得告诉朕，朕一见你皱眉，心都揪紧了。"

"皇上！"我心里一紧，红了眼圈儿，"对不起，肃郎。臣妾散步路过便进去看了看莲常在，见她挺可怜，臣妾这才……臣妾好怕皇上有一天也像忘了莲常在般忘了臣妾！"

我嘟哝着将头埋进他怀中，皇上心中一软，柔声道："别瞎想，言言，朕这一生，定不会负你！"

我默默地点点头，蓦地一震，"呀"地惊呼出声。皇上一见，急道："言言，你怎么了？可是哪里不舒服了？"

"皇上，臣妾没事。"我笑着拉了满脸疑惑的皇上的手，轻轻放在肚子上，柔声道："是他在踢臣妾呢。"

皇上轻轻抚着我的肚子，静静感觉了一下，欣喜道："言言，他又动了！"随即又指了指我的肚子，笑骂道："混小子，还没出来便不让你母妃安生，等以后出来了，看父皇不打你小屁股！"

我一听，咯咯笑了起来，半晌才止住笑："皇上，哪有你这样威胁人的，孩子都还没出世呢！"

"谁叫他这么折腾你呢？看你这么辛苦。"皇上揽了我，柔声道。

"对了，皇上今儿个怎么这时候得空来看臣妾了？"往常这时他不是在军机处和大臣们商量政事，就是在御书房批阅奏章。

"朕不放心你，所以就先过来看看，等会子再过去。"皇上握住我的手，放在脸颊上，轻声道。

我笑着抽出手来，笑着推了他出去："皇上，快去吧，臣妾没事，政事要紧。"

皇上细细看了看我，沉吟了一下，起身道："言言，你没事朕就放心了，朕晚些时候再来看你。"说罢大步朝门外走去。

南宫阳按例前来给我请脉，自从华御医告老还乡后，南宫阳顺理成章地成了太医院的院首，对我也越发地忠心。

南宫阳细细替我请完脉，恭敬禀道："娘娘脉象平稳，只需好生调养，定能产下健康的皇子。"

"皇子么？"我淡然一笑，"这宫中嫔妃们皆祈盼能产下皇子，母凭子贵。可本宫倒真心希望能产下小公主来。"

南宫阳一听，神色黯了下来，叹了口气道："娘娘，你始终没有放下。"

"叫本宫如何放得下？"我伸出颤抖的纤纤玉手，颤抖的声音中包含悲痛，"本宫的手心还残留着浔阳的气息，日夜都能感到浔阳脸颊的饱满细腻，本宫……"

"娘娘！"南宫阳沉痛地呼住了我，"娘娘，你醒醒吧。浔阳公主已经去了，永远回不来了。"

"不，不，不是的。"我颤巍巍地扶住小腹，坚定道，"我的浔阳一定会回来的，一定会的。"

"娘娘，浔阳再也不会回来了，你绝望吧，绝望吧！"南宫阳竟像沉寂了许久般蓦然爆发出来，泪流满面，嘶声痛哭道，"您一直抱着这样的希望，就不会完全绝望，没有完全绝望就会永远活在过去留着的希望中，而这种希望完全就是自己骗自己的错觉！娘娘，您绝望吧，只有完全绝望了才能重新开始！"

"你胡说！"我喘着粗气，霍地伸手指着他，"你……"

南宫阳蓦地跪步上前扯住我的裙摆，磕头道："娘娘，您忘掉过去，重新开始吧！如今，还有更凶险的事近在眼前，娘娘，您要全力应付才是啊！"

我僵在当场，半响，才呢喃道："发生什么事了？讲！"

"娘娘，您……"南宫阳蓦地住了声，抬头见我严肃的神情，这才吸了口气，沉声道："娘娘，微臣最近几日去为太后请脉，发现太后的脉象有些奇怪。"

"哦？"我顿时转过头来紧紧地盯着他，"怎么个奇怪法？"

"往常微臣为太后诊脉，太后的脉象平缓，是为身子虚弱之故，可最近几日，微臣为太后诊脉，却发现太后的脉象平缓中偶有缓沉，可不用心在意又很难发现。"

"这是何意？"我听不懂那些太医们的说辞，只追问道。

"嗯……"南宫阳顿了一下，才小声回道，"娘娘，如果微臣所料不差，定是有人在太后的汤药或者饮食之中动了手脚。"

"下毒？！"我大吃一惊，失声道，随即又伸手捂住了嘴，半响，才消化了这惊天霹雳，"可有别人知晓此事？"

"回娘娘，这脉象寻常之人很难诊出，微臣也是偶然的机会才发现了这当中的不同。微臣也没有十成把握，兹事体大，除了娘娘外，再没其他人知了。"

"是谁这么大胆，敢冒天下之大不韪而行此事？"我蹙紧了眉头，陷入深深的沉思中，半响才道："南御医，此事暂且不可声张，太后那边要劳你费心，密切注意了。"

"是，娘娘，微臣明白。"南宫阳朝我拱了拱手，退了两步，又不放心地说道，"娘娘，您千万小心防备！"

我若有所思地点了点头，示意小安子送了南宫阳出去。

自南宫阳一走，我越加心烦意乱起来，独自闷在屋里。不知过了多久，彩衣掀了帘子进来禀道："主子，莲常在带着海雅公主过来了。"

"哦？快让她们进来。"

珠帘响动，木莲抱了海雅进来，待要上前行礼，我笑道："成了，这儿又没外人，就不用行礼了，快把海雅抱过来给我瞧瞧！"

木莲终是坚持着朝我福了一福，这才轻声移步上前。我拉了木莲同坐炕上，含笑着看她怀中的海雅。

两个多月的海雅也不认生，一双墨黑发亮的眼睛滴溜溜地看着我，我心里一喜，伸手将她接过来抱在怀里："好俊的孩子！"说着，伸手轻触她的脸庞逗弄着她，她却嘴一扯，露出个笑脸来。

我一看，也跟着笑了，抬头问道："妹妹住在姐姐这儿还习惯吗？若是缺了什么东西尽管吩咐奴才们去领。"

"谢娘娘关心，嫔妾很好，秋霜姑姑照顾得很周到，嫔妾不缺什么。"木莲柔声回道。

"习惯就好。"我笑道，"没事时常过来陪姐姐说说话，海雅长得真是乖巧可爱，时常带过来给姐姐瞧瞧。"

"姐姐若不嫌弃，嫔妾便要时常叨扰姐姐了。"

我细细地看着木莲，真真是个柔情似水的人儿，男人能有几个逃得出这样的温柔乡？

"哪里话，得闲了就过来陪姐姐说说话，解解闷。"我蓦然想起她的身子来，"对了，你可有传太医过来诊脉？身子骨好些了么？"

"劳烦娘娘挂心了，杨太医时常过来请脉，说是，说是嫔妾产后失调，调养调养便行了，已经没什么大碍了。多谢娘娘关心！"

"没事就好，没事就好！"我看海雅穿得挺素净的，眉头一蹙，高声唤道："小碌子！"

"奴才在！"小碌子一听我唤他，忙掀了帘子进来，恭敬道："主子，您有什么吩咐？"

"你去问问内务府是怎么办事的？"我口气不善地说道，"即便莲常在位分低了些，可也是正儿八经的主子，海雅公主也是皇上亲赐，怎么穿得这般素净？改明儿皇上瞧见了问起来，是本宫的不是，还是谁的不是？还不快去叫她们即刻缝制些送过来补上！"

"是，主子！奴才这就去办。"小碌子得了令，一溜烟跑了出去。

"娘娘，不，不用了。"木莲见我有些不高兴了，忙赔笑道："已经够了，娘娘，已经很好了，不用再缝制了。"

我看着柔弱的她，重重透了口气，拉了她的手道："妹妹，你这般善良是不行的，你越是忍让那些个奴才就越是不得了，改明儿还不爬到你头上了？你如今不同往日了，是正儿八经的主子了，就得给奴才们立了规矩！"

木莲一听，又红了眼圈儿，连连道："是，娘娘，嫔妾知道了，谢谢娘娘！"

"主子，"门口传来小安子的通传声，"皇上朝月华宫来了，这会子已过了玉带桥了。"

木莲一听，身侧的手不自觉地紧抓了一下衫裙，随即放了开去，起身道："娘娘，嫔妾先回避了。"

"别。"我一把拉她坐回炕上，"皇上这会子过来，想来还没有用晚膳，妹妹就留下一起用晚膳吧。"

"这……"木莲迟疑地看着目光真诚的我，顿了一下，红了脸颊，小心翼翼道，"娘娘，嫔妾真的……可以留下么？"

"是，当然可以。"我含笑望着她，柔声说道。

"可是……"木莲看看自己的衣衫，不由得局促起来，"嫔妾这副样子……嫔妾还是先行回避吧。"

我细细打量了她一下，只见她上身穿了件有些旧了的粉色小衫，下身穿了条月白长裙，梳了个简单的参云髻，髻上只插了支玉簪，再无别的饰品了。

我拧了拧眉头，如此接驾是有点不妥，我转头吩咐道："彩衣，快去唤两个人进来，给莲常在梳洗更衣！"

"是，主子！"彩衣迟疑地看了我一眼，也不敢多说，忙应着上前迎了莲常在："莲常在，您这边请！"

"娘娘……"木莲犹豫地看着我。

"快去吧，快去。皇上这会子只怕已快到宫门口了。"我催促道，木莲这才随彩衣入了里间。

不一会子，彩衣出来了，我望了一下却没见莲常在出来，拿询问的眼光看了看彩衣。彩衣转头笑道："莲常在，您快出来吧，主子等不及了。"

木莲这才低着头，小步移了出来，我一看，眼前一亮。只见她上身着了桃红薄纱短衫，下身一袭月白褶皱大散裙，梳了个简单的飞凤流云髻，髻上一排精致的翡翠簪。白皙的肌肤比之前有了些许红晕，小巧的脸蛋，秀气精致的五官，最让人移不开眼的是她全身散发出来的那份温婉气质。

我满意地点点头，门外响起小玄子的尖声通传："皇上驾到！"

我忙拉了木莲跪在门口接驾，小玄子打起珠帘，皇上信步走了进来，我和木莲忙跪拜道："臣妾恭迎圣驾！"

皇上上前扶了我："朕说过多少次了，爱妃身子重，这些个礼仪就暂免了。"说着转头一望旁边跪着的人儿，愣了一下，随即道，"起来吧。"

皇上径自扶了我入座，莲常在谢了恩，上前立在一旁。我笑道："妹妹不必拘礼，快

坐吧。"

"谢娘娘！"莲常在朝我福了一福，巧步移至旁边的楠木椅上坐了。

皇上拿询问的目光看了看我，我笑道："皇上，这是前些日子刚搬来的樱霞殿的莲常在。"

"哦？"皇上应了一声，抬头望去，木莲忙低了头起身上前拜道："臣妾拜见皇上！"

皇上眉头轻拧，没有说话，莲常在半晌不见回应，悄悄抬了头，却正对上皇上探究的双眼，霎时红了脸颊，低下头去。

我瞧见皇上愣了一下，眼中多了一道异彩，心下有些明了，笑道："妹妹快起来吧，如今没有外人在，不必如此拘礼。"

"是啊，莲常在，快起来吧。"皇上也笑着说道，若有所思的目光紧紧追随着她。木莲谢了恩，这才歪了半个屁股在椅子上。

"彩衣，快把海雅抱上来。"我挥手示意着彩衣上前来，小心翼翼地从她手中接过海雅，转头朝皇上笑道："皇上，您看，海雅小公主长得多可爱啊……"

皇上笑看看了看海雅，又看着我满脸欣喜的表情，没有说话，眼中却多了一丝心疼。

"启禀娘娘，晚膳布置好了。"小安子进来恭敬禀道。

我忙起身扶了皇上，同木莲一起去用了膳。一晚上皇上的眼光都追随着木莲，用过膳我便找了借口将皇上推了回去。

到夜里子初时分，小安子进来禀道，皇上在御书房批完奏折，翻了莲常在的牌子。我含笑若有所思地点点头，吩咐彩衣伺候我歇息。

一连几日，皇上都翻了木莲的牌子，并将她晋为莲贵人，一时间后宫风云陡变，月华宫也热闹非凡，众人表面姐姐妹妹的，暗地里银牙咬碎，直骂木莲狐狸精，我只作听而未闻。

木莲晋了位，又受了许多赏赐，竟有些局促不安，常忐忑不安地跑来跟我闲话，脸上的笑容多了起来，整个人也精神了不少。

这日午歇刚起身，用着彩衣为我备下的冰镇绿豆沙，小安子急匆匆地进来了，一见我正小口用着绿豆沙，忍不住皱了皱眉头，轻声劝道："主子，你如今身子重，就少用些冰冷之物吧。"

我笑着嗔了他一眼："好了，好了，我知道了，你可比彩衣啰唆多了。这大暑的天儿，快烦躁死人了，不吃这些冰冷的食物心里闷得慌。"

"呵呵……"小安子笑道，"主子是因着这酷暑的天儿不能外出，闲在殿里闷得慌吧？主子，这酷暑的天儿可有人不怕热在外面呢！"

我见小安子一副神秘兮兮的样子，忙追问道："是谁？为了什么事竟连这种天气也不

296

顾了？"

"回主子，这宫里精神最好的除了旁边永和宫的淑妃娘娘还能有谁啊？"

"她？她今儿个又在折腾什么？"这淑妃，都这么久了，仍是那么爱折腾，又折腾不出什么大风浪来，时间久了我都懒得理她了，随她去折腾了。

"主子这会子想不理都不成了，淑妃娘娘正朝主子这儿来呢，那副气势汹汹的样子，只怕……"小安子冷冷一笑，道："只怕是冲着旁边殿里那位来的。"

"哦？"我心中冷冷一笑：你到底来了，本宫候你多时了！

"淑妃娘娘……"门口的彩衣刚一开口便被淑妃厉声打断："滚开！本宫是来找你家主子的，哪轮得到你说话？！"

话刚落音，便听到珠帘响动声，我忙起身迎了上去，朝怒气冲冲走进来的淑妃福了一福："姐姐，您来了。"

淑妃冷哼一声，也不理我，径直走到正中的主位上坐了下来。跟着她身后进来的彩衣见状，立时便要出声，我忙拉了她，示意她立于一旁。

淑妃满脸怒气，将头撇向一旁，下巴微抬，也不说话，一副目中无人的样子。秋霜进来奉茶，用手将茶杯从托盘中端了轻轻置于一旁的小几上，小心翼翼道："淑妃娘娘，请用茶！"

淑妃顶着烈日而来，也着实有些渴了，冷着脸端起几上的青花茶杯，揭了茶盖轻抚茶沫，送至口前要轻轻呷时，秀鼻微皱，遂拿至眼前细细看了看，脸色蓦然黑了下来。

淑妃"砰"的一声将茶杯跺在小几上，发出一声清脆的响声，彩衣浑身打了个战。淑妃瞪了她一眼，厉声道："本宫说了多少次了？本宫不喝西湖龙井，你是聋了，还是故意的？一个个都反了天了，奴才们都爬到主子头上来了！"

"娘娘息怒，奴婢这就去换！"秋霜忙福了一福，撤了几上的茶，迅速离去。

淑妃一说这话，我便更加确定她是为那事而来，到底不是沉得住气之人，才这么几天便怒气冲天地杀了过来。

我朝彩衣轻轻摇了摇头，满脸堆笑地移步上前，坐在旁边的楠木椅上，赔笑道："姐姐，谁这么大胆，惹您生这么大的气？"

"哼，妹妹心知肚明，又何必在这儿假惺惺的？"淑妃欲言又止，挑了挑眉，瞟了一眼彩衣他们。

我也不以为意，只挥了挥手，小安子忙带了众人行了个礼，鱼贯而出，自己则守在门口。

淑妃怒气未消，口气不善道："德妃，我今儿个来找你，不是来跟你绕圈子的，咱们呢，打开天窗说亮话，你想尽办法把木莲那个贱婢又引到皇上跟前，究竟意欲如何？"

"我想尽办法？"我一愣，随即一脸苦笑，"淑妃姐姐，妹妹好冤枉啊！妹妹还以为

是姐姐你……这人都住进来了，妹妹才知有这么回事。"

"难道不是妹妹？"淑妃一脸的不信，"这木莲去皇上跟前侍奉之事，除了你我二人，还有谁知？本想经过那事之后她也便销声匿迹了，不想才短短一年，她又重新出现了，荣宠更甚！"

"妹妹也是这般想的，谁知她竟然又回来了，还带着个乖巧可爱、惹人心疼的小公主，再加上她那温婉的气质，皇上一颗心都在那边了。"我说着说着便低泣起来，"这表面上皇上每日总会来这月华宫，妹妹风光无比，可实际上呢？不过是背着个名声而已，皇上这些日子又有几日歇在这樱雨殿呢？"

"如此说来，倒是姐姐错怪妹妹你了？"淑妃将信将疑，平静的面色中竟探不出丝毫痕迹。

"唉，莲贵人如今住在这月华宫中，妹妹纵然心里哽着，却也要每日强颜欢笑，嘘寒问暖，就怕一个疏忽，皇上怪罪下来，每日里提心吊胆，如履薄冰……"

淑妃冷笑一声："事到如今妹妹又何必在这儿自艾自怜，惺惺作态！"淑妃话锋一转，竟是毫不客气道，"德妃啊德妃，你真要把本宫当猴儿耍，当傻子戏弄么？"

我见她这般神情，又说这样的话，心知今儿个她是下定决心要撕破脸面了，也不说话，只沉住气等她开口，看来今儿个不给她点颜色，她都快不记得她自己是谁了，越发飞扬跋扈起来了。

既然已没有办法维持表面的和平，如今的本宫也不再惧怕于你，若你能知足，本宫倒也可以将就着这般，既然你给脸也不要脸，那就别怪本宫不客气了！

心下打定了主意，也不再给她笑脸，只静静坐在一旁，似笑非笑地看着她。

"要不是容婕妤亲眼看见你进了斜芳殿，第二日那小狐狸精便从奴婢做了主子，搬进了月华宫，本宫都要相信你的话了，德妃啊德妃，你果真是演戏的高手！"

"既然淑妃娘娘已经知道了，本宫也不用再担心你知道后难以接受而辛苦掩饰了。不错，确是本宫提携的莲贵人，她辛苦为皇家产下龙女，理应受封！"我挺直了腰，口气十足地回了过去，一反平日里在她面前恭顺的态度。

"你！"淑妃万没料到我会如此坦然地直认不讳，立时气白了脸，伸手指着我，喘着气，恨恨地说道，"果真是你！哼，你以为你这样做就能讨到什么好处么？"

"是没什么好处。"我慢条斯理地端了几上的西湖龙井，轻啜了一小口，笑意盈盈地抬头望了过去，"可也没有什么坏处啊！"

自皇后去了后，淑妃几时受过这样的蔑视，一见我这般不愠不火，一副不把她当回事的样子，怒气更盛了："哼，德妃！本宫就知你没安好心，自从王皇后去了后，你就想尽办法独揽大权，一心窥视着那个位置，你以为本宫不知道么？本宫是绝对不会让你如愿以偿的！"

298

"淑妃娘娘，你在说什么呀？妹妹我可从来没有那个想法，也没有那么做过。"我像看猴戏般看着淑妃，"至于姐姐有没有那个想法，有没有那么去做，就只有姐姐自个儿心里清楚了。"

淑妃被戳中了软肋，顿时怒火中烧，"砰"地拍了旁边的小几，怒道："德妃，你含血喷人！"

"我含血喷人么？"我目光炯炯地盯着淑妃，直望进她眼眸深处，一字一句道，"西宁将军庆功宴上那个舞女是谁的安排？雪贵人当众举止轻浮，形骸放浪又是怎么回事？还有那孙常在跟前那丫头的浑身伤痕是怎么来的？"

"哼，你不也一样么？"淑妃被说中了心思，软了一下，随即又恨恨地说道，"莲贵人不也是你用来固宠的棋子么？"

"如今既已撕破了脸面，姐姐要如此说，做妹妹的亦无话可说。"我满脸含笑地对着气愤难平的淑妃，轻声道，"正所谓'八仙过海，各显神通'，今后咱们可就桥归桥，路归路了，妹妹可一直很想知道，究竟妹妹和姐姐，谁才是最后的胜利者！"

"哼，你可别忘了，那莲贵人可是你发现的，那毒计也是你出的，逼急了本宫，可别怪本宫在太后和皇上面前把事情都抖了出来！"淑妃见我竟丝毫不给她留颜面，索性来个鱼死网破。

"姐姐，你在说什么呀？"我满脸惊讶地眨巴着无辜的大眼，不明所以地问道，"什么毒计啊？妹妹怎么听不懂？"

"哼，你不用一副善良无辜的样子，这宫里别人不知道你的真面目，本宫还不知道么？"淑妃一副怨怼的表情，"我在说什么，你我二人心知肚明！"

我咯咯笑开了去，直笑得淑妃莫名其妙起来，我才收了笑，冷冷道："姐姐难道忘了么？那莲贵人是姐姐亲自送到皇上的御书房去伺候的；那支发簪也是姐姐托妹妹赠与莲贵人，妹妹可什么都不知道啊；王皇后吐血身亡前，可是姐姐一人守在房中。姐姐尽管去说吧，我倒想看看到时候在太后和皇上面前说不清的究竟是姐姐你，还是妹妹我呢？"

"你！"淑妃脸色灰白，狠声道，"毒妇，你早就算计好了？"

"姐姐何必说得这般难听呢？正所谓人不利己，天诛地灭！如若妹妹不留了这些后路，这会子姐姐还会万般无奈，无从下手么？"

我抖了抖衣袖，又细细整了整两边袖口的丝绣，不冷不热地看着淑妃，口气冷淡地说道："淑妃姐姐，妹妹如今身子重，御医说要安心静养，姐姐过来也有一阵子了，妹妹也就不留您了。"说罢转头高声道，"小安子！"

"奴才在！"一直立于门口候着，密切注视着屋内动静的小安子，一听我唤，立时便掀了帘子进来，恭敬道，"主子，您有何吩咐？"

"呵呵……"我还未开口，那边淑妃却极不自然地笑开了，转了口气，起身上前赔笑

道："方才姐姐不过跟妹妹开个玩笑，妹妹怎么就当真了啊？"

"玩笑么？"我斜眼瞟了淑妃一眼，挥手示意小安子退了出去，生生扯出个笑脸来，嗔怪道，"我就说嘛，姐姐怎么会做这种搬石头砸自己的脚，吃力不讨好的事呢？姐姐不必惊慌，妹妹也是跟你闹着玩的呢！"

"呵呵……"淑妃银牙咬碎，却不得不软下性子，上前讨好似地扶了我，移至方才她坐的中间正位上，轻言细语道，"妹妹，您坐这边，舒服些！"

"有劳姐姐了！"我歪在铺了软垫的镂空雕花楠木椅上，调整了个舒服的位置，也不说话。

淑妃尴尬地立于一旁，站也不是，坐也不是的。过了许久，我才挥手示意道："咿，姐姐怎么还站着呢，快坐吧，坐！"

淑妃这才巧步移至我坐过的那楠木椅上，歪了半个屁股，挺直了脊背，双手平放在腿上，一副恭敬柔顺的样子。

我心中冷笑一声，方才还气势汹汹，一副得理不饶人的母老虎模样，转眼间就又收起了利爪变为温驯的小绵羊了。

只是……如今眼前这只绵羊再温驯，本宫也已清楚那不过是只披着羊皮的狼！

我心下不以为然，面上却若无其事，仿若方才的一切皆未发生过般，朝门外高声道："秋霜，你这作死的贱婢，认不清尊卑，看不清好歹，给淑妃娘娘换个茶也换了这么久？还不快给本宫滚进来！"

淑妃自是听得出我话中之话，亦明白我骂秋霜不过是在指桑骂槐，却也只作不知，放于腿上那双死死拧着丝帕的双手却泄露了她真实的情绪。

我却似没看见般，歪在椅上撑着头假寐，偶尔睁眼瞟瞟局促不安的她。

秋霜掀了帘子进来，给淑妃奉茶，她忙双手接了过来，口中连连道谢，与方才的气势汹汹、目中无人的样子形成了鲜明的对比。

我冷哼一声，心道：奴颜婢骨！

淑妃这些年别的功夫没有，厚颜无耻的功力倒是日渐深厚了。这会子只若无其事地与我闲话家常，更异常热心地对我腹中的龙胎嘘寒问暖，我只有一搭没一搭地应着。

"妹妹这转眼已有六个多月的身子了吧？如今这节骨眼上还是少操劳些好，那些个杂事琐事的尽管吩咐奴才们去做便成了，妹妹只需好生将养着。"

我瞟了她一眼，只不知她是否真的话中有话，嘴角勾出一丝笑意，不冷不热地说道："这龙胎在妹妹腹中还算安稳，就不劳姐姐费心了。"

淑妃这才惊觉自己说错了话，往常极为关心的话语，在今天这种特殊的气氛下听起来是异常刺耳的，只讷讷地干笑了几声。

我也不理她，自顾自地喝着秋霜新奉上来的茶。她筹措半晌，才笑道："妹妹身子重，应多歇着才是，姐姐就不叨扰了，改明儿再过来看妹妹。"

我一听，笑道："姐姐先忙，妹妹就不留你了！"说着又高声朝门外道，"秋霜，替我送送淑妃娘娘。"

我只盼咐着，也不起身相送，只歪在椅子上看着那青花细纹茶杯，仿佛它能生花儿般。淑妃讨了个没趣，又不敢多说，只默默地转身离去。

淑妃一走，小安子掀了帘子进来，笑道："这淑妃娘娘也真是不自重，主子您平日里让着她，她还真把自己当回事了，如今倒是规矩了！只是……主子，宁寿宫那位还不知深浅，又跟这位这般公然敌对，会不会……对主子不利啊？"

我踱至窗边，看着淑妃穿过回廊的身影，冷笑道："惧她作甚，她就那点心思，那点能耐，不给她点颜色，她还真把自己当回事了呢！宁寿宫那位，只怕也拖不了几个月了吧，照南宫阳那般说来。"

"主子所言甚是，奴才只是觉着还是小心些的好！"小安子在旁笑道。

我点点头，待要说话，门口传来小碌子的通传声："主子，莲贵人过来了。"

我一听，顿了一下，忙朝小安子使了个眼色，又从茶杯中掬了些许茶水沾在眼角，又转身歪在贵妃榻上。

小安子何等聪明之人，立时明白了我的想法，只跪在跟前低声劝慰着。

木莲掀了帘子进来，我看到她忙坐了起来，取丝帕细细揩了揩眼角的泪水，挥手示意小安子退至一旁，抬头看着木莲，生生咧嘴想扯出个笑容来，却只是徒劳无功，比哭还难看。

木莲见我如此神情，立时红了眼圈，上前拉了我的手道："娘娘，您这是怎么啦？"

"没，没什么。"我转过头回避着她询问的目光。

"娘娘，您就别骗嫔妾了，嫔妾都看见了。"木莲拉了我的手说道，"梅香说看到淑妃娘娘气势汹汹地入了您殿里，嫔妾着急万分，可没敢进来，只候在殿外角落处，刚看到淑妃娘娘出了宫门，嫔妾便急急地赶了过来。"

我轻拍她的手，感激道："多谢妹妹，劳您费心了！"

"娘娘，淑妃娘娘究竟所为何事啊？"木莲一脸着急地问着，见我这般神情，竟急得眼泪盈满了眼眶。

"妹妹切莫担心，淑妃姐姐来，只是……只是为些不相干的琐事。"我口中直说无事，眼泪却从眼眶中滴落而下，一大颗一大颗滴落在我二人相握的手上。

木莲浑身一震，待要再问，一旁的小安子却"咚"的一声跪在地上，哽咽道："主子，您别一个人扛着了，莲贵人素来与您亲近些，您就跟她说说罢，您受了她的气还这般闷着，若是闷出个好歹来，叫奴才们怎么是好啊！"

我一听，眼泪掉得更厉害了，不住抖着肩膀，努力不让自己哭出声来。木莲细细替我

擦着眼泪，眼中满是心疼和内疚，低低唤了声："娘娘……"

木莲知我心性，如此难以启齿之事，我定不会开口诉苦了，只得转头朝小安子追问道："安公公，娘娘和淑妃娘娘究竟是怎么回事，您倒是快说啊！"

小安子看了我一眼，才朝木莲道："回贵人主子，我家主子跟淑妃娘娘的矛盾历来已久。王皇后在世之时，便将这后宫账目交与我家主子管理，淑妃娘娘便闹到太后那边了，只说我家主子挪用大内的银子。王皇后去了后，淑妃娘娘也不管事，这宫里大大小小之事便全落在了我家主子一人身上，可淑妃娘娘却三天两头来找碴。我家主子心善，敬她是这宫里头位分最高的主子，一直隐忍不言。可淑妃娘娘却越发的变本加厉，这不，今儿个午后就为……"

"快住了，小安子。"我蓦地抬头，沉声喝住小安子，转头朝木莲道："都是些琐事，妹妹就别担心了。"

"不，娘娘！"木莲隐隐猜到今日之事恐怕与她相干，放开我的手，起身退后几步，端正地跪在跟前，坚持道，"娘娘，请您告诉嫔妾，淑妃娘娘今儿个的怒气，是不是……是不是因着嫔妾？"

我看着满脸坚持的木莲，重重叹了口气："本来，我不想让你知道，怕你心里有负担，既然你这般坚持……你先起来吧。"

我拉了木莲同坐榻上，叹了口气，沉痛道："当时奴才们来禀，说你为皇上产下了小公主，我本想即刻禀了皇上。不料淑妃姐姐却拦着不肯，只说你没名没分的，那孩子也未必就真的是公主，更说你是最后一个觐见王皇后之人，是不祥之人。虽说我代管六宫，可到底这宫中她位分在我之上，面子上我也要做得过去，不然可叫后宫嫔妃们笑话了去，太后皇上的若是不知，还只当是我身怀野心，妄想越过淑妃姐姐去呢。唉，我没办法，只得命人暗中照顾于你，可这后宫毕竟是个踩低垫高的地儿，我始终心里不放心。如此忍了些时日，奴才们才又禀了，说是妹妹你身子日渐虚弱了，我再也忍不住了，便悄悄带了小安子前去探望于你。那日里见你那般凄苦，我回来后哭倒在皇上跟前，只求他让你母女衣食无忧，皇上到底心疼于你，竟不顾当初太后送你去斜芳殿的懿旨，第二日便晋了你的位，后来……后来你都知道了。"

我细细回忆着，轻声说着，木莲早已泪流满面。

小安子在旁接道："淑妃娘娘今儿怒气冲冲前来，直说莲贵人您魅惑君王，专房独宠。又说我家主子利用莲贵人您固宠，硬说我家主子想越过她去，主子悉心解释，她却说主子惺惺作态，不过是欲盖弥彰，主子百般赔笑脸，她却丢下一定要让主子好看的话，扬长而去！"

小安子话未说完，木莲早已嘤嘤痛哭起来，哽咽道："娘娘，都怪嫔妾不好，让您为着嫔妾受委屈了！娘娘，嫔妾愿意住回斜芳殿去，娘娘……"

"行了，妹妹。姐姐就是知道你的性子，怕你这般内疚自责才不想告诉你这些事的。"我轻轻替她拭着泪水，柔声道，"当初若不是我拿条件与你交换，让你在皇上跟前替我侍奉着他，照顾好他，妹妹又何至于落得被送到斜芳殿，无人问津呢？若说内疚，姐姐才是真正该内疚之人！"

"不，不。娘娘那是帮了嫔妾，若不是娘娘，嫔妾只怕一辈子都是宫里的奴才，嫔妾全家也还过着节衣缩食的穷苦日子。娘娘放心，嫔妾答应过你的事一定会做到，只要皇上不嫌弃嫔妾，嫔妾一定替娘娘侍奉好皇上，绝不会有二心！"木莲信誓旦旦地说道。

"好，好，好妹妹！有你这话姐姐就放心了。"我用力地点点头，连声道。

"两位主子快都别哭了，对身子可不好。"小安子见我们哭成一团，忙上前劝慰道，我俩一听，相互对望一眼，不由得笑了。

小安子忙命人进来伺候着梳洗整理干净了，又亲自奉上些新鲜的葡萄给我二人用着，这才在一旁小声道："主子，依奴才看来，淑妃娘娘定然不肯善罢甘休，她既已认定主子和莲贵人专宠夺权，想越过她去，就一定会想办法来对付主子您了。"

木莲一听，急了，摘在手中的葡萄都来不及放进嘴里，忙问道："娘娘，这可如何是好？"

"唉！"我扔下手中的葡萄皮，叹了口气道，"即便是心知她要为难，我又能如何？也只能走着看了，到时见招拆招了。"

"主子，话不是这么说的，你永远这般忍让，只会让淑妃娘娘越发的飞扬跋扈，目中无人。依奴才看，主子应想个法子，先发制人，制住淑妃娘娘的嚣张气焰，这样她才不敢轻举妄动，随意胡来！"

"胡闹！"我沉声喝道，瞪了小安子一眼，"岂可存了害人之心！"

"娘娘，嫔妾……嫔妾也以为安公公言之有理。"木莲见我面色不善，在旁小心翼翼道。

小安子"咚"地跪在跟前，执意道："主子，虽说害人之心不可有，可防人之心不可无啊。如今主子明明知道淑妃娘娘要想着法儿地来害您，却仍这般隐忍。奴才不过是想，主子若能先发制人，震住淑妃娘娘，她便不敢来害主子您了，并没有劝说主子害淑妃娘娘之心，请主子明鉴！"

我阴沉着脸，也不说话，木莲在旁蹙眉深思了一下，才细声道："娘娘，您就是太善良了，才会让淑妃娘娘这般为难于你。其实嫔妾也赞成安公公的话，娘娘您先给淑妃娘娘点颜色瞧瞧，让她知道你并不好欺，她便不敢轻举妄动了，这样娘娘您也不会有危险了！"

"哦？"我听木莲如此一说，才细细思索起来，"听妹妹如此一说，倒有些道理。小安子，看在莲贵人替你说话的分上，就暂且饶了你这一回。"

第十二章 步步惊心 303

"谢主子！"小安子一脸欣喜地谢了恩，随即又小心翼翼问道："主子，那方才奴才和莲贵人所提之事……"

我看了看他，又转头看了看目光清澈、凝望着我的莲贵人，叹了口气："此事，不是说行便可行的，也不是一两个人能做好的。即便是要做，也要等到机会来了，好好计划，安排得天衣无缝才是，总不能给别人留下话柄，是吧？其实你们这般说也未尝没有道理，容我细细思量思量再说吧。"

"娘娘但有用得着嫔妾的地方，嫔妾万死不辞！"木莲目光炯炯地望着我。

我轻拍她放在几上的手，待要说话，门外响起彩衣的声音："主子，奴婢进来了。"说罢掀了帘子进来，令身后跟着的人进来掌灯，自己则恭敬问道："主子，时候不早了，是否可以传膳了？"

我转头望向窗外，夜幕不知何时已然降临，忙起身招呼了木莲一同前去用膳，用过膳又聊了一阵子，才让木莲回去了。

今年的秋天竟异常反常，都已经入秋有些时日了，太阳还是那么的烈，空气还是那么的闷热，让人几乎喘不过气来。

我刚午歇起身，小安子便进来了，示意众人退了下去后，才上前小声禀道："主子，方才小玄子叫人传话过来，说是今儿朝堂之上，以礼部荣尚书、翰林院汪大学士为首的众臣突然上表，言国不可一日无母，请皇上再立新后，以安天下。可朝堂之上，众臣言辞不一，皇上并没有表态，只淡淡地说此事要从长计议，改日再议，便退了朝。下朝后便一直独自一人在御书房中，到这会子也没出个门，也未召见过何人！小玄子偷了空，这才找了借口命小曲子偷偷过来传话给主子您。"

我点点头，若有所思地说道："难怪她一直没出手，原来竟是谋划着此事，终于沉不住，先动起手来了么？"

我复又歪在贵妃榻上凝神沉思，不料蒙眬间竟睡过去了。

不知过了多久，嘤咛醒来，睁眼处竟是一片明黄之色，我心下一惊，立即完全清醒了过来，待要起身，口中轻唤："皇上，您什么时候过来的？怎么也不叫人唤醒臣妾？"

皇上倾身扶了我起身，取了软垫给我靠着，伸手轻抚我的脸颊，双目含情，柔声道："朕看你睡得那么香，都舍不得吵醒你了。今儿个都忙些什么？怎么累成这样？可得要好生爱惜自个儿的身子，累坏了，朕可是会心疼的。"

提及此事，我想起午睡前之事，不禁喜上眉梢，满脸欣喜地拉了皇上，兴奋道："皇上，睿儿，睿儿他能自个儿走路了！"

"真的？"皇上一听，大喜，忙问道："睿儿，朕的睿儿呢？"

"回皇上，五皇子刚刚午歇醒来，此时正由宁嬷嬷在偏殿伺候着。"一直立在旁边的彩衣忙端正跪了回禀。

"快传！"皇上龙颜大悦，睿儿刚会牙牙学语那会儿，皇上也是这般欣喜，赏赐了不少稀罕物。

"是，皇上。"彩衣磕了头，躬身退了出去。

不一会子，宁嬷嬷便带了睿儿进来，我想起上次之危，忙道："宁嬷嬷，免礼吧。快将睿儿放下来，让他自己走过来。"

"是，娘娘。"宁嬷嬷答应着，小心翼翼地将怀中早已认出我们的睿儿放在地板上。

睿儿口中咿咿呀呀地说着我们听不懂的话语，刚一着地便迫不及待地迈开步子晃晃悠悠地朝我们走来。

可能因着走得急了些，走到一半竟脚一崴，绊倒在地，他愣了一下，瘪了瘪小嘴，一副含泪欲滴的样子。

虽说今年的秋日异常的闷热，可因着我怀有身孕，屋子里一直铺着厚厚的手织波斯羊毛地毯，睿儿虽摔倒了，我也不担心，断然不会有事的。

宁嬷嬷一见睿儿摔倒了，低呼一声就要上前去扶，我低声呼道："宁嬷嬷，退下！"

我一把拉住待要起身去扶的皇上，转头含笑看着睿儿，朝他伸出双手，柔声道："睿儿，快起来，到父皇、母妃这儿来！睿儿最勇敢了，自己起来！"

睿儿看着我，竟闭上了瘪开的小嘴，睁着大眼睛细细地看了看我，又看了看皇上，咧嘴一笑，竟真的侧着身子，用手撑着地毯，努力想爬起来。

我看着努力想站起来的睿儿，不由得握紧了拳头，替他加油鼓气，在经历了几次失败后，睿儿终于站了起来。

我激动得双眼含泪，衷心替我的儿子骄傲着，朝满头大汗、一路晃晃悠悠走来的他伸出了双手，准备迎接他的到来。

不料小家伙却对我视若无睹，直直地扑入皇上怀中，抓住他的衣袍咯咯笑着，口中只嚷："皇……皇……"

我幽怨地看了睿儿一眼，抱怨道："小家伙，看到你父皇便不要母妃了！"

"看来朕的睿儿对这明黄之色，那是情有独钟啊！"皇上对我的抱怨不以为意，哈哈地笑着，看我的眼神中多了一丝光亮。

等等，我怔在当场，那是……我有些怀疑自己是否看错，那眼中竟有些许——欣赏！

皇上陪着睿儿玩了好一会子，又和我有一搭没一搭地说了许久的话。

小玄子禀了有朝中大臣求见，他去了御书房后，又命人送来了许多赏赐给睿儿的奇珍异宝，却始终对早朝时大臣们上表立后之事只字未提！

待到第二日午后，小安子悄悄来禀，说是西宁将军约见——老地方。

我沉吟了一下，看看房中玩耍的睿儿，吩咐人传了木莲将海雅抱了过来。木莲一进来，我便接了海雅过来放在婴儿床上。

第十二章 步步惊心 305

睿儿摇摇晃晃地走过来，抓住婴儿床的围栏，新奇地看着床上的海雅。许久才伸出小手，试探着轻触海雅的小脸。

海雅转头望着睿儿，睿儿愣了一下，发现海雅能动时竟像发现新大陆般咯咯笑开了。笑容感染了海雅，她也露出了笑脸。

我暗自松了口气，坐在旁边指着海雅对睿儿笑道："睿儿，这是妹妹，妹妹。"

睿儿看看我，又看看旁边舞动着手脚兴奋地看着我们的海雅，露出个笑颜，认真地看着海雅："妹……妹妹……"

我看着他，温柔地笑了："真乖！睿儿，好好跟妹妹玩！"

一旁的木莲早已激动万分，用衣袖擦着泪花，哽咽道："娘娘……"

"他们本就是兄妹，本来就该亲近亲近！"我起身拉了木莲，转至旁边的椅子上坐了下来，看着两小无猜的两人，眼中满是柔情。

两个小家伙玩了会子，也累了，我忙吩咐嬷嬷们将二人送到里间的炕上并排躺了，又与木莲一起在外面用了些甜品，闲话家常。

小安子在外间禀了声："主子，奴才进来了。"说罢掀了帘子，疾步上前禀道："主子，皇上过来了，这会子已快到宫门口了。"

我一听，抚了抚凸出的小腹，转头朝木莲道："妹妹，你到宫门口去迎接皇上吧。"

"娘娘，您……"木莲有些不明所以地看着我。

"妹妹，你看姐姐如今这身子，还怎么伺候皇上？可也不能明着把皇上往外推吧？"我拉了她，柔声道："你好好侍奉着皇上，今儿晚上海雅就放在我这里吧，我会派人跟内务府那边说的，今儿晚上就让他们睡在我殿里，你就放心吧。"

木莲迟疑了一下，看着我真诚的眼神，又看看我凸起的小腹，点了点头，朝我福了一福，道："娘娘，那嫔妾这就去了。"

"嗯，快去吧。"我亲自送了她到门口。

过了一会子，小安子进来回禀，说是皇上遇上去门口迎他的木莲，已经去了樱霞殿，估计今儿晚上会歇在那边了。

到了夜里，樱霞殿那边守着的人禀了，说皇上已然歇在了莲贵人房里，我才在殿里作了安排，让玲珑带了熟睡的睿儿，小安子扶了我，一路朝桃花源而去。

待我们到时，西宁桢宇早已来了，一见我们进来，忙迎了上来，从玲珑手中接过睿儿，立于窗口，借着微弱的灯光，细细看着熟睡的睿儿。

玲珑和小安子自觉地退了出去，守在门口。我看着那般挂念疼惜睿儿的西宁，心中有些不忍，转开头，小声问道："今儿个叫我过来，所为何事？"

西宁看都没看我一眼，只凝视着怀中的睿儿，沉声道："朝堂上朝议立后之事，想来你已经知道了吧？"

306

"是，卫公公传来消息，但只是大概，知晓得并不清楚。"我就知他是为了此事，只得如实回道。

"此事有些日子了，太后只怕是有意扶持雨婕妤的，只是她进宫时日尚浅，位分到底低些，再加上膝下空虚，恐怕难成大事；位分在你之上的淑妃出身低下，再加上朝中无人，自个儿也不怎么理事，虽无人支持，但却有些入了太后的眼；你是目前宫中最适合的人选，但却有人总拿你父亲出来说事儿。所以目前也不过是各执一词，众说不一，皇上也在沉思中，尚未表态。"西宁桢宇细细地说着立后之事，仿若说的是别人的事一般。

我只听着，并未说话。沉默了许久，他又说道："你如今想怎么办？"

我自嘲地笑了笑，回道："我能怎么办？宫里面我能依靠的只有自己，朝堂之上如今我能依靠的便只有你了，你会帮我吗？"

"为了睿儿，我会！"西宁桢宇肯定地说道。

原本在他怀中熟睡的睿儿连着动了几下，眉头轻皱，竟有些醒来的迹象。他一时手脚无措，我忙疾步上前自他怀中接过睿儿，让他窝在我手窝处，轻拍他的背，细声哄着，睿儿咕哝一声，又沉沉睡去。

西宁桢宇诧异地看着我，仿若我是不会也不可能做这种事的人，凝神半晌，伸出手，轻触我怀中睿儿的小脸，低声道："想不到你也会这般哄孩子。"

我呵呵一笑，嗔怪道："这有什么好奇怪的，我是睿儿的娘。"

怀中的睿儿被西宁触着脸颊，竟有些不喜般，摇了两下头，往我怀里一歪。西宁桢宇抚摸着睿儿脸颊的手也随着一歪，紧紧地贴在了我因着怀孕而柔软丰满的胸前。

我二人俱是一愣，西宁像被烫伤般迅速缩了回去，我低着头，脸颊绯红，一时之间，竟是谁也没有说话。

半晌，西宁桢宇才讷讷地说道："今晚唤你过来，一来是许久没瞧见睿儿了，想看看他；二来是想告诉你，朝堂上我会授人支持你的，只是淑妃那边，恐怕你得自己多用些心了。太后想扶持她，是什么意思，想来不用我说，你也是明白的吧？"

我点点头，道："我知道怎么做了，我会安排的。"

"先回去吧。"西宁桢宇的声音中听不出半点情绪。

我默默地点点头，转过身，他却蓦然上前抓住我的肩膀，我回过头，望着他。他蓦地松了手，沉声道："好好照顾睿儿……自己……自己也好好保重！"

我肩上他触过的地方竟如着火般滚烫，张了几次口，声音中带着颤抖："谢谢！"说罢再也不敢停留，大步出了门。

第十三章　立后之争

　　金秋的季节，园子里的菊花竟相开放，天气也转凉了些许，后位之争却早已进入白热化阶段，原本雄心勃勃、虎视眈眈的容婕妤却过早地被排挤出局，虽说如今的她是三皇子的母妃，可毕竟在宫中位分低了些，朝堂之上除了荣尚书竟无人再支持，一时竟也冷门下来。

　　反倒是一直不被看好的淑妃入了众人之眼，朝堂之上有人提起，就连太后也有些偏向于她，大有为后之势，一时之间永和宫竟空前热闹起来。

　　淑妃见了我，满脸堆笑客气中，眼中却满是得意扬扬，一副皇后之位已然是她囊中之物的神情。

　　我看在眼里，心中冷笑，面上却不动声色地在众人面前越发卑谦起来，只兢兢业业地做好自己分内之事。

　　面对众说纷纭的立后之事，皇上却破天荒地没有表态，甚至从未在我面前提起过此事。每次皇上过来，我也只恭敬迎了他，从未询问过此事，大家竟如没有此事般地，谁也不去捅破那层纸。

　　我立于窗前，看着夜幕中一片灰色，望不到边的亭台楼阁，突然觉着这后宫就如同一口深井，个个皆是井底之蛙，做了宠妃，当了娘娘，眼中的天空便更窄了，除了高处那个位置，眼中便再没了别的事物。

　　彩衣掀了珠帘进来，恭敬禀道："主子，海月姑姑过来了。"

　　我怔了一下，随即笑道："快，快快有请！"

彩衣答应着出去迎了海月姑姑进来。海月姑姑小步上前朝我福了一福，口中说道："奴婢见过德妃娘娘！"

我愣了一下，随即满脸堆笑道："海月姑姑快请坐。彩衣，奉茶！"

话刚落音，彩衣已端了托盘进来了，上前客气道："海月姑姑，请用茶！"

那海月也不客气，单手接了茶杯过来，答道："有劳彩衣姑姑。"

我歪在楠木椅上，看着旁边的海月揭了茶盖，轻轻刮了刮茶沫，轻抿了一口茶，随即愣了一下，面露惊喜之色，又连着喝了几口，才朝我客气道："难怪奴才们总爱往娘娘殿里跑，娘娘这里连茶都与别处大为不同。娘娘，这是上好的蒙顶黄芽吧？"

"哟，看不出来，海月姑姑也是爱茶之人。"我不动声色地笑着。

"嘿嘿……"海月有些腼腆地答道，"奴婢也就有幸喝过那么一次，便记下了。"

"姑姑喜欢，本宫便命人给你备上一盒带了回去慢慢品？"

"不敢，不敢。娘娘不必太客气了，奴婢喝上这么一口，也就满足了。"海月姑姑一听，忙推辞道。

我心中冷哼一声：只怕不是不想要，而是不敢要吧！若是让淑妃知道你受了我的礼，只怕是跳进黄河也洗不清了吧？！心中如此想着，面上却不动声色地笑道："今儿什么风把海月姑姑吹到本宫这里来了？"

"瞧我，光顾着喝茶，倒差点把正事给忘了。"海月将茶杯放在一旁的几上，一拍脑门，道，"娘娘，我家主子明儿酉时在白玉亭约了众位嫔妃品茗赏菊，想邀德妃娘娘前往，不知娘娘是否得空？"

"呵呵……淑妃姐姐太客气了，请姑姑转告姐姐，妹妹一定准时前往。"我笑着应承了，心中一片欣喜。

"既如此，奴婢就告退了，奴婢出来也有些时候了，就先回去向主子复命。"海月姑姑见我欣然同意，高兴着告辞了。

我朝旁边的彩衣打了个眼色，笑道："彩衣，还不快替本宫送送海月姑姑。"

彩衣忙答应着，上前朝海月手中塞了两锭银子，海月愣了一下，随即收进袖中。彩衣打了帘子，高声道："海月姑姑，您请！"

海月朝我福了一福，转身昂着头出去了。

彩衣送完海月一回来便翻了翻白眼，嗤笑道："淑妃娘娘是越发的目中无人了，连她跟前的奴才都这般嚣张，见了主子您都不跪了，连规矩都忘了！"

"哟！这是谁皮痒痒了，敢惹我们彩衣姑姑这般发怒？简直就是不要命了！"小安子一进来便见彩衣那副怒气冲冲的样子，嗔怪道。

"行了，小安子，你就别明知故问了，彩衣肺都快气炸了。"我笑道。

"好了，彩衣，你就别生气了。"小安子忙笑着劝道，"放心吧，她们嚣张不了几天

了。"

我点点头道："小安子，命小碌子守了门，你们俩过来。"

两人忙四处仔细搜索了一遍，确认没有闲杂人等，这才令小碌子守在门口，两人到我跟前道："主子，您有什么吩咐？"

"明儿酉时淑妃请了在白玉亭品茗赏菊，这未尝不是个大好的机会，本宫是绝不会放过的。小安子，你去仔细打听清楚淑妃都请了些什么人，彩衣，你去请莲贵人、莺才人、孙常在过来，小心着别让人知道了。"

"是，主子。"二人得了令，分别忙去了。

第二日午歇起身后，我命人将睿儿和海雅接到殿中，又让小玄子从内务府中悄悄调了些身手了得又极可靠之人悄悄护了樱雨殿的安全。

待一切布置好了，这才令彩衣梳了个精致的富贵流云髻，正中簪了纯金的凤冠，两边鬓上斜斜插了两排金镶玉的花簪，髻后簪了支别致的珠花环步摇，耳上一对水滴状的翡翠耳环，着上端正的绣凤妃子宫装，绣工繁复精致的花纹灼灼生辉，宫装里层是月白色的缎子长裙，婀娜走动之间若隐若现，如同立于一朵白云之上，一副富贵万千的样子。

几个平日里伺候跟前的小宫女皆愣在当场，我轻咳了一声，众人才回过神来。彩衣一脸惊叹："主子，奴婢知您素来端庄美丽，不想却是如此惊为天人！"

"呵呵，一个即将临盆的老太婆了，哪比得上你们，青春靓丽得跟把葱儿似的。"我对镜而立，对自己这身打扮还是相当满意的，细细看了看，才转头问道："莲贵人呢？彩衣，去看看准备好了没有？"

"娘娘，嫔妾早已准备妥当，只等时辰一到，便陪娘娘您一并过去了。"正说着莲贵人，她却已过来了，小安子打了帘子，她碎步跨了进来。

我看看时候已然到了，这才起身握了木莲的手，她用力地反握着我的手，我们相视一笑，举步朝门口走去。

一上玉带桥，便能听到对面亭中传来的沥沥笑声，穿过玉带桥，便有宫女上前迎了我转过回廊，一路朝白玉亭而去。

还未入白玉亭，便能闻到阵阵花香，亭中的嬉笑之声越加明显起来。一进亭子，花香更浓了，亭中摆着一个镶金白玉花瓶，里面插满了新折下来的各式金菊，四处摆着数十个座位，铺着大红格子坐蓐和丝绣靠背引枕。

"妹妹，快来这里坐！"淑妃见了我，满脸堆笑地向我招呼，看了看我的装扮，又看看自己身上那呆板的装束，脸色沉了一下，随即又堆满了笑容。

我上前朝她福了一福，才朝她旁边的位置走去，轻轻歪在椅子上。转头朝外望去，亭下各处早已摆满了各式盛开的金菊，白玉湖中微风送来阵阵花香，让人忍不住心旷神怡。

早已有婢女上前摆好茶具，开始仔细烹茶，不一会子茶香便从紫砂壶中飘了出来，婢

310

女细细地斟好茶，依位分奉上。

淑妃笑道："今儿个秋高气爽，园子里的金菊开得异常喜人，特邀众位妹妹前来品茗赏菊。"

淑妃举起杯中的秋香铁观音，一脸的意气风发，仿若如今的她已然是六宫之主般，优雅地看看汤色，又低头细闻了茶香，这才轻轻抿了一口。

众人忙跟着端了茶，细细品着。

宜贵嫔瞟了我一眼，笑道："德妃娘娘的身子是益发的重了，难怪最近都没有见娘娘出来走动。"

我伸手抚了抚肚子，向宜贵嫔笑道："看来我倒是失礼了，往后啊，得常出来和姐妹们多走动走动才是，瞧，连宜妹妹都颇有微词了。"

莺才人笑道："德妃娘娘身子重，妹妹们都是知道的，平日里也不敢过去打扰娘娘养胎，娘娘说自个儿失礼，妹妹们怎么担当得起啊。"

莲贵人接着道："娘娘身怀六甲，平日里又忙着宫里的事务，妹妹们自然是能够体谅了。"

容婕妤自知被排挤在六宫之首的候选之外后，一时竟清淡了不少，平日里也鲜少见她在宫里走动了，不知是收敛了性子，还是受了打击一时不振。

这会子也是只着了身素净的衣衫，梳了个简单的参云髻，坐在位置上细细地品着茶，仿若四周无人般的专注。

雪贵人瞥了我一眼，满脸堆笑，眼中却闪过一丝不屑，口中直道："说来还是德妃娘娘福分最好，连着产下公主皇子的，这会子又有了身孕，皇上荣宠不断，膝下儿女成群的，直叫人好生羡慕！"

我面露微笑，与淑妃二人端正坐在正中，我虽有了身孕，可无论从衣着头饰，还是从神情气质来讲，今儿个精心打扮过的淑妃还是稍逊一筹的。

我只当没听出雪贵人话中的刺儿，只含笑朝众人道："妹妹们新近入宫，可也要用心努力，早日为皇家开枝散叶才是。"

新进的几人一听，立时红了脸，微低着头，没有说话。

我一副端庄秀丽的样子，眼角的余光瞥见淑妃长长的睫毛扇了扇，手上两个修长的假甲上镶嵌的各色碎玉在夕阳的反射下分外的耀眼。

她的视线带着一种寒意，扫过莲贵人的身影，一路瞟了过来，经过我的时候略微顿了顿，又自然而然地闪开了，拿起茶杯，优雅娴静地喝起茶来。

我暗笑了一下，又继续和众人说些闲话，明明是她招了众人的品茗赏花会，如今这样子倒一副我才是主人的气氛，她自己却没有说多少话。

我一派平和的样子，和众人谈论些笑话，淑妃面无表情地坐在我旁边，一副若无其事

第十三章　立后之争　311

的样子，头上微微晃动的金翠衔珠五凤花簪却泄露了她此刻的心情。

　　我叹了口气，低头看着自己端正的金丝缎百鸟朝凤花纹的正式宫装，配着丝白的内衬，突然有种滑稽的感觉，摇摇头，看向殿外。

　　约莫过了一盏茶的工夫，淑妃笑着道："妹妹们别光坐着说话啊，金秋的菊花开得实在是喜人，大家各自去观赏观赏吧。"

　　"嗯，如此，甚好！"我笑着附和道，率先同淑妃一起出了白玉亭，沿着亭后的玉阶缓步而下，木莲一见，忙紧随其后跟着。

　　白玉亭周围早已布置妥当，摆满了各式各色的金菊，有婀娜地开着的，有娇羞地打着朵儿的，有夺人眼目的金，有温馨喜人的红，有素雅淡然的白……

　　起先姐妹们还一路走着，到后来竟三三两两地散开了，因着就在白玉亭处，宫女太监们都在不远处候着，众人身边皆没了奴才相伴。我自然是同淑妃在一起的，旁边跟着莲贵人和莺才人。

　　"众位姐姐，妹妹听说白玉湖西侧莲花池里的莲花这两日竟开了，看这季节，想来这也是今年最后一次开花了，不如我们一起去看看吧？"莺才人一脸兴奋地雀跃着。

　　淑妃看了看已落下去半个脸的太阳，转头笑着问我："天色尚早，去去也无妨，只是不知德妹妹乏了没有？"

　　"还好，难得大家如此兴致，我也不能扫了大家的兴，我们这就去吧。"大家一致同意后，便相携离了白玉亭，沿着白玉湖一路朝白玉湖西侧莲花池而去。

　　未到莲花池，秋风便送来了阵阵花香，极目望去，满池莲叶相连，出水挺立的花儿开得异常娇艳动人，微风吹来，花香四溢，沁人肺腑。

　　"几位姐姐快看，开得真是喜人啊，嫔妾听宫女们说，今年新增了好多品种呢！"莺才人竟一反平日的文静，连连赞叹道，跑到旁边留了缺口入湖的石阶处戏水。

　　我和淑妃二人只笑着看看她，一前一后沿着湖边小径缓缓行去，木莲倒远远落在了后面。

　　"妹妹，你可要多保重啊！"淑妃不知什么时候来到我身旁，关切地看着我，"妹妹，前年浔阳不幸夭折了，做姐姐的也是悲痛万分，本想去看妹妹，又怕惹你伤心……"

　　淑妃面色黯然，满脸歉意，我一听，心中那处旧疮疤如被人生生撕开般疼痛，可脸上却是一片平静，浅笑道："姐姐，事情都过去这么久了，我已经不放在心上了，倒是劳烦您一直记挂着，要怪就怪浔阳那孩儿没有这个福分。"

　　"唉，妹妹你能想得开，那是最好了。你身子本就娇贵些，如今又有了身孕，身子也越发重了，可要格外小心才是啊！"淑妃拉着我的手，拐过一处拐角，没入林中，一时四周竟空无一人。

　　淑妃引了我走到白玉栏杆边，伸手极轻柔地抚摸着我的肚子，在我耳边呢喃道："妹

312

妹，前年你已平安诞下皇子，此次若能平安诞下皇子或公主，便可膝下儿女成群了，他日宠冠六宫，青云直上便指日可待了……"

淑妃状似亲昵地说着，薄薄的唇嚅动着，脸上一脸温柔，可我却分明感到她眼中阵阵阴冷的目光直射向我，扶着我的手竟越来越用力，直把我朝栏杆外推去。

我心下一惊，转身看着幽幽湖水，双手不由得握紧了冰冷的栏杆，转头看着仍然在说个不停的淑妃："妹妹啊，不如我们选个良辰吉日一起去归元寺祈福吧……"

嘴上温柔地说着，手上却丝毫没有松力，我腹中的胎儿好像感应到什么，猛地动了一下，痛得我冷汗淋漓，我双手丝毫不敢松懈，只吃力地转头高叫："姐姐，你……"

淑妃手下越发用力起来，口中却道："妹妹，你怎么啦？可是觉着不舒服么？"

"德妃娘娘，你怎么啦？"身后拐角处响起了木莲的声音，"嫔妾这便高声唤了奴才们过来伺候着！"

木莲不知何时已立于我和淑妃之后，高声疾呼道，我立时感到身后的那只黑手立时没了力气。我扶着栏杆的手顿时酸软下来，手心一片冷汗，连双脚也有些打战，心里一阵后怕，若木莲被绊住了没有及时出现，后果……不堪设想！

"没事，淑妃娘娘担心着我罢了，妹妹不必这般惊慌。"我朝木莲莞尔一笑，说罢又朝淑妃深深地福了一福，歉意道："姐姐，想不到姐姐竟是这般善心之人，以前妹妹听信了他人之言，对姐姐有得罪之处，还要请姐姐宽宏大量，不与妹妹计较才是！"

"哎呀，妹妹，你这是做什么呀……"淑妃慌忙扶起我来，软言道，"都是自家姐妹，又何必见外。"

站在她身后的木莲冷哼一声，眼中竟是不屑。

"姐姐，你看那朵莲花如何？"我突然指着远处荷叶之中说道。

"妹妹，你说的是哪朵？"看着满池的莲花，淑妃顺着我手指处瞧着，满脸疑惑道。

"就是那朵啊，今年新进的一品莲花——舞妃莲啊。"我笑意盈盈地指着远处，故作诧异道，"姐姐，你没有看到么？在那边，那边那片荷叶旁啊！"

"真的吗？移栽过来时众人都在议论的舞妃莲么？"淑妃手扶白玉栏杆，踮起脚来，略微俯身向远处看去，"妹妹，我还是没有看见你说的那朵……"

"娘娘，你说的是那边那朵么？"木莲齐上前来，和我一左一右围住了淑妃。

"莲妹妹也看到了么？我怎么没看到呀？"淑妃好奇心起，越发地向外倾去。

我轻轻一笑："姐姐不用着急，你很快就可以看到了。"

说罢，抬头和木莲相视一笑，二人每人伸出一只脚来，勾在她踮着的脚跟处略微一抬，淑妃惊叫一声"扑通"掉进池子里了！

"妹妹，你怎么……"她好像不会游泳，奋力地打着水，又沉了下去，呛了几口水。

"哎呀，姐姐，你怎么这么不小心，掉进池子里了啊！"我做惊吓状，一副惊慌的样

子,冷眼看着淑妃在水中挣扎,缕金的大红衣裙像一朵妖艳的花一样在水中漂荡开来。

"姐姐,快,快伸手过来,妹妹拉你!"我说着伸出手去。

淑妃用尽全力打着水靠了过来,好不容易才抓住我一根手指,浮了上来,刚喘了一口气,木莲上前道:"娘娘,你身子重,让嫔妾来拉淑妃娘娘吧。"

"谢谢,谢谢莲妹妹!"淑妃喘着气,在水中打了个冷战,牙齿直打战,含糊不清道。

木莲上前拉住了淑妃的手,淑妃掉到嗓子眼的心刚放了下来,木莲手上一抖,淑妃霎时又脱了手,沉了下去。

我将脚轻轻伸上栏杆,木莲一把抓住我,将我拉了下来,神色凝重地朝我点了点头,轻声道:"娘娘,嫔妾得罪了。"

我正发愣间,她却突然发力,将我往前推去,我一下子就撞上了白玉栏杆,小腹即刻传来一阵刺痛。我惊恐万分,蓦地抬头看向木莲,失声道:"木莲,你……"

木莲歉意地看着我,脸上一片淡然,眼角含笑,蓦地从栏杆上滚了下去,"扑通"一声也沉入了深幽冰冷的池水中。

"啊!"我大吃一惊,尖叫出声,高喊,"救命啊,快来人啊!"靠着白玉栏杆缓缓倒了下去。

不远处戏水的莺才人大概是听到了响声,忙起身朝这边直奔而来。一见晕倒在地的我,忙上前扶了我,连声叫道:"娘娘,娘娘,你怎么啦?"

我蒙眬醒来,睁了眼,蓦然想起还在水中的木莲,惊慌地拉了莺才人:"莺妹妹,快,快叫人过来,淑妃姐姐和莲妹妹落水了!"

莺才人一听,忙转身高叫白玉亭那边的奴才们过来,我忍着,吃力地扶在栏杆上,看着湖中挣扎的二人,一着急,一口气没上来,再次晕了过去。

是夜,华灯初上,夜晚的月华宫在灯光的照耀下显得越发的富丽堂皇,临近中秋的冷月使宫殿楼阁皆穿上了一层朦胧的纱。

如今美好的夜色却无人欣赏,东暖阁内外人影憧憧,却是静悄悄的一片,人人屏气凝神,生怕一个不小心,暖阁中焦急烦躁的皇上就把怒气发泄在了自己身上。

"启禀皇上,德妃娘娘秉气虚弱,再加上受了惊吓,动了胎气,才会暂时昏迷,腹中龙胎并无大碍……"南宫阳端正跪在在我床前来回踱着步的皇上跟前,恭敬地禀道。

"只是受惊?那为何到此时都未醒来?"皇上恼怒地瞪着南宫阳,语气不善,"德妃昏迷之中仍手捂小腹,眉头轻蹙,况且那宫装上有明显的摩擦痕迹。南宫阳,你敢欺君不成?"

"哎……皇上息怒!"跪在地上的南宫阳脑门上立时冒出细细的一层冷汗,沉声回道,"皇上,微臣有下情回禀。"

皇上一挥手，小安子忙带了屋内的奴才们行了个礼，鱼贯而出。皇上冷冷地看着南宫阳，声音中透出些威严："你想说什么就说吧！"

"启禀皇上，据微臣诊脉和细察之下，可以断定德妃娘娘昏迷之前曾与人有过争执推揉，以致擦伤了腹部，受了惊吓，这才动了胎气，昏迷不醒。"

"哦？你是说……"皇上一听，陷入了沉思。

"回皇上，这只是微臣诊脉所知，至于具体情况，恐怕只有当时在场的几位主子才知了，毕竟除了德妃娘娘，尚有淑妃娘娘和莲贵人落水！"

我静静地躺在床榻之上，蒙眬间二人的对话传入耳中，木莲！对，木莲怎么样了啊？

我努力想张口询问，开口处却是一片咳嗽之声，二人皆转过头来望着我，皇上顿时一脸欣喜，丢下跪在地上的南宫阳，大步上前，侧坐床榻边，拉了我的手，柔声道："言言，你醒啦，可把朕吓坏了。"

"妹妹……莲妹妹……"我双眼望着他，用尽全力，终于喊了出来。

皇上见我这般神情，眉头越发蹙紧了，若有所思地看着我。屏风外传来小安子小心翼翼的通禀声："启奏皇上，莲贵人刚刚醒来了，直嚷着要见德妃娘娘！"

"她说要见就要见么？也不怕打扰了德妃……"皇上说到一半，触到我眼中的渴望，眼中闪过一丝光亮，沉吟了一下，才问道："莲贵人也落水了，身子如何？"

"回皇上，杨太医刚刚替莲贵人请过脉，莲贵人身子本就柔弱，好在落水时间尚短，只是受了些寒气，方才已饮过姜汤了，杨太医说并无大碍，只需好生调养一些时日便可痊愈了。"小安子跪在屏风外恭敬地回道。

"嗯。"皇上听罢点了点头，顿了一下，又说，"如此，就让她过来吧。"

"是，皇上，奴才遵旨！"小安子恭敬地磕了头，躬身出去了。

不一会子，珠帘响动，屏风处传来木莲的声音："娘娘……"转过屏风却见皇上正端坐在床榻前，忙挥开众人，疾步上前跪了，恭敬地磕头道："臣妾拜见皇上，万岁，万岁，万万岁！臣妾不知皇上在此，驾前失仪，请皇上恕罪！"

我转头一看跪在地上的木莲，原来她刚换了身素净的衣服，连头发都尚未来得及梳理，便急急地过来探望我了。

"莲儿，快起来吧。"皇上柔声道，"难得你一片孝心，自个儿身子也不好，还挂记着德妃。"

"娘娘素来宅心仁厚，体贴下人，宫中素来有口皆碑。况且先前全因臣妾粗心，竟没有时刻跟在娘娘身边，这才……"木莲上前跪在床榻之前，拉着我的手，红了眼圈儿，声音中满是歉意和悔恨。

"莲妹妹，我自个儿不小心而已，又岂能怪你，你就别自责了。"我忙打断莲贵人的话，急急地说道。

皇上看看莲贵人，又看看我，柔声问道："言言，今儿傍晚在莲花池究竟是怎么回事啊？"

"没，没什么。"我眼神闪躲着，不敢直视皇上，讷讷地回道，"皇上，今儿傍晚时，臣妾同淑妃姐姐在池边赏花，姐姐不慎掉入池中，莲妹妹好心去拉姐姐，不料连自个儿也被拉了下去，臣妾一见，吓坏了，索性莺妹妹唤来了奴才们，这才无事……"

"娘娘，您……"莲贵人在旁失声呼道，脸上闪过瞬间的诧异，随即又隐了回去，只低着头不说话。

"哦？这样的么？"皇上平淡的口气中竟听不出任何情绪波动来，顿了一下，沉声喝道："莲贵人，你来说说，今儿傍晚是怎么回事？"

莲贵人蓦地被点到名，吓得浑身一颤，偷偷抬头瞟了一眼皇上，见他阴沉着脸，紧紧盯着自己，忙低下头去，额上蓦地冒出一层冷汗，只讷讷说道："回皇上，今儿，今儿傍晚……"

"莲贵人，欺君之罪可是要杀头的，你可要想清楚了再说！"皇上低沉的嗓音中透出些许威严来。

莲贵人吓得立时住了口，筹措半天，才抬头看向我，歉意道："娘娘，嫔妾知你心善，可这么大的事儿，娘娘想替她瞒着，已是不可能了。嫔妾只能如实向皇上禀报了，请娘娘恕罪！"

木莲退后几步，先朝躺在床上的我磕了个头，方才转身朝皇上磕头，恭敬回道："皇上，今儿酉时淑妃娘娘请了众人在白玉亭品茗赏菊，姐妹们见园中菊花开得喜人，便散了各自欣赏着。莺妹妹说莲花池中的莲花开了，又道有今年新进的舞妃莲，淑妃娘娘、德妃娘娘、莺才人和臣妾便一同前往观看。莺妹妹万分欣喜，早早地便跑到前面去了，淑妃娘娘和德妃娘娘走在中间，臣妾见两位娘娘聊得甚为投机，便没敢上前打扰，只远远跟在后面。两位娘娘转过拐角后，臣妾便见不着了，待臣妾转过拐角后，却见……却见……"

木莲说到此处，已是脸色惨白，目露惊恐，额上冷汗直流，竟牙齿打着战，半晌说不出话来。

皇上一见，急了，沉声追问道："你究竟看到了什么？你倒是快说啊！"

"臣妾看到……臣妾看到……"木莲结巴着，就在皇上着急万分待要发怒的紧要关头，木莲喊出了石破惊天的一句，"臣妾看到淑妃娘娘将德妃娘娘推到白玉栏杆上，想将娘娘推下池去！"

"什么？！"皇上怔在当场，回过神来，厉声喝道，"莲贵人，你可知你说了什么？"

"回皇上，臣妾句句属实！"木莲既已起了头，便一副索性豁出去了的样子，娓娓说道，"臣妾忙开口上前询问，淑妃娘娘这才没有得逞，反倒是德妃娘娘连连说她自己不舒服。不料淑妃娘娘一计不成，又生一计，指着荷叶深处，直让德妃娘娘倾身前去看什么舞妃莲，眼看着德妃娘娘就要掉进池中，臣妾拼死上前护住德妃娘娘，却不小心将淑妃娘娘撞入了莲花池中。"

"那你自己是怎么掉下去的？如若淑妃掉入了莲花池中，你又是如何掉下去的？不要告诉朕，是德妃推了你下去！"皇上目光炯炯地盯着木莲，不放过她脸上任何一丝表情。

木莲直直地跪在跟前，目光坦然而诚恳，恭敬回道："淑妃娘娘掉进了莲花池中，这秋日傍晚的池水冰冷异常，再加上淑妃娘娘不会游泳，直喝了几口水。德妃娘娘心善，着急万分地就上前伸手拉淑妃娘娘，臣妾怕娘娘再出个好歹，忙上前帮忙，不料……不料臣妾没用，没把淑妃娘娘拉上来，自个儿反倒也掉进了莲花池中。索性娘娘高声呼来了莺才人，臣妾和淑妃娘娘这才得救了！"

躺在床榻之上的我早已泪流满面，泣不成声了。皇上一见，心疼地替我擦去眼泪，搂我入怀，我嘤嘤痛哭出声，半晌，才哽咽道："皇上，臣妾好……好怕，臣妾还以为再也看不到皇上了。莲妹妹句句属实，臣妾万想不到淑妃姐姐她……她竟然……皇上，多亏了莲妹妹，否则，臣妾不知还能不能看到皇上了……"

皇上一听，搂着我的手不由得用上了力道，仿若一松手我就会不见般，轻声道："莲儿，你先起来吧。下去好生养着，好好调养身子，朕不会亏待你的！"

木莲暗自松了口气，忙磕头道："是，皇上，臣妾告退！"说完躬身退了几步，方才在彩衣的搀扶下转身离去。

我趴在皇上肩窝处低声抽泣着，皇上僵直着身子，阴沉着脸，双手轻柔地搂我在怀，心中似有千言万语，一直都哽在喉咙，只是再也移不开眼光去。

半晌，才沉声道："小玄子！"

"奴才在！"一直候在门口的小玄子忙打了帘子进来，恭敬地立在跟前候旨。

"淑妃怎么样了？"皇上平静的声音中听不出喜怒。

"回皇上，淑妃娘娘最先掉下池中，后同莲贵人一并被内廷侍卫救起，不过在水里的时候久了，娘娘呛了不少水，现在虽然已经转醒了，不过身子仍然虚弱得紧。"

我住了低泣，从皇上怀中抬起头来，脸颊上仍挂着泪痕，哽咽道："皇上，如今已近中秋，天气毕竟转凉了，那莲花池水中到底阴寒刺骨，受了湿气对身子可不好。臣妾已无事了，皇上还是去探望一下姐姐的好。"

"你？！"皇上略皱了皱眉，"言言，她这般待你，你却……"

"肃郎对臣妾关怀体贴，臣妾无以为报。不过臣妾始终记得太后的教诲，后宫各处应雨露均沾才好，淑妃娘娘到底落了水，皇上若留在臣妾宫中，难免……"我说着说着红了眼圈儿，哽咽着再也说不下去了。

皇上突然爆发开来，怒声道："又是母后！朕就知道……"说到一半，却又蓦然止

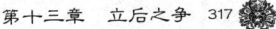

第十三章 立后之争 317

住,垂下头来,闻着我鬓发间熟悉的幽香,眼中一片怜惜,万般不舍。

半晌,神色一敛,沉声道:"小玄子,传朕旨意,永和宫淑妃不慎落水,寒气浸骨,异常虚弱,留在永和宫内悉心调养,没有朕的旨意,任何人不得前去打扰!"

这表面全是关心之意,可实际就是道禁足的旨意,将淑妃软禁在了永和宫内。

我一听,急道:"皇上,不可!臣妾恳请你收回成命!"

"言言,你……你怎么……"皇上听我如此一说,满脸不信地惊呼着。

我拉了他的手,低声道:"皇上,臣妾又何尝不厌恶于她,可这宫中为了立新后之事早已流言漫天了。傍晚之事,莲妹妹句句属实,可当时只我三人在场,这宫里人都知道莲贵人是臣妾去斜芳殿探望她后,皇上才晋了位赐住在臣妾宫里的。皇上若是单凭臣妾和莲妹妹之话便要处罚淑妃娘娘,那别人就断然不会相信是姐姐存了害人之心,反而会说是臣妾为了争宠固位,努力往上爬而设下的毒计!到时,到时臣妾就算满身是嘴也说不清楚了。"

半晌,他才低声呢喃道:"朕知道你受委屈了!可是朕明明知道她要来害朕的骨肉,你却还要朕若无其事地去面对她?去永和宫探望于她?关心她的身子么?"

皇上摇了摇头,坚定道:"不,不可能,朕办不到!言言,别的事朕都可以依着你,此事朕不能依着你,朕只要想到有双恶毒的眼睛随时盯着你腹中的龙胎,随时都有可能出手对付他,朕就心生后怕,寝食难安,朕决不允许这种事发生!"

皇上坚定地抬头,朝小玄子高声道:"小玄子,还愣着干什么?还不快去传旨?"

"是,皇上,奴才遵旨!"小玄子朝皇上一拱手,答应着躬身退了出去。

"皇上,这……"我心中一片窃喜,却仍是一脸的不赞同,无奈地唤着皇上。

皇上搂我入怀,轻拍我的背,安抚着我的情绪,没有说话。

"启禀皇上,娘娘的药煎好了。"珠帘外响起小安子的声音。

"还不快送进来!"皇上一听,忙唤了他进来。

小安子忙掀了帘子,疾步将汤药端了进来,待要放到旁边的小几上,皇上却示意他奉到跟前,亲自端起托盘中的青花瓷碗,放到嘴边吹了吹,又放到嘴里试了试,确定不烫了,这才端到我嘴边,让我就着他的手将碗中的药喝了下去。

小安子早已备好了蜜饯,待我喝完药,忙奉上让我含在嘴里去苦味。

皇上扶了我轻轻躺下,抓住我的手,浅笑道:"放心吧,有朕在呢!你也累坏了,先好好睡上一觉!"

我躺在床榻上,温柔地看着他,笑了。他眼中满是柔情,拉了我的手握在手中,伸手轻轻抚过我的眼睛,轻声道:"言言,快睡吧,朕在这儿陪着你,等你睡着了朕再离开。"

我挣扎着,却终是抵不过汤药的功效,沉沉睡去。

待我醒来时，已经第二日晌午了，彩衣一脸欣喜地上前道："主子，你醒啦？"

我打量了一下四周，蒙眬记起昨儿个落水之事，彩衣却理解错了，掩嘴笑道："主子，昨儿晚上万岁爷待你睡着了才离开的，临走时千叮咛万嘱咐地令奴婢们好生照顾主子您。"

我霎时红了脸，嗔怪道："我又不是那个意思……"随即又觉得自己在多此一举地解释着，忙转了话题，"现在什么时候了？"

彩衣边伺候我起身，边笑道："回主子，已近晌午了。"

我点了点头道："有没派人过去看莲贵人？她现在如何了？"

"奴婢就知道主子会问，早早地便让秋霜过去看过了。"彩衣笑道，"莲贵人喝了杨太医的药，睡了一觉，身子已无大碍了，方才来过一次了，主子还未醒来，奴婢就让她先回去歇着了。"

我点了点头，走至梳妆镜前，静静地看着彩衣为我梳着精致的发髻，问道："小安子呢？怎么都没见着？"

"他呀？一大早便没见着人影儿了，也不知去了哪里。"彩衣悉心替我梳着头，答道。

"主子，奴才回来了。"小安子打了帘子走了进来。

"哟，小安子，你怎么老这么神出鬼没的，都快吓死人了！"彩衣瞟了一眼小安子，嗔怪道。

"嘿嘿……"小安子痞痞地一笑，"奴才当然要跑快点了啦，否则又给了你机会在主子面前编排奴才的不是了。"

"你……"彩衣被他堵了个正着，连连朝我嗔道，"主子，你看小安子……早知道奴婢就狠狠说他坏话，这会子一来就冤枉奴婢。"

"成了，成了。"我含笑从镜中看着一向爱斗嘴的两人，"小安子，你这气喘吁吁的，可是上哪儿去了？"

"回主子，奴才闲着没事，便去各宫里听奴才们闲话家常去了。"小安子朝我躬着身，恭敬回道。

"哦？！都听到些什么新鲜事了？说来本宫也听听，热闹热闹。"

"回主子，如今各宫又还能说什么？只多不过是昨儿个莲花池之事，多半皆说淑妃娘娘偷鸡不成，倒蚀一把米，想趁无人之时害德妃娘娘不成，倒是搬石头砸自己的脚，被莲贵人撞见了，如今被皇上幽在了永和宫内，只怕是要彻查此事了！"小安子兴奋地说着众人的议论。

"咳，这个还算什么新鲜事啊？"我无聊地打了个呵欠，"还有没其他新鲜事儿？换一个来听听。"

"回主子，"小安子躬身道，"奴才还探听到，淑妃娘娘被内廷侍卫救起，送回永和宫，呛了不少水，喝了御医开的方子，身子虚弱得紧，估计到现在也还未转醒。"

"是么？"我细细瞧着彩衣为我梳的飞凤髻，柔声道，"淑妃姐姐落水了，想来这会子身子正虚呢，小安子，还不快去备些礼，本宫这就过去探望淑妃姐姐。"

"唉……主子。"小安子筹措了一下，才道，"主子，皇上有旨，没有他的允许，任何人不得打扰淑妃娘娘静养。"

我淡笑不语，只从袖中取出皇上钦赐的那块"如朕躬亲"的金牌，笑道："后宫之事本就由本宫打理，再加上这个，还不够分量么？"

小安子这才欣喜地点着头，躬身退了出去。

"彩衣啊，等会子要去探望淑妃娘娘，可得打扮得清廉些，就不用着宫装了，去将前几个皇上令绣房新送来的秋衫取一套来就可以了。"

我吩咐着，又对铜镜左右细看，从首饰盒中取了那支皇上赐了一直嫌有些夸张而没有佩戴过的五凤镶红宝石发簪，斜斜地插在髻上。

宫女们取了秋衫过来，我缓步上前穿上，对镜而立，镜中的美人儿梳着精致的发髻，白如凝脂的肌肤上嵌着艳丽的五官，一身修身的及地长裙掩住了凸显的小腹，缓步移动间犹如立在一朵白云之上，一副高贵典雅，仪态万千的模样。

我满意地点点头，彩衣忙上来扶了我，出了殿门，上了小轿，从偏殿出了宫门，一路朝永和宫后门而去。

行至永和宫门口，有守候的侍卫上来拦了，我轻掀轿帘，将手中金牌朝帘口一放，那侍卫忙退了开去，小轿一路从后门进了永和宫。

小安子打赏了守门的侍卫，这才跟了上来，扶了我下轿，缓步走上台阶，朝正殿而去。殿中空无一人，我令彩衣扶了我直奔东暖阁而去。

暖阁门口守着的小宫女待要行礼，我忙示意她住了，只叫人将她带了下去，轻轻打了绣帘，举步踏入暖阁之中，立于屏风后。

只见淑妃无力地靠在金丝绣枕上，脸色苍白，显然还没有从落水的惊吓中恢复过来。

"主子，喝口参汤吧。"海月从小宫女手中接过彩纹细瓷碗来，殷勤地伺候在侧。

淑妃在海月的搀扶下抬起头来，凌乱汗湿的乌发腻在她光洁的额头上，原本秀气的小脸显得更加纤细单薄了，她就着海月的手喝了几口，身上才渐渐地有了暖意。

海月伺候淑妃喝完参汤，取了靠枕让她靠着，这才转身去吩咐奴才们准备些清淡的膳食。

"海月，海月！"淑妃低唤着，声音有些沙哑。

海月吩咐到一半，听到淑妃的呼唤，忙转身上前，半跪在脚榻上，轻声道："主子，可是想要什么？"

此时的淑妃,脸上脂粉全无,一双黑白分明的眼睛在清瘦的小脸上越发大得吓人,断断续续问道:"皇上……皇上呢?"

"这……"海月沉吟着,避开淑妃的眼光,略显惊慌。

"本宫问你们,皇上呢?"淑妃也不知是哪里来的力量,"呼"的一下坐起身来,月白的素纱单衣,惨白无色的脸上眼神凄厉,披头散发的样子乍一看还以为是个女鬼呢!

海月吓得瑟缩了一下,又上前扶她,伺候她靠着引枕,也不答话。

"昨儿晚上,本宫服了汤药睡了过去,皇上是不是来过了?你怎么不叫醒本宫?你敢违抗本宫的旨意吗?"

"娘娘息怒,奴婢不敢!"海月吓得跪在床榻前,颤声答应着,"昨儿晚上,奴婢左等右等也不见皇上过来,怕娘娘伤心,便私自派人去请过皇上了,不过……"

"不过什么?"淑妃不禁恼怒起来,恨恨地瞪着海月。

"听说德妃娘娘受了惊吓,动了胎气,皇上一直在月华宫中……"海月低垂着头,讷讷地回道。

"皇上居然如此偏心!"淑妃嘶声吼着,双手用力地抓着锦绣丝被,关节都泛了白,"到底是本宫落水,还是那个贱人落水?"

"当然是淑妃姐姐落水了!"我脆声声地答应着,扶着小安子的手仪态万千地缓步转过屏风,走到床榻之前,"可这也不能说皇上偏心吧?若是这宫里谁落水皇上都得来探望,那岂不是今儿这个落水,明儿那个落水,后儿个来个集体落水,皇上又怎么忙得过来啊?"

"你!"淑妃看到容光焕发,娉婷立于屋中的我,顿时勃然大怒,抬手就给了跪在跟前的海月一个耳光,"一群废物,都是怎么办事的?连这个贱人到本宫跟前了也无人通报,是不是存心想气死本宫?"

淑妃喘了几口气,又点头冷笑道:"既是如此无用,还留着你干什么!"

海月一听,脸色雪白,不住地磕头道:"主子息怒,主子饶命啊!"

"哟!想不到事到如今,淑妃娘娘的架子还是这么大,怒气还是这么盛啊!"我不冷不热的话语中透着些许讥讽,"也对,瘦死的骆驼比马大,这宫里头毕竟位分最高的还是淑妃娘娘,娘娘跺跺脚,这后宫的地皮也要动几下了!"

"德妃,你给本宫滚出去!没有本宫的允许,你不准踏入永和宫半步!"淑妃听着我话里的刺,更加歇斯底里起来。

我呵呵冷笑着,不以为意地笑道:"呀,淑妃娘娘发威了!"随即又冷哼一声,"看来淑妃娘娘是还不知道发生了什么事了吧?海月,还不快告诉你家主子,昨儿晚上皇上便派人过来传旨了!"

"传旨?"淑妃蓦地转头怒视着海月,"皇上派人来传旨,你为何不唤醒本宫?"

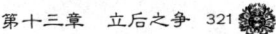

第十三章 立后之争 321

"主子息怒，昨儿个卫公公前来传旨，见娘娘还未转醒，执意要奴婢唤醒娘娘。奴婢见卫公公脸色不善，便求着卫公公讨了个情面，没有唤醒娘娘。还是卫公公心善，让奴婢等娘娘醒来后转告娘娘：皇上口谕，主子您不慎落水，寒气浸骨，异常虚弱，留在永和宫内悉心调养，没有皇上的旨意，任何人不得前来打扰！"

淑妃一听，苍白的脸上神情呆滞，海月嘤嘤痛哭着又道："昨儿晚上宫门四周都有殿前侍卫把守着，这会子谁也不准进出了。奴婢见主子刚刚转醒，身子虚弱，没敢禀了主子，怕您承受不住，不想……不想德妃娘娘却过来了！"

"贱人！是你，肯定是你！"淑妃用尽全力，咬牙切齿地扑到床边，一把扯住我的衫裙，厉声道，"毒妇，明明是你推我落水，却又在皇上面前搬弄我的不是，才害皇上误会了我，这才怪罪于我，是不是？是不是你？！"

小安子上前一把抓了淑妃的手，向后一推，淑妃无力地摔回被褥之间。海月惊呼一声，上前伺候着淑妃，淑妃却双目空洞地看着斜对面墙上挂着的那幅美人扑蝶图，呢喃道："皇上……皇上……你冤枉臣妾了！"

"真的是冤枉么？"我仍不放过精神已有些恍惚的淑妃，冷冷地追问道："昨儿个在莲花池边时，你真的就那般无辜么？那本宫背后那只黑手是谁的？难道大白天的见鬼了不成？"

"娘娘，娘娘！"海月转身上前跪在我脚下，连连磕头道，"娘娘，你发发慈悲，就别再刺激我家主子了！"

我冷冷地低头瞥了她一眼，朝小安子一挥手，立时便有两个小太监上前捂了海月的嘴，将她拖了下去。

"你！"淑妃见我如此霸道，又无能为力，顿时没了力气，完全陷入厚重松软的锦被之间，显得异常虚弱无助，竟有些楚楚可怜。

我上前立于她跟前，目光炯炯地俯视着她，一字一句说道："你敢说你昨儿个就没动过一丝邪念？没有了我腹中的龙胎，你不就多了一丝胜算了么？甚至没有了我，你不就可以如愿以偿了么？"

淑妃躲避着我的眼光，我冷笑一声，继续说道："所幸我早有准备，否则，这会子只怕躺在床上的便是我，而立在月华宫中的便是淑妃你了。"

"哼！我一时心软，才叫你奸计得逞。"淑妃冷哼一声，嘴角逸出一丝讥笑的神色来，"你以为如今便已成功斗垮了我了么？指不准明儿皇上便搬下另一道圣旨来，迎了我出去呢！你以为就算你真的斗垮了我，你便能高枕无忧，如愿以偿么？"

"呵呵！"我不以为意地笑了笑，蓦然敛了神色，"其实做不做皇后，对我来说，根本就没有差别，这六宫之事本就是我说了算，可对淑妃娘娘而言，那差别可就大了。"

"不做皇后么？你这代管六宫能代到几时也是个未知数，你就真以为你能圣宠不衰？

你就真以为这后宫能一直是你一人独大么？别天真了！"淑妃冷冷一笑，一言戳中了我的心病。

"淑妃娘娘说了半天，指的无非就是宁寿宫那位了。你如今之所以敢这么理直气壮地与我公然为敌，处处刁难于我，所仰仗的不也是她么？"我索性直接捅破了那层纸，将淑妃背后之人搬上了台面。

淑妃被我说中了心思，也不说话。我瞟了她一眼，又道："淑妃姐姐可真是聪明一世，糊涂一时，怎么连这也看不明白么？宁寿宫那位如今抬举你，不过是想找个人来牵制于我，好待雨婕妤他日诞下皇子，再逐步提携。即便是你如愿以偿，那个位置怕你也是坐不稳的！"

"妹妹果真是聪明人，我外无所依，内无所靠，也没有诞下子嗣，当初靠王皇后的提携才有了今日的地位，是这宫里仅有的位分在你之上之人，的确是最好的人选。可那又如何呢？我多年来看着王皇后坐在那个位置上，玩弄权势，呼风唤雨，做梦也想坐上去，如此梦寐以求之事，只要能达成凤愿，哪怕只是一天，也死而无憾！"

"是么？看来姐姐是心甘情愿被利用了？只是……不知道姐姐心里是否果真是这样想的了！"

我似笑非笑地盯着她的脸，待她心虚起来时，又笑着退开了去，优雅地抬手轻拍两声，细声道："送进来！"

"是，主子！"绣帘轻掀，彩衣手托托盘踩着小碎步走了进来，托盘上赫然放着一只只有宁寿宫才用的黄底福字纹的细白瓷碗。

淑妃一见那只碗，倒吸了一口气，神色惊恐地看着我，口中直道"你……你……"半天也没挤出一句话来。

"姐姐，你怎么啦？你看到什么了？怎么吓成这样啊？"我一脸无辜地看着淑妃，柔声笑道，"妹妹听说你昨儿个落水受了风寒，特熬制了一碗补药，专程给姐姐您送了过来。"

我状似没见到淑妃那惊恐万分的表情，转头吩咐道："这永和宫的奴才们也太没有规矩了，也不在自家主子跟前伺候着，真是不懂事！算了，小安子，你就勉为其难，伺候淑妃娘娘用药吧！"

"不，不……"淑妃话不成句，拼命地朝后退去，直退至床角中，连连呼道，"不要，我不要喝，我不喝！"

小安子朝小碌子使了一下眼色，二人不由分说地走上前去，淑妃惊恐地看着二人，颤声呼道："该死的奴才，不要命了，你们敢碰本宫么？"

小安子二人却似没听见般，直接爬上了床榻。

淑妃见二人毫不理会她的喝声，吓得声音中渐渐有了哭腔，气势也软了下来："不

要，你们不要过来，不要过来！"

眼见二人近在眼前，已伸出手抓向自己，忙一骨碌翻身爬了起来，跪在床上，不停地朝我磕头，哭求道："德妃娘娘饶命，娘娘饶命啊！"

我立于一旁冷冷地看着她，见她这般狼狈之相，只觉着有些好笑，如今又见她吓得那般模样，磕头求饶的样子，哪里还有一个妃子的高贵典雅。

我再也忍不住了，立时便咯咯笑出声来，半晌，才收了笑，沉声道："淑妃姐姐，你这是在做什么呀？这宫里头你位分最高，几时轮到你来磕头了呀？"

顿了一下，像猛然想起什么似的，一脸关心神色，着急道："哎呀，淑妃姐姐不会是落水后，头被撞到还是怎么了？怎么一副精神不正常的样子啊？"

说着又急急地吩咐道："小安子，还愣着做什么？为了淑妃娘娘身子好，还不赶快伺候淑妃娘娘服药！"

小安子和小碌子一听我这般说，不由分说地上前拉了磕头不止的淑妃，按在床榻之上，淑妃高声尖叫着，小安子一把捏住她的下颚，彩衣端了碗上前，缓缓将碗中褐黑的药汁倒入淑妃口中。

我坐在旁边铺了软垫的楠木椅上，冷冷地看着拼命挣扎却徒劳无功的淑妃。待几人退开来时，一碗汤药已见了底儿，虽说淑妃拼命挣扎洒了不少，可灌进去的毕竟是多数。

淑妃汗湿的乌发沾在两鬓，泪流满面，嘴角还残留着药汁，爬在床边，努力地用手在口中抠着，用力吐着。

"哎呀，我的好姐姐，你不会真的坏了脑子了吧？"我一副惊恐不已的神情，声音中却透着愉悦的讥笑，"这可是上好的补药，别人求还求不到呢，妹妹专程为姐姐送来，姐姐怎么还这般不领情？我还吩咐过奴才们，往后每日按时给姐姐送过来，伺候姐姐服用呢！"

淑妃徒劳无功地吐着，听我如此一说，越发怒火中烧，歇斯底里地咒骂着："你这个毒妇，你不得好死，你会遭报应的！"

"啧，啧，啧啧啧……"我摇摇头，不赞同地看向她，"姐姐，你最好乖一点，妹妹可是听说一般宫里头精神不正常的妃子都会送往斜芳殿隔离的，姐姐，你这状况可是越发的不好了呀……"

淑妃一听，顿时失了力气，歪在靠枕上喘着粗气，也不说话，只恶狠狠地瞪着我。

"姐姐，你真是病得不轻了吧？"我忽略了她那恶毒的眼神，轻描淡写地说道，"这可是姐姐您每日孝敬给宁寿宫那位的九转还魂汤啊，姐姐怎么自己这般害怕服用啊？"

淑妃愣了一下，这才惊觉自己惊慌失措间有些反应过分了，讷讷地避开我的眼光。

"淑妃姐姐，你说……宁寿宫那位要是知道了姐姐服用这九转还魂汤是这般反应，你说……她会怎样呢？"

"不要！"淑妃失声惊呼，随即明了我只不过是在试探她而已，顿时只觉眼前有些发黑，浑身软软地朝软枕被褥间靠去，呢喃道："你……你果真知道了……"

"知道什么啊？"我眨着明亮的大眼，一副无辜的样子，"知道淑妃姐姐的秘密呢？还是知道这九转还魂汤的秘密啊？"

"哼，你既已知道了，又何必在我面前装蒜？"淑妃深深地透了口气，心中提心吊胆的那块心病没了，人反而坦然起来。

"唉，淑妃姐姐又何尝不是被逼无奈之下才出此下策的呢？做妹妹的也能理解姐姐的心情。"我深深地叹了口气，无奈道："姐姐，妹妹只想知道，自王皇后去了后，你我二人共同代理六宫，妹妹自认处处礼让姐姐，并未有专行独断处，姐姐为何……姐姐却为何起了异心？"

"呵呵，妹妹是如此精明之人，又怎会连这也想不明白呢？"淑妃自嘲地笑笑。

"我想听姐姐亲口说出来。"

"承蒙妹妹不弃，姐姐便说上这么一段吧。"淑妃陷入深深的沉思之中，"你我二人共同代理六宫，妹妹处处以我为先，事事征询我的意见，我心里自是异常高兴的，毕竟妹妹履行着当初的承诺。"

"那姐姐还有何不满呢？"

"初时并无不满，可时日一久，明眼人都看得出来，真正有能力掌管后宫之人，却是妹妹一人，或多或少地也有人在我面前提及此事，一次两次倒也罢了，可时日一久，我心中多少就有了些疙瘩。"

"所以便有了西宁将军接风洗尘宴上的那名舞女？"

"呵呵，那仅仅是个开始而已，那会子的我不过担心你圣宠日浓，越过我去，晋为贵妃罢了。真正激起我野心的却是那日……"淑妃陷入记忆中，回忆起往事来。

"那日宴会上，睿儿抓着皇上的衣服不放，皇上不仅没有发怒，反而一脸和蔼地当着众人的面轻言细语地哄着他，其他几位皇子几时受过这般恩宠？平日里问候几句，甚至连抱一下，我们做母妃的都觉着是天大的恩宠了。

"我千方百计挑了并献上那名舞女，皇上却在看了你一眼之后毫无犹豫地赐了别人，我鱼刺在喉，回到殿中，又瞧见暖阁中皇上亲自执笔为我画的美人扑蝶图上不知何时已蒙上了一层灰。

"一时之间，我大发雷霆，想要责罚奴才们。太后却意外地来到了我宫里，我忙迎了上去见礼。太后亲自扶起我来，看了看旁边战战兢兢的奴才们，笑意盈盈地问道：'哀家听说你近日身子不爽，所以特来看望，想不到在门外就听见你大发脾气，究竟何事惹你如此生气啊？'

"我被问中了短处，脸上讪讪地笑道：'有劳太后关心，其实也没什么了，只是这

两个丫头疏于打理，皇上亲自画给臣妾的美人扑蝶图都积了灰也不知道，所以臣妾才会……'

"'哦？哀家看看。'太后说着转上前去，细细打量着那幅画，半晌，才笑道，'这卷轴处的灰尘，不细心留意实在不怎么看得出来。'语音一转，别有深意地看了我一眼，我面色微红，低下头去，太后却语含深意地说道：'其实淑妃着急的不是这幅画，而是人，对吗？'

"那双黝黑的眼睛直看到我心里，我不由得打了一个冷战，仿佛有种被人看透的感觉，忙低下头去，不敢与太后对视。

"太后却携了我的手，走了几步同坐榻上，软言道：'你也算是哀家众多媳妇中入门较早的了，为皇上诞下了出云公主，多年来伺候皇上也一向尽心尽力，协助先皇后处理后宫诸事也向来尽心竭力，哀家一向都很看中你，早把你当成了自己的女儿了。'

"'多谢太后挂心，臣妾没有你说的那么好。'我与太后向来不亲近，太后突然如此厚待，倒叫我一时手脚无措，只忙着推诿。

"'最近，皇儿是不是很少来你这儿了？'太后伸手整了整我精致的发髻，柔声关怀道。

"其实皇上这些年来已很少翻我的牌子了，我抱养了宏儿后倒还过来得勤些，但也多只是问问宏儿，与我闲话几句罢了，睿儿出生后就很少来了，到皇后去了，妹妹你又怀孕之后就越发地少来了。

"我听太后这么一说，不禁神色黯然，垂眼欲泣，哽咽道：'皇上可能国事繁忙，所以才会没有空常来臣妾这里吧。'

"太后取了丝帕，轻轻为我擦去眼角的泪水，柔声道：'好孩子，委屈你了。其实皇上在忙什么，你和哀家都很清楚。淑妃，你出身是低微了些，可如今你是这宫里位分最高的妃子了，你用不着这么委曲求全，处处忍让，你一心一意地安于现状，可不是每个人都和你一样的心思，难道到了现在，你还不明白么？'

"我心里咯噔一下，心中有些诧异太后竟跟我说这些话，思量了一下，勉强笑道：'皇上对臣妾和出云、宏儿一向都很好！'

"'可是，不像对德妃那么好嘛。你看上次德妃生了浔阳，皇上便不顾出云而封了浔阳为长公主，有了睿儿，皇上便不如先前那般心疼宏儿了，如今，她又有了身子……'太后一脸了然的表情，接着道，'其实这也一点不能怪皇上，那个德妃的确是很有办法，人生得好，又口甜舌滑的，把宫里上下哄得眉开眼笑的，连哀家也很是心动呢。这一点，你可是差了些，亏你还和她情同姐妹呢！'

"我想到你平日里种种做法，又听太后这么一说，一心认定你处心积虑想越过我去，定然是起了要争后位之心，口中不屑地说道：'太后，臣妾糊涂，多亏你这般提点，情同

姐妹么？那已经是从前的事情了。'

"太后连连点头，长叹一声，轻轻拍着我的手，说道：'你明白就最好，其实，有些东西变了就是变了，你再强求也是无用。就如同这画，你保存得再好，也终有陈旧破损的一天，人都不在了，留着这些东西又有什么用呢？'

"我呆呆地看着那墙上之画，沉思不语，太后又道：'圣宠不是等来的，而是要自己去争取的，权势亦然，害你失去这一切的，不是你自己，而是……皇上心中的人啊！'

"我恍然大悟，再抬起头时，原本黯然无光的眼中跳跃着小火苗，连声道：'臣妾多谢太后的关怀教诲，臣妾定会铭记于心！'

"于是……"

听淑妃细细回忆着当初的情景，我竟不知这中间竟有这样的插曲，也断然没有料到宁寿宫的那位竟会使上这样的手段，直到此时，我才真正相信了杨公公说这后宫之中最精明、最厉害的只有她的这句话。

"于是，你联合了容婕妤，上表弹劾我的父亲，对么？"

"对，不料你却真能狠下心来，大义灭亲，也堵住了太后的嘴，但皇上执意只将莫尚书流放而没能依着太后斩首示众，又越发地亲近于你，太后更是怒火中烧。

"新进的几位妹妹虽然水灵聪慧，可到底底子差了些，太后也不再放心外人，只得将她刚满十五岁的大侄女端木雨接进宫来，竭力提携着，一路从贵人直往上升。

"我这才恍然大悟，原来我不过是她的一颗棋子罢了，于是……于是我一方面不动声色地敷衍着她，另一方面使用了这九转还魂汤，每日里侍奉她服用。待本宫坐上后位的那日，便是她的好日子了。

"哈哈……人算不如天算，到底还是妹妹心细如丝，居然连这个前太医院院首华太医都没能识破的妙计，竟被妹妹知道了这其中的奥秘！"

"姐姐怎会识得这九转还魂汤之方呢？又怎会如此肯定连华太医都不识此方呢？"我急忙追问着脑中的疑惑之处。

淑妃愣了一下，随即笑道："是了，妹妹入宫时那件事早已成为历史了，薛皇后去时她的养胎御医正是华御医，而本宫是时刻追随着后来的王皇后、当时的仪贵妃的，妹妹你说，姐姐怎么会不识得此物呢？"

"啊？！"我一脸惊恐，颤声道，"姐姐，你是说……你是说当初的薛后是被人……"

"妹妹何须大惊小怪的，宫里这种事多了去了，能坐到顶尖儿的位置之人，哪一个不是双手沾满血腥之人？我就不说了，跟着王皇后做了多少，我自己都不记得了，妹妹呢？为了攀高枝儿，求自保，不是连亲生父亲都不顾了么？"淑妃一副我少见多怪的样子，闲闲地看着我。

我想张口辩解，可始终没能说出一言半句为自己辩解的话来，仿似如今说什么都显得那么苍白无力了。

淑妃早已心灰意冷，自嘲地笑笑："如今姐姐算是失败了，彻彻底底地失败了，从我动手的那天起，也早已做好了承受失败的准备了。只是，我很是遗憾，不能看到最终的结果了，我一直都很想知道，这宫里最精明的两个女人，究竟谁才是最终的胜利者。事到如今，恐怕是再没机会了，妹妹，姐姐还有多少时日呢？"

我一愣，疑惑道："什么多少时日？姐姐，你在说什么呢？"

"瞧，妹妹总是喜欢这么装模作样地假装善良，姐姐就直白问了吧。方才妹妹命人给姐姐灌下的那碗药，什么时候毒发呢？"

"姐姐，你在说什么呀！"我愣了一下，随即笑开了去，"姐姐，方才那碗，不过是普通的补药而已，姐姐若每日喝，身子便会日渐康复了。"

"什么？"淑妃一脸的难以置信，"妹妹你……难道不是……"

我目光真诚地看着她，点了点头道："姐姐，这六宫事务繁忙，靠妹妹一个人是撑不起来的，只要姐姐往后和妹妹一条心，尽心竭力共同管理六宫诸事，你永远都是我的好姐姐！"

"你……你说的……可都是真心话？"淑妃一听，顿时红了眼圈儿，愣愣地重复着我的话，不敢置信地又问了一遍。

我起身上前，侧坐在淑妃床榻之上，握着她的手，目光柔和地望着她，真诚地说道："妹妹句句皆是肺腑之言！"

淑妃盈满眼眶的泪水顿时滚落而下，拉着我的手，连连道："谢谢妹妹，谢谢妹妹，姐姐往后定然鞍前马后，愿供妹妹驱使！"

"姐姐这是哪里话！往后啊，还和往常一般，妹妹事事处处皆需要姐姐在旁多多提点呢！"我笑着取了丝帕替她擦着眼泪，又伸手将开她额边的鬓发。

"只要妹妹不嫌，我定当尽心竭力！"淑妃万料不到我不仅不为难她，还像往常般敬重她，自是感激万分。

"姐姐也一定累坏了，就在殿中好生歇息吧。"我扶了她躺下，又道，"太后那边，姐姐还是得要先敷衍着才是，至于皇上这边，姐姐只管安心静养，妹妹自有主张。"

淑妃刚止住的泪水又滚落而下，哽咽道："但凭妹妹做主！"

我起身呼了海月进来，吩咐道："海月，还不快伺候你家主子沐浴更衣，用膳服药！"

"是，娘娘，奴婢省得！"海月本以为淑妃定会有事，却见淑妃好好的，又见我一脸平淡地吩咐着，一脸感激地朝我磕头道，"奴婢这就去办。"

我扶着小安子缓步走至门口，蓦然想起一件事来，停下脚步，没有转头，只平淡地问道:"姐姐,太后的九转还魂汤不知是否每天还定时奉上?"

"这个……太后她老人家早已习惯定时服用姐姐的汤药了,如今断然不能因着皇上误会了我,便行那不孝之事,妹妹尽管放心。"

听到淑妃的保证,我又朝前走去,小安子打开帘子,我刚跨过一只脚出了门,背后又传来淑妃疲惫的声音:"妹妹,保重,千万保重啊!"

刚入月华宫门,小碌子便上来禀道:"娘娘,莲贵人来了一会子了,奴才想想主子也差不多快回来了,便请她候在偏殿里了。"

我点点头,吩咐道:"这会子去请她过来吧。"

入了暖阁,吩咐彩衣给我换了一身素净宽松的衫裙,歪在贵妃榻上假寐。

珠帘响动,木莲踩着莲花小碎步走了进来,含笑朝我刚要躬下身去,彩衣已上前一把拉住了她,扶她往旁边垫了软垫的楠木椅上坐了,口中直笑道:"我家主子说了,莲主子受了寒气,身子骨也还很是虚弱,况且此时又无外人在,就不必行此大礼了。"

木莲含笑看着我,微微起身,口中连连道:"谢娘娘恩典,谢娘娘关心!"

我坐起身来,取了软枕靠着,含笑着朝她示意道:"妹妹如此见外,未免显得生分了。"

木莲立时不好意思起来,微低着头,小心翼翼地挪了挪身子,端正地坐在楠木椅上。我见她处处谨慎的模样,不由得轻叹了一口气,这木莲出身低微,便时时觉着自己低人一等般,在后宫嫔妃面前总那般拘谨,连一些地位在她之下的嫔妃也不把她放在眼中。

我起身上前拉了她,一同走到暖炉旁,围着铜炉坐了,拉着她的手,含笑道:"妹妹,身子好些了吧?"

"娘娘,嫔妾早就没事了,落水时间不长不说,嫔妾又不像淑妃娘娘那般不会游泳,服了几帖太医的药,早就没事了。"木莲宽慰着我,忙向我保证道。

"没事就好,没事就好!"我口中像安慰自己般连连道,轻拍她的手,一脸感激道,"妹妹,谢谢你!"

"娘娘,你这是什么话?"木莲一脸疑惑地看着我。

"妹妹,你怎么那般傻,昨儿个明明说好了落水之人是我才是,妹妹当时怎么就……"

"娘娘,你身子这般重了,眼看着就要生产了,要是有个三长两短,嫔妾……"木莲回想着当时的情景,一脸肯定地连连点头道,"娘娘,嫔妾的选择没有错!"

"可是……"我见她这般神情,又想起杨太医的话,不由得红了眼圈儿,颤声道:"可是秋日的池水那般冰冷幽寒,妹妹的身子……"

"娘娘就不必担心嫔妾的身子骨了!"木莲笑道,"嫔妾生来就是奴才命,身子骨强壮着呢,这不是已经好好的了吗?娘娘只管宽怀,好生养胎,嫔妾的身子骨交给太医们去

第十三章 立后之争

操劳便是了。"

"妹妹……你就别骗姐姐了！"我拉住了强颜欢笑宽慰我的木莲，眼中的泪水再也忍不住了，如断线的珍珠般滚落而下，哽咽道，"我命人问过杨太医了！"

木莲牵强的笑容僵在脸上，我痛心道："妹妹，都是姐姐害了你！你放心吧，姐姐已经想好了，若此次顺利产下皇子，姐姐便去找皇上……"

"不可，姐姐！"木莲打断了我的话，拉住我，强装的笑颜早已隐去，眼泪滚落而下，哽咽道，"姐姐不必自责，这都是命！嫔妾身份低微，即便是养育了皇子也只怕是害了他一生，如此甚好，如此甚好，况且嫔妾已经有了海雅，嫔妾心满意足了！"

"不！妹妹。"我拉了她的手，着急道，"这不可以，在这个母凭子贵的地儿，你一定要养育皇子才可以，一定要！"

"娘娘。"木莲轻轻替我擦去脸上的泪珠，柔声道，"娘娘，各人有各人的命，如果没有娘娘，嫔妾这会子还在浣衣局里拼命地刷洗衣服，嫔妾的全家也还吃不饱穿不暖呢；如果没有娘娘，嫔妾这会子还在斜芳殿里看人脸色，海雅连口奶都吃不上呢。没有娘娘，便没有嫔妾的一切，嫔妾的娘常教导嫔妾，滴水之恩，当涌泉相报，娘娘对嫔妾的恩情，嫔妾几世也报答不完了！"

我刚止住的泪水，又汹涌而出，我不过是为了自己，利用了这样一个善良的女子，她却一心只记着我对她的好，毫无怨言，倾其所有为我付出，不求一丝丝回报。

"木莲……"

"娘娘，嫔妾不后悔，真的，如果再给嫔妾一次选择的机会，嫔妾也一定会毫不犹豫地跳下去！"木莲温顺的眼中透出一丝不可忽视的坚定来，"况且姐姐的荣耀便是妹妹的保障，有姐姐的锦衣玉食，尊贵万千，定少不了妹妹的衣食无忧，富贵万千！"

"妹妹！谢谢你，真的，谢谢你！"我扑进木莲怀中嘤嘤痛哭起来，第一次我觉着自己错了，错得如此彻底，但愿老天能听到我的悔过之声，让我在往后的日子里好好补偿木莲这样一个善良的女子。

"哎呀！两位爱妃，你们这是怎么啦？"珠帘响动，随即传来皇上关切的声音，我二人忙分开了来。

皇上看看眼泪汪汪的我，又看看挂着泪痕的木莲，上前扶了我，柔声朝我二人说道："你们这是怎么啦？什么事惹二位爱妃如此伤心？"

目光细细打量而下，我微有些紧张地扶了扶小腹，皇上的眉头不由得拧了几个结，朝木莲柔声责怪道："莲儿，德妃如今的身子不比寻常，她若不开心了，你陪着她便要多多相劝了，怎么连你也一块儿在哭了？两个人都哭得像个泪人儿似的，你昨儿个寒气侵体，也该好生调养才是啊！赶明儿也有了身子，可怎生养育？现下就好好学着点儿。"

"是，皇上，臣妾知错了！"木莲低垂着头，看不清她面上的神色，汹涌而出的眼泪噼里啪啦滴了一手背。皇上又在跟前，她吓得忙伸了手去擦，却是徒劳无功，眼泪像断线的珍珠般落个不停！

木莲的心情我知，原本不那么伤心的我听皇上如此一说，再也忍不住了，没有哭，眼泪也止不住地盈满眼眶，滚落而下！

皇上越发地疑惑了，伸手替我擦去脸上的泪珠，柔声问："言言……究竟怎么啦？你告诉朕！"

我堵在心里的痛如决堤般汹涌而出，扑进皇上怀中失声痛哭起来，半天才哽咽道："皇上……皇上，杨太医说莲妹妹她……她往后再也不能生养了！"

"啊？！"皇上一脸震惊，呆在当场，半响才道，"怎么……怎么杨太医没有禀朕？"随即脸色阴沉下来，低沉的声音中透着些许威严来，"这个杨……"

"皇上！"歪在一旁一脸悲痛的木莲见皇上似有些发怒了，忙起身跪在跟前，哽咽道，"皇上息怒！昨儿晚上杨太医诊完脉便告诉臣妾了，说臣妾身子并无大碍，只是……只是产海雅时虚了身子骨，如今寒毒入体，只怕……只怕是这辈子再也不能替皇上生养了！"

说到伤心处，木莲再也说不下去了，嘤嘤抽泣着哽在当场。皇上忙拉了木莲起身，坐在一侧，柔声道："别怕，朕这就传宫里最好的御医们过来瞧瞧，让他们仔细想法子……"

"不，皇上！"木莲伤心欲绝，却倔强地坚持道，"俗话说'命里有时终须有，命里无时莫强求'，既然是命，又何须强求，只顺其自然便成了。臣妾不要紧，只要德妃姐姐无事，臣妾便放心了。皇上也不要责怪杨太医，是臣妾怕您和姐姐担心，这才求他帮忙隐瞒的，不料……姐姐和皇上终究还是知道了！"

"妹妹，你总是这般善良，处处替别人着想……"我瞟了皇上一眼，又低头低声抽泣着，"昨儿个若不是妹妹，只怕这会子躺在床榻之上的便是姐姐了……也不知……也不知这龙胎和姐姐是在与不在了……"

"不，不……姐姐，没有这个万一，你就别多想了……"

皇上搂我入怀，心疼道："言言，不要想着这种可能，你不要吓朕，朕想起来就后怕！淑妃那个毒妇，朕决不轻饶了她！"

"只是……只是苦了莲妹妹她……"我窝在皇上怀中，低声呢喃道。

"小玄子！"皇上细细地替我擦去腮边的泪水，高声朝门外呼道。

"奴才在！"立于外间门口候着的小玄子忙掀了帘子疾步进来，躬身道，"万岁爷，您有何吩咐？"

"去内务府传朕旨意：莲贵人温柔贤淑，品行出众，加之护卫龙胎有功，特晋封为嫔！"皇上微微有些沙哑的嗓子带着些许磁性，沉声吩咐道。

第十三章 立后之争 331

"是，皇上，奴才遵旨！"小玄子得了旨意，躬身退了出去。

我朝呆愣在一旁的木莲道："妹妹，还不快谢恩！"

木莲这才恍然大悟，忙起身退了几步，朝皇上端正跪了，磕头道："臣妾谢皇上恩典，皇上万岁，万岁，万万岁！"

皇上含笑朝我道："这会子你不哭了吧？"

我含着低下头去，举手轻捶了他一下，他不以为意地转头朝木莲道："莲嫔，快起来吧。"

木莲又磕头谢了恩，这才上前来围着铜炉坐在皇上另一侧，皇上拉了她的手，柔声道："万事没个绝对，朕明儿个就命太医院派人过来再仔细替你诊诊脉，无论怎样，先好生养好身子。"

"是啊，妹妹，你就听皇上和姐姐的吧。"我在一旁帮腔道，"你不为自己着想，也得为年幼的海雅着想才是啊！"

木莲一听，愣了一下，随即轻咬樱唇，用力地点了点头，我舒了一小口气，知自己已说到了她心坎上了。

皇上见我二人心情平静了许多，这才高兴起来，传人进来伺候梳洗过，陪我二人入了园子观赏秋色。

风风火火的后位之争，因着淑妃的被幽一时之间竟成为宫中的忌讳，谁也不敢再议论纷纷。既然无人提起，我自然也不会主动提起，只每日处理完宫里的杂事，定期向太后请安，尽心服侍皇上，好生养胎。

因着落水之事，木莲越发地受宠起来，脸色的光芒更盛了，也渐渐有了主子的架子，不似往常般见人矮半截了。

宫里有其他嫔妃心里堵着，也不敢多言，只时不时地过来我这里说些是非，我一笑置之，也不说话。

这日午后刚午歇起身，容婕妤便与几位妹妹一并来了我殿中。我笑着招呼了几人坐在暖阁中喝着今年新进的秋茶。

容婕妤笑道："到底还是姐姐这里舒畅些，这人气旺些，就是不一样！"

我呵呵地笑着，也不接话。宜贵嫔眼光一转，笑道："娘娘，你这身子转眼也八个月了吧？"

说到腹中的胎儿，我眼中不由得有了些许柔情，含笑道："是，一转眼都有八个月了。"

"到底是姐姐福分好，这都已经是第三胎了。像嫔妾这般，所幸产下了皇儿，这才有了依靠，那些没有生养的妹妹们……"容婕妤一副惋惜垂怜的样子，"唉……"

在场的惠才人、玉才人、雪贵人等几人立时红了眼圈，连宜贵嫔也有些许无奈和伤怀起来。我这才觉察出今儿气氛不比寻常，细细打量着几人，心下微微有些明了，这几人怕是容婕妤怂恿而至，抑或是几人也想依着容婕妤到我这儿来道不平了吧。

"好好的，妹妹们这都是怎么了？"我不动声色地问道，"妹妹们都还年轻，生养之事也用不着这么着急，往后啊，有的是机会。"

"娘娘，话虽是这么一说，可是……"雪贵人到底是最沉不住气之人，才这么一说，便率先跳了出来，"可是……皇上许久都不翻嫔妾们的牌子了，这哪里还会有什么龙胎啊……"

我一听，立时沉下脸来，沉声道："听雪贵人的意思，倒是觉着这是皇上的不是了？"

"不，不！"雪贵人一见我沉了脸色，忙收起性子，恭敬地回道，"娘娘明鉴，嫔妾没有这个意思。"

我也不想将气氛闹僵，见她软了态度，便软言说教道："雪贵人切莫着急，都住在这宫里，还怕没有机会啊。再者说了，这皇上喜欢谁，宠着谁，也不是我能左右的，我能做的不过是劝导皇上罢了。"

"娘娘说的，嫔妾们都知道，只是……"原本有了身子的惠才人却在两个多月时莫名其妙地小产了，再后来，皇上便再也没有翻过她的牌子。

我看看她苍白的脸颊，柔弱的身子越发的瘦骨嶙峋了，她本就是丫鬟出身，这会子失了龙胎又没了恩宠，只怕日子也是不好过的吧。

我目光温和地看向惠才人，柔声问道："只是什么？惠妹妹。"

惠才人看看我，脸色微红，低下头去，半响才下定了决心似的，抬头朝我说道："只是嫔妾们听说……听说莲嫔已是不能生养，可皇上这般宠溺着她，岂不是不利于皇家开枝散叶，子嗣昌盛么？"

"娘娘，惠妹妹说的一点不错。"雪贵人见有人起先开了口，忙接着道，"妹妹们也是为了皇室着想，为了后宫众位姐妹能和睦相处，这才斗胆向娘娘禀了此事，请娘娘劝劝皇上，嫔妾们也是为了皇室昌盛，请娘娘成全！"

我看着眼前一副大义凛然模样的雪贵人，冷哼一声，厉声喝道："住口！雪贵人，你看看你现在这副样子，一副大义凛然的样子，可本宫看到的却是一张充满嫉妒的脸，你平心而论，今日这番话有几分是出于真心，又有几分是出于嫉妒？"

惠才人见我动了怒，霎时白了脸，吓得浑身一软，从椅子上滑了下来，双膝一屈跪在地上，颤声道："娘娘息怒，都是嫔妾的不是，请娘娘责罚！"

雪贵人却是个性子耿直之人，胆子又素来是大胆，那日后花园公然与皇上当众调情之后，皇上再也没有翻过她的牌子。这会子终是忍不住了，跪在地上，挺直了身子道："娘娘，嫔妾们所言句句属实，莲嫔霸着皇上的专宠不放，又不能生养，使后宫不能雨露均

第十三章　立后之争　333

沾，怨气丛生，既不利于皇家开枝散叶，也不利于众姐妹和睦相处，请娘娘明鉴！"

"莲嫔不能生养？这是哪里传出来的谣言？雪贵人，你倒是说说这个人是谁？把她给本宫揪出来，皇上早有旨意，严禁宫中妄传谣言，本宫定当按宫规严惩不贷！"我恨恨地瞪着雪贵人，"专宠么？你如今口口声声地指责莲嫔独宠专房，你刚进宫那会子皇上日日翻你的牌子之时，你怎么没有这种想法？这会子却又言辞凿凿地指责起别人来了？"

雪贵人待要再说什么，容婕妤在一旁喝道："还不快住了！雪妹妹，我看你是嫉妒到晕了头了，敢这般同德妃娘娘说话！"

容婕妤起身朝我微微福了一福，道："娘娘，都怪嫔妾不好，好好地提起这些事来，倒惹了妹妹们的伤心事了。姐姐，嫔妾先撵了雪贵人回到殿中好生反省，就不打扰姐姐安心养胎了。"

我点了点头，朝雪贵人厉声道："雪贵人，你回去好生反省反省，没有本宫的旨意，不得在宫中随处走动！"

闹腾了这会子，我也有些乏了，只命彩衣恭送众人。众人忙起身谢了恩，扶了脸色惨白、目光呆滞的雪贵人离去了。

我长长地叹了口气，靠在椅上，闭着眼，蓦然想起今儿午后约了木莲教我绣小孩的肚兜呢，这会子也应该来了吧，怎么还不见人影呢？

我忙高声呼了小安子进来，问道："小安子，莲嫔不是说今儿午后便过来的吗？怎么都这会子了还不见人影？你派人过去看看。"

"啊？"小安子神情有些吃惊地回道，"回主子，莲嫔主子早就出来了啦。那会子奴才正在前面忙乎着，莲嫔主子笑着说都这么熟了，也不用客气了，自己过来便成了。奴才正在给小太监们预算过冬的衣袄，也就同意了。怎么？莲主子这会子还没到吗？"

"没看见啊。我方才还和容婕妤几人在屋里闲聊呢，这会子闲下来了才想起这事来了。"我口中说着，心里却咯噔了一下，不会刚好莲嫔过来时在门外听到方才容婕妤几人说她的话了吧？

"主子，奴才这就带人四处找找！"小安子一听，神色有些慌乱起来，忙回头想出去安排人寻找。

"不用了，娘娘，嫔妾在这儿！"木莲低垂着头，小心翼翼地从殿门旁的帘子中小步移了出来。

我舒了口气，上前拉了她，嗔道："妹妹怎么在这儿，可教姐姐好找！"

木莲挣开我的手去，"咚"地跪在跟前，哽咽道："谢谢姐姐！"

我一惊，忙示意小安子拉了她起来，口中笑道："好好的，妹妹怎么又说这话了，不是都说再不见外了么？"

木莲神色一敛，又跪了下去，急急地解释道："娘娘，嫔妾不是故意要偷听娘娘与几位姐姐闲话家常的。嫔妾走到门口,只听得娘娘与几位姐妹为了嫔妾争吵着,嫔妾怕入得屋内让娘娘为难,这才在门口筹措着,正犹豫间又听得婕妤娘娘说要回去了,慌乱之间才躲进了帘子背后,请娘娘……娘娘切莫怪罪嫔妾。"

我上前牵了她的手,一路朝暖炉而去,口中笑道:"妹妹却是为了这事,她们呀,也不过是为着争风吃醋,妹妹你千万别往心里去,姐姐已经责罚过她们了。"

"可是……几位妹妹……"木莲看来是听到了惠才人和雪贵人之言,心里有些哽着。

"咳,这话你也听得?皇上喜欢你那是皇上的恩典,这宫里佳丽三千,皇上的恩宠向来是以天计算的,妹妹啊,你如今正是圣宠之时,可得要十分上心才是啊!"我拉着她的手,轻拍着。

"可是……几位妹妹说得也没有错,嫔妾又不能生养……"

"瞧你,还上心了。且不说那南御医不是说好生调养还有希望,只说说皇上喜欢你,也没说一定要生养的不是?再者说了,你不也是海雅公主的母妃么?"我细心劝道,"妹妹啊,做姐姐的跟你说句知心的话儿!无论别人怎么说,这圣宠你也不能辞却,还得打起十二万分的心思小心伺候着,你不为你自己着想,也得为海雅着想啊,你难道忘了在斜芳殿中海雅连奶都喝不上的日子么?"

木莲蓦地一惊,随即若有所思地点了点头。

我二人又闲话了几句,小曲子突然过来传话,说是皇上在御书房,特旨传我过去。我心里总是有些疑惑,却也不敢有所耽搁,忙唤人进来伺候着整理了一下,向木莲歉意地笑笑,出了门,上了软轿,一路朝御书房而去。

我跟着小曲子行至御书房门口,小玄子早已候在门口了。我跟着小玄子进了屋行过了礼,见皇上正在桌案前埋头,专心致志地写着什么。

我也不敢打扰,只是静静地站在一旁候着。不料皇上却突然搁下了笔,抬头对我说:"言言,你来。"

我以为皇上有什么吩咐,忙走到他身旁。谁想皇上却突然拿起那桌案上摊开的折子递到我跟前:"言言,你看看。"

我吓了一跳,怎么突然召我过来,却是叫我看什么折子,心中一惊,不知所为何事,"咚"的一声就跪下了:"臣妾不敢!祖宗家法训示,凡内廷后妃等不得干政。"

皇上忍不住一笑,赶紧扶起了我来:"你呀,这么重的身子自个儿也不好生注意着,动不动地就跪来跪去的。就算你不相信自己也要相信朕啊,朕明知祖宗家法,更何况朕是那种需要依赖后宫指点政务的皇帝吗?"

我听他这么一说更是万分惶恐,连连摇头道:"不,不是。皇上恕罪,臣妾,臣妾没有这个意思……"

皇上见我手足无措的样子,忙拉了我安抚道:"傻瓜!朕当然知道你不是这个意思

了。朕让你看，自然有朕的道理在。"

他强行把折子塞到我手中，我虽摸不清今儿皇上这是怎么了，这么做是什么意思，但也不能违逆他，只得硬着头皮，心中惶恐万分地打开了折子，胡乱地扫了几眼。

"奉天承运……今中宫玄虚，六宫无主，有碍国体……德妃莫氏，度娴礼法，德容兼备……协助先后代理六宫……有母仪天下之风范……今册立为皇后，实乃众望所归，着内务府择良辰吉日行册封之礼，钦此！"

第十四章　凤临天下

　　这，这怎么可能！我又惊又喜，心中百味聚集，捧着奏折的手止不住颤抖着："皇……皇上，这……这……"

　　皇上动容地握着我的手，怜惜地看着我慌乱的眼睛，柔声道："言言，这些年……委屈你了，从今往后，朕会补偿你的。"

　　"皇上……皇上……"我连连摇头，眼泪如断了线的珠子般滚落而下，顺势依偎在皇上怀中，激动地哽咽道，"皇上，臣妾从没感到委屈，臣妾知道，很多事也是没有办法的事，皇上有皇上的难处，臣妾不怨皇上，更不怨太后，只叹臣妾的父亲走错了路。"

　　皇上扶了我的肩，轻轻替我擦去眼泪，看着我道："朕明日就会下诏告知天下，并责成礼部负责册后的一切事宜，今后，朕就将这后宫全权交给你了。"

　　我含着泪，挂着泪痕的脸颊上绽开了一丝欲语含羞却舒心满足的美丽笑容，我慢慢跪下，俯身磕头道："是，臣妾遵旨！"

　　宽松衣袖下的十指紧紧收拢，心中默默地祷告着：娘，你我心灵相犀，你可曾感应到，女儿终于成功了。你等着吧，女儿会将父亲接回来了，一定会！

　　皇上含笑上前，将我扶了起来，对着我微微一笑，正待开口，门口却传来小玄子慌慌张张的声音："皇上，不好了，不好了！"

　　皇上眉头一蹙，脸色立时阴沉了下来，沉声喝道："作死的奴才，慌慌张张成何体统？究竟所为何事？"

　　"回皇上，方才宁寿宫传来消息，太后病危！"小玄子吓得目不斜视，只低头恭敬回

道。

我心中蓦地一惊，沉了下去！却不动声色，只面带焦急，拉了皇上，急道："皇上，快去看看吧！"

皇上面色一痛，看着我为难道："言言，这……"

我急急地拉了他往殿外而去，口中直道："皇上，这都什么时候了，先去看看太后要紧。卫公公，还不快去把龙辇唤来！"

小玄子忙答应着出去了，皇上没有再说话，只阴沉着脸和我朝殿外而去。

赶到宁寿宫时，御医们已为太后请完脉。皇上一入暖阁，便急急地问道："南宫阳，母后的身子如何？"

南宫阳微微摇了摇头，沉痛地说："回万岁爷，太后这几年的身子是一天不如一天了，今儿午后身体状况又急转直下，如今又一直昏迷不醒，微臣只怕……臣等自当尽心竭力！"

我感到皇上拉着我的手蓦然用力起来，神情微微有些激动，我知他也心知太后的情况，威严的声音中夹杂着些许颤抖："那还愣着干什么？还不快去开方子！"

太医们战战兢兢地迎着他的怒气，行了礼，退了出去。皇上亲自守在太后跟前，一晚上连着伺候了几次汤药，终于在第二天早晨，太后从昏迷中苏醒过来。

皇上欣喜若狂，失态地上前跪在脚榻之上，拉着太后的手痛哭落泪，哽咽道："母后，你醒来了？你没事，真是太好了。"

太后反握住他的手，沉声道："皇儿，你这是干什么？快起来，母后没事，母后啊，还硬朗着呢！"

太后说着，用冰冷而深邃的眼光瞟了一眼默默立在一旁的我，我浑身止不住打了一个激灵，忙上前扶了皇上，柔声劝道："皇上，您一宿没合眼了，如今太后醒来了，您先回去歇着吧，这里有臣妾伺候着就成了。"

"可是，母后……"皇上年纪也大了，这几年身子骨也大不如前了，熬了一宿也很是疲惫了，但见太后虽醒来了，可身子还很虚弱，不由得犹豫起来。

"皇儿，德丫头说得没错，你也要保重自己的身子，母后啊，没事了。德丫头如今身子重，这么熬着对养胎可不好，你和德丫头都回去歇着吧。哀家这儿，有太医和奴才们伺候着就成了。"

"太后，雨妹妹刚才过来了，臣妾去请她进来陪着您吧。"我在一旁小心翼翼地说道。

太后点了点头同意了，我这才行了礼缓步走出了暖阁。吩咐几位嬷嬷准备了清粥，命她们好生伺候着，又请了立于一旁的端木雨好生陪伴太后。

端木雨进屋朝太后请了安后，便从云秀嬷嬷手中接过早已备好的清粥，用银匙一小匙一小匙喂着太后。

皇上这才放心下来，领着我朝太后行了礼，扶着我缓步走了出来，我们一路默默无语，我知他心情定是沉重无比，只默默地送他回了养心殿，自己则回了月华宫。

此次大病，太后的身子一下子变得十分虚弱，时好时坏，皇上又不能日夜守在跟前，最终接受了我的建议，命宫里各宫嫔妃以及朝中近臣的贵妇轮流到宁寿宫照顾太后。

我原本也该去的，但因着我日间要处理后宫诸事，且产期将近，所以皇上便免了我的值，只让我时常过去探望太后。

一晃眼已是隆冬，太后的病一拖也已一个多月了，却似没有一点好转的迹象。新年将至，宫中却没有一点喜庆，我心中却有另外一件更为挂心的事：我的产期越来越近了。

南宫阳照例抽空过来替我诊脉，诊完脉聊了几句，因着太后的身子要紧，我便没多留他，示意彩衣送了他出去，到门口时却见小安子引着云英嬷嬷走了进来。

太后跟前的三位嬷嬷，就属云英嬷嬷跟太后最为亲近，实属太后的心腹，云英嬷嬷平日是极为和善的，所以宫里的人对这位嬷嬷是极为尊重的。

太后也是极为看中云英嬷嬷的，一般之事皆是云琴、云秀两位嬷嬷出面，云英嬷嬷是很少离开太后身边的。

南宫阳见到云英嬷嬷进来，眼中闪过一丝诧异，随即微微向云英嬷嬷点了点头致敬，随后跟着彩衣走了出去。

云英嬷嬷几步上前，微微对着歪在椅子上大腹便便的我福了福身子，恭敬道："奴才给德妃娘娘请安。"

她虽说一直都自认奴才，但是太后跟前的几位嬷嬷是从来没有人敢真的把她们当奴才的。我素来都很尊重几位嬷嬷，虽说平日里同云英嬷嬷接触得极少，但她温柔又慈爱的笑容常常让我觉得温暖。

"姑姑快请起吧。"我忙恭敬起身道，待她站了出来，我才奇怪道，"姑姑今日里来有什么事吗？"

太后跟前的三位姑姑里，云英姑姑时常跟在太后跟前，与太后一向是焦不离孟，孟不离焦，现在太后正病着，她会离开太后身边，实在是非常怪异，更何况如今是来了我殿里，想来……

我心中一惊，来不及细想，云英嬷嬷已开口证实了我的话。

云英嬷嬷看了看一脸疲惫的我，又望了望我即将临盆的肚子，眼神之中竟有着一丝犹豫和不忍，低低地说道："娘娘，太后有请。"

我见她这般神情，模模糊糊地有种不祥的预感，却又实在想不出理由推托不去，只得朝她点了点头。

"主子，让奴才陪您一块儿去吧。"彩衣不知何时已进来，和小安子并排立于一旁，

如今听说太后传我过去，站了出来说道，看着我的神情异常的严肃，语气中的坚决是我从来都没有见过的。

我略微整理了一下，便在彩衣的搀扶下和云英嬷嬷一起出了宫门，早有软轿候在门口，我们一前一后分别上了软轿，轿夫们抬起轿子，踩着雪，咯吱咯吱一路朝宁寿宫走去。

我坐在软轿中，听着轿夫们咯吱咯吱的脚步声，声声直入心门，越想越觉得不安。没有道理，我产期将至，太后还要我去服侍，更何况我隔上一两日总会过去探望她，她没有理由派人来传我，更何况来人还是云英嬷嬷，今儿这情形怎么看怎么不对劲儿。

一进宁寿宫，我越发觉着今儿的情形堪忧，正殿里原本进进出出的宫女和太监此时竟然都不知道到哪里去了，整个宫殿透着一份诡异的宁静。

云英嬷嬷直接领着我到了东暖阁，为我打了帘子示意我进去："德主子，请进吧！"

我停在门口，回头看了看已然偏西的太阳，深吸了一口气，缓缓走了进去。今儿个太后的暖阁中没有往常那么暗，今儿外面没有下雪，暖洋洋的阳光照耀着大地，想来太后也是见着这天气喜人，没有拉上帘子，还破例开了窗户透气，阳光自窗外斜照进来，暖洋洋的气氛稍稍缓解了我紧张的情绪。

"臣妾给太后请安。"我因着身子过重蹲不下去，只是象征性地朝卧在床榻之上的太后点了点头表示敬意。

"奴婢给太后请安。"在我身后的彩衣端正跪在地上，恭敬地问安道。

"云英，我不是让你只请德妃一人过来的吗？怎么她宫里的小丫头也跟着一块儿来了？"

太后微微坐起身来，靠在软枕上，炯炯有神的双眼越过我看向我身后的云英嬷嬷和彩衣。那深沉而锐利的眼神让不是被看的我都感到一阵战栗。

"太后，老奴……"云英嬷嬷低着头，筹措了一下。

"唉，算了。"太后摇了摇头叹息了一声，随即又说道，"你带她下去吧，让她去偏殿候着！你亲自替我守在门口，记住：谁来都不准放进来！"顿了一下，又补充道，"即使是皇上来了也一样！"

我闻言全身一颤，只觉阵阵寒意自心底涌起，若说来时我觉着气氛不同寻常，那现在我可以肯定地说，她今日里叫我来的目的绝不只是闲话家常那么单纯，否则也不会把彩衣支走，更不会令云英嬷嬷替她守在门口，还特意强调皇上来了也不准放进来！

"不，太后，奴婢的主子快临盆了，行动不便，请您老人家让奴婢在旁边伺候着吧！"彩衣也感到了空气中的凝重和不寻常的气息，"咚"的一声跪在了地上，不住地向太后磕头请求道。

我心知太后今日是抱定了主意要单独会会我了，所以无论彩衣怎么求都是没有用的，若彩衣再如此执意下去，反而会迫使她先处理彩衣。

我努力让自己的脸上保持着微笑，转过身对彩衣道："彩衣，你不用那么紧张我，太后只不过有几句悄悄话要单独和我这个儿媳妇说，再说了，还有云英嬷嬷守在门口，太医们也在旁的屋子里候着呢，你不用担心，快跟着云英嬷嬷下去吧！"

"可是，主子……"彩衣听了我的话，疑惑地看看我，见我淡定的神情，不如刚才那么激动而坚持了，可还是有些不确定地看着我。

"去吧，我一会儿就会出来的。"我再三保证着，彩衣这才不情愿地随着云英嬷嬷退了下去。

暖阁的门随着她们退了出去而"砰"的一声被紧紧关上，我心中一颤，窗外阳光依旧，屋中的暖炉仍旧烧得旺旺的，但我却突然觉得冷了许多。

"德丫头，你过来一点，坐到这边的绣墩上来，哀家年纪大了，眼神有点不好使了。"

太后动了动身子，调整了一个舒服的坐姿，示意我过去。

我只得应了一声"是"，缓步走到她跟前的绣墩上坐了下来。自从这次她病重那天后，我已经许久没有离她这么近了。

年近七十的她额头宽阔饱满，用老人们的话讲，这是有福之相的象征，眼睛周围已有了许多岁月的痕迹，但眼中的锐利却是丝毫不减。鼻梁笔直高挺，嘴唇小巧而淡薄，鹅蛋形的脸颊因着年纪大发了福而圆润了不少，不过仍不会影响到她的优雅和高贵，一看便知年轻时也是个不可多得的美人坯子。

虽说是在病中，但那花白的头发仍然梳得服服帖帖的，仍是那般尊重而典雅，头上没有过多的装饰，只在发髻上簪了几朵小珠花。

身上穿着她向来喜欢的蓝色丝绒起居服，这还是今儿入冬时皇上特意命绣房缝制的，蓝色的丝绒底上用明黄的丝线绣着大大的福纹，寓意福泰安康，长命百岁之意。

皇上对太后向来是上心的，无论何时都是将太后放在重要的位置的，有些事即便是皇上心里不赞成太后的说法，甚至有些恼怒着，可在太后面前是从来不表现出来的，一直都是那么的孝顺。

"德丫头，你在想什么呢？"

太后低沉而有力的声音在我耳边响起，我这才意识到自己居然大胆地盯着她的面容跑了神了。

我不由得在心中暗自责备了自己一下，这都什么时候了，居然还有心思去想那么多，半点没有警觉心，居然那么失礼地盯着她神游太虚。

我迅速地收了心神，振奋了下精神，目不斜视地回视着她，恭敬地回道："没想什么，自太后生病那日后，臣妾便很少过来了，尤其是最近都没有过来了，只三三两两地从

别人口中知晓太后的病情，心中十分牵挂，总担心着太后的身子。但今日里亲眼见到，总算放下心来，也知臣妾是多虑了，传言总不可信。依臣妾看，太后虽说身子还有些虚，但是精神却是非常的好，想来只需好生调养，不日定能完全康复。"

我倒是没有说假话，她的精神真的是出乎意料的好，眼神依然是那么深沉锐利，气色也很不错，两颊上还泛着淡淡的红晕。

"呵呵，就希望如你所说吧。"她显然以为我这是在奉承于她，也不在意，只顿了一下，又问道，"对了，德丫头啊，你的产期是什么时候呢？"

她突然之间话锋一转，说到了我的头上，我心下一凛，心知今儿个想避已是绝没可能了。

"回太后，南御医刚才给臣妾诊过脉了，说是快则三四天，慢则八九天。"我把心一横，也毫不示弱，她问什么我就答什么。

"若是三四天的话，就是赶上兔年的年尾了，若是过了七日的话，那可就是龙年了……"她别有深意地看了我一眼，缓缓地说着，话尾在那"龙"字上的一顿却让我心里"咯噔"一声，猛地一惊。

龙向来是帝王的象征，虽说全国龙年出生的何其之多，属龙不过是一个生肖，平常百姓根本就不会去想那么多。但在这深宫内院的却是特别计较这些的，所谓的真龙天子说的也只是皇帝一人罢了，就连他的继承人太子，也还说不上真龙，就算是龙，也顶多是潜龙罢了，太后却突然提起这个来……

"龙年的皇子，嗯，那还真是个有福的孩子啊！"她像是认定了什么似的，一直揪着不放，在这个"龙"字上打着转，让我的心不由得突突直跳。

我稳住心神，努力含笑，尽量不让她听出我声音中的颤抖："太后说笑了，还不一定是个男孩儿呢，前些日子皇上还说我膝下已然有了睿儿，这次倒是希望我生个女儿的。"

其实皇上哪里有说过这种话啊，就那次和我讨论生产的事，还直说睿儿就快有兄弟了，言外之意，还是希望我能生个儿子。

毕竟这后宫之中还是重男轻女的，多生个皇子更能保障我的地位。只是现在的这种情形，我也只能张口胡说，假传圣意了。

可太后像是什么也没听见似的，自顾自拿起旁边几上的铜铃摇了摇，铃声一响，候在门口的云英嬷嬷便推门而入。

"太后，您叫老奴有什么吩咐？"

"云英啊，你去将'那个'拿过来吧！"

"那个"是什么？我心中疑惑不已，看了一眼太后，却从她不动声色的面容、深邃的眼光中看不出任何波动。

我忙微微侧身，顺势偷偷看了一眼云英嬷嬷。她眼中一闪而过的挣扎，联系着今日的种种，我心中越发地感到不安。

"太后……"云英嬷嬷的话中有着深深的犹豫和挣扎。

"云英，你今儿个是怎么回事？还不快去！"太后一口打断了似乎还想说什么的云英嬷嬷，口气中多了一分严厉。

云英嬷嬷无奈地叹了一口气，默默地退了下去。不一会儿就端着一盅不知道盛着什么的药盅进来了。

"你下去吧。"太后示意她将汤盅放在我旁边的几上，沉声喝道。

"是。"云英嬷嬷没有了犹豫和挣扎，只恭敬地放下汤盅，默默退了出去。

太后抬手示意了一下，我满脸疑惑地伸手揭起汤盅的盖子，一股热气夹杂着一股浓浓的中药味迎面朝我扑了过来。

这是什么？难道会是……

就在我不安地揣测着这汤盅里装着的是什么的时候，太后却主动开了口："德丫头，你就快临盆了，哀家病着，也帮不到你什么了，这是咱祖传的秘方，可以保住产妇的元气，临产前连续服用还能增强产妇的体力，生产时也就不那么辛苦了。"

"太后……这……"虽说太后开口替我解了惑，但……

"德丫头，这是我特意命人给你熬制的，你也不用推辞了，就受了吧。今日这是第一盅，我怕你不敢喝，所以才让你过来，我亲自监督你，剩下的我会让云英每天送到你宫里去的。"太后满脸含笑地盯着我，"我觉着啊，这多多少少能在你临盆时帮到你的。"

帮到我？别开玩笑了！

我虽然不知道这汤药里的材料，可是想想也知道根本就不是她口中所说的什么保住元气，帮助生产的秘方。

若真是她口中所说的那种汤药，那她为什么不送到我宫里？为什么要大费周章地把我叫来？为什么要撵走彩衣？又为什么要命云英嬷嬷守在门口，连皇上也不准放进来？云英嬷嬷端汤药时的不寻常表现又怎么解释？

阵阵寒意及恐惧自我心底冒起，我握紧了手，这才发现掌心早已是一片湿意。

怎么办？我该怎么办呢？

太后的赏赐我是绝对不可以不接受的，拒绝就是不敬，是死罪；可是……若是喝了下去，以我现在的身子，只怕也是一死了。

难道我就这么坐以待毙吗？

"德丫头，你怎么了？哀家为你准备的汤药，你怎么还不喝？你快喝啊！"太后目光炯炯地瞪着我，冰冷的声音不断地催促着我。

我认命地低下头，伸出颤抖的双手，端起药盅，闭了闭眼，深吸了一口气，缓缓地递向嘴边。

我刚张口准备往嘴里喝，突然间肚子里的孩子踢了我一下，这一动却也让我霎时清醒了过来。

是了，我怎么能这么就屈服了？我是不能就这么放弃的！若是我就这么认命地放弃了，那这个孩子该怎么办呢？要是他会跟我一起去了，倒也一了百了了，但也许他会活下来，但是谁又来保护他呢？

还有我的睿儿，在他之前已有几位皇子了，皇上现在之所以如此青睐他完全是因为我的缘故，若是我不在了，他还会记得他多久呢？

在这后宫之中没有娘亲的孩子会有什么样的下场，我想都不敢去想。我暗自发过誓，要让睿儿成为治国之才，名正言顺地穿上那身他从小就极中意的明黄色的衣袍，我还没有实现这个承诺……

不行！我不能就这么死了。

生死一线间，我灵光一闪，假意喝了一口，随即惊呼一声："好烫！"

我放下手中的汤盅，用丝帕揩了揩沾在嘴唇上的药汁，皱了皱眉头，转头朝太后道："太后，这汤实在是太烫了，臣妾喝不下去，要不，先放一会子，等稍微凉一些的时候，臣妾再喝。"

小安子并没有跟来，依他的机灵劲儿，只怕这会子早已去御书房通知小玄子想办法告诉皇上了。

对，对，我现在一定要拖延时间，皇上说不定已经在来宁寿宫的路上了，指不准什么时候就会进来了，所以我一定要坚持到那一刻。那时，就有救了。

可太后却似识破了我的伎俩般，高深莫测地朝我笑了笑，不冷不热地说道："好啊，那就等它先凉一凉，你就先陪我聊一会儿吧！"

看着她一脸她是刀俎，我为鱼肉，她已是势在必得，而我已然是难逃此劫的样子，我突然间记起来她刚才吩咐过守在门口的云英嬷嬷，无论是谁都不可以放进来，即便是皇上也一样。

我好不容易轻松了一点的心，又一点点沉了下去，看样子，如今我只能是走一步算一步了。

我心里暗自透了口气，面上不动声色地问道："不知太后今儿个想和臣妾聊些什么？"

"呵呵……"太后低低地笑了一声，说道，"咱们今天就来聊聊这后宫中的生存之道吧！"

我万分惊讶地看着她，不知道为何她会这么说。这后宫的生存之道是每个女人在宫里的生存法则，却向来只是一道潜规则，大家都在行，却从来不会说破的。

不知道为什么太后今日竟然主动打破这个规矩，大概是今日里她料定了我是不可能活得太久了，所以才这么肆无忌惮地打开天窗说亮话的吧。

既然这样，那我也用不着像平日里般恭恭敬敬却畏畏缩缩的，事到如今，我也不能让她看扁了。

我坐直了腰，声音恭敬但却不卑不亢地说道："臣妾遵旨，太后请说吧。"

"那你说说看，作为后宫的嫔妃，在这宫里最基本的生存之道是什么？"

"臣妾认为，作为皇上的嫔妃，就应该贤淑善良，品性戒备，懂礼仪，识事务，知进退，戒骄戒妒。当然，这只是作为后宫嫔妃最基本的生存法则，要做皇上中意的嫔妃，单有这些是远远不够的。"

"哦，那还应该有什么？"太后像是来了兴致，略微撑起了身子问我。

"皇上每日里忙于政务，已是劳心费力，作为一个嫔妃，虽不说能为皇上分忧解难，但至少要能善解人意，不能再让皇上烦心恼怒。平日里更应该劝导皇上在各宫各房走动，使后宫雨露均沾，既利于皇家开枝散叶，更利于后宫众妃嫔和睦相处。而自己本身，既能得太后喜欢，又能得皇上恩宠，这才是为妃为后之道！"

"嗯。"太后万没料到我敢这么直白地说出这些，脸色明显地变了一下，但她却没有说什么，只是又问道："德妃既如此深通此道，却为何在产下浔阳之后费尽心力，使皇上专宠于浔阳，更是越过心雅封了她为长公主？"

"因为我是浔阳的母亲。"我挺直了腰，直视着她，"浔阳从生下来时便得了不治之症，只能好生将养着，南宫阳更是说指不准哪天就没了，臣妾自然要加倍地宠爱于她。"

太后听了我的回答，明显地愣了一下，随即又生气地反问道："难道你就只是浔阳的娘亲么？难道你就不是皇上的德妃，不是我皇家的儿媳妇了吗？为了一个公主，便使得后宫嫔妃心生怨恨，不能和睦相处么？"

我看着表情冷然的她，深深地吸了一口气，缓缓地答道："臣妾从来都没有忘记过自个儿的身份。只是臣妾更明白，皇上除了臣妾之外，还有贵妃、淑妃、黎昭仪、容婕妤、宜贵嫔，还有许多的贵人、才人和答应、常在。但是浔阳却只有臣妾这么一个娘亲，臣妾爱她胜过这世上的一切，在她有生的日子里，臣妾要竭尽所能给她最好的全部。"

"你！"

太后看着我，一时语塞，随即又突然冷笑了起来："你口口声声说你疼爱孩子，可是据说睿儿跌倒时你连扶都不扶一下，只是在旁边看着，他玩危险的东西时你也不拦着，你倒是告诉我这个老太婆，你这样也算是疼爱孩子吗？你这样也算是一个合格的娘亲吗？"

"太后！"我不甘示弱地瞪了回去，"难道时时守着，时时护着才是爱吗？若是不让孩子自己去体验什么是对，什么是错，他们又怎么能明辨是非呢？对与错，只有在亲身经历过了才会永远记在心中，只有他们受过一次教训了，才会永远记牢，不会再犯同样的错误。"

我一口气说完这些话,太后明显地被我的话震住了,随即点了点头,又缓缓道:"德妃啊,你代理六宫也有些时日了吧?你觉着你把这后宫管得怎样了?"

"回太后,臣妾自认为代理六宫兢兢业业,勤勤恳恳,对众姐妹更是一视同仁,不偏不袒。虽不说有十分好,但也不少于七八分的尽职尽责。"

"哈哈,丫头啊,你倒是半点也不谦虚。那哀家问你,你明明知道淑妃和容婕妤几人明里暗里地多次刁难于你,更是背着你在宫中兴风作浪,甚至去冷宫动用私刑,对付孙常在,你却从来不动声色,甚至连哀家都三番两次暗示于你,你却仍是执意不言,却是为何?难道你为了保住这代理六宫的权力而对这些都视而不见吗?"

"太后,诚如您所说,臣妾只是代理六宫,难道因为她们这般兴风作浪,臣妾便要强势打压于她们么?这样,只会让更多的人不服臣妾罢了!淑妃姐姐和容婕妤刁难于臣妾,那是她们不了解臣妾的所作所为,只要她们不影响到宫里正常的秩序,臣妾是可以容忍她们的。她们去冷宫动用私刑,处罚了孙常在的丫头,但孙常在本人到底平安无事,臣妾也不能小题大做,闹到太后或皇上跟前,只得请求皇上接了常在妹妹回来。臣妾自代理六宫以来,后宫账目清楚,六宫事务有条不紊,更是清除了斜芳殿、杂役房等多处的陋习弊端,使六宫姐妹们和睦相处,后宫雨露均沾,更让奴才们心甘情愿地替主子们卖力。臣妾自觉,臣妾的功是大于过的,臣妾问心无愧!"

"问心无愧!好一个问心无愧!"太后突然笑了起来,蓦地又收了声,冷冷地问道,"你既是如此的大公无私,又何必几次三番费尽心机将那个叫木莲的奴才一次又一次地引到皇上跟前?难道不是为了固宠么?"

"太后,您是皇上的母后,您关心着皇上的政绩,关心着皇上的身子,关心着皇家的血脉,关心着皇室的未来,可您……真正关心过皇上心里想什么吗?"

"你说什么?"太后听我这么一说,脸色明显地变了,一脸惊讶地看着我,似乎从来没有想到我会问出这样的问题来。

"这些年,皇上有了王皇后,有了淑妃,宠着丽贵妃,更有了晴婕妤,有了臣妾,有了雪贵人……有了许许多多的妃嫔,有了后宫佳丽三千,可是……"我低头沉默了一下,红了眼圈儿,哽咽道,"皇上心里一直挂记着的,始终还有那个同他结发的女人……"

我深吸了一口气,将眼中的泪花逼了回去,又接着说道:"御书房旁的休息小间,这后宫的嫔妃有几人得以进去过?臣妾有幸进去过那么一回,印象深刻的只有墙上那张桃花源记图……这些年,桃花源封了,可它始终在皇上心中,不曾忘过,皇上的身子一日不如一日,臣妾看在眼里,急在心里。真的是皇上老了么?不,皇上正值盛年;是朝事繁重么?不,大顺皇朝风调雨顺,国泰民安。真正让一个人累,让一个人老的,只有心事!臣妾也是偶然的机会,发现了这个叫木莲的粗使丫鬟竟有那么几分相似,这才收了调教好引到皇上跟前。臣妾一个罪臣之女,入宫时不过一小小的答应,如今做到这位分之上,产子封妃，荣华富贵，还有什么不满足的？"

我一口气说完这些话，再看向太后时，却见她明显地被我的话震住了。她缓缓地闭上眼睛，像是在深深地思考着什么似的。

屋子里一片死寂，过了半天，她突然怪异地笑了起来："呵呵……"

她假寐时的笑声让我顿时感到毛骨悚然，她该不会是被我气疯了吧？这个天下第一尊贵的女人，几时有人敢如此无礼地对她说话呢？

我正惴惴不安地打量着她，她却突然睁开了眼睛看着我，我一惊之下，不禁倒吸了一口冷气。

"你果真和她是完全不一样的。刚入宫那会子的你和她一般，是那样的得宠，皇上的心思都放在了你一人的身上。"

我有些不太明白，她口中的她是谁，不过到了此时，我已是完全抱着一种豁出去了的心态来面对她的。

"臣妾确实不是太后口中的那个她，臣妾只是自己。"

太后闻言，并没有再反驳我，只是缓缓地闭上了眼睛，身子向后深深地靠向软枕，不紧不慢地回忆着往事。

"丽贵妃刚进宫那些年，皇上独宠着她一人，她也是一心一意地服侍着皇上的，渐渐地皇上在众多的嫔妃当中仅仅对她一人另眼相看，逐步地将她擢升了上来，甚至连皇后管理六宫的权力也分了一半给她。

"但她却变了，眼中没有那份对皇上的执著，取而代之的是对权力的热衷，为了争权夺利，更是不择手段。

"正在我万分焦急之时，皇上在选秀时钦点了那时淡雅朴素的你。你果真没让我失望，入宫半年便得了宠，你又一副淡雅幽静的样子，渐渐地皇上对你的宠爱甚至超过了姿容位分皆胜过你的晴儿。

"晴儿去了之后，我本想扶持于你，但我却发觉你并不像表面看着那般温柔贤淑，你性格内敛，知书达理，识时务，知进退，是个精明理智、很有主见之人。

"长久的相处中，皇上也发现了你这些优点，越来越中意你，甚至愿意在你面前表现出喜怒哀乐来，渐渐地皇上对你的宠爱甚至超过了丽贵妃。

"丽贵妃和皇后相继去了之后，你更宠冠六宫，无人能及。这期间，哀家也感觉到了皇上对你的感情越来越深了，哀家不禁也着急起来，要知道，作为皇上，是绝对不可以动情的，对女人可以宠，但却绝不可以爱。

"哀家想尽办法放了玉凤等几人在皇上身边，皆不见效，又接了雨儿进来，却也是收效甚微，甚至连着宣了几位重臣之女入宫，却也引不起皇上全心的注意。

"而你，德丫头，却已从一个小小的莫答应成了如今集圣宠权力于一身的德妃。哀家

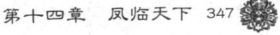

心里啊，始终都不踏实。

"哀家怕啊，怕你如丽贵妃般热衷于权力；哀家怕啊，怕你为了争权夺利不择手段；可哀家更怕，你伤了皇上对你的一片真心！"

我万料不到太后对我有这么多的关注，更料不到太后竟有如此多的担心和忧虑。可是，难道就为了这些莫须有的担心和犹豫，就要处死我，就不给我的孩儿一条活路了吗？

不，不可以这样的！如若太后真的是如此想的，真的要如此做，那这后宫之中真的为达目的不择手段的人，其实就是她！

我低下了头，不想也不愿意看她，因为我知道现在自己的眼中一定是充满了对她掩饰不住的责怪和恨意。

但太后却暮然坐起了身子，倾身上前用她那瘦长有力的手握住了我的下巴，迫使我仰起头来看向她。

我没有说话，只是一脸勇敢地迎向她仿佛要将我吞噬的眼神，时至如今，我绝对不能感到害怕，也绝对不能输给这个想要害死我和我的孩儿的人。

"哀家没有想到的是，你是最狠绝之人，连自己的亲生父亲都真的可以大义灭亲；你是最像哀家之人，可以不动声色地令宫中嫔妃们屈服，令奴才们拥护；可你如此一个狠绝而又充满算计之人，也最是用心关心着皇上之人！"

太后也没有再说什么，良久之后，终于松开了手，放开了我，靠回软枕上，叹了一口气，缓缓说道："罢了，罢了。这药好像全凉了，算了，喝凉药对身子可不好。你就先回去吧，我回头让云英热过了之后给你送到宫里去。"

她这么说，是不是意味着我可以不用死了？

如此的峰回路转简直让我受宠若惊，我心中甚至有了再世为人的感觉。但我知道此时不是我欣喜若狂的时候，当务之急是要赶快离开这里，省得她临时反悔，那我便追悔莫及了。

我想着赶快逃离这生死窟，至于太后为什么突然改变主意，我已经一点也不好奇，半点也不想知道了。

"云英！"太后朝门口喊了一声，让云英嬷嬷进来。

"是。"云英嬷嬷在门口答应着，推开门走了进来，恭恭敬敬地站着等候吩咐。

"哀家让你叫云琴去请的那人请来了吗？"

"早已过来了，正在偏殿候着呢。"云英嬷嬷也不诧异我居然还安然坐在旁边，只恭敬地回道。

"你送德妃出去后就去把他请进来吧，我有些话想要和他说。"

"是，奴才知道了。"云英嬷嬷恭恭敬敬地回了一句后示意我随她出去。

我忙起身微微弯了一下头，对她说道："那臣妾就不打扰太后休息了，臣妾就此告退。"

"嗯，你去吧！"

得到了她的首肯之后我赶紧退了几步，跟着云英嬷嬷朝门外走去。走到门口时，我突然想起一件事来，于是停下步子，转过身对着她说道："太后，臣妾今日斗胆直言冒犯了，请您见谅！"

太后微微一愣，像是没想到我会为此道歉般，顿了一下，才道："德丫头啊，哀家进宫快五十年了，哀家不得不说，哀家欣赏你！可哀家不得不提醒你，丫头啊，千万不要聪明反被聪明误！"

太后那别深邃而精明的眼光再次射了过来，仿佛能看透我的心一般，那别有深意的笑容仿佛是告诉我，她知道我所有的底细，包括……

我笑着看着她，恭敬地回道："臣妾谢太后教诲！可臣妾既不是太后您，也不是丽贵妃，臣妾，只是臣妾自己！"

说完这句话，我毫不犹豫地转身走了出去。

太后充满算计的声音却自我身后响起："想不到哀家活了一辈子，今日竟让你这个后生小辈上了一课。莫言丫头，希望你日后不要忘记今日说过的话！"

云英嬷嬷一路将我送出了宁寿宫门口之后，就转身回去带那个太后神神秘秘请来的人去了，彩衣早就已经在门口焦急地等着我了。

见我出现在门口，忙迎了上来，拉着我的手着急道："主子，您终于出来了，奴才担心死了。太后她究竟传您过来做什么啊？"

看来这事真的是把她吓坏了，现在正值隆冬，到处冰天雪地的，她竟然出了满头的冷汗，拉着我的手一直颤抖着。

"没什么事，你别担心了，太后不过是许久没有见我，传我过来和她聊聊天罢了。"痛定思痛，如今回过头去，我也不敢想象当时的情景，想想也就不要告诉彩衣了，否则她又要担心老半天了。

彩衣见我一副敷衍的口气，眼神中满是疲惫，也不再坚持着问，只是扶了我说道："主子，那我们还是快一点回去吧！"

我点了点头，下了台阶走在通道上，凉风一吹，顿觉身上凉飕飕的，这才发现原来在不知不觉中我的里衫竟然早已湿透了。

我神色一凛，急道："我们快走吧！"

彩衣点点头，忙扶我上了早已候在一旁的小轿，催促奴才们一路狂奔，逃也似地离开了宁寿宫，一路朝月华宫而去。

快要到宫门口时，小安子和小碌子一路跌跌撞撞地狂奔而来，到了跟前也似没见着人般一路埋头朝前跑去。

彩衣诧异地看着两人，在后面高声呼着："小安子……小碌子！"

二人一听，这才回过神来，急忙跑了回来，气喘吁吁地追问道："彩衣，主子呢？"

"没事，没事，主子回来了。"彩衣忙安慰道，"先回去吧。"

一行人回到殿中，我沐浴更衣完，唤了小安子进来。

"小安子，方才慌慌张张究竟怎么回事？你和小碌子怎么这时候才出去？"我边喝着小安子奉上的热汤，边问出了心中的疑问。

"回主子，你刚和云英嬷嬷出了门，奴才觉着事情有些不对劲儿，忙跟着出去准备去御书房通知小玄子，不料刚到门口就被拦了下来，奴才这才发现宫里各处早已被殿前侍卫围了起来。奴才这才知道出事了，忙悄悄潜到后院，不料连后院茅草屋都有人守着。太后敢行明目张胆之事，想来是已下了狠劲儿了，奴才等着急万分，却也莫可奈何。又过了许久，那些殿前侍卫才似得了令似的，一夕之间又全部撤走了，奴才这才和小碌子急急忙忙出了门，正好遇上了回来的主子……"

我长长地舒了一口气，轻声道："没事了……"

"言言，你有没有怎么样？母后喊你过去到底有什么事？"低沉而焦急的声音响起，珠帘响动，那身明黄映入眼帘。

我忙放下青花瓷碗，刚起身他便迎了上来，扶着我坐到炕上，有些担忧地看着我。

"皇上，您怎么知道太后传了臣妾过去呢？"既然小玄子他们没有办法通风报信，他没能及时出现在宁寿宫中，我倒是心中平静了不少。如今皇上主动问起这事，我心中不免有些疑惑起来。

"哦，刚才南御医去给朕回话时顺嘴说了一句。你产期就在这些日子了，朕记得已经同太后说过免了你的请安和侍奉的，她今儿怎么还派云英传你过去呢？到底有什么事啊？"

原来如此！是南宫阳告诉他的。

我带着疑惑，心里有些不安地看着皇上的脸庞，心中不由自主地揣测起他的心思来。

我不知道他是否猜出太后传我过去的真正意图，若是他不知道，那么当时我左等右等也等不到他，只是命运跟我开了个小玩笑；但若是他知道，那么当时我左等右等也等不到他，就是……

不，不会的！

我在心中大声地告诉自己这只是我的妄想，这几年的夫妻情深，他不会这么狠心的，况且他或多或少表示过对太后的不满……

可是……人都说最是无情帝王家，他后宫三千佳丽，而那个人是他最敬爱的母后啊……

我拼命地告诉自己不要再胡思乱想了，可是心中却总有个声音在不断地提醒着我这种令我感到恐惧的可能性。

"皇上,您……"当我意识到时话已说到一半,我忙住了口。

"怎么了?言言,你想说什么?"他一脸笑意地看着我,眼中那真挚的关切却硬是逼回了我已到嘴边的话。

"没,没什么。皇上,没什么……"我黯然地垂下眼睛,脑中却是从未有过的清醒。

他若是知道我此刻脑中的想法的话,那我们之间就真的结束了;而我,是承受不起这种结果的。

原来一切的一切只不过是一个美丽的泡沫,谁也不知道几时会破灭。到头来,在我最危急的时候,身边关心我,爱护我的人,无论是谁也救不了我,自始至终我所能依赖的只有我自己。

"皇上,皇上!"小玄子大呼小叫着,不顾礼仪地跌跌撞撞跑了进来,一脸惨白地看着我们,气喘吁吁地回道,"宁寿宫那边急报,太后又昏过去了!"

听到这话,我们皆是一愣,皇上整个人晃了一下。

"皇上!"我惊呼一声,赶紧和小玄子一起扶住了他。

"言言,朕……朕要过去了,你……你好好照顾自己!"他一脸惨白地看着我,眼神之中竟是一片慌乱。

我松开了他紧握着我的手,再三向他保证着:"臣妾知道了,皇上你快过去吧!臣妾会照顾好自己的。"

他用力地握了握我的手,深深地看了我一眼后,和小玄子一路飞奔而去。

这一夜,宁寿宫灯火阑珊,彻夜未灭,不时地有太监和宫女进进出出地往返送药,皇上亲自守在宫里。

那凝重的气氛让整个后宫也陷入深深的压抑之中,各宫嫔妃皆惴惴不安。经过了白天里的那场生死一线的对峙,我也是辗转一夜无眠,脑海中反反复复地琢磨着太后和我说过的话。

这样一个深沉精明之人,作出这样的决定后,又突然改变,这其中定有蹊跷,她特意传我过去说的话,也不会没有饱含深意。

天才刚蒙蒙亮,我刚蒙眬眬去,半睡半醒间耳中似乎听到了远处传来的隐隐约约的钟声。

我心下一惊,顿时清醒过来,刚想唤守在跟前的彩衣去问问怎么回事,却见小安子竟然跌跌撞撞地冲了进来,一脸肃穆地跪在了地上,隔着屏风对我道:"主子,太后去了!"

我呆呆地看着她,发现自己竟然连一句话都说不出来。

小安子顿了一下,又重复说道:"主子,太后殡天了!"

第十四章 凤临天下

我这才回过神来，霍地从床上爬了起来，彩衣忙上前扶了我起身。

半晌，我才讷讷道："彩衣，传奴才们进来更衣！"沉吟了一下，又道，"小安子，速派人去永和宫通知淑妃娘娘去宁寿宫！"

小安子顿了一下，答应着出去吩咐小太监去办了。

彩衣忙唤了人进来，手忙脚乱地取来素色的衣衫给我换上，莲嬷早已得了信儿，准备妥当赶了过来。

我扶着她和小安子两人朝门外而去。小碌子早已备好软轿候在门口了，小安子扶了我上了软轿，一路朝宁寿宫狂奔而去。

行至宁寿宫门口，刚下了软轿，便看见早已候在一旁的嫔妃们，淑妃为首，领着众人，看不出她动作也挺快的！

我举目望去，容婕妤、雪贵人、玉才人、莺贵人……各宫嫔妃差不多都来齐了。

淑妃神情肃穆地上前，轻声道："妹妹，咱们快进去吧！"

我点了点头道："姐姐请！"

"妹妹身子骨重，小心才是！"淑妃上前小心翼翼地扶了我，踏上台阶，入了宫门，带领众妃嫔一路朝正殿而去。

明眼人都看得出，如今的淑妃不过是位分上稍稍高了些，实际已完全没有半点权力，一副唯我是从，小心讨好的模样。

淑妃以我身子重为由，事事以我为先，我口中推诿着，却也只是做做样子。

淑妃推了我坐在正首的位置上，低眉顺目地说道："太后的后事还得要靠着妹妹了，只是妹妹如今身子重，您坐镇在此吩咐，具体的事情就由姐姐带着众人去办就成了。"

我点了点头，神情严肃地吩咐着，太后的葬礼事宜也在有条不紊地进行着。顷刻间，原本装饰得富丽堂皇，处处显示着主人高雅与华贵的正殿，被那随处可见的白色帐幔给映衬得只剩下满室的惨淡与凄凉。

大殿的正中央摆放着盛有太后遗体的巨大棺木，一脸疲惫和哀痛的皇上紧挨着檀香棺木席地而坐，双眼微闭，头靠在棺木上，只望能离太后更近一些。对殿中的动静听而未闻，就连淑妃指挥着众人忙碌的声音也没能引起他的注意。

灵堂布置得差不多了，我和淑妃沉默着领着众妃嫔缓缓走到灵柩前，我二人径直走到案上取出三炷香，就着旁边的白色冥烛上那幽幽跳动的火苗点上，拿到跟前一口气吹灭。持着香走到灵柩之前，领着众妃嫔跟在身后恭恭敬敬地朝棺木拜了三拜，随即走上前去将香插在棺木前的香炉之中。

上完香，淑妃看了靠在棺木旁的皇上一眼，默默地带了众人离去了。我沉吟了一下，走到皇上身旁，轻轻地唤了他一声："皇上……"

他没有吭声，却睁开了眼，抬起红肿的眼睛看着我。我心中默默地叹了口气，心知此时再说什么皆是于事无补，不忍再见到他眼中的迷茫和哀痛，从怀中掏出丝帕交到他手上，轻声说道："臣妾告退了！"

默默地转身出了正殿，守在门口的小玄子见我神情漠然地独自出来，不禁摇了摇头，叹了口气道："德主子，连您也劝不住皇上吗？"

我没有回答，搭上小安子的手径直往偏殿而去，走到一半，又停下身来，转头吩咐道："卫公公，皇上那里就请您多费心了，请您命人按太医的方子按时奉上汤药！"

小玄子答应着目送我离去。

我亲自坐镇指挥，淑妃全力协助下，太后的葬礼终于落下了帷幕。皇上清淡了不少，只偶尔来我这里坐坐，大多数时间皆独自待在御书房中。

到我殿里时，也经常一言不发，只紧紧盯着我凸出的小腹凝神沉思，待我问到时，又强颜欢笑着掩饰了过去。我虽心中疑惑，又因着那日太后传我过去之事对他有了间隙，也就不再多问了。

宫里因着太后殡天，皇上的悲痛而惨淡下来，宫里一片淡定，新年也就在这一片愁云愁雾中到来了。

年三十的日子，我也只是唤了众人过来一起闲话了阵子，便各自散了，没有了皇上，众人也不那么热情，况且天气又冷，也就各自回宫歇息了。

我躺在暖阁中闭目养神，莲嬷在旁有一搭没一搭地和我说着话，彩衣和小安子伺候在侧。

虽说太后已死再也没有人能威胁到我，但她临终前同我说过的话却时时都在我的脑海中重复着。我心中那原本硬是让我给埋藏的不安也因为她的话而再次浮现了上来。

我正想起身，小腹突然迸发出一阵抽搐般的疼痛，一阵阵的冷汗不断地自我的毛孔之中密密地冒了出来，剧烈的疼痛更是以惊人的速度瞬间扩散至我的全身，顷刻之间，我已感觉到里衣微微有些湿了。

好痛！我皱起了眉头。

"娘娘，您怎样了？"莲嬷见我头上直冒冷汗，手则吃力地抚摸着肚子，已然估计到了，赶紧问道："您是不是快生了？"

我已是痛得双唇发抖，早已开不了口，木莲平日就心思缜密，现在见我如此神情怕是已经猜了出来。

"安公公，快去传产婆，娘娘要生了！彩衣，快来一起扶娘娘到床上去。"

无止境的痛像潮水一般一波一波地朝我袭来，我不知道什么时候痛得昏了过去，再醒来时已经躺在床上，而淑妃和产婆也已经赶到了。

"妹妹，你觉得怎么样了？"淑妃见我醒来，忙上前来询问道，一脸的关切。

木莲也在旁边一脸的担忧和关怀，我无力地摇了摇头，不知道怎么说。全身只感到无

止境的疼痛，与生浮阳和睿儿时的疼痛实在大不相同，疼得我甚至感到精神涣散，怎么也集中不起精力来。

"娘娘，还是让产婆来替你检查一下吧。"木莲说着将身后的产婆推了出来，淑妃忙退至一旁，我虚弱地点了点头表示同意。

产婆忙靠上前来，用手摸了摸我的肚子，又略略地替我检查了一下，松了一大口气，语带轻松地说道："娘娘不用太紧张，产道还没开，只是婴儿可能有些大，娘娘生时可能要费点力，您现在要好好保存体力。"

我听她这么说着，却没有她那么乐观，生产过两次的经验告诉我，事情远没有她说的那么简单。

彩衣已带人准备好了东西端了进来，挤到跟前来看着我，有了上次替我接生睿儿的经验，此次的她沉静了许多。

有了彩衣在旁，我安心了不少，抓住她的手，深深地吸了口气，强忍着剧痛等候着生产的到来，努力保存着体力。

"皇上那里……"淑妃小心翼翼地征询着我的意见。

"不，现在这种情况，先不要惊动皇上，我没事，有姐妹们陪着我就成了，又不是头胎了。"

"可是……嗯，算了，就依着妹妹吧。"淑妃神情有些犹豫，可终究还是照我说的做了，不再坚持。

我用力地咬牙忍着疼痛苦苦地撑着，一个时辰过去了，两个时辰过去了，强烈的疼痛一波一波不断朝我袭来，我用力地拉着系在床头的红布条拼命地将力量集中在下腹，可是孩子就是不出来。

我浑身大汗淋漓，已是虚弱不堪，任由产婆怎么喊，彩衣怎么呼唤也再没了一丝力气，又一阵剧痛朝我扑来，我终于支撑不住了，眼前一黑，双手一软就此昏了过去。

耳边传来众人的惊呼声和彩衣焦急而心疼的呼唤声，我悠悠转醒，淑妃和莲嫔在一旁面色惨白地看着我，大家皆已意识到了事态的严重性。

"到底怎么回事？怎么孩子还是生不下来？"莲嫔满脸焦急地转头问着产婆。

产婆也是一头的大汗，喘着气说道："奴才也觉着奇怪呢，怎么看娘娘这也不是难产，许是娘娘骨架太小而婴儿太大了吧。"说着又转头看向我，"娘娘，您再喝口参茶提提神再试一次看看。"

彩衣颤巍巍地端过茶杯送到我面前，我就着她的手勉强喝了下去，努力养着精神，恢复体力。

淑妃从未见过如此情形，吓得有些六神无主起来，转头讷讷地问莲嫔："现在该怎么办？"

木莲也早已惊慌失措，到底做奴才时经历得多些，深吸了一口气，颤声道："淑妃娘娘，还是赶快禀了皇上吧！"

"不，不要……"我颤声道，这些天宁寿宫那日之事始终折磨着我，这个时候我实在不想看到他。

淑妃闻言倒像抓住了救命稻草般，定定地看了我一眼，沉声道："不行，这事已由不得你一人做主，我得告诉皇上。"

淑妃不顾我的反对，一路狂奔出了门，直朝御书房而去。

漫无边际的痛苦淹没着我，我早已如被抽走了力气一般瘫软在被子里，虽然产婆一再确定不是难产，但孩子始终生不下来。

我心知再这样下去，不仅我会没命，我肚子里的孩子也是没有办法活下来的。我抓住一旁的彩衣，强忍着痛，喘着粗气颤声道："彩衣，快命人去请南御医来！"

"言言！"熟悉的声音自门外传来，我惊讶地抬起头，门"砰"的一声被推开了，那本不该出现的身影却在此刻出现在了门口。

"皇上！"满屋子的人见皇上突然闯了进来都吓得跪了下来，他却似没瞧见般，推开了拦在跟前的小玄子，大步走了过来。

皇上在众人惊呆的眼神中走到床前，坐在我的身边俯下身，轻柔地替我拂开因为汗水汗湿而粘在额上的发丝，用有些冰凉的手拉起我的手，哀伤地笑着对我说道："言言，你不要怕，朕在这里陪着你，你不会有事的，朕绝不会让你死的。朕不准！"

我怔怔地看着他，努力让自己冷静下来，半晌，才用颤抖的声音朝他说道："出去！"

"朕不会走的，你不平安把孩子生下来，朕是不会出去的。"他满脸堆笑地拉着我，柔声说道。

"你疯了吗？若是这事让朝中大臣们知道了可怎么办？"看着他牵强的笑容，我忍不住鼻子酸涩，那好不容易止住的泪水再一次从眼眶中汹涌而出。

"朕没有疯！"他轻轻替我擦去眼泪，看着我的眼中分不清是温柔还是痛楚，沙哑道，"先是父皇，接着是薛后、浔阳、王皇后，到最后连母后也弃朕离去了，朕所关心的人，朕所爱的人，一个个都离开了朕，现在，朕只剩下你了，若是连你也不要朕了，朕就真的是孤家寡人了。"

我看着他痛苦的神情，想要安慰他，那撕心裂肺的痛楚再次袭来，被他握住的手用力地反握了回去。

他神情立时紧张起来，转头冲跪在地上的众人吼道："还愣着干什么？还不赶快上来！"

众人这才回过神来，各自忙开了，产婆再次上前，奴才们也各自忙去了。时间缓缓流

逝，孩子依然没有生下来。

坐在一旁的皇上终于意识到了事态的严重性，头上也冒出了一层冷汗，一脸焦虑地看着我，神情一肃，转头朝门口高声喊道："南宫阳，你进来！"

"是，微臣遵旨！"南宫阳忙打了帘子，走进来跪在门口屏风处。

"你过来帮忙！"皇上冷静地看着他，轻声吩咐道，那话却令屋中众人惊讶万分。

"这……"南宫阳在我几次生产时皆在场，或多或少也有过帮助，可如今连淑妃莲嫔皆在场，不由得犹豫了起来。

"你放心，朕命你这么做的，自然不会怪罪于你。"说着环视了屋中众人一眼，冷声道，"朕相信这屋中也绝无多嘴多舌之人，你们说是吗？"

淑妃和莲嫔二人对视了一眼，齐齐地跪了下来："嫔妾不知，嫔妾什么也没看见。"

满屋子的太监宫女们忙跟着跪了下来，一脸惊恐地回道："奴才不敢。"

皇上再次转头，神情严肃地看着南宫阳，南宫阳朝皇上一拱手，沉声道："是，皇上，微臣遵旨！"

说罢迅速上前来，替我细细检查完，眉头一拧，朝皇上道："回皇上，德妃娘娘的状况甚为奇怪，按理，这胎儿应该早就产了下来，可偏偏……"

"你只需说如今该怎么办？"皇上一脸焦急地打断他的话。

"回皇上，为今之计，只有微臣在娘娘身上下针了。只是……"南宫阳迟疑着。

"只是怎样？"

"只是如此一来，恐怕娘娘往后不能再生养了！"

殿中众人皆是一愣，随即默默地望向皇上，皇上闭了下眼，重重地叹了口气，沉声道："南宫阳，准备施针！"

皇上焦急地在一旁守着我，南宫阳取出随身带着的银针，抽出一根细长的出来，细细地在火焰上烧灼消毒。

皇上蓦然想起什么似的，转头问道："什么时辰了？"

小安子愣了一下，转头细细察看了柜子上的沙漏，恭敬回道："回万岁爷，现在子初了。"

皇上一愣，回头催促着："南宫阳，即刻下针！"

"是，微臣遵旨！"南宫阳取了针上前来，找准穴位慢慢扎了下去。

我最后的意识里，耳边传来皇上坚定中带着些许不安的声音："言言，朕就在这儿守着你，朕不会让你死的。"

不知过了多久，我蒙眬转醒，蓦然想起生产之事，抬眼望去，震惊地发现孩子还没有生下来，我转头惊恐地望着皇上。

皇上一怔，厉声问道："南宫阳，究竟怎么回事？怎么还没生下来？"语罢又转头问道:"小安子,什么时辰了?"

话刚落音,屋外传来永巷中打更的声音,小安子恭敬回道:"回万岁爷,刚好子正。"

"生了,生了!"满头大汗,筋疲力尽的产婆高声呼道,随即传来新生婴儿洪亮的哭声。

我心中的大石终于落地,转头看向皇上,露出虚弱的微笑。他却似没有看见般,失魂落魄地呢喃道:"龙年了……"

蓦然一怔,满脸焦急地抬头问道:"是男是女?"

"恭喜万岁爷,恭喜德妃娘娘,是位小公主!"产婆满心欢喜地回道,随即抱着哭得铿锵有声的婴儿转身替她清洗身子去了。

皇上深深地松了一口气,像是终于放下了什么心事般,连声道:"好,好……"

淑妃见皇上连声说好,忙带了满屋子的人跪了:"恭喜皇上喜得龙女!"

皇上已然收起了方才的心绪,满脸堆笑,声音中也透出些兴奋来:"龙女!好,好,全部有赏!"语罢又转头看向我,眼中满是柔情,轻声道:"言言,你好好歇着,朕晚些时候再过来看你!"

我冷冷地看着眼前的一切,压下满心疑惑,柔顺地点点头。待皇上带了众人离去,彩衣上前伺候我换下汗湿的衣衫,又细细替我拭去汗水,让我窝在温暖的被褥间。

我心中始终浮现着皇上着急问时辰,以及生产下来询问是男是女时的凝重神情,得知是公主时的欣喜若狂。

龙女……龙女……龙……我蓦然想起太后那日里说晚七八天就是龙年的神情,又连说龙年的阿哥是有福气的孩子,龙……

如今皇上又是这番神情,难道……

我不敢再往下想,又忍不住要往下想,最终抵不过南宫阳的那服药效,在疲惫与疑惑中沉沉睡去。

又是一年春来到,今年的春天似乎来得特别的早,转眼间院中的樱花再次盛放。我痴痴地看着这繁华似锦的满园春色,呼吸着春风送来的阵阵清香。

这已是我入宫以来第六次看到这院中的樱花开了,这意味着我入宫已经整整五个年头了!

"主子,皇上已入了宫门,正朝这边来呢!"彩衣抱着小公主在旁轻声唤道。

我回过神,看着彩衣怀中睁着乌黑的大眼滴溜溜转动着、新奇地看着周围的女儿,不由得笑了。

我时常这么看着她,仿佛我的浔阳又回来了般,心中柔情激荡,常常热泪盈眶。

是了,今儿三月初十,我的小宝贝百日之喜,皇上早早便传下旨意今日要在樱花树下

摆设筵席庆贺。

　　一大早淑妃和莲嫔便过来忙乎着吩咐奴才们布置摆设了，各宫的嫔妃也早早地都来了，散坐着闲话家常，这会子听说皇上来了，我和淑妃忙上前带了各宫嫔妃跪在当口迎接皇上。

　　今儿个的皇上整个人看起来神清气爽，神采奕奕，满脸含笑地上前扶了我起身，连声音中都带着喜气和柔和："都起来吧。"

　　我忙引了皇上到正位上坐了，待我和淑妃在皇上身边一左一右坐定，其他嫔妃这才跟着坐到了各自的位置上。

　　早有太监宫女们奉上了美味佳肴，又为众人斟满了去年珍藏的樱花酿。酒过三巡，皇上示意了旁边的小玄子一下。

　　小玄子微微躬了躬身，上前两步高声道："皇上有旨：德妃之女，系龙年生龙女，赐名蕊雅，封龙阳公主，食一千邑！"

　　我一听，神色一喜，忙起身跪拜道："臣妾代龙阳谢皇上恩典！"

　　在座的嫔妃一听，脸色各异，要知道这重男轻女的深宫，龙阳是继浔阳之后唯一受封的公主，我所出的二女皆在百日之时便有了封赐，由此便可知我这几年的荣宠。

　　但无论众人心里怎么想，也不得不小心地掩饰好，满脸堆笑地上前贺喜送礼，毕竟我虽未坐镇六宫，但如今的六宫皆在我掌握之中。

　　我看着忙得不亦乐乎替我收礼道谢的淑妃和莲嫔，心中有着深深的欣慰。莲嫔历来对我感激万分，看我的眼神也是真诚的，淑妃自那次以后，对我礼让有加，事事唯我马首是瞻，这会子满心欢喜地忙碌着，仿佛今日百日受封的是她的女儿般……

　　我收回眼神，定了定心神，看着怀中的龙阳，发自内心地微笑着：今儿个什么都不重要，我的浔阳回来了，今儿个是她的好日子！

　　"杨公公到！"当口守着的小碌子高声通传道。

　　我不以为意地笑笑，随即愣在当场：杨德怀虽是前内务府总管，如今早已退养在香园中，即便是他要过来贺喜，也不可能这么晚，更何况是皇上在此时如此劳师动众地高声通传了。小碌子不是不知规矩之人，怕是有什么特殊之处吧……

　　我忙将手中的龙阳交予旁边的彩衣，待要起身，杨德怀已在小全子的搀扶下走了上来。

　　我一见杨德怀，心下越加奇怪，满头白发的杨德怀今日却穿了套正式的宫装，在小全子的搀扶下拄着一根墨绿的龙头拐杖颤巍巍地朝我走来。

　　拐杖？！等等，那不是……我的心不住地往下沉去。

　　杨德怀立于正中，清了清喉咙，高声道："太后懿旨，月华宫德妃娘娘接旨！"

　　此言一出，众人一片哗然，皇上更是脸色剧变，连张几次嘴却终是未发出任何声音，怔在当场。原本热闹的筵席霎时安静了下来。

"呵,太后都去了几个月了,怎么这会子又冒出个懿旨来了?"旁边传来一句小声的疑问,声音中夹杂着一丝不屑。循声望去,却是容婕妤。

杨德怀闻言,神情一肃,将手中的拐杖提起,重重地往地上一磕,发出"嗑"的一声,沉声问道:"容主子的意思是老奴假传懿旨么?容主子想来也认识老奴手中这根龙杖吧?此乃太后随身之物,临终前赐予老奴,留下懿旨,命老奴在适当的时候代为宣旨!"

容婕妤当着众人的面被杨公公一顿抢白,气得咬牙切齿,浑身发抖,却再不敢说话。

原来那日我离开之后,太后请的人竟是他!想不到太后去了,却仍是给我留了这许多惊喜,我脑中再次响起那日我出门时她那满是算计的声音。

但此时此刻,无论是什么样的算计,我都只能硬着头皮接着,毫无退路。想到这里,我坦然上前,端正跪了,脆声道:"臣妾接旨!"

"月华宫德妃,自入宫始,贤良淑慧,品德兼优,待人宽厚,兼诞育皇子有功,特册立为庄懿皇后,统领六宫,母仪天下……"

我怔在当场,心中五味俱全,脑中闪过无数懿旨内容的假设,却偏偏没有想到会是……太后啊太后,你果真是最老谋深算的那一个,我在你面前,不过是小巫见大巫,不过是个初学的孩童……

"好,好!"皇上龙颜大悦,起身上前扶了我起来,又转头吩咐道:"小玄子,令礼部即刻挑选良辰吉日,准备立后大典!"

众嫔妃早已回过神来,忙满脸堆笑,上前贺喜,我仿若置身梦境,只傻傻地回应着。

一月后,我身着正红的七彩金丝绣凤宫装,在皇上的携持下,缓缓走进光明殿,走过垂手而立的众臣,踏着铺满红地毯的台阶,缓缓走向那金碧辉煌的雕着龙凤呈祥的鸾凤合鸣椅。

端正坐于鸾凤合鸣椅上,我和皇上二人不禁相视一笑,台前阶下文武百官齐齐跪拜道:"皇上万岁,万岁,万万岁!皇后娘娘千岁,千岁,千千岁!"

我俯视着跪于我脚下的众臣,心中百感交集,入宫整整五个年头了,我凤愿终成,名正言顺地立于皇上身边,接受文武百官的朝拜,成为了大顺皇朝第一尊贵的女人!

第十五章　暗箭难防

　　清晨醒来，已是日上三竿，我刚有了动静，旁边的彩衣就上前来伺候我起身，笑道："主子，您醒了。各宫来请安的嫔妃们来了有一会子了，都在偏殿候着呢！"

　　宫训之后，又留了众人闲话家常，折腾到午后，众妃嫔见我有些倦意了，这才散了。小安子扶了我回到暖阁中，歪在贵妃榻上，替我盖上薄被，轻声道："主子，您先歇会儿吧，折腾了这么一早上，定是累坏了。"

　　我眯着眼，歪在贵妃榻上，懒懒地说："是有些乏了，可了无睡意，你坐着陪我聊会子吧。"

　　小安子谢了恩，歪在软凳上用美人棰轻轻地给我捶着腿，轻声道："主子，您怎么啦？如今您终于如愿以偿，坐镇中宫了，怎么奴才却觉着主子一副心事重重的样子？"

　　"唉，终是被你瞧出来了。"我长长地叹了口气，疲惫道，"想想这几个月来，我的日子只能用水深火热来形容。太后临走时，最不放心的人便是我了，这才在临终前传了我过去；可就在我以为人生走到了尽头时，太后却又突然改变了主意，放了我回来；我以为已度过危险，可偏偏生产时皇上的反常又在不断地朝我敲着警钟；我每日里提心吊胆，她却突然在龙阳百日之时扔下这么个惊喜来。我实在……"

　　"娘娘是怕她还埋了更多的算计？"小安子替我说出了心中的恐惧。

　　"那日里太后传了我去，就绕着我腹中的胎儿龙年生咬了许久了。小安子，你还记得那日我生产之时皇上的反常么？表面看来他是担心着我，可现在仔细想想，我总觉着不完全是那么回事！"

"主子是说，皇上一直在问时辰之事？"小安子一直守在旁边，自然也是知道的。

"嗯，我记得刚生下来那会子，我欣喜地看着他，却发现他神情相当的怪异，不完全是激动，有一丝丝的……恐惧，对，就是恐惧！"

我脑中又浮现出那时我虚弱地望着皇上时他的神情，突然间冒出"恐惧"一词，再想，越发地肯定起来，那时他的神情中透露出来的，确切地说，就是恐惧。

"奴才也记着当时听到婴儿的哭啼之声，皇上却呢喃道：龙年了……随即又着急地追问是男是女，听到产婆禀是公主时，皇上明显地松了一口气！"

小安子也陷入了回忆中，呢喃道："奴才当时还觉着奇怪呢，谁不望生皇子，怎么皇上反而像是怕主子生皇子似的！"

"是了，龙年的皇子便是龙子了……"我惨然一笑，"只怕是太后……我就说他那么不顾祖宗规矩地守在跟前，闹了半天，却是因着这个……我实在很想知道，如果产下的不是龙女，而是龙子，他会怎样……这些天，我反反复复想着这个问题。"

"主子也别太往心里去，毕竟太后去了，此事也无从追究了。"小安子见我神色凄然起来，忙安慰道，"奴才们都看得出来，这宫中众多嫔妃，皇上对主子是最为上心的，主子就别想太多了。"

"太后啊，太后！你的确是最精明狠毒之人，本宫怎么斗也终究还是在你的算计之中，就连这母仪天下也是你一手安排！"

"主子，当初如何惊险皆已过去，最后胜利的还是主子您，毕竟太后已经去了，而主子终于名正言顺地掌管六宫了。"

"胜利了么？哼……"我冷笑出声，"小安子，我知道你想宽慰我，可我们皆是理智而冷静地醒着之人，没有办法自欺欺人。母仪天下么？太后不过是将我置于火盆之上罢了！爬得越高，越是得宠，嫉妒的人就越多，心里时时刻刻惦记着的人也就越多了……"

"可主子终究是要跨出这一步的，躲也躲不掉，逃也逃不开……"小安子待要再说什么，门外却传来了小碌子的通传声。

"皇上驾到！"

我一听，忙起身上前跪在屋中迎驾，皇上跨了进来，我柔声道："臣妾恭迎圣驾！"

"言言，快起来，朕说过多少次了，没有外人在，不必拘礼。"皇上上前扶了我起来，二人一同朝竹榻而去，小安子几人识相地行了个礼，退了下去。

"哈哈，言言，你终于是朕的皇后了！"皇上揽我在身边，伸手摸摸我的脸颊，双目含情道："言言，这几个月你都不开心，朕看出来了。"

我心下一惊，想不到在我努力掩饰下他也有所察觉，看来我这不动声色的功力还远远不够，还得努力才是……

"哪里，臣妾……"

"行了，言言。"皇上打断我的话，满脸怜惜地看着我，沙哑道，"朕知道你的心事，毕竟，如今你母仪天下，尊贵万分，但你的父亲却……朕知你心中一直记挂着此事，所以，朕决定了。"

他挪了挪身子，一本正经地看着我，忍不住笑了出来："朕已经决定下旨大赦天下，到时，你便可以一家团圆了！"

"什么？！"我又惊又喜，满脸欣喜地追问道，"皇上说的是真的吗？那……那……"

皇上含着笑朝我用力地点了点头，我这才确信自己听到的，忍不住兴奋地扑进他怀中，连连说道："谢谢皇上，谢谢！"

想到自己对父亲的责怪，心中有着深深的内疚之情，忍不住热泪盈眶。如今他要回来了，我是不是该想办法好好补偿他一下呢？他要回来了，娘知道了一定会很高兴的。

想到娘，我心中不禁一暖，连神情也柔和了下来。

皇上轻轻替我擦去泪水，柔声道："朕的皇后，连梨花带雨的样子都是这么美！"

我立时低下头去，红了脸颊，想到还未正式谢恩，忙退了开来，跪在跟前，含笑柔声道："臣妾谢皇上恩典！"

"呵呵……"皇上拉了我起来，刮刮我的小鼻子，笑道，"又哭又笑的，像只小花猫！朕替你解了这个心结，你是不是该好好谢谢朕呢？"

我一愣，万想不到他会主动讨这谢礼，呆愣着呢喃道："连臣妾都是皇上的，臣妾实在想不出……"

看着慵懒地歪在榻上的他，对上他含笑的双目，我的心忍不住一点点沉了下去……

呵呵，男人么，想要的最多不过是那些了，我深深地吸了口气，慢慢地低下头去，眼中弥漫上了雾气，心不停地颤抖着：终于还是有了这么一天……

我缓缓地蹲了下来，将头慢慢埋向他的两腿间，颤巍巍地伸出双手想要去解他的腰带。

他却蓦地坐直了身子，一把拉了我起来，笑道："都说朕的皇后是品茶名家，不知朕今儿是否有这荣幸一品皇后的手艺？"

我靠在他肩窝处，两滴清泪自眼眶中缓缓滑落：皇上，谢谢你！谢谢你留给我最后一点尊严，也谢谢你没有给我机会名正言顺地恨你，否则……

我转头，高声吩咐彩衣准备茶具。

看着兴致昂扬的皇上，我心中微微有些苦涩。若是往昔，我心中顿时充满了柔情，只觉满满的幸福包围着自己，毕竟在这深宫之中，能得到皇上的用心对待，是何其的幸运与幸福。

可是，不知从什么时候开始，这种幸福的感觉没有了，有的只是无尽的无奈。在这宫里，身不由己的痛苦才是最难以承受，却又是不得不面对的痛苦。

看到皇上离去的身影，我心中竟有一丝丝说不出的轻松，轻叹了一口气，转身走回屋中，无力地歪在贵妃榻上，沉沉睡去。

大赦天下的圣旨很快传了下去，父亲也来信定了归期。我看着来信，不禁犯了愁，父亲回来，尚书府自是不能住了，怎么着我也得在父亲到达之前为他做好安顿才是，总不能让他老人家回来了，还住在客栈吧。

我命人递了信出去，悄悄约见西宁桢宇。待我到时，西宁桢宇早已候在屋中，我刚跨门槛，耳边便传来他醇厚的声音。

"皇后娘娘，今儿个叫微臣过来所为何事？"

我微微愣了一下，吐了口气，轻声道："皇上大赦天下，我父亲不日也将返回皇城，我想托将军帮忙在城中买套院子，以便父亲回来时能有落脚之地！"

西宁桢宇听我如此一说，愣了一下，随即眼中闪过一丝不屑，顿了一顿，才道："小事一桩，我办好了会托人带信给你的。"

"皇后娘娘还有没有别的事情？若是没有，微臣先行告退了！"西宁桢宇有礼地朝我一拱手，转身朝门外走去。

只要睿儿不在，他便觉着跟我同处一室都是玷污了他般，迫不及待地想离去。往常睿儿还小，每次我都让玲珑带着一起过来，睿儿慢慢长大懂事了，我便再不敢带他过来了。

睿儿还小，不懂事，若是不小心露了一丝丝的痕迹，无论对我，对西宁或者对睿儿本身，都将是灭顶之灾，我不敢冒这样的险，我承受不起那样的后果。

"哎，那个……"眼看着西宁已走到门口，我忍不住出声唤住了他。

西宁桢宇闻声停了下来，转过身，问道："皇后娘娘还有什么吩咐？"

"西宁，你不能像往常般唤我言言吗？"不知为何，别人眼中尊贵无比的皇后之称，从他口中唤出，我听起来竟是那般的刺耳。

他叹了口气，轻声道："唉，言言，这有什么差别吗？"

"有，当然有！"我上前几步，激动道，"至少，能让我感觉到亲切，让我觉着我不是孤独的一个人。"

西宁桢宇有些不明所以地看着我，半晌才道："你如今坐镇中宫，统率六宫，母仪天下，朝中又有我等扶持于你，你还觉着有什么不好的呢？"

我微微叹了口气，我的痛苦我的难处又岂是他能明白的呢？我不再接话，吸吸鼻子，整了整情绪，才又问道："我托你代为照看的那位大娘，她……现在还好吗？"

"你交代的事我自然不会落下，隔上一段日子，我总会过去看看她。她身子挺好的，只是……我看得出来，她总有些忧伤，心情一直不是很好！"

"谢谢你！"我一听到娘的忧愁，忍不住又红了眼圈儿，哽咽道，"用不了多久了……过上几天便会好了……"

第十五章 暗箭难防 363

"唉，那个……那位大娘是谁？和你有什么关系吗？"这么久以来，这是西宁桢宇主动问起我的事来，我不免有些诧异，正想开口回答，他却又开了口。

"算了，你不想说就算了。当我没问！"说罢转身大步走了出去，不一会子便融入到了黑夜之中。

许久，我才听小安子上前来小声催道："主子，夜深了，该回去了。"我点了点头，扶了小安子，小心翼翼地从原路返回。

父亲终是回来了，但由于他是戴罪之身，不能随意进出宫闱，我们也是没能见上一面，皇上见我闷闷不乐的样子，特旨西宁护送我回家省亲。

三日后，皇上命小玄子接我回宫。入宫之时，我从辇中望着骑马跟前攫后的西宁桢宇石刻般的脸颊，望着他身后我心中向往的那片天地，直到大红的宫门缓缓关上，也隔绝了两片天地。

我放下帘子，收回目光，整了整心绪，端庄地坐于凤辇中，我知道，回家探亲的幸福与感触只能留在记忆深处，从此刻起，我又是大顺皇朝端庄秀丽的庄懿皇后了。

淑妃领了众妃嫔在二门处迎我进去，一起到御书房拜见皇上。皇上亲自带我入了修葺一新的宫殿，并亲笔赐名"莫殇宫"。看着淑妃等人眼中无法掩饰的嫉妒之色，我不由地笑了。此时的我，算得上集万丈荣光、万千宠爱于一身了！

华灯初上，皇上与我腻在房中，手把手教我作画。不多时，一幅荷塘月色图的轮廓便在他笔下栩栩如生地显现了出来，这才停下笔来，我二人相视一笑。

我退至一旁为他磨墨，他则换了毫笔作着最后的修饰，我看着手动个不停忙碌的他，不禁有些出了神。

"言言，在想什么呢？"

我回过神，朝他莞尔一笑，柔声道："皇上，臣妾在想，入秋了，那香山的红枫定然红如花朵。"

"呵呵，言言是喜欢上那让人痴迷的红枫了？"

我含笑点头，皇上沉吟了一下，才道："酷暑里本想带你去天池避暑，可偏偏朝中之事脱不开身，如今香山枫叶红了，按理朕该陪言言去看，可偏生……昨儿个莞州传来八百里加急文书，莞州境内竟发生鼠疫，这个时候，朕……"

"皇上，国事要紧，臣妾不知，这才……"我"咚"地跪在地上，急道。

"好好的怎么又跪下了？"皇上放下手中的笔上前拉了我起来，"朕也是今儿早朝方才得到莞州文书，你又怎会知晓此事呢？"

皇上沉吟了一下，又道："你独自一人前往也未免冷清了些，这样吧，你在宫中选几位兴趣相投，品性兼优的嫔妃随你一起去吧。"

"皇上……"我拒绝的话消失在了唇边，如今莞州之事近在眼前，我本不该在此时离去，可我想到心中那件事，终是说不出推脱之话，三年了，我的隐忍几乎到了极限了，我一定要去！

"去吧，言言。"他双目含情地看着我，轻声道，"去散散心，朕不想看你在宫中陪朕劳苦揪心。"

"可是……"我迟疑了一下，终究只是说了句，"皇上，你要好好保重身子。"

"你准备准备，三日后启程，朕派西宁带殿前侍卫护卫你的安全。"皇上扶了我朝外间走去，细细交代着去香山别苑的琐事。

我既是有其他事要办，自然不能带容婕妤一行人，宫中之事交予了淑妃代管，我只领了莲嫔、莺贵人、孙常在、柳嫔及玉才人等几人一并启程去了香山。

因着不在宫中，我也便没有用宫中的规矩约束几人，只在去的第二日午时传了众嫔妃一起用了午膳，闲话了几句，又话既已不在宫中，大家不必拘束，也不用每日过来请安了。

起时几人不信，晨昏定时过来，我只命彩衣回了问安，如此几次后，众人谨慎的心态也渐渐放松了下来，每日观赏红枫，漫步林间，泡洗温泉，饮酒作乐，好不自在。

我只每日待在院中静养，深居简出，不几日传出我偶感风寒的消息，众妃嫔忙过来问安，我传见了众人一次，直说小病，静养几日便好，叫她们不必担心，又说风寒传染，叫几人不必过来探望了，我若有事，自会传见。

万事俱备后，我命彩衣替我收拾了东西，第二日一早，我换了事先准备好的衣衫，拎起包袱便出了门，手握皇后令牌，遇侍卫盘查便出示令牌，只说："皇后娘娘派奴婢下山办事。"

事情有些超乎我想象的顺利，凭着那块皇后令牌，我竟一路无阻地出了别苑。

我一路急行，不多时便已下了香山，赫然见到一身便装的西宁桢宇正立在路边，轻蔑地朝我一笑："皇后娘娘，以为你那蹩脚的装扮，真的能避开那么多侍卫的眼，安然离开么？皇后娘娘也太小瞧末将的护卫能力了。"

"那西宁将军定然也知我要上哪儿了？"看来找地图，规划路线之类的也定是没有逃过他的眼去。

"皇后娘娘还是回吧，宫妃私出，可是大罪！"

我定定地盯着他，一字一句道："我必须要去！"

他盯着我看了半晌，叹了口气，道："既然要去，就快些吧。"说罢，率先朝山脚小镇走去，我忙跟了上去。

"言言，言言，醒醒，到了。"耳边传来呼唤声，我蒙眬醒来，车子不知何时已然停了下来，我蓦然意识到，我一心想着的地方终于到了。

我霍地坐起身来，一手挥开帘子，映入眼帘的是一片连绵不绝的群山，我心知这便是灵山了。灵山是大顺皇朝皇陵所在，是历代皇室宗亲的最后安息之地，先皇、太后及皇上的两任皇后以及早逝的皇子公主们也都安葬在这里，当然，我的孩子也睡在这里。

此时虽已近正午，但山道上仍然显得又湿又滑，我激动得恨不得立刻便飞到山顶，所幸西宁一路搀扶着我，这才没有摔倒。

越往山上走湿气越重，寒气也越重，然而此刻我根本无暇顾及这些，我知道近了，越来越近了，我马上就能见到她了。

皇陵常年都有军队把守着，我来时还苦恼着要怎么才能进去，到了才知他早就替我安排好了一切，除了连声道谢，我实在不知我还能做些什么，拿什么还他。

"不要再说了，快去吧，你们已经很久没见面了。"他接过守军手中的篮子递给我，带着守军退得远远的。

我哽咽着点了点头，独自一人走了上去，我的女儿因着生前有了封谓，地位自然不比其他早夭的皇子公主们，单独有了一座小小的陵墓，眼前赫然而立的碑面上刻着：浔阳长公主之墓。

我丢下手中的篮子，踉跄着扑了上去，手指轻抚过石碑，指尖下的冰冷叫我再也忍不住心中的悲痛，紧紧将石碑抱在怀中，瘫坐在地，脸颊紧贴着石碑，冰冷的感觉透过衣服传到我的身上，直入骨髓，可是我不在乎，因为只有这样我才能更靠近她一些，只望能靠近一分，再近一分……

为何我的女儿会躺在如此冰冷的地方，为什么无论我怎么想，却再也见不到她那可爱的笑容了？

心如刀绞般抽痛着，鼻子酸涩，喉咙不断地紧缩着，眼中满满升起了雾气，抽噎半晌，终于哽咽出声："浔阳，娘来看你了！"

话刚出声，眼泪终于忍不住怆然而下，我再也控制不住心中的悲痛嘤嘤恸哭起来："三年了，娘终于看到你了。三年来，娘无时无刻不想着你，浔阳……"

西宁桢宇上前，几欲开口，却终是轻轻拍了拍我的肩膀，默默地退了开去，远远地守着我。

"浔阳，都怪娘不好，没有好好保护你，所以才害你……"

"娘的小宝贝，你在这里躺着好不好？有没有觉着冷？有没有人欺负你……"

"宝贝儿，娘只愿你来生不要再投生帝王家，做个平平凡凡之人，好好活着便好……"

我哭得肝肠寸断，对周围之事浑然不觉，也不知过了多久，身后隐隐传来一阵脚步声，我无力地靠在浔阳的陵墓旁，却感到一双大手架着我的胳膊把我扶起。

我抹去眼泪，想到这次他对我的照顾，忍不住心生感激，如今心事已了，我自然理当要感谢他，虽然他不一定会接受。

刚要转身致谢，耳边却响起了那熟悉的声音："我们……回去吧！"

我原本一片混沌茫然的意识却在听到声音的那一刻顿时清晰万分，我震惊万分地转过头，映入眼帘的正是那身明黄。

"皇……皇上……"在他的注视下，我几乎是尖叫着喊出这两个字的。

皇上怜惜地看着我，伸手轻抚我冰凉的脸颊，眼中闪过一丝疼痛，一把将我已经吓得僵直的身子拉入怀中，用披风紧紧围住，温暖我早已僵硬冰凉的身子。

"朕就知道你不会无缘无故突然说要到香山别苑的，尤其是在莞州瘟疫之时。朕知道你始终没有忘记，也放不下浔阳。你提出说要去香山别苑时朕就隐隐感到不对劲，所以专程交代了西宁，让他好好保护你，有事及时通知朕。你果真……你都不告诉朕，叫朕怎么放心得下？"

我的视线越过皇上的肩膀，直望向不远处的西宁桢宇，除了他，又还有谁呢？他微微转头，避开了我的视线。

我心下冷哼一声，收回视线，窝在皇上怀中，哽咽道："宫妃不得随意出宫，更不得随意踏入皇陵，臣妾不想皇上为难，但又实在放心不下……"

"你看。"皇上指了指浔阳旁边的小坟安慰道，"浔阳在这里一点都不寂寞，有她的皇兄皇姐他们在，浔阳不会寂寞的，如今太后也在这儿，她那么疼爱浔阳，定会宠着她的。整个灵山都有朕派遣的守军保护着，浔阳在这儿很好，没有人能打扰她的，言言，你就不要担心了。"

"臣妾知道，臣妾来了这里才知道皇上有多疼爱浔阳。"我拉着他温暖的大手贴在自己冰凉的脸颊上，贪婪地取着暖，"臣妾私自离宫本就不打算请皇上原谅，本想回宫后亲自到养心殿请罪，不想皇上……却早就知道了。"

我深深地吸了口气，继续道："可是臣妾并不后悔，三年了，臣妾无时无刻不想着她，每年的今天臣妾都是度日如年般过来的，臣妾也没有办法，臣妾忘不了浔阳，臣妾没有办法在每年的今天留在宫里，臣妾……"

"傻瓜，朕不会怪你的。"皇上的眼圈儿也微微有些红了，缩紧了手臂抱紧了我。

我泪流满面地靠在他的肩上，心中却平静了许多，哽咽道："皇上，臣妾这就跟您回宫，接受宫规处置。"

皇上听我如此一说，整个身子一僵，半响才扶了我起身，朝不远处的西宁桢宇沉声道："朕今日前来拜祭先皇，探望浔阳长公主，并无他人同往，你们都听明白了吗？"

"是，末将明白！"众人低着头，目不斜视，齐声道。

皇上满意地点了点头，吩咐道："西宁，皇后娘娘在香山别苑卧病在床，你同皇后身边的宫女一同回宫取药，还不快快赶回香山去！"

"是，末将明白！"

第十五章 暗箭难防　367

"言言，你随西宁回去吧。"皇上柔声道。

"皇上，您……"我满脸惊讶，眼睛无意识地越过皇上的肩头，却对上了西宁桢宇炯炯有神不经意瞟过来的眼光，我这才猛地想起除了浔阳，我还有睿儿，还有龙阳。

我的荣辱都系在这个男人身上，是他给了我现在拥有的一切，包括地位、权力，就连如今能再见浔阳也是他的施舍……

不行，我不能这般倒下的，我若是倒下了，我的睿儿和龙阳将会变成第二个、第三个浔阳。

我稳住慌乱的心，主动勾住皇上的脖子，将头埋在他怀中，轻声道："皇上，谢谢你，谢谢你对臣妾和浔阳的这般疼爱！"

他见我神情不似方才那般落寞了，不禁有些喜出望外，扶了我朝山下走去，轻声道："言言，放心吧。没了浔阳，你还有睿儿，还有龙阳，朕一定会加倍地疼爱他们的！"

马车行驶在回程的路上，我呆坐在车中，没有说任何一句话。

"即便是我不说，你以为你就能瞒天过海么？你不要忘了，普天之下，莫非王土！"

我心知他说的是实话，可不知为何我心里总是涩涩的，也许长久以来，他成了我的依靠，也成了我最信任的人，即便我知道他其实是瞧不起我的，但心中一直有个小小的奢望，只愿他能待我像自己的亲人般，我也便心满意足了。

一路上，我闭口没有说话，直到回到香山别苑。小安子见是西宁桢宇随我一起进的院子，满脸惊讶地迎了上来。

我停下脚步，冷冷地说道："西宁将军，本宫已安然回到别苑，你的任务也完成了，你可以回去复命了。"说罢，头也不回地走进屋中。

小安子和彩衣一脸疑惑地徘徊在我和西宁桢宇之间，转眼间我已转过屏风，见二人还没有跟上来，不禁怒火中烧，高声道："该死的奴才，还不快些上来伺候本宫沐浴更衣，仔细着皮肉！"

二人从未见我如此神色，对望了一眼，忙跟了上来。

歇息了两天后，皇上派人过来传旨，说六宫不可一日无主，况且我身子骨不大好，香山如今的气候不宜养病，让我早早回宫好生调养。

皇上已传下旨意来了，况且来香山有些日子了，头几日的新奇过去后，没有了皇上这个主角在，众嫔妃早已心生归意，想来也是担心着长久离宫，只怕被宫里哪位嫔妃抢了圣宠，占了鳌头。

我心愿已了，也不再迟疑，只命众嫔妃收了行李，第二天一早回宫。

宫中一片风平浪静的样子，与我离开时没什么两样，我刚回宫的两日，莫殇宫一时人来人往，络绎不绝，皇上也连着几日歇在莫殇宫中，仿若在向宫里众人昭示着，皇后的荣宠并没有因着离开而减淡，反倒有些小别胜新婚的意思。

过完年也就是我进宫的第六个年头了，又是一年的选秀开始了。因着前次并没有进行正式的选秀，今次是无论如何也要进行正式的选秀了。

因着是我坐镇六宫以来的第一次选秀，所以宫里头都格外的重视，早在过年之前，内务府的公公们就开始按照我的意思，拟定计划，置备名册了。

如今年关刚过，内务府及各宫都忙碌起来了。当然，有人是在忙着帮我准备选秀事宜，有的则是忙着在打自己的小算盘。

小安子将内务府整理好的名册呈了上来，我翻开来细细看了一下，从皇亲国戚到朝廷要员的小姐千金总共七十二人，名册中最显眼的自然要属定远将军宋浩明的妹妹宋月娇和新任户部尚书孙大人的千金孙巧珍了。

我细细看完，将名册一合，抬头吩咐道："小安子，备轿，去御书房！"

我手持名册含笑示意。御书房门口朝我行礼的殿前侍卫莫少帆起身，趁着小玄子进去禀报的空当，我细细打量了莫少帆一番，短短几月军营的生活已然磨炼了他，如今身着殿前侍卫服的他看起来越发的精神抖擞，我满意地点点头，当初的决定没有错！

不一会子，小玄子出来了，朝我恭敬道："皇后娘娘，您请！"

我点点头，跟着小玄子入了御书房，皇上正低头批阅着奏章。我忙上前端正跪拜道："臣妾拜见皇上！"

皇上抬起头微微一笑，随机放下笔，转过桌案上前扶了我起来："皇后，你过来了！"

"皇上，朝政要紧，可身子也要紧，皇上要保重自己的身子。"最近忙着选秀之事，我也有那么几日没见到他了，如今一见，竟觉着他有些疲惫之色，神情间也有些憔悴。

"放心吧，言言。"皇上扶了我同坐榻上，握着我雪白的柔荑，轻声道。

我莞尔一笑，挣脱开来，从袖中拿出名册，呈了上去："皇上，这是今年选秀的名册，请您过目。"

皇上接了过去，也不翻看，随手往桌上一扔，转头看着我说道："言言办事一向严谨公正，朕放心。况且如今宫里在跟前伺候的嫔妃们朕都是很满意的，今年选秀就选上三五个进来填个缺也就是了，朕没什么意见。言言你全权处理，斟酌着办结成了。"

我忙起身福了一福："是，皇上，臣妾遵旨！"

皇上一把将我搂在怀里，呢喃道："有些日子没见着朕的皇后了，朕可是想念得紧！"

我万没料到他会在这儿说这样的话，忙转头望了望，好在小玄子早已领了奴才们退了出去，要不往后在宫里我可怎么见人。

皇上早已埋首在我肩颈处忙碌着，我在心里无声地叹了口气：这就是男人么？无论有多么的宠你，疼你，还是会想要得到你的身子。所谓的恩宠，不也就是这些么？

第十五章 暗箭难防

我不再言语，收回心神专心致志地伺候着他……

接下来的日子，整个宫里都热闹起来了，尤其是掌管六宫事宜的莫殇宫，更是人来人往，好不忙碌。大半个月之后，终于结束了，选秀的结果也出来了。

本次选秀共选了四人入宫，宋月娇和孙巧珍同被晋封为贵人，余下二人为朝中大臣的千金，因才貌出众被选中，分别封为芳才人和艳才人。

我回想起当时我选中此二人时淑妃的表情，不免想笑，她本以为我会选即便是不丑却也不会太出众的人进来，可我偏偏选了这次七十二位秀女中容貌最为出众的二人。

我点出二人之时，淑妃蓦地转过头来，脸上闪过无数的表情，有惊讶、差异、难以置信，到最后竟然有些怨愤的情绪。

也难怪，这宫里本就有了高雅淡然的雨婕妤，有了才情容貌并进的柳嫔，有了与薛后极为相似又柔情似水的莲嫔，更有人老珠黄仍旧宠冠六宫的我。

皇上一月里总共也去不了永和宫一两次，如今再选进几位容貌才情甚佳的妹妹，只怕淑妃往后的日子会更加的寂寞难度了。

也难怪她是那种神情了，想来，她是很不能理解我的做法的，毕竟我虽贵为皇后，可我仍然是女人，仍然要争宠，而我居然会选那样容貌的女子进来。

选秀结束后，我本以为皇上会图个新鲜，少来我房中一些，不料赐封的头天晚上便过来了。我身子已是疲惫不堪，折腾了一宿。到第二天一早，皇上刚上朝没一会子，我也便起身了。

"主子，你一晚上没歇着了，这会子还早，你再歇会儿吧！"彩衣心疼地看着我，苦苦劝道。

小安子进来一见我神情，顿了一下，默默地退了出去，命奴才们备好热水，让彩衣伺候我沐浴更衣。

我歪在贵妃榻上，小口喝着小安子奉上来的参汤，蓦地想起前些天交代他办的事来："小安子，我前天交代你办的事情怎样了？"

"回主子，昨儿傍晚时分南御医已将您要的药配好送来了，当时您正陪着万岁爷，奴才便没敢回禀。"小安子接过我手中的空碗，递上揩嘴的丝帕。

"嗯……那还不赶快去煎了送来。"我揩着嘴角，吩咐道。

"主子，您……您真的要……"小安子看我的眼神中有着些许的不赞同和疑惑。

"啰唆什么？快去！"我不由得加重了语调，小安子一个激灵，忙朝门口而去。

"可得谨慎些！"我朝着他的背影叮嘱道。

不一会子，小安子托着一碗药进来，放在了旁边的小几上。我朝他伸出手去，小安子迟疑了一下，回道："主子，药刚煎好，还很烫口，凉一些再喝吧。"

我点了点头，轻声问道："小安子，你是不是觉得这两年我变得异常的冷酷无情，心狠手辣？"

"没……没有！"小安子身子一颤，抬头看了我一眼，又迅速地低下头去，轻叹了一口气道，"奴才一路陪伴着主子走来，主子的艰辛和悲苦，他人不知，奴才却是一清二楚。主子所做的一切，不过是自保而已，可主子您怎么会想起要服用这药？主子您好不容易才走到今天这一步，难道主子不想趁着现在，努力巩固自己的地位么？"

"想，怎么不想？连做梦都想。"我鼻子一酸，眼中升起了雾气，眼角一滴清泪滚落而下，"可我实在忍受不了了，实在受不了他那般索取无度，甚至连怀着龙阳时也不例外……"

小安子万没料到我会突然这般情绪失控起来，听着我内心的憋屈，也红了眼圈儿。

"这便是圣宠么？我宁愿不要！"我忍不住嘤嘤恸哭起来，"让那些个妃嫔去争吧，去斗吧！"

"主子，主子！"小安子吓得不顾礼仪，一把上前拉了我，用力摇了摇，我这才清醒过来，闭眼深吸了一口气，逐渐平静下来。

"主子，药凉了，可以喝了。"小安子小心翼翼地端起桌上的青花瓷碗，慢慢送到我跟前。

我毫不犹豫地一手接了过来，递至唇边，仰头一饮而尽。

秀女进宫一个月后的彤史，新晋的四位妃嫔，全都蒙受圣宠，但除艳才人外，其余三人都只有一晚。

此外，皇后到过莲嫔那里五次、柳嫔那里三次，雨婕妤那里两次，淑妃、容婕妤、宜贵嫔和莺贵人宫里各去了一次，其余不是歇在了养心殿，就是留宿在了莫殇宫中。

彤史正悄然无声地暗示着我这位素来得宠的皇后并没有因为新人的入宫而有丝毫的逊色，反而更要耀眼夺目。

不几日，宫里面便悄悄地流传着这样的谣言：皇后独宠专房，致使后宫嫔妃不能雨露均沾，不利于皇家开枝散叶……

各宫都有奴才是受过我的恩惠的，对于各宫的动静，我或多或少也是知道一些的，对于这样的谣言，自然也很快便到了我这里。

"主子，您不知道，那些胆大包天的奴才说得多难听，连皇后的舌根都敢嚼……"秋霜一边替我梳着长发，一边说道，"主子，您可要好好整治这些妄传谣言的宫人才是！"

"好了，好了，忙你自己的吧，尽在这儿惹主子生气。"小安子打断秋霜的话，接过雕凤檀香木梳细细替我梳着头，"一大早便在主子跟前絮絮叨叨的，也不让主子耳根子清静些。主子的早膳准备好了没？还不快去小厨房催催，帮帮彩衣姑姑的忙！"

秋霜吐了吐舌，一溜烟跑开了。

"主子，秋霜向来嘴碎，您别听她瞎说。"小安子熟练地将我一头乌黑的头发在头顶

高高绾了个飞仙髻,在梳妆台上的锦盒里挑了几支黄金凤凰步摇插上固定好发髻,发簪顶上坠着米粒大小的翡翠珠子串成的流苏。

对着镜子照了照,小安子又在锦盒中挑了几朵皇上令首饰房专门为我打造的小小的玉白镂雕樱花簪,细细地在发髻旁簪了一排。

"怎么会,嘴巴长在别人的身上,又岂是我能控制得了的?"我细细地对镜看着小安子给我梳的发髻,甚是满意,嘴角漾出几许笑意来。

"此事奴才已经查清楚了,那些闲话是从艳才人宫里传出来的。"小安子恭敬道,"要怎么办,主子心里可有底了?"

"呵呵,小安子,你的办事能力可是越来越强了,这么快就查出来了?说说看,是怎么查出来的?"

我起身漫步至窗前,园中的樱花又快开了,有权有势就是好啊,皇上一句话,去年还在月华宫的樱花,如今已绽放在了莫殇宫中。

"艳才人虽出身不够高贵,可从小便娇生惯养,眼界颇高,入了宫又自恃姿色过人,加之如今皇上翻她牌子的次数又比别人多些,便越发不把别的主子放在眼里,言行难免轻慢些。

"无论是与新进的小主,还是原本宫中的嫔妃们都处得不是很好,这样的人哪里有人肯为她掩饰。

此事奴才们来禀时便有了些眉目,奴才再着重去查了一下,立刻就有了结果,还是和她同住储秀宫中的芳才人私下揭发她的。"

我瞟了一眼小安子,笑道:"芳才人?只怕事情没有你说的这么简单吧?"

"主子英明!"小安子满目钦佩,笑道,"那芳才人出身贫寒,父亲只是个翰林院的修书,芳才人请奴才转告主子,说她的圣宠都是主子您恩赐的,她定会知恩图报!"

"我说的不简单可不是这芳才人之事,只怕这谣言……"我沉吟了一下,轻声吩咐道,"小安子,明儿早膳后宣各宫嫔妃都到莫殇宫来,本宫要召见她们。"

次日,我刚起身,各宫的嫔妃们一大早就聚到了莫殇宫,我梳洗妥当,又用了些早膳,这才扶着小安子的手臂缓步走入正殿,端坐在正中的凤椅上。

众嫔妃忙列成两队,齐齐跪拜道:"嫔妾拜见皇后娘娘,娘娘千岁,千岁,千千岁!"

我淡淡地看着跪在地上的十来个女子,她们或是入宫多年,在宫中有些位分的嫔妃,有的本是宫里的奴才,偶然受宠才做了主子,有的是新晋的小主,个个都是眉目如画,恬静斯文的女子。

过了许久,我才淡淡地开口道:"都起来吧。"

我依例训诫了她们一番,无非也就说些什么守宫规,尽心侍奉皇上,相互和睦相处之类的话,她们也如往常般恭敬地低头听着,点头称是。

训诫完了,我又命她们坐了,令宫人奉上新沏的茶,和她们有一搭没一搭地说着闲话。

因着小安子昨日所禀之事,我格外地注意了艳才人一些,一身大红的褶裙,镶红玉的簪花步摇微颤,面若桃花,一双勾人的丹凤眼更显得娇艳无比。

粉真真一个美人儿,选秀时我便觉着不凡,如今做了娇娇新妇越发的迷人起来,也难怪皇上会对她另眼相看。

话说到一半,小安子匆匆进来,跪在地上禀道:"皇后娘娘,人已经带来了。"

"嗯。"我点点头,朝众人道,"妹妹们随本宫一起出去看看吧。"

我率先起身走了出去,身后的宫妃们一脸疑惑,却又好奇地跟在我身后,步出正殿,立于阶上。

连着各宫嫔妃随侍的宫女们也闻声而出,立于转交回廊处偷偷观望着,一时,院子里人声鼎沸。

行刑司掌事太监江峰立于高高的白玉阶下,旁边几个身材魁梧的行刑太监正按着几个太监宫女跪在地上。

这江峰正是当初在宁寿宫中鞭挞过我的人,曾是丽贵妃跟前的红人,太后掌权后曾找了心腹取代了他的位置。

我初掌六宫后为了建立自己的人脉,便到杂役房找到了他,他本以为我是为报仇而往,不料我却不计前嫌再度启用了他,他对我的恩泽自然是铭记在心的。

如今鞍前马后伺候着,上刀山下油锅只需我一句话,他即刻便会替我办妥了,怎么看倒也是个忠诚之人,当初我的决定也是没有错的。

"皇后娘娘,这是……"站在莲嫔旁边的艳才人认出被押的奴才是她宫中的下人,双眼圆睁,有些愤懑地看着我。

我斜眼冷冷地盯了她一眼,吓得她将后面的话全吞进了肚子中……

"启禀皇后娘娘,就是这些宫人在宫中私传谣言,诋毁皇后娘娘的清誉。经过奴才的审问,已经全招了,现供词在此。"江峰见我立于台前阶上,忙上前两步跪了恭敬禀道,尖细的嗓音中透出一丝冷冷的阴沉和凶残,直瘆人心。

"呈上来。"我不冷不热地说道。

"是。"江峰答应着,将供词将交予了举步走下去的小安子,小安子手举供词缓步走了回来。

"艳才人,你看看吧,毕竟是你宫里的人。"我示意小安子将供词送到她跟前,似笑非笑地看着她。

艳才人看了我一眼,伸出颤抖的手接过供词,细细地看了一遍,神色虽没有太大的变

化,可鬓边步摇上簌簌抖动的珍珠流苏却出卖了她的心境。

"你们……你们好大的胆子!"艳才人举步走下台阶去,一把把供词丢在几个宫人面前,恨恨地骂道。

顿了一下,艳才人又转身面向我跪在几人跟前,恭敬道:"嫔妾管教奴才无方,还请皇后娘娘恕罪,请皇后娘娘允许嫔妾带了她们回去,好生管教!"

"大胆!艳才人,国有国法,家有家规,宫里的奴才们犯了错,自有行刑司处置,你一个小小的才人竟敢在这儿口出狂言!"小安子上前两步厉声喝道,"对皇后娘娘不敬该当掌嘴,来人啊……"

我瞟了小安子一眼,举手示意他退下,小安子说到一半即刻住了嘴,恭敬地躬着身子退了下去。

阶下跪着的艳才人这才害怕起来,原本抬起看着我的脸悄悄低了下去,身形也没有了方才那般笔直,倒有些微微颤抖着。

旁边众妃嫔神色各异,有人冷眼旁观,有人事不关己,更多的则是幸灾乐祸,芳才人更是满眼的对艳才人的蔑视……

园子里静得连根针掉在地上都能听得清楚,所有人都关注着我的神情,毕竟我是六宫之主,况且此事又关系着我,自然我是最有处决权的。

我伸手抚了抚右手手指上两只三寸来长的黄金镶红宝石雕花护甲,半晌,才幽幽地问道:"江管事,这些妄传谣言的奴才依律当如何处置?"

江峰跪着磕了头,恭敬的声音中透着丝丝嗜血的阴冷:"回皇后娘娘,这些奴才搬弄是非,妄传谣言,诋毁主子,依宫律当乱棍打死!"

那三个被押着跪在地上的奴才本来在审问时就已被江峰杖责过了,见到我时早已吓得瑟瑟发抖,如今一听江峰的话,更是面无人色,有个胆小的小太监立时便瘫软在地了。

"主子,求求您,求您救救墨香!"一个着荷叶绿宫装的宫女挣开押着她的太监,膝行而前,死死抓住跪在前面的艳才人的裙角,颤声求道。

"住口!你们做出如此大逆不道之事,陷我于不义,罪该万死!"艳才人料不到墨香能挣开押着她的两个太监爬到跟前来,铁青着脸,一手推开墨香的身子,任由她摔倒在地,也不转头看她,只是朝我恭敬地磕着头,"皇后娘娘,这些个狗奴才做出此等大逆不道之事,嫔妾管教不善,但嫔妾确是不知情,请娘娘明查,请娘娘按宫规打发了他们以儆效尤!"

话刚一落,原本被推倒在地喘着粗气的墨香突然失声痛哭起来,大声叫道:"主子,主子,您怎可这般狠心,明明是您让奴婢……"

跪在一旁的江峰不待我发话,蓦地跳起身来,一把捂住了墨香的嘴,忙从旁边小太监手中取了软布塞住,厉声呵斥道:"大胆奴才,皇后娘娘面前岂容你再行狡辩?"

那墨香被太监制住，挣脱不开，口中又塞了软布，不能言语，只是怨毒地瞪着艳才人。

我看着眼前的一切，心中对江峰甚是满意，当初的确没有看错人，每一点都办得恰到好处，令我十分满意。

我缓步走下台阶，伸出一只手，挽起被吓得面色发白的艳才人，柔声道："妹妹，快起来吧，虽然天气渐暖了，可是跪在地上久了膝盖也会疼的。"

说着扶了她举步走回阶上，瞟了一眼面露失望之色的众妃嫔，朝艳才人嫣然一笑："本宫也相信此事与妹妹毫无干系，妹妹才刚进宫，哪会招惹这些是非，只是最近宫中有些奴才越发地不知深浅，狂妄自大，不好好管教一下，只怕还会闹出更大的乱子来。妹妹，你说是吧？"

我满脸堆笑地看向艳才人，迎着晨光的凤眼微眯，两束冷光如两簇刀光，直射向艳才人心灵深处。

艳才人不由得打了个寒战，微微避开我的双眼，声音里透着恨意："皇后娘娘说得是！"

我这才满意地转过身，对着阶下众人，高声道："太后在世时便一再重申，宫中严禁妄传谣言，尔等明知故犯，宫规深严，本宫饶你们不得，但念在尔等是今年新进的奴才，本宫就网开一面，从轻发落。"

台下几人一听，原本死寂的心中又燃起了希望，惊讶地抬头望向我。

"既然你们爱妄传谣言，诋毁主子，本宫就让你们牢记搬弄是非的教训，每人赐哑药一碗，遣出储秀宫，送杂役房！"

俗话说好死不如赖活着，虽说往后再不能说话了，被遣往了杂役房，如今的杂役房里的奴才也不似往常那般任人宰割欺凌了，也算是有了活路。几人一听，忙不住地磕着头。

"江公公，即刻拖了他们去吧！"我挥挥手，江峰忙令行刑的太监拖了地上跪着磕头不止的四人出去。

"有人的地方就有是非，而这后宫的是非就更加多而且更加荒谬了。今儿之事妹妹们就当个警醒吧，以后好好地看着自己的奴才，若再闹出什么事来，做主子的只怕也难逃干系了。"我瞟了众人一眼，不冷不热地说道，声音中透出无形的威严来。

本来神情各异的众嫔妃一听，顿时白了脸颊，低下头去，大气都不敢再出。

我顿了一下，莞尔一笑："妹妹们也不用太紧张了，站了这阵子了，都到殿里歇会儿吧。"

众妃嫔一听，忙跟着我入了殿中，坐了下来。我命人奉上安溪新贡的浓香铁观音来，顿时大殿里茶香四溢。宫女们又奉上了些新切的水果，一副井然有序的样子，仿若方才之事没有发生过般。

"妹妹们，这是安溪新贡的浓香铁观音，味道甚是甘甜，都尝尝吧。"我笑着端了白玉品茗杯送到口中，其他人也纷纷端起杯子小口品尝着，连连称赞。

　　我放下杯，转头却见那艳才人仍旧如惊弓之鸟般，呆呆地坐在椅子上，紧紧盯着几上那只白玉杯，身子犹自轻颤不已。

　　坐于她下手位的芳才人喝着茶，眼光却瞟向艳才人，一副幸灾乐祸的样子。

　　我将一切尽收眼底，淡淡一笑，轻声道："艳才人！"

　　"啊！"艳才人听到我唤她，立刻就站了起来，手足无措地站在那里。

　　我起身走到她跟前，瞟了一眼正暗自得意的芳才人一眼，吓得她立时低下了头去。我执起艳才人冰凉的纤纤玉手，展颜一笑，柔声道："妹妹，如今那几个宫人去了，妹妹身边也缺了侍奉的奴才，不如就从本宫的宫里边挑几个伶俐的过去使唤吧！"

　　艳才人手一抖，随即也强作镇定，恭敬回道："皇后娘娘盛情，嫔妾本不该推却，可是娘娘掌管六宫，日夜操劳，正要人伺候，嫔妾实在不敢劳烦娘娘身边的各位姑姑。"

　　我点了点头，也不强求，只说道："难得妹妹如此有心，那……你就自己挑选些中意的奴才吧，选好了，告诉内务府一声便是了。"

　　我缓步走回自己的宝座上，与众人闲聊了起来。又过了大约半个时辰，众人方才陆续告退而去。

　　我回到暖阁中，歪在贵妃榻上，让彩衣拿了美人棰替我捶着腿。

　　"主子，您看那芳才人可信吗？"彩衣见我神思飘忽地靠着，边捶腿边问道。

　　"不可信！"我瞟了她一眼，干脆地答道。

　　"啊？"彩衣惊讶地叫出声来，美人棰也提起忘了往下放，"既如此，那主子为何还将那芳才人的兄长从右卫尉军中调往殿前侍卫营中了？"

　　我懒懒地瞟了她一眼，一副懒得理她的样子。

　　彩衣却自顾自地说道："主子这般不是添了她的羽翼了么？"

　　"那芳才人的确不是个善主儿，可如今本宫自恃还掌控得了她！"我睁眼看了彩衣一眼，又自顾眯了起来。

　　彩衣这才惊觉自己说错了话，忙道："主子恕罪！"

　　"那芳才人的父亲在翰林院是很难有任何作为了，不过她那兄长虽说在军中也是在西宁将军手下，可毕竟人员众多，实在很难控制；但调到殿前侍卫营就不一样了，莫大人如今是殿前侍卫营的副统领了，这芳才人的兄长在莫大人手下，芳才人即便就是有了通天的本事总也翻不出主子的手心去。"小安子边往香炉中添着熏香边向彩衣解释道。

　　彩衣这才一副恍然大悟的神情，连连敬佩道："主子就是主子，什么事儿都想得那么周全。"

　　我长长地吐了一口气，呢喃道："如若不想得周全些，只怕本宫这会子坟头的杂草都齐人高了！"

"呸，呸，呸！"彩衣连声吐着，"主子快别说这些个不吉利的话，主子如今可是天下第一尊贵的女人！"

我轻笑出声，只怕说下去她还更来劲儿呢，忙吩咐道："彩衣，快去看看午膳准备得怎样了，本宫有些饿了。"

彩衣忙点点头，一溜烟地跑了出去。

一个月内，皇上分别给新进的嫔妃们晋了位，两位贵人分别晋为月嫔和娇嫔；芳才人晋为芳贵人，今儿一早更是将艳才人一跃晋为艳嫔。

宫里嫔妃一时红了眼，炸开了锅，但因着艳嫔官人之事，谁也不敢多嘴，只在心里小声嘀咕着，众人本以为艳嫔与我有过节，如今她越级晋位，我自然是容不下的，请安时，我却一副平和的样子，半点没有刁难的样子。

接下来的几日里，总有些似有若无的人在我的宫人面前打探着，因着我特意交代过，他们自然是问不出什么来了，奴才们皆是满脸惊讶，一副不知所云的样子。

自从今春四位妹妹进宫后，木莲也不似往常那般受宠了，好在她本就是个清淡之人，只求一家人衣食无忧罢了，况且有了海雅相伴，我又慢慢地教她管了些日常的后宫事务，她倒也其乐融融，忙得不亦乐乎。

"皇后姐姐，这是上月各宫的用度，您看看，这账目是不是这样做的？"

我接过木莲递过来的账本，细细查看着上面的账目，果真是按我说的，各宫每一笔花销历历在册，清清楚楚。

这木莲虽出身卑微，却也是个聪慧之人，不过才几月工夫，就把这原本有些混乱的各宫用度账规范了起来。

我点点头，将账本递了回去，连连点头道："不错，妹妹是做得越来越顺手了。"

木莲见我夸奖，不由得红了脸颊，低声道："皇后姐姐过奖了。"

我笑着看了看她，摇摇头："看你，脸皮还是这么薄！咦，对了，上个月哪个宫的用度最多？"

"回皇后姐姐，上个月用度最多的当属容婕妤宫里，婕妤娘娘以二皇子年岁大了，花销也大为由领了不少布匹锦帛和日常配饰。"

"各宫的皇子公主内务府不是规定有专门的用度补贴的么？"

"是，可婕妤娘娘说了，二皇子如今年纪大了，比不得其他年纪轻的皇子，花销自然大些！"

我重重地往桌案上一拍，愤愤道："别人都过得了就她过不了么？二皇子今年也有十六了吧？"

"是，皇后姐姐。"木莲见我上了火，小心翼翼地回道，"您还记得开春选秀时，皇

上说要寻个合适的人儿给二皇子订门亲事么？"

我嗔了木莲一眼："这么大的事儿我怎么会忘了呢？后来不是定了翰林院大学士梁大人的嫡孙女儿么？怎么这会子提起这个来了？"

"皇后姐姐，若是在民间，十六岁连儿子都有了，也属正常的了。嫔妾听说，端王爷当年也不过十五便大婚，并搬到了如今的端王府了，也不住宫里了。"木莲看了看我，一字一句地说道。

我心下一沉，抬头望了过去："你是说……"

"皇后姐姐，这亲都定了，就不要耽误了女儿家大好青春年华了。"

我点了点头，看不出这木莲也能想出这般点子出来，还真是小看了她了。

"对了，皇后姐姐，妹妹前儿个翻账本还发现了一件怪事。"

"哦？"我有些诧异地看着木莲，想不到她竟是如此细心之人，"什么事？"

木莲凑上来，轻声道："姐姐，月嫔妹妹的账目和日常用度着实有些奇怪！上月里，除了容婕妤，用度最多的当属月嫔妹妹了，可嫔妾留心了一下，月嫔妹妹领用了不少的绫罗绸缎，可她自个儿却极为朴素，平日里也甚少穿戴出众的首饰。"

"嗯，那你再留心留心吧，许是放在殿里丫头们还未缝制好吧。"我心下松了口气，有些不以为意起来。

"言言，莲儿，怎么这会子还在看账本？"珠帘响动，皇上随即走了进来，"累坏了朕可是要心疼的！"

我和木莲相视一笑，随即放下账本，迎了上去，扶了皇上朝炕上走去。我嗔了皇上一眼，笑道："臣妾和莲妹妹早已是明日黄花了，怎敢劳驾皇上心疼啊，皇上还是去疼那些个新妹妹好了！"

"哟！莲儿，你听听，你听听。"皇上指着我，笑道，"朕的皇后可是在跟朕诉苦，指责朕冷落了你们啊？"

我一听，立时羞红了脸："皇上，这是哪里话，臣妾不过就是这么一说……"

"朕知道，朕知道。"皇上轻拍我的手，道，"皇后啊，朕今儿个来，是有个事想跟你商量一下。"

木莲一听，立时起身朝我二人福了一福："臣妾告退！"

待木莲出去了，我才道："皇上，究竟什么事搞得这么凝重，害臣妾也跟着紧张兮兮的？"

皇上顿了一下，才道："也不是什么大事，只是方才太医诊出艳嫔有了身子了，朕大喜之下，应了艳嫔要晋她的位，可貌似朕上个月刚晋了她的位，所以过来问问你，是不是有于礼不合之处？"

我心中说不出究竟是什么滋味，面上却立时堆起了笑容："皇上大喜啊，晋位自是应当！"

皇上见我这般反应，竟仿若有些松了口气。我沉吟了一下，又道："按理说，皇上宠爱谁是皇上的喜好，皇上的话便是圣旨，臣妾也不该多嘴。只是……皇上这般独宠艳嫔，只怕会给艳嫔妹妹带来些不必要的麻烦啊。"

皇上看了我一眼，眉头轻锁，沉思着。

我又劝道："这宫里如今在皇上跟前有宠的嫔妃也不多，皇上还是要雨露均沾才好，皇上想晋艳嫔妹妹的位，如果单晋她一人，艳嫔妹妹立时便会成为众矢之的，但皇上若是将宫里有宠的嫔妃都晋上一级，不是正好既晋了艳嫔妹妹的位，又安抚了其他妹妹的情绪，一举两得么？"

皇上听了连连点头，大喜："还是言言有办法！"说罢朝门口高声喊道："小玄子！"

小玄子一听，忙打了帘子进来，恭敬道："奴才在，万岁爷有何吩咐？"

"待会子由皇后代为拟旨，你着人前去宣旨！"皇上吩咐道。

"奴才遵旨！"小玄子答应着退了出去。

"皇上，臣妾还有一事相禀。"我想起木莲方才提起之事，顿觉如今倒是大好的机会。

"哦？皇后有何事？尽管道来！"

"方才臣妾查看账目，恍然惊觉，二皇子已然十六了，这才想起开春选秀时皇上已为他定下亲事了。臣妾想，二皇子年纪也不小了，是该成家了，况且也不好耽误了人家姑娘家的大好青春年华啊！"

"嗯！"皇上点点头，"到底还是皇后考虑得仔细些。这样吧，明儿朕便命人在皇城中选址建造府邸，待入了秋便命内务府着手准备大婚事宜吧。"

"臣妾遵旨！"

"言言，母后去了后，这偌大的后宫就你一人撑着，辛苦你了！"皇上搂我入怀，握着我的手道。

"皇上说哪里话，有宫里姐妹们协助，臣妾不觉辛苦！"我垂着眼，低声道："只是……为皇家开枝散叶之事，就要靠妹妹们了。皇上也要使后宫雨露均沾才是，若是皇室子嗣单薄，臣妾只恐皇权落入外人之手……"

"言言……"皇上越发用力地拥我入怀，"苦了你了！你放心，朕即刻张榜广招天下名医为你……"

"皇上！"我一把拉住他，"不要，臣妾不觉得苦！真的，臣妾有了睿儿和龙阳，臣妾已经心满意足了！"

皇上拥着我，半晌，才重重地叹了口气："言言，你放心，朕有生之年，绝不会让任

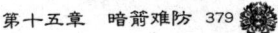

何人的宠爱和地位越过你去！"

我窝在他怀中，眼睛有些湿润起来。

说不感动么？当然是假的。只是在经历了那场生死争战之后，我的心里再也容不下他的这些浓情蜜意了；生下龙阳后，我心中一片冰冷，再也没有了任何波澜……

如今的我，心中再也容不下任何东西，只剩下了皇权……

也许，待到睿儿达成他自小的心愿，身着那身明黄之色时，便是我真正离开之时……

第二日午后，我传了众妃嫔到莫殇宫中闲话，按例训导完话，令众人坐了闲话家常。

我看了坐在莲嫔旁边的艳嫔一眼，笑道："艳嫔妹妹如今身怀龙胎，可要安心养胎才是，往后的晨昏定省就免了吧。"

艳嫔自上次之事后对我甚是小心，忙起身朝我福了一福："谢皇后娘娘恩典！"

我点点头，又道："妹妹不用如此多礼，快坐吧。我已经替你向皇上讨了旨，妹妹养胎期间，一切宫廷礼仪暂时全免，妹妹就不用这么客气了。"

艳嫔一惊，蓦地抬头看向我，一脸的惊讶诧异："谢皇后娘娘恩典！"

我含笑点头，示意她坐下，又转头看向众人："众位妹妹也要多加努力，尽力为皇家开枝散叶才是！"

众人一听，忙起身齐声道："谨遵皇后娘娘懿旨！"

众人才坐了，小碌子的通传声在殿门口响起："卫公公到！"

"传！"

小玄子手握圣旨走了进来，朝我躬身道："禀皇后娘娘，皇上听说娘娘传了各宫主子过来闲话，特命奴才前来宣旨！"

我含笑点头道："卫公公客气了，公公请！"

小玄子朝我躬身示意了一下，转身面向众妃嫔，尖声道："容婕妤、雨婕妤、柳贵嫔、莲嫔、艳嫔、莺贵人、玉才人、惠才人接旨！"

被点到名的八人满脸疑惑，但圣旨又不得推辞，忙起身行至殿中央依位分端正跪了，齐声道："臣妾接旨！"

小玄子展开圣旨，高声道："皇上口谕，八位嫔妃贤良淑德，温柔贤惠，特晋位一级！"

众人一愣，随即一脸欣喜，激动着行跪拜之礼谢恩："臣妾接旨，皇上万岁，万岁，万万岁！"

我瞟了下首位的淑妃一眼，一脸平和的她面带微笑，仿若殿中之事与她无关般，只是头上那支赤金镶玉六尾凤凰步摇上的流苏从听到皇上口谕后便一直颤抖着。

芳贵人微微颤抖的身子紧紧拧着手中的丝帕，我嘴角溢出一丝冷笑来，上个月她虽也晋了位，但是皇上却一次也再没有翻过她的牌子了。

在我跟前都敢有小动作之人，我岂能容得了她？无宠是自然，如今晋位自然也就没了她的份。

"恭喜众位妹妹了！"我对几位晋位的妹妹笑道。

淑妃瞟了我一眼，心知今日的晋位已是我一手安排的了，也跟着满脸堆笑道："妹妹们大喜！皇后姐姐，这么多妹妹大喜，怎么着你这做姐姐的也理应破费才是啊！"

"淑妃妹妹所言甚是！"我不动声色地笑着吩咐道，"小安子，吩咐奴才们在后院的莫殇亭中摆宴，姐妹们同乐！"

"是，主子！"小安子得了令忙一路小跑而去。

"皇后娘娘，奴才先行告退了，万岁爷等着奴才前去复命呢！"小玄子朝我行礼辞行。

"卫公公公事在身，本宫就不留你了！"

小玄子朝我行礼离去，小安子就进来禀了，说是已然准备妥当了，请我们前往入席。

我不得不感叹权力的好处，如今我一声令下，内务府即刻便会倾巢而出，一时三刻便能按我的要求做好。

我领了众妃沿着台阶爬上了宽阔的莫殇亭，伶人们弹奏了欢快的曲子，我又命人开了两坛新酿的樱花酿，与众人同饮。

莫殇亭四周早已摆满了冰盆降暑，亭中一片清凉，众人齐乐。我举目望去，众嫔妃喝成一团，晋位的喝着喜酒，未晋位的喝着闷酒。

直到日已偏西，众人方才尽兴，大家散乱着步出莫殇亭，步伐也不禁有些飘渺发软起来。

艳贵嫔走在我侧前方，我看着小心翼翼举步走下台阶的她，心中突然闪出一个奇特的想法：若是艳贵嫔不小心踩滑了从这高高的台阶上滚落而下，只怕今儿晚上这宫里头不知有多少人会兴奋得睡不着了，抑或是睡着了都会笑醒！

我正暗自责怪自己竟又这般想法时，却鬼使神差地走快两步靠着她而行。蓦然身子仿若被人撞了一下般往旁边倾斜而去，撞到了旁边的艳贵嫔。

众人倒吸了一口气，我稳住身子，伸手一捞，抓住了艳贵嫔的衣袖，她方才稳住了身子。

"哎呀，艳妹妹，你如今身子重，可要小心些，所幸皇后娘娘抓住了你，否则从这高高的台阶上滚落而下……"

淑妃责怪的声音从身后响起，我回过头去，却见淑妃在后面快步挤上前来。

我细细回想着方才的情形，清楚地记着有人推了我一下，查看身边，莲嫔紧跟在后，旁边是芳贵人、雨昭仪及柳婕妤几人。

我不禁有些疑惑起来，正发愣间，艳贵嫔却挣脱了我的手，疾步朝前走去。

第十五章　暗箭难防　381

正发愣间，众人又惊呼起来，我忙回过头去，却见雨昭仪身子缓缓下滑，旁的人忙扶住了。

我上前两步，她又已幽幽醒转，只是脸色异常苍白，我忙命人将她抬了回去，传了御医过来，诊出雨昭仪也身怀龙胎了。

众人口中道着恭喜，神情却讪讪地离开了。

这一折腾竟已是掌灯时分了。我瘫软在贵妃榻上，莲贵嫔坐在一旁，半晌才道："姐姐，今儿莫殇亭之事，嫔妾细细回忆了一下，当时在姐姐身边之人，怕是芳贵人最为可疑。嫔妾记着，她明明是紧挨着嫔妾站在娘娘身边的，可偏生艳贵嫔一出事，她便隐到了雨昭仪旁边……"

我叹了口气，道："妹妹啊，只怕这后宫又要起风云了！"

端木雨有孕，我自然不敢大意，且不说其他，就冲她是端木晴之妹这个身份，我就不得不格外的小心，皇上上心，端木大人上心，就连西宁桢宇对她也是格外上心的。

隔上一两日便要过去探望一下，平日里内务府有任何稀罕新鲜物总不会少了她那份，一来二去，端木雨也不似往常那般冷清，跟我热络了不少。

端木雨如今已然身居昭仪之位，倘若产下一男半女，晋位封妃自是不在话下，端木雨平日里甚为清淡，如今有了身子也不那么谨慎。

我甚是担心，只恐宫里他人暗动手脚，将她身边的人都细细查了底，又调了个宫里的老嬷嬷过去帮手，日常用度也由我一手操办。

我正躺在贵妃榻上午歇，蒙眬间听得有人在跟前轻声唤道："主子，主子……"

我听出是小安子的声音，蓦然惊醒，没有重要之事，他断然不会在我歇息时唤醒我的："怎么了？"

小安子喘着粗气，颤声道："主子，您快去看看吧，雨昭仪她……她不好了！"

我心下一惊，一个翻身坐了起来，急道："怎么不好了？你倒是说清楚啊！"

"回主子，方才奴才去内务府的路上，碰上了雨昭仪宫里的奴才前来禀报，说是雨昭仪见红了……奴才一刻也不敢耽搁，赶紧跑了回来……"

我忙穿鞋下地，随意整了整衣衫，口中急道："上午不都还好好的吗？怎么这会子却说不好了？"

我一路急匆匆地赶到储秀宫正殿时，皇上和淑妃容昭仪等人早已齐聚殿中。

我气喘吁吁地上前问道："皇上，雨妹妹她怎么样了？"

皇上看了我一眼，阴沉着脸一言不发地走开了，我不明所以地转头，这才发现殿中的气氛有些怪怪的。

半晌，淑妃才上前扶了我坐到一旁，黯然道："姐姐……御医说雨妹妹没什么大碍，只是……只是已经滑胎！"

"什么?"我大吃一惊,颤声道,"怎么会?!今儿上午时分我还过来探望过妹妹,给她送了些日常的吃食用度过来,怎么好好的就这样了呢?"

"你倒还自己认了?"皇上踱步走了过来,阴沉着脸,双目炯炯地瞪着我,仿若要望进我心灵深处般,"雨昭仪的日常用度全是皇后你一手操办,如今雨昭仪的龙胎没了,你……你……"

我心一沉,震惊地抬起头来,直直地望着皇上,连张了几次嘴,方才找回了自己的声音:"皇上……皇上是在怀疑臣妾吗?"

皇上紧紧地盯着我,见我如此神色,坚硬的眼中闪过一丝软弱,却执著地盯着我,最后也只是默默地转身走开了。

我的心一点一点沉了下去,终于还是来了,我一直在幻想有一天他为了另外一个女人跟我冷眼相对的模样,也一直都在为迎接这一天做着思想准备。

不想这一天终究还是来了,在我毫无准备时,这般迅速地就来了,让我措手不及……

我木然地盯着他的背,一字一句冷声道:"皇上,您是在怀疑是臣妾下的毒手吗?"

皇上的脊背僵了一下,随即又朝前走去,殿中的气氛顿时沉闷了下来,殿中众人大气都不敢出,只恐不小心惹到了其中一人,做了替死鬼。

"皇后娘娘,昭仪娘娘跟前的贴身侍女浓香一口咬定,雨昭仪除了食用皇后娘娘送来的东西外,再未食用过任何东西……"一直垂手立在一旁的惠贵人小声道。

淑妃凌厉的眼光闪了过去,惠贵人身子颤了一下,往后缩了一缩,噤了声。呵呵……原来是这么回事,千算万算最算不到的就是人心,千防万防最防不了的也是人心……

淑妃上前扶住了摇摇欲坠的我,柔声劝道:"皇后姐姐心善,这宫里谁人不知,定是那丫头胡言乱语,姐姐别往心里去。"

我心狠手辣,我承认,但我自认从未害过无辜之人,皇上如今这番神情,定然是信了那宫女的话,对我心存疑虑了,只是如今没有确凿的证据治我的罪罢了……

入宫这些年,无论他怎么对待我,我却从未存贰心,雨昭仪之事,我更是尽心竭力,也事事向他禀了,若是要下手,早在一个多月前就有大把机会下手了,何苦熬上这么久?

我心中悲愤难平,凄凉得如同荒漠般疼痛,一把挥开淑妃,上前两步"咚"地跪在地上,冷然道:"请皇上下旨,彻查此事!"

皇上赫然转身,满脸苦楚,伸手连指了我几下,最后却是颓然地放下手去,半晌,才沉声道:"此事……到此为止!谁也不许再提!"

我直直地跪在地上,抬头迎着他,目光不折不挠地盯着他,一字一句道:"请皇上下旨,彻查此事!"

"你!……"皇上惊愕地瞪着我,连说了几个"你",却没有下文。

"启禀皇上,婕妤娘娘醒了!"南宫阳从暖阁中出来,跪了禀道。

"来人啦，皇后娘娘身子不爽，胡言乱语，速速送回宫中歇着！"皇上吩咐完，举步走进了东暖阁中。

众妃嫔忙跟着皇上入了东暖阁中，我身子一软，跪坐在地，脑中一片空白。

"主子，此处已不是咱们待的地儿，先回去吧！"小安子和彩衣上前扶我，轻声劝道。

"可是……"我一脸苦楚地抬头望着他，眼中是从未有过的悲哀和赤裸裸的伤痛。

"主子，此事绝非寻常，只怕是有人早已下好了套，主子再待在这儿也是无用，只怕是自取其辱！"小安子说着说着便红了眼圈儿，眼中满是心疼地看着我。

半晌，小安子吸了吸鼻子，看了看旁边的内侍，又道："主子，您就不要让奴才们为难了，先行回去吧，此事恐怕得要从长计议才行了。"

我茫然地顺着小安子的目光看了看旁边几个一脸为难的内侍，点点头，任由小安子和彩衣搀扶着回了莫殇宫。

我端坐于窗前，窗外一片漆黑，几盏宫灯在黑暗中发出微弱的灯光，出神地望着一片漆黑的夜空，就犹如我看不到未来的前路般，心中无限凄凉。

到底是谁陷害于我呢？淑妃？容昭仪？还是其他隐藏着的我并未发现的敌人呢？

"皇后姐姐，嫔妾知道你心中难受，平日里你那般照顾雨昭仪，如今出了事却怪到姐姐身上，可姐姐也要歇息啊！"身后莲贵嫔的声音响起，"这都三更天了，姐姐，你可要保重自己的身子啊！"

木莲？！怎么这种时候她还在我这儿？

我转过头去，有些不明所以地看着她，这时的莫殇宫是人人避之不及之处，怎么她还巴巴地跑来，这大半夜的还陪我坐着？

"妹妹，你怎么这会子还在？快些回去吧，被有心之人看到了，只怕……你也会被冠上同盟之罪了！"我惨然一笑，有气无力地说道。

木莲见我这般神情，竟红了眼圈儿，颤声道："姐姐，嫔妾不怕，嫔妾相信您是清白的！"

"你相信？"我自嘲地笑了笑，"你相信有何用呢？如今事实已摆在眼前，雨昭仪怀孕以来的一切都是我一手操办的，即便不是我，我也难逃干系。"

"姐姐切莫灰心，如今事情并未明朗，也只是浓香说是雨昭仪吃了娘娘送的食物，但太医那边并未公布雨昭仪滑胎的真正原因啊，指不准也不是食物的问题。"

"妹妹切莫宽慰我了，宫中这等莫须有的罪名害死了多少人啊，姐姐看多了。"我无奈地笑笑，木莲的身份地位还没到让人不能容忍之地，况且平日里有我护着，她也很少知道这些事，就更不要说经历了。

"不，姐姐，我知道的。"木莲沉吟了一下，才道，"其实我在斜芳殿那些日子，也常听斜芳殿那些不得宠的嫔妃们谈论娘娘您的事。"

木莲紧张地抬头看了我一眼，没敢再说下去。我却来了兴致，追问道："哦，是吗？都说我什么了？说来听听！"

"恐怕……有些不怎么中听，姐姐听了可不要生气才是！"木莲看了看我，有些小心翼翼地说道。

"妹妹之于我，还有不能说的事吗？"我眼中闪过一丝受伤的光芒，随即低下头去。

"不，不！皇后姐姐对嫔妾的恩典，嫔妾几辈子也报答不完，嫔妾只是怕影响到姐姐的心情罢了。"木莲见我说着话，神情不似方才那般落寞了，才又道，"斜芳殿那些人不过是闲来无聊，说说罢了，姐姐听听，权当解闷儿。"

木莲端了彩衣奉上的茶递到我手上，才道："王皇后去了后，太后一怒之下将嫔妾送到了斜芳殿，六宫尽在娘娘掌握之中。

"嫔妾身怀有孕，为着能顺利生产，嫔妾平日里便在殿中走动，一来二去也跟殿中的人熟了不少。斜芳殿里的人，每日除了用膳歇息，便剩下闲话家常了，时日一久，嫔妾也多少听她们说了些。

"那时姐姐还是德妃娘娘，那些奴才们便说，娘娘您看是荣宠万千，实则步步惊心，因为娘娘入宫之时不过是一个从六品的答应，不过短短五年便擢升为正二品的妃子。该是何等聪明伶俐，何等城府心机之人才能做到啊？

"那时候她们对娘娘的未来并不看好，因为太后是绝对容不下宫里比她精明的人掌权六宫的，所以娘娘接嫔妾出斜芳殿后，嫔妾是很为娘娘您担心的。

"好不容易太后去了，娘娘也终是坐镇六宫，嫔妾本以为娘娘您从今往后便能母仪天下，一帆风顺了，如今看来……"

我静静地坐着，听着木莲说这些，没有说话。木莲叹了口气，又道："嫔妾平日里跟在姐姐身边，有姐姐护着，嫔妾的生活是平静而安详的，可嫔妾看着姐姐的生活，却每每为姐姐捏一把汗，恨不能替姐姐担着那些危，受着那些险！"

"姐姐总以为嫔妾不知，可嫔妾心里却是清楚的，姐姐生龙阳时，皇上的反应着实太奇怪了些，嫔妾在旁看得明白，嫔妾也知姐姐心里也是明白的。姐姐一心为着皇上，为着皇室，却要忍受其他嫔妃的算计，也还受到皇上的猜疑，姐姐心里该有多苦啊……"

"木莲，你……"我从来不知，原来她也是知道的，原来她也是心疼着的，原来……

"娘娘，嫔妾本不该说，但如今看来，一心惦记着您的人可不止一个啊！"木莲迟疑了一下，才又道，"那艳贵嫔也不是个善主儿，自从上次的谣言一事后，她倒是收敛了不少，不过却暗地里与容昭仪走得极近，如今又有了身孕，只怕是不会那么容易善罢甘休了！还有，还有前些日子里，淑妃娘娘……"

木莲突然提到她，我心里一惊，随即又平和下来，努力稳住急切的心情，不让木莲看出任何异常来，轻声问道："淑妃么？难道连她也有动作吗？我可一直把她当作好姐妹啊！"

"别人都说皇后娘娘您狠毒，可嫔妾却觉着娘娘才是最善心的人，娘娘掌管六宫以来，连杂役房的奴才们都念着娘娘的好，对各宫的姐妹们也是礼遇有加，从未断过哪个宫的用度，甚至有时还把自己的银子往里贴，给姐妹们补缺，可偏偏……人心不足啊！"

木莲摇摇头，叹了口气道："皇后娘娘对淑妃娘娘的好，大家有目共睹。可是……前几天淑妃娘娘趁您不在时，来了嫔妾宫中找过臣妾了。她说……当时王皇后殡天，姐姐您为了讨好太后，便将责任推到了嫔妾身上，所以太后才下令将嫔妾送到了斜芳殿中。她说姐姐您如今一人独掌六宫，行事独断专行，早已引起众嫔妃的不满了，她让嫔妾与她联手对付姐姐您。嫔妾当场就拒绝了她，说姐姐为人宽厚，对嫔妾更是恩重如山，淑妃娘娘愤然离去，直说臣妾不知道姐姐的真面目，总有一天会后悔……"

"她果真是存了这份心思的，其实这也不是一日两日的事了。"我叹了口气，细细回想着当时之事，"当日里她有太后扶持着，一心想为后，那阵势妹妹也是亲身经历过的，若不是我定下计谋，只怕如今掌管六宫之人也未必是我了，她心中定是恨着的，所以即便后来我对她礼遇有加，她也定是觉着是我抢了她的后位罢了。"

"淑妃娘娘真是糊涂，怎么就想不到太后扶持于她的最终目的呢？还要那般傻傻地被利用着。"

"妹妹，天下第一尊贵的女人，哪怕就是做一天，她也死而无憾了！这是她的想法。"我顿了一下，拉着木莲的手道，"妹妹，事到如今，姐姐也不瞒你了。其实我对你好，最初不过是因着内疚罢了，时日长了，我又怕你知道了不能原谅我，如今看来，迟早有一日你也会知道的，与其让别人添油加醋地告诉你，不如我自己告诉你好了！"

木莲诧异地看着我，我轻声说道："其实……当初送你到皇上跟前伺候，是我和淑妃合谋定下的对付王皇后的毒计！"

"啊？！"木莲愣在当场，半晌才道，"娘娘，您不是说嫔妾长得与薛皇后有几分相似，这才送了嫔妾过去，让皇上看着熟悉些，比便能好生帮娘娘照顾皇上么？"

"是，这是一方面的原因，另一方面也是我和淑妃合谋的计策。"我看了木莲一眼，接着道，"妹妹，还记得你被招去储秀宫前，姐姐送您的那支发簪吗？"

"当然记得，那可是千年乌沉木经能工巧匠精雕而成，嫔妾相信见过一次的人都绝不会忘记。那支发簪有何不妥吗？"

"那不是宫中之物，那是薛皇后的陪嫁，你也听说过吧，淑妃原来本是王皇后的丫鬟，这支发簪也是王皇后转赠之物。你想想，一个身染重疾之人暮然知道自己信任了几十年之人一夜之间背叛了自己，该是多大的打击啊……"

"啊？！"木莲想起王皇后当日的种种，仿佛就是在她上前看清了她头上的那支发簪开始便神情大变，病情也随之加重了，半响才颤声道，"你……你是说……王皇后她……是被活活气死的？！"

"木莲，对不起！"我转过头去，不忍再看她，过了好一会子，才吸回了眼中的泪花，轻声道，"我没有你想象中的那么善良，虽然整件事的实施者是淑妃，但真正的策划者却是我，我才是最狠毒之人……"

"那……那雨昭仪……"木莲一脸惊恐地看着我，颤声问道。

"不是我！"我转头目光炯炯地直视着她，"雨昭仪是晴儿的妹妹，况且雨昭仪向来为人清淡，我就是怕被她人谋害，才一手操办着她的养胎事宜，不想……真是人算不如天算！"

"皇后娘娘……"木莲还在震惊之中，语无伦次道，"嫔妾……嫔妾先行告退了！"

她起身朝我福了一福，退了几步，又抬头道："姐姐，你不要怪嫔妾，再给嫔妾一点点时间，多一点点就好……"

"妹妹，夜深了，快回去歇着吧！"我看着她，轻声道。

待木莲离去后，守在房门口的小安子上前来，担忧地看着我："主子，您怎么……怎么对莲主子讲这些啊，您不怕她……"

"她不会！"我肯定地说道，"只有让她知道了本宫的秘密，她才会更加忠心地为本宫卖命。即便她知道了，又能怎样呢？去向皇上揭发本宫么？不要忘了，淑妃落水她可是主动替本宫挡了那场水灾；发簪之事，她跟淑妃才是真正的参与者，我现在说是我预谋的，可只我和她二人在，谁也没有证据证明是我，可我手里可有着那支发簪在……"

小安子松了口气，仍有些不太放心："主子还是小心些的好，毕竟如今雨昭仪之事已令皇上有了疑虑了。"

"越是在这种时候，她越是会原谅我，也越是在这种时候，她会越理解我的所作所为！"我对自己挑的这个时机还是甚为满意的，我更坚信自己的判断是没有错的。

"主子，快五更天了，你歇歇吧！"小安子看看房中的沙漏，苦苦劝道。

"不！"我固执地摇了摇头，"小安子，本宫在等！"

"等？"小安子神情有些奇怪起来，"等什么？"

"等他！"我面目表情，一字一句道，"若他对本宫还有一点点疼惜之情，他定然会来，那我还可以像往常般一心一意地侍奉他，若他今晚不来，那……"

我望着漆黑的窗外，心中不停地紧缩着，喉咙哽咽着，半响，才轻轻吐出："那就真的没有以后了……"

小安子红着眼圈儿，拉着衣袖揩着眼角的泪水，没有再说任何话，只默默地退了出去。

我双目毫无焦距地望着一片漆黑的屋外，等着天一点点亮起来，等着希望一点点渺小

下去，等着自己一点点陷入绝望……

"唉……"不知过了多久，身后响起了重重的一声长叹，"朕就知道你还没歇着！"

他终于来了！

蓦然回首，那身明黄已近在跟前，熟悉的味道扑鼻而来，万般滋味涌上心头。不知是该感激他的到来，还是该怨恨他的到来……

几年的恩宠即便是不能接受了，不想接受了，又岂是一夕之间便可完全忘却的？可身份地位的特殊，注定了这一世已是不能完全拥有彼此了。

除了我，他还有淑妃、容昭仪、雨昭仪、艳贵嫔、月贵嫔……有许许多多的贵人、才人、常在和答应；而我呢？我除了自己，什么也没有。君王的恩宠想来是说淡便淡了的，他的宠爱重要，可他若不宠爱了，如何生存下去更重要……

天边已然出现了淡灰色，为什么……为什么总要在我彻底忘情绝爱时又出现呢？为什么每每在绝情以对之后，又总表现得那般的痛苦和无奈呢？

"言言，何苦这般折磨自己呢？"他伸手轻抚我的头发，拥我入怀，紧紧抱着我颤声道，"你明明知道我会心疼！"

我隐忍了一天的委屈在这一刻再也抑制不住地爆发出来了，眼泪簌簌而下。半晌，才哽咽道："你不信我！"

"不，不是的！"皇上轻拍我的背，替我顺着气，"我信你！"

"皇上！"我从他怀中抬起头，满面泪痕，却目光灼灼地望着他，坚定地说，"既然您相信臣妾是无辜的，那就请您下旨彻查此事，将那恶毒的下药之人抓了出来，绳之以法！"

"言言，此事就到此为止吧！"皇上伸手轻轻替我擦去脸颊的泪水，柔声道，"你不要多想，没人敢拿你怎样，你好好保重身子，此事，朕会处理的！"

"不！"我轻轻地摇了摇头，"皇上，您若将此事压了下来，不了了之，您难道忍心让臣妾背上这莫须有的罪名吗？难道忍心让宫里其他人在背后戳臣妾的脊梁骨，说臣妾善妒成性，容不下其他嫔妃吗？"

"谁敢？！"皇上提高了嗓门。

"皇上当然可以下旨封住悠悠众口，可圣旨封得了众人的嘴，却封不住众人的心，没人敢说并不代表没人敢想！"我也提高了声音。

"你！"皇上恨恨地瞪着我，喘着粗气，一副认为我不可理喻的样子，在屋中来回踱着步子。

"万岁爷，五更天了，该上朝了！"剑拔弩张的紧要关头，屋外窗下适时响起了小玄子的声音。

"滚开！"皇上转头朝窗外怒吼道，"今日不早朝了！"

"是，奴才遵旨！"小玄子答应着退了下去，脚步声渐行渐远。

"为什么你不理解朕的苦心呢？"皇上转头看着我，一脸痛心地说道，"这宫里谁都知道雨昭仪养胎期间的衣食用度皆是你一人一手操办的，雨昭仪宫里的物件统统与你脱不了干系，怎么查？查不出什么来，你就越发说不清了；即便查出些什么来了，你也难逃干系啊！"

"正因为宫里谁都知道雨昭仪的衣食用度皆是臣妾一手操办，才不得不查！雨昭仪乃晴姐姐之妹，臣妾事必躬亲，如此严防之下，仍被人动了手脚，由此便可知此人绝非一般之人。臣妾坐镇中宫，打理六宫事宜，臣妾绝不容许宫中有如此狠毒之人在！"

"你！"皇上用手指着我，怒道，"你真是固执到不可理喻！"

"臣妾是固执，可是臣妾既然代皇上打理六宫，就不敢有丝毫马虎，为了妹妹们的安全，为了皇室的子嗣，即使皇上不下旨彻查此事，臣妾也会用尽全力自己查证此事的！"我语气坚定，丝毫不为所动。

"随你！"皇上一副认为我是疯子的样子，不再与我多说，甩手离去。

我这才察觉到自己罗莎裙下的双腿早已颤抖不已，软软地滑倒在地。

"主子，您这是何苦呢……"小安子见皇上离去，忙命彩衣去小厨房熬姜汤，自己则进屋扶了我靠在床榻之上，心疼道，"奴才都听到了，皇上也是为了主子您好，主子您又何苦这般执著，惹皇上这般恼怒呢？"

"小安子，你难道还不明白吗？我必须行此险棋！"我长长地舒了口气，全身无力地陷入靠枕间，轻声道。

"奴才明白。奴才在宫中这些年了，如何不明白君王的恩宠不是爱也不是尊重这般浅显的道理呢？昨儿午后之事，任谁都看得出来，皇上虽没有明确表态，但他的确是心存疑虑的。"

"所以我必须要让他打消了这个疑虑，还有什么比坦荡荡地坚持要求彻查此事更令人信服的呢？"我看着小安子，无奈地说道，"这莫须有的罪名我是背定了，可雨昭仪的身份有多特殊，不用我说你也是清楚的，我在她面前也必须有所交代，所以此事……还是闹得越大越好！"

"这其中的重要性奴才自然是最明白不过的了，只怕这会子那边已然是知道了，主子还是要早做准备才是！"小安子想着，也是一脸的担忧。

"准备什么？如今准备什么都是无用，船到桥头自然直，此事我问心无愧，我有什么好怕的！"

"那下毒之人可真是恶毒至极，挑了这么个棘手的人儿下手……"

"这也是我坚持要求皇上彻查的理由之一。那人既然在这个时候挑了这么个棘手的人儿下手，那便是铁了心要对付我之人，此事如是被皇上压了下来，那她也便隐藏了下来，对于我来说，那便是随时可能爆发的危险。"

"主子防备得如此森严也被她得了手，只怕她也不是那么容易便能对付的！"小安子若有所思地细细分析着。

我点点头，道："如果查，她也必然会有些心虚，有可能多少会露出马脚来，即便抓不住她，让我心里有个底也好，即便她真是隐藏得无懈可击，也会让她有种胆怯的心理；不查，她随时都有可能再出手，皇上如今已是将信将疑了，只怕到时……"

"主子，姜汤熬好了！"门外响起彩衣焦急而关切的声音。

喝过彩衣送来的姜汤，我终于抵不住小安子命她加入姜汤中的安神药，坠入沉沉的睡眠之中。

第十六章　落入圈套

　　我醒来时已是午时了，用了几口彩衣送上来的燕窝粥又放了回去，摆摆手让她端了下去。坐在楠木椅上，手指有节奏地轻敲旁边的小几，脑中思绪万千，细细整理着为下一步做着打算。

　　"主子，莲贵嫔来了！"门外小安子边替木莲掀着绣帘，边细声通传道。

　　我刚一抬头，木莲已近前来"咚"地跪在跟前，哽咽道："姐姐，嫔妾对不起你，请您原谅嫔妾的犹豫！"

　　"妹妹，你这是做什么？快起来！"我心下暗自松了口气，知道她已是想通了，手上却片刻也不迟缓，忙扶了她起身。

　　木莲抬起头来迎上我的目光，我心下一惊，那布满红血丝的双眼和憔悴的神情……想来昨儿回去后到现在只怕是没有歇息过一刻。

　　我心中一软，忙扶了她同坐炕上："妹妹能谅解姐姐的所作所为，姐姐便心满意足了，妹妹何苦如此……"

　　"姐姐，嫔妾回到殿中将入宫以来之事细细地想了一遍，嫔妾想通了，这后宫本就是踩低垫高，吃人不吐骨头，杀人不见血的地儿，做奴才的如此，做主子的又何尝不是如此？姐姐您又何尝不是被逼无奈，方才那般做的么？如果姐姐不那样做，只怕此时坟头长草的便是姐姐和嫔妾二人了！"

　　木莲深深地看着我，吸了口气，才道："淑妃娘娘落水之事，嫔妾一直都想不明白，嫔妾为何要帮着姐姐您那般做，现在嫔妾明白了，这儿本就是个你死我活之地儿。如今姐

姐做了皇后，尚且容得下各宫的嫔妃们，若是当初真是淑妃娘娘做了皇后，指不准这会子嫔妾也只能重回那斜芳殿去！"

"妹妹能想明白这些，姐姐也便放心了！"我拉了木莲的手，轻轻拍了拍，"一直以来我都担心你知道了不能理解，可又担心着你被人给欺负了去，更担心着你被人利用了去！"

"放心吧，姐姐！"木莲反握住我的手，"嫔妾永远也不会忘记如今的一切都是姐姐您给嫔妾的，嫔妾往后也不要再让姐姐维护了，往后，嫔妾要努力维护着姐姐！"

"好，好！好妹妹！"我哽咽着，没有想到我当初的一念之仁，会换来木莲如此的深情厚谊。

"主子！"小安子急匆匆地掀了帘子，上前来道，"刚刚接到消息，皇上晋封雨昭仪为雨妃，掌储秀宫一宫之主！"

"什么？"木莲一惊，转头望着我，"姐姐，这可如何是好？"

"我就知道他会这么做的！"我叹了口气，吩咐道，"小安子，去备份厚礼，叫彩衣送去储秀宫，替我恭喜雨妃娘娘，让她好生调养身子，我过几天再过去看她。"

小安子忙答应着出去了。

"姐姐，你为何说早知皇上会这么做的呢？依嫔妾看来，皇上这般也是为了维护姐姐您啊！"

我摇摇头，一副不敢苟同的样子："妹妹，你入宫年月也不算少了吧？"

"嫔妾十三岁入宫，在杂役房做些粗活，至今已整整八年了！"木莲有些不明所以，但仍细细盘算着，回答了我的问题。

"那妹妹就该知道，当初荣宠至极的丽贵妃代管六宫之时，如贵嫔、良妃去了，皇上不也是这般不了了之的吗？荣宠至此，看起来是多么的令人眼红啊，可结果呢？如今的丽贵妃别说进不了皇陵，就连坟头也没有一个……"

木莲听我如此一说，脸色越发苍白起来，浑身打了个激灵："男人薄情，三妻四妾已是正常，作为君王的男人更薄情，三宫六院都嫌不够……宠爱时，你怎么样做都是对，厌恶时，你怎么样委曲求全都是错！姐姐，你是对的！"

"妹妹，这话也就咱们在这儿说说，妹妹切莫相信她人，在她人面前提起……"我小心地叮嘱着木莲。

"姐姐放心，妹妹心里清楚。"木莲信誓旦旦地保证着，顿了一下，又道："姐姐，接下来我们该如何是好？"

"如今我与皇上有了间隙，圣宠之事可就要靠妹妹上心了！"我拉了木莲的手道，"妹妹如今有了海雅公主，可这是不够的，在这个母凭子贵的地方，妹妹还得要上心，努力再产下一男半女才是！"

"可是……"木莲听我如此一说，竟红了脸，有些不好意思地低下头去。

"妹妹这是怎么了？有什么难言之隐吗？"我看着木莲的神情，追问道。

"姐姐别看皇上还是时常翻嫔妾的牌子，可大多数时候也只是看着嫔妾，跟嫔妾聊聊天什么的，还有时……还有时也就是摸摸嫔妾罢了，真正让嫔妾伺候的时候并不多了……"木莲越说越小声起来，到最后才又道，"不知道皇上是越来越不中意嫔妾了，还是到其他人殿里也是这般！"

我好不容易才听明白了木莲的话，愣生生吞下溢到唇边的笑意，叹道："唉，妹妹别看皇上每月里到姐姐这儿的时候最多，其实基本上都是跟姐姐说说话，便歇息了。这两年皇上越发地显老了，那方面也有些力不从心了，姐姐不过是名声在外，说什么专房独宠罢了！"

我迟疑了一下，又道："自从生了蕊雅后，御医又断言可能再不能生养以后，皇上就很少让我伺候了。"

我沉吟了一下，还是决定不告诉木莲已治愈之事，又劝道："其实皇上也是男人，也要面子，总不能承认自己不行吧？众妃心里也都明白，只是都不说破，心照不宣而已。但如今皇上不似往年那般精力旺盛了，也不是说就真的不行了，要怎么做，还是得要靠你自己多用些心思才是了。"

木莲连连点着头。我笑道："快回去歇着吧，瞧你，只怕是从昨儿到现在都没睡吧！"

我再见端木雨时，她却没有多大的反应，仿若那件事没有发生般，一如既往的清冷。

我有些疑惑，竟从她神色中看不出任何的悲痛，言行举止也与往常如出一辙，若不是那一闪而去的光亮，我几乎要以为这件事从未发生过，她也从未有过身孕。

我疑惑，为什么在这个母凭子贵的地方，她却对失去的龙胎那般地不屑一顾，甚至嘴角边还时常溢出一丝舒心的笑意来，仿若那倒是件值得庆幸的事般。

在御医的悉心调养下，她恢复得异常的好，皇上对她越发地心疼起来，如今又擢升为妃，每日里总有络绎不绝的人前往储秀宫，含笑祝福着，我不知她们满脸堆笑的心中是无限的嫉恨还是暗自银牙咬碎……

每每我出现之时，原本热闹的气氛总会冷清下来，众人嘴上自是不敢说什么，但看我的眼光总是有些异样，只是因为我的身份地位而不敢有任何异议。

我对这些恍若未见，只每日日出而作，日落而息，仿若那件事从未发生过一般的平常，只在暗地里命人查证此事。

小安子扶了我去内务府，走着走着，御花园中竟起了大雾，我们忙疾步前行而去，小安子竟不知所踪，剩下我独自一人前行。

大雾弥漫，几步开外的地方竟也瞧不清楚，无奈之下我一路前行而去，走着走着，我

第十六章 落入圈套 393

竟然发现自己走到了一个不知名的地方，四周一片荒凉。

我不禁慌张起来，仿若有不知名的东西正在靠近我，我慌乱之下拔腿就跑，那东西却如影随形地跟着我，空气中甚至传来阵阵怪笑。

我停了下来四处观望，却只剩一片迷雾。我气喘吁吁地透着气，站在原地高喊："谁？是谁？你出来啊，我不怕你！"

久久不见回音，就在我舒了口气时，蓦地由远及近响起一串怪笑，我刚刚放下去的心蓦地又提了起来，全身一颤……

"啊……"的低呼出声，蓦地坐起身来，映入眼帘的却是雕花的床架和雪白的帐子，原来是做噩梦了。

我浑身大汗淋漓，伸手擦拭了一下额头的汗珠，长长地舒了口气。

等等！我这才觉察出阵阵怪异，今儿晚上是小安子守夜，他向来警醒，我但有丝毫动静他皆会上前询问，怎么这会子也未见踪影……

难道……屋子里静得出奇，我的心也随之不断紧缩……

"做噩梦了吧？"嘲弄的声音响起，"原来你也知道怕！"

他终于还是来了！

我浑身一震，转头望向纱帐之外，立于屋中那英姿飒爽之人不是他却又是谁？他来，是我意料之中的，只是没想到他能熬到此时才来。

我伸手掀起纱帐起身下床，一身雪白的绣樱衫裙随着我的步伐飘荡在空中，齐腰的长发随意飘洒在身后，秀气的锁骨若隐若现，衣襟处一片雪白延伸而下……

他眼中一亮，随即又涌上阵阵嫌恶之情，我嘴角溢出一丝冷笑，男人，也不过如此……

我瞟了一眼歪在门口地毯上昏睡中的小安子，转头对着他，冷然道："西宁将军大半夜的入这莫殇宫，该不会是专程来看我做噩梦的吧？"

西宁桢宇冷冷地看着我，一言不发。

我当然知道他不过是来兴师问罪的罢了，只是……我又能如何呢？他早已认定了我本来就是个心狠手辣之人，所以他的想法，对我来说一点都不重要了。

重要的是，我手中有那张王牌在，他始终是会站在我背后的。这本就是场游戏，游戏的规则双方心中皆有数，所不同的只是游戏的过程罢了。

若双方合得来些，这场游戏也就顺利些，轻松些；若双方无法相互协助，这场游戏也就曲折些，沉重些。

但是，有什么关系呢？这些或顺利或曲折的过程丝毫不会影响到结果，这对我来说，就足够了！

我不再言语，转身朝床榻走去，冷冷地说道："西宁将军既然没什么话说，那本宫就要歇息了，相信有西宁将军护卫在侧，本宫不会再做噩梦了！"

"该死的！"西宁桢宇从背后欺上身来，我万没料到向来彬彬有礼的他也会动粗，感觉自己的衣衫被他抓住，我转身挣扎间却被他抓住了衣襟顺势推倒在了床上，他有些愤恨狰狞的脸孔骤然放大在我的瞳眸中。

在我还没来得及做出任何反应时，他已欺上身来，粗暴地抓住我的肩膀，疯了似的摇晃着我，那向来平静无波的眼睛里承载的尽是挣扎和痛苦，咬牙切齿道："你心狠手辣我知道，可我没想到你竟如此泯灭人性，连未出世的孩子都不放过！"

我蓦地停止了挣扎，一双美目目不转睛地望着他，那样生生地直望进他的眼眸深处，双唇微动，轻轻地吐出三个字来："不是我！"

"不是你还能有谁？"西宁桢宇轻蔑地转开了眼光，一脸苦楚哽咽道："你知不知道她有多难过……你也是做娘的人，你应该知道……"

"你去看过她了？"我紧紧地盯着西宁桢宇，"是她告诉你害她之人是我么？"

"你还有脸问！"西宁桢宇蓦地加重了手上的力气，我单薄的肩胛在他的手中几欲碎裂。

我伸手抓住他的衣袍，喘着粗气，一字一句说道："你既已信了她的话，那我再说什么又有何用？你杀了我，替她报仇吧！"

"你以为我不敢吗？"西宁桢宇两眼喷火，脸颊微红，半晌，口中逸出狠绝的声音，双手蓦地往我脖子处收拢而去。

我重重地透了口气，双眼微闭，倨傲地抬起下巴，一副无惧的模样……

颈脖处传来的痛楚，胸部空气的稀缺折磨着我，我全身瘫软，丝毫未作挣扎，小脸憋得通红，脑中的意识逐渐淡薄起来……

"该死的！"他蓦然失了力气，伸手轻抚胸前替我顺着气，"你为何不求饶？"

我倔强地别过头去，大口大口喘息着，那一刻，我真的以为再也没有机会了。原来死，是这么痛苦的一件事，我再也没了挑衅的勇气，躺在床上喘着粗气……

最初的痛苦过去以后，意识慢慢地回来了，眼神落在了他那只为我顺气的手上。

他觉察到了我怪异的目光，顺眼一望：挣扎纠缠中我身上雪白的薄纱衫裙已凌乱地散落开来，粉红的肚兜下波涛汹涌，此刻，他的手正放在玉峰之上……

他蓦地收回了手去，尴尬地转过身直往前走去，停在了房中，背对着我一字一句道："我会把那个人查出来的，希望真如你所说：不是你！"

说罢自手中弹出一颗珠子打向门口的小安子，自己则身形一闪自窗口出了房，消失在黑暗中。

我动了动身子坐了起来，拉拢了身上散乱的衫裙，心中涌上一种从未有过的孤独感，眼泪无声地滑落，颤抖着肩膀，轻轻抽泣着。

第十六章 落入圈套

门口的小安子幽幽醒转，蒙眬的眼神在见到守夜灯下独自抽泣的我时蓦然惊醒，慌忙一骨碌爬起身扑上前来："主子，这是怎么回事？你这是……"

"啊？！"小安子惊呼出声，颤抖的手直指我颈脖之间，想来是瞧见了我脖子上的伤痕了。

看着眼前的小安子，心中那种驱之不去的孤独竟消失无踪，我用衣袖轻轻揩去眼角的泪水："他来过了……"

"这……这……"小安子心疼地看着我，"主子，你等等，奴才，奴才这就去唤彩衣过来。"

"别！"我叫住了已转过身的小安子，"现在是非常时期，你若此时去唤彩衣，定会惊醒了她人，还是谨慎些好，不要去了。"

我坐到梳妆镜前，轻轻拉开衣衫，颈脖肩胛处的伤痕在摇曳昏暗的守夜灯下显得越发的鬼魅醒目。

打开小安子递上来的药膏玉盒，伸出手指轻轻蘸起些许，对镜细细涂抹在火辣辣疼痛的伤痕上，刺痛中带着些许的冰凉刺激着我的感官。

好歹毒的计谋啊！一夕之间让我成为众矢之的，更让身边的两个男人同时怪罪我。一个自事发那日来过后，便再也没有出现过；另一个一直没有出现，一出现便差点要了我的命！

我蓦地握紧了拳头，指甲深深地陷入手心，肉体的疼痛又怎么比得过心里的恨，那个人究竟是谁呢？多日的查探竟毫无头绪，想不到她竟做得如此滴水不漏！

瞬间松开了拳头，冷冽的声音自口中缓缓逸出："你最好别让本宫逮住，否则本宫定让你求生不得，求死不能！"

"若是查出来那下毒之人，奴才第一个饶不了他！"小安子恨恨地说着，递上药膏示意我涂抹。

我轻轻地在伤痕处密密地抹上药膏，侧转身捋开披散在背后的乌发，蘸了药膏准备涂抹身后时，却惊觉肩胛处的疼痛已使手臂竟抬不起来了，就更不要说伸到后颈处了。

连试几次皆不能伸过去，我颓然放下手去，叹了口气道："算了，不涂了，小安子，收起来吧。"

"主子，这是治伤的灵药，若不涂上只怕会留下疤痕了。"小安子顿了一下，才讷讷道，"主子，奴才……奴才帮你涂抹吧！"

我迟疑了一下，这小安子每日在我跟前进出，涂抹一下药，想来也没什么，毕竟他已是个太监之身了，想到这儿，我点点头，转身背对着他。

轻柔的触感竟比我自己涂抹的疼痛感还少些，想来他是极为小心的吧，想不到他一个粗手粗脚的奴才，竟也有这么细心的一面。

我轻笑着抬头自镜中望向他，怔在当场，镜中的小安子正屏住呼吸，轻轻替我涂抹着药膏，可他一路酡红至耳根的红晕正泄露着他的心绪。

我心中一惊，脑中闪过一丝不该有的杂念，随即不动声色地轻声道："成了，小安子，涂好了收起来吧。"

"哎！"他应了一声，随即低下头去，语无伦次道："好，好……奴才这就去办！"说着拿了药膏转身一路踉跄直奔里间而去。

想不到他竟……我明了自己并非胡乱揣测，暗自提醒自己往后可得谨慎些才是。

连着几日我都不敢出殿去，只让木莲帮我去内务府取了账册过来，又代我处理了些杂事。所幸第二日南宫阳便送来了更好的药膏，才几日颈脖间的伤痕已完全隐去，肩胛处也不似前几日那般疼痛了。

骄阳一点点沉了下去，晚风吹来竟有丝丝凉意，多日未出房门，我也有些闷了，便唤了彩衣和小安子去园子里散步，穿过回廊，走过葡萄凉荫，缓步踏上莫殇亭。

立于莫殇亭上，看着远处高高耸立的亭台楼阁，心中无限凄凉。想当初修缮园子，亲自赐名，握着我的手共进莫殇宫，是何等的荣宠和恩爱。

如今还不到两年，竟已是恍若隔世，我和肃郎终究还是落了俗套，我们终于还是相互猜疑算计起来了。

当初的举案齐眉，心心相印，仿佛只是一场梦而已，他宠爱我，心疼我，一心只想我能荣宠尊贵，却在我终于母仪天下之后，怀疑我算计他宠幸的其他妃嫔！

我以为我一直掩饰得极好，我以为我能一如既往地取得他的信任，原来，轮回是不可抗逆的命运，终究是躲不开有心之人的算计的。

好，亲爱的肃郎，你既然已怀疑本宫惦记着你的子嗣，那本宫也不能让你失望了，本宫就做给你看，本宫的手段绝对不比任何一个人差！

凝神回眸处，却见白玉阶下的木莲一路疾行而至，我忙迎了她坐下。

"妹妹急匆匆赶来，所为何事？"我倒了桌上的茶递到木莲跟前。

木莲也是走得急了，端起来一饮而尽，方道："姐姐，方才嫔妾在内务府时，艳贵嫔的宫人来禀，说是她宫里头有个叫琴儿的小宫女暴病而亡，可嫔妾分明看到裸露在外的脚腕处血迹斑斑……"

"这么说，她还是那般不知收敛，像只螃蟹似的？"我不冷不热地说道。

"是啊，原本就不把他人放在眼中，如今有了身孕，雨妃出事后，皇上越发地小心翼翼起来，她便蹬鼻子上脸，飞扬跋扈起来了。嫔妾听那些个小太监们议论，也听了个大概出来，说是她宫里的琴儿做清洁时，失手打翻了皇上御赐的井蓝雕花玉瓷瓶，她当场就叫人拖出去杖责二十。可怜身娇体贵的一朵花儿，行刑还不到一半时便断了气儿……"

木莲说着竟有些红了眼圈儿，叹了口气。

我心下冷笑连连，艳贵嫔啊艳贵嫔，本宫正愁没机会下手呢，你倒好，主动犯到本宫手里来了！

　　我拍了拍木莲的手，安慰道："妹妹也是个心善之人，既然你如此为那琴儿抱屈，索性就让你帮她出口气吧！"

　　木莲一听，来了精神："姐姐，你想怎么做？"

　　"妹妹，这些日子皇上时常到你殿中吧？"皇上到谁宫里，我自然是最清楚不过的了，他最近不到我宫里头，大多时候还是到了木莲殿里，毕竟他如今的身子可经不起那些狐媚子折腾了。

　　木莲低下头去，轻声道："姐姐还不清楚吗？自从上次姐姐提点过了，妹妹自然上心些，皇上最近倒是常到妹妹这儿，只是……龙胎之事恐怕容不得妹妹一人拿主意！"

　　"呵呵，我可没急着问你那事儿。"我低笑着凑上前去，在她耳边细细说着，木莲一脸佩服地看着我，连连点头。

　　是夜，我和木莲正在暖阁中闲话家常，不时咯咯轻笑着，一副轻松自在的气氛。

　　"莲儿，你在同谁说笑？何事这般开心？"醇厚的声音自门外响起，随即那身明黄便出现在了屋中。

　　木莲忙上前跪拜道："臣妾恭迎皇上！"

　　"快起来吧。"皇上扶了木莲起身，眼神却直直地看着我不放。

　　相处多年，我自是清楚他喜欢我怎样的打扮，今儿来时自然是悉心打扮过了。我收住了笑容，任由屋中的气氛凝重下来，半晌，才起身上前福了一福："臣妾见过皇上！"

　　"言言，快起来！"他伸手待要上前扶我，我却微微退了一步，让开了他伸过来的手。他收回手，尴尬地笑笑。

　　我又福了一福，道："皇上，臣妾告退！"说罢便头也不回地出了烟雪宫。

　　他扔下一句"莲儿，朕明儿再来看你"。便跟了上来，一把拉住了我。

　　我看看跟在身旁的奴才们，也不再倔强，毕竟他是男人，更是君王，能这般跟出来已是极限了，我若再不领情，只怕他就真的永远也不会再踏入烟雪宫半步了，这与我屈尊专程到烟雪宫的目的是背道而驰的，我不再挣扎，只默默地跟在他身旁回了烟雪宫中。

　　这一夜，我们互吐衷肠，我更是竭尽所能地讨好他，他连说所做的一切皆是为我好。我也没再反驳，对我来说，已经不再重要了，毕竟已经过去了。

　　也因为这一夜，莫殇宫的春天再次到来，接下来的日子，我又一次宠冠六宫。

　　只是，谁也不知道，这一次我的身边多了一个木莲，三人闲话家常，饮酒作乐，我更是亲自将他二人送上床榻。

　　木莲的柔情，又岂是正常男人所能拒绝的呢？

　　听着床榻之上他沉重的呼吸和木莲似有若无的娇吟，我迈着轻松的步子出了东暖阁。

我亲自把那个叫做丈夫的男人送到了别的女人身边，甚至告诉那个女人床事之时垫了软枕在身下，越发能勾起男人的兴致，也能使圣露在体中停留更长的时间，增加怀孕的机会。

我是真的变了，西宁桢宇说得没错，我变成了一个为达目的无所不用其极的女人。但不知为何，我心中竟明亮轻松了许多……

午后的骄阳烤得园子里的花草树木都耷拉着脑袋，树上的蝉"知了知了"地叫个不停。我和木莲坐在清凉的屋子里有一搭没一搭地说着闲话。

"对了，姐姐，听说那艳贵嫔被吓得晚上都不敢睡，精神恍惚了不少，还时常说些胡话，皇上去看过她几次，也不怎么去了，只叫太医院好生替她调养身子。"木莲连话语中都含着笑意。

"隔三岔五地这么吓上她一下，这会子只怕再也没了往日的端庄秀丽了吧？皇上现在要的是妃子们养眼，她既然不能养眼了，有用的不过就是那龙胎了。"

"姐姐，那龙胎……"

我给了她一个少安毋躁的表情，高声道："小安子，去传芳贵人过来。"

"姐姐，你怎么……"木莲有些诧异地看着我，"姐姐又不是不知道她的嘴脸。先前揭发艳贵嫔的时候做得比谁都好，她兄长做了副统领了，来得比谁都勤，主子蒙了冤，我看她躲得比谁都快，如今倒好，皇上来莫殇宫了，她又三天两头过来请安。"

"妹妹何必跟她生闷气，气坏了身子可是自己吃亏。"我安抚道，"妹妹就放心吧，在我这儿她休想占半分便宜去。"

不一会子芳贵人便顶着烈日来了，看来她还真是削尖了脑袋想往上爬啊。我忙示意木莲入了里间，才唤她进来。

待她行完礼坐了下来，我才笑道："妹妹可别见怪，有两日不见了，姐姐可想得紧，这才派人传了妹妹过来，也没别的事儿，只是想和妹妹说说话。"

芳贵人一听，忙讨好道："能得娘娘记挂，是嫔妾的福分。"

彩衣奉了冰镇的绿豆沙上来，我瞟了一眼芳贵人鬓边汗湿的乌发，笑道："这大热的天儿，辛苦妹妹了。这是本宫特意命人给你备下的，快尝尝，解解暑气。"

"谢娘娘恩典！"芳贵人受宠若惊地端了绿豆沙，细细地用着，连声称赞。

我小口用着，漫不经心地问道："听说艳贵嫔近来精神不大好，妹妹与她同住储秀宫中，可知她近况如何？"

芳贵人一听我竟打听此事，忙道："娘娘，您没听说吗？是……是闹鬼！"

"胡说！"我假意呵斥道，"不是说她孕喜得厉害，吃不下，睡不好，这才精神不振的么？"

芳贵人吓得打了个颤，偷偷瞟了我一眼，见我虽有呵斥之意，但语气却并不严厉，脸

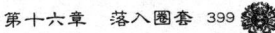

上也并无半点怪责之意，才又大着胆子道："娘娘，艳贵嫔那龙胎都四个月了，还孕喜？说出来谁信啊？她编排这个理由，说出来也不怕别人笑话！娘娘不也是不信，这才唤了嫔妾过来问话的么？"

我点了点头，芳贵人忙接着道："起先时她一口咬定了只说是孕喜，可时间长了，大家也就或多或少的知道了一些了，听说她是被她殿里头的宫女琴儿的冤魂给缠上了！"

"琴儿？"我拧了拧眉头，疑惑道，"不是说暴病而亡的吗？怎么又扯上什么冤不冤的？"

"那是娘娘不知，那琴儿不小心打破了皇上御赐的瓷瓶，被她命人活活打死的。听说冤魂不散，隔三岔五地总会来找她，吓得她魂不守舍，听说连命人私祭也没用！"

"哦？"我若有所思地点点头，"原来是这么回事啊！"

"可不，仗着自己有几分姿色，便不把他人放在眼中，先前授意奴才们编派娘娘您的不是，娘娘宽厚仁慈，没有责罚于她，还不知道收敛，如今被厉鬼缠身，真是自作孽，不可活。最好吓掉了龙胎，看她以后还怎么神气！"

"妹妹不可胡言乱语。"我见她越说兴头越高，越发地口没遮拦，忙道，"为皇家开枝散叶是众嫔妃们的责任，妹妹也要多努力才是，切不可说些于龙胎不利之说，会被有心之人传为心生妒忌的！"

"是，娘娘教训得是！"芳贵人见我神情严肃起来，忙垂首道。

"妹妹啊，姐姐这儿有一事要妹妹帮忙，亲自去办！"我目光炯炯地盯着她。

"嫔妾愿供娘娘驱使！"芳贵人见我这般神色，忙起身端正跪了回道。

我点点头，亲自扶了她起来，眼中闪过一丝冷笑……

听说艳贵嫔清晨醒来竟然在十香软枕旁发现了一只乳白色的珍珠耳环，有宫女认出那正是琴儿当日被杖毙之时所佩戴之物。

虽然这珍珠耳环普通平常，但艳贵嫔跟前的几个宫女中，只琴儿平时爱戴这珍珠耳环，其他几人均无此物，断然不会认错。

本就精神虚弱的艳贵嫔一听，顿时白了脸吓晕了过去。

我和皇上一入暖阁，便觉压抑异常。大白天的竟紧闭门窗，拉了帘子，在屋中燃了无数的红烛，使得屋中越发的诡异异常。

艳贵嫔已无平时的娇纵蛮横，拥着锦被，瑟缩在床角，泣不成声，珠钗散乱，面容憔悴，无神的大眼正紧张地盯着四周，精神异常的紧张。

"爱姬，你这是怎么啦？"皇上上前侧坐床边，轻声问道。

艳贵嫔无神的眼中燃起了一丝光亮，颤巍巍地伸出手，霍地上前紧紧抱住皇上，像抓住了救命稻草般用力，嘤嘤哭泣道："皇上，臣妾好怕，臣妾真的好怕！"

"别怕，别怕，朕在这儿！"皇上轻拍她的背安抚着。

艳贵嫔想起夜晚那如鬼魅般的铃声，阴森森的哭泣声，不由得打了个寒噤，惊惶道："皇上，臣妾不是有心要她死的，只是……只是她打碎了皇上御赐之物，臣妾想要惩罚她罢了。谁想到……"

皇上见艳贵嫔那副狂乱惊惶的样子，蹙眉道："爱姬别怕，今儿好好休息一下，别多想了，有朕在，断不会让她伤害到你！"

我在旁边笑道："是啊，妹妹别怕。只不过是个宫女，死了就死了，生前是奴才，死了难道还能兴风作浪不成？"

"可是……嫔妾真的看到有白影飘过……"艳贵嫔真是被吓坏了，一想起来就瑟瑟发抖。

"妹妹不要怕！"我凑上前去，亲热地拉过艳贵嫔微凉的手，"有皇上天威庇佑，任何鬼魅都近不了身，妹妹如今又有了身孕，千万不可胡思乱想乱了心神，那丫头做错了事该罚，要怪也只能怪她自己福薄，不关妹妹的事。"

皇上点点头，转头问伺候在侧的杨太医："艳贵嫔的身子怎样了？"

"回禀皇上，艳贵嫔是受惊过度的症状，身体虚弱，加上休息不当，才会这样，不过龙胎并无大恙，微臣开几服压惊和保胎药，贵嫔主子细心调养定然无事。只是……若贵嫔主子长期如此，只怕会对龙胎不利啊……"

皇上一听，紧皱眉头，一言不发地若有所思。

我拍拍手，四五个小太监抬了一尊一尺多高的白玉观音进来，雕刻得栩栩如生的观音像引起了众人的惊叹。

我向脸色苍白的艳贵嫔笑道："这是我听说妹妹精神不大好，专门派人到归元寺中求来的送子观音，供奉在妹妹屋中，管教那些个孤魂野鬼再也不敢靠近。妹妹可要安心养胎，为皇上添个白白胖胖的皇儿才好，也给宫中新进的妹妹做个榜样！"

皇上连连点头道："爱姬，你可要好生养胎，切莫辜负了朕和皇后的一番苦心才是啊！"

艳贵嫔感激地看着我，含泪点了点头。

我忙命人开了窗户，灭了蜡烛，摆了案台，供了白玉观音，又在观音像前放了香炉，点了香，顿时屋中清香弥漫。

"妹妹，这香也是在归元寺中求来，住持说此香香味清幽，更能安神宁气，对妹妹养胎是极为有利的。本宫已经盼咐过内务府，每月按时到庙中求香，妹妹可要每日焚香，替了熏香才是。"

"爱姬，皇后如此上心，你可不要辜负了皇后的一番美意！"

"如此，多谢皇后娘娘费心。"艳贵嫔点头道。

一旁的芳贵人上前插话道："姐姐如今有孕在身，饮食起居自然要格外小心，妹妹就

住在姐姐旁边,但有用得着的地方,姐姐只管派人来叫就成了。妹妹前儿个去了观音寺,特意为姐姐和肚子里的龙胎求了道平安符。"

芳贵人从身边的宫女手中拿出一个正红色的锦囊来,里面是一道开了光的平安符,上前亲手给艳贵嫔戴在了脖子上:"姐姐只要将符贴身戴着,保你能生下健康的皇子!"

许是那句皇子甚为受听,艳贵嫔苍白的脸上泛起红晕,芳贵人背地里小手段没少使,但表面上可与艳贵嫔一向亲厚,艳贵嫔不疑有他,将那锦囊塞进了里衣里面贴身放着,轻声道:"多谢妹妹了!"

淑妃忙带了别的嫔妃送上礼物。众人又说笑了一阵,便告辞了出来,皇上自是留了陪着艳贵嫔,其他人随我一起出来,各自散去。

回到宫中,刚一坐下,木莲便道:"姐姐,方才嫔妾细细注意过了,那道平安符上有淡淡的迷失香的味道,不过都被咱们送的那些烧在香炉里的香味给盖住了。看来,她都照姐姐的吩咐去做了。"

"哼,她为了得圣宠,那可是哪儿有宠便往哪儿钻。原本她也有几分姿色,只是时运不济,偏偏同容貌才情皆在她之上的艳贵嫔一同入了宫,自然做不了拔尖之人了。"

木莲端起几上新奉上的茶来,抿了一小口,不安道:"姐姐,你说的那迷失香,我朝并无此种香料,可真有用么?"

我看木莲喝茶,自己也有些渴了,端起茶来一口几乎喝尽,才又道:"自然是有用了,不然我也不用了。不过,我不但不会让她流产,还要让她生下来。哼,雨妃的龙胎莫名其妙就没了,如今人人都把眼睛盯在了本宫送的观音和那些香上,殊不知越是不起眼的就越是会暗藏杀机!"

木莲沉吟了一下,如想起什么似的突然说道:"表面上看起来她和艳贵嫔那般好,她却尽在背后使坏,真是人心叵测,越对你好,越危险。姐姐,你吩咐她做这事,你不怕她反咬一口?"

我放下茶杯,软软地靠在引枕上:"怕?我只怕她有命做没命说,何况全部的人都看到了,这平安符可是她送的,与我何干?"

"呵呵,那倒是。"木莲听我这么一说,倒松了口气,"她前几次来,听她话里的意思,是念着皇上呢!"

"这后宫里谁不惦记着皇上?我这个正宫娘娘和妹妹你,不也时常念着吗?"我笑,木莲也跟着笑了。

"彩衣,你去告诉芳贵人,明儿皇上要到我这里用膳,让她好好打扮了过来,若是承了宠,晋位自是顺理成章。"

芳贵人终于皇天不负有心人,晋了芳嫔,只是宫中妃嫔众多,皇上如今兴致又大多不在这上面了,一个月也翻不了一两次她的牌子,倒叫她失望了许多。

雨妃仍是那般清淡，只是养好了身子后竟时不时地到我殿中，提起那龙胎之事，她也只是淡淡地笑道："万般皆是命，本宫相信绝不是皇后姐姐所为！"

当事人都如此说了，其他人自是不敢再说什么，皇上听说了也甚是高兴，连连赞她明理，越发地疼爱起她来。

我却不仅没有感到轻松，反而越发沉重起来。毕竟我动用了一切能力，也没能查出个所以然来，就连西宁桢宇也是毫无眉目。

当日怒气冲冲而去的西宁桢宇冷静下来后主动找上门来，与我细细分析了当初的种种，也愣是没有查出蛛丝马迹来，此事也只好不了了之。

我吩咐小安子传下话去，宫中众人小心谨慎，切莫惹事，否则决不轻饶，自己也处处提防，毕竟那个真正的对手得手后便消失得无影无踪，谁也不知她什么时候会再出手。

木莲果真不负众望，不久便传出好消息来，皇上大喜，下旨连晋两级，将木莲擢升为莲婕妤，连带着海雅也备受关注起来，赏赐了不少稀罕物。

"妹妹大喜，有了龙胎了，做姐姐的本不该这般忧郁，可是……"我轻轻地叹了口气，声音中满是无奈。

"姐姐。"莲婕妤伸手握住我的手，宽慰道，"嫔妾知你在担心什么，嫔妾会小心的，除了贴己之人，其他人一概不近身前，殿里头也不再添置任何东西了。"

"一直查不到蛛丝马迹，姐姐实在是放心不下啊！况且你跟我亲厚些，皇上本就宠着咱们多一些，如今你又有了龙胎，这宫里不知又有多少人银牙咬碎，夜不能寐了。"

我心中隐隐觉着不踏实，我担心的不仅仅是木莲的龙胎，我亦担心着自身的安危，若她再次出手，栽赃于我……后果不堪设想。

"诚如雨姐姐所说，万般皆是命。"木莲低下了头，"如若真是逃不开，那就只有认命了！"

"胡说！"我握住木莲的手，"你可不要受她的影响，跟着她胡说。她身后有着端木家的势力能保她平安，可你呢？你要靠自己保护自己，还要保护全家，更有海雅和腹中的胎儿要依赖着你，你可不能妥协放弃！"

"妹妹糊涂！"木莲一听，连连点头，"姐姐说得是，咱们皆是命苦之人，只有依靠自己！"

"是啊，如今甭说你殿里头，怕是我殿里头也要小心才是，你每日里进出殿里，人多手杂，可不要给了别人机会才是。"

我越想越是觉着不放心，忙唤了彩衣进来："彩衣，小安子呢？"

"回主子，刚刚还在，这会子没见着人，想是出去了吧。"

我点了点头，吩咐道："那先不管他了，彩衣，往后不相干之人不要再安排到跟前了，如今莲婕妤有了身子，又时常在我这里，可不能有了任何闪失。你去安排一下，要如

第十六章 落入圈套 403

我怀孕之时那般的防范才是，梅香那边没有多少经验，你可要多多提点她。"

"是，主子，奴婢这就去安排。"彩衣答应着退了出去，却在门口撞上了急匆匆进来的小安子，忍不住嗔道："小安子，你这是去哪儿了？主子四处寻人时不见，这会子又像只无头苍蝇般闯进来。"

小安子看了她一眼，也不说话，径自上前回了："主子，刚刚接到消息，说是南御医刚刚诊出雨妃娘娘有了一个多月的身孕了。"

"什么？"我惊了一下，瞟了莲婕妤一眼，轻声道，"她不声不响的，动作可不慢啊，也只比莲妹妹晚上那么半个月……"

"姐姐，我们现在要不要备些礼过去一趟？"莲婕妤心中有些不是滋味儿，局促地看着我。

"要。不过，不是现在。"我轻拍她的手安抚道，"我这不过是内部消息，要等太医院确诊了自然有人过来回禀，那时再去不迟！"

"听姐姐的口气，是不管雨妃姐姐养胎之事了？"

"那是自然，起先她身边没有可信之人，我自是不放心。自从上次滑胎之后，皇上便亲自从香园点了云秀嬷嬷前去照料她，如今再次有了身孕，有云秀嬷嬷在跟前照顾着，我有什么好不放心的？再说了，我再去操心，只怕有人更不放心了，况且，如今你也有了身子，我自是脱不开身了，各人自求多福吧，妹妹还是多用点心在自个儿身上，就别去操心别的了。"

宫里头连连喜事，气氛也活跃了不少，艳贵嫔的身子也好了不少，龙胎也挺安稳的。一年内竟有三名嫔妃同时怀孕，皇上也是异常高兴，精神了许多，看起来也似年轻了不少。

雨妃如今有了身孕，也不似往常那般清冷，倒常常在宫中走动，尤其常到我殿中与莲婕妤和我二人闲话家常。

三伏天实在是炎热无比，皇上本想带了众人去尚林避暑山庄避暑，可偏偏雨妃和莲婕妤二人孕喜得异常厉害，皇上不得不放弃了行程。

当场就有几人变了脸色，暗自咬牙，我打破了怪异的气氛笑道："理应如此，如今三位妹妹皆有孕在身，皇室子嗣为重，在宫里待着，小心些别中暑了也就是了。臣妾这就命内务府加紧制冰，确保几位妹妹的日常用度。"

皇上忙笑着拉了我的手："到底是皇后贤惠！"

众妃嫔一听，忙跟着笑了奉承着。

午歇刚一起身，雨妃和莲婕妤便一前一后乘着软轿过来了。

我呵呵笑了将她们迎了进来："两位妹妹竟像是约好了，算好了时辰过来！"

"皇后姐姐何出此言？"雨妃柔声道，声音中透着丝丝凉意，但比起往常竟已好了许多。

"两位妹妹早来一刻钟，做姐姐的倒要叫妹妹们瞧见衣衫不整的睡容了，这岂不是算好了时辰过来的么？"

"姐姐天生丽质，即便是素脸单衣也难掩风韵……"奉承的话自端木雨口中说出来，怎么听着也有些怪异。

"瞧妹妹这嘴，像吃了蜜糖一般的甜……"我笑着嗔怪道，让彩衣奉了新沏的茶和新鲜时令的水果。

两人也不客气，挑了酸果便吃，莲婕妤笑道："每次到姐姐殿里，总能吃到些稀罕水果，妹妹这双腿啊，总不由自主地就跑过来了。"

"哟，怎么我听着妹妹这话里的意思是说我这做姐姐的把好的水果挑了起来，没有给你们送过去……"

"不，不是……"木莲万没料到我会这般说，一时慌了神色，结巴着半天也没说出话来。

"莲妹妹的意思是说，姐姐宫里头的奴才们成日里耳闻目睹也跟着蕙质兰心起来，连削水果的手法都比别宫精巧些，看看这些瓜果，一看就令人食欲大增，忍不住想要尝上一口。"雨妃到底是有些见识的，轻描淡写地便替莲婕妤解了围。

"我玩笑一句罢了，妹妹不用紧张。"我望了望两人几上盘中的瓜果，两人不约而同地将酸果吃了个精光，剩下些哈密瓜之类的甜果。

"彩衣，再拣些酸果奉上来。"我笑着吩咐了彩衣，又转头朝二人笑道，"两位妹妹大喜啊，据宫里头有经验的嬷嬷讲，孕喜严重又喜酸之人定产麟儿！"

"真的么？"莲婕妤瞟了雨妃一眼，"姐姐怎么也信起这个来了？"

"当然了，这养胎之时养皇子和养公主的养法不同，若是弄错了，往后生下的龙胎也不似那般聪明伶俐了。"

"真的吗？"雨妃听我如此一说，倒来了兴致了，"难怪姐姐的孩儿们那般乖巧可爱，聪明伶俐！"

"是啊，姐姐好福气，有五皇子和龙阳公主那么好的一对子女。"莲婕妤眼中是深深的羡慕，"原来这养胎也是这么有学问之事，嫔妾倒是头一次听说。"

"呵呵，我本以为就我不懂，原来莲妹妹也是不懂。"雨妃眼中那道光芒又暗了下去，仿若方才的兴致是我的幻觉般，不冷不热地说道："妹妹们不懂，还要烦请姐姐不吝赐教了。"

"妹妹不用担心，云秀嬷嬷是极有经验的，她自会替你张罗了。"

"云秀嬷嬷本已退养在香园之中，倒是嫔妾不好，劳烦嬷嬷，嫔妾心中实在过意不去，本来还想禀了娘娘，准云秀嬷嬷回香园颐养天年。"

"那可不成！"我对雨妃在这时提出这个来，有些疑惑起来，毕竟这宫里头谁不想母凭子贵，她明明知道养胎的危险，却在这个时候想退了云秀嬷嬷，难道……她心中对我并没有如表面那般放下了戒心，她一直都是防备着我的？！

"妹妹如今真是紧要关头，只好辛苦云秀嬷嬷了，待妹妹产下龙胎，自然就不用辛苦云秀嬷嬷了。"

见我态度如此坚决，她也没再坚持。

我们三人又聊了些孩子之事，说了些睿儿海雅小时的笑话，一时之间气氛倒也融洽得很。

小安子端了一盅汤进来，放在旁边的红木桌上，恭敬道："主子，按您的盼咐，小厨房的酸萝卜鸡皮汤炖好了。"

"快舀了奉上来吧！"

小安子揭了盅盖，一股清淡幽香的酸味飘了出来，弥漫在屋中，引人垂涎起来。

"真香！"雨妃上前示意小安子退至一旁，伸出戴了两只长长足金镶宝石假甲的手取了旁边盘中的银勺，放至盅中轻轻搅拌着，屋中的酸味更加浓郁起来。

"我最是喜欢这股子酸味儿了，小时候在家中总会偷偷跑去家里的厨房搅拌老汤，有几次被娘抓住了，狠狠地训了一顿，可我还是忍不住偷偷跑去……"端木雨轻声说着，陷入了回忆之中。

我瞧她有些伤感的样子，怕她掉眼泪对胎儿不好，忙笑道："瞧瞧，这雨妹妹，都快做母妃了还这般孩子性！"

莲婕妤也跟着笑了，雨妃嗔怪地看了我一眼，边用银勺舀了汤倒入旁边的青花瓷碗中，边道："皇后姐姐这张嘴，就是怎么也不饶人！妹妹讨饶了！"

说罢端了盛满汤的青花瓷碗上前道："妹妹就借花献佛，向姐姐讨饶了，成不成？"

我呵呵笑着接过汤，连声道："成，成，当然成了。"

放下手中的汤，拉了她坐下来："哎哟，我的好妹妹，你快坐下吧，让奴才们动手就成了，你若有个好歹，我可怎么跟皇上交代啊！"

小安子忙上前将剩下的两碗汤端了奉到二人旁边的几上。莲婕妤端起青花瓷碗，用碗中的银匙轻轻搅拌了一下，送至唇边。

"妹妹！"雨妃急急地唤了声。

莲婕妤移开瓷碗，不明所以地疑惑着。我也对雨妃的反应有些奇怪："怎么了？雨妹妹？"

"没，没什么。"雨妃笑道，"皇后姐姐，嫔妾盛汤之时觉着有些烫，想提醒莲妹妹一声，待凉些再用。"

我点了点头，若有所思地看着端木雨，她却朝我柔柔一笑，端起几上的酸汤搅拌着小口送进口中，旁边的莲婕妤也受不了酸味的诱惑，小口用了起来。

　　用过汤，三人又闲聊了一会儿，日已偏西，端木雨先起身告退了，木莲和我又坐了一小会儿，也跟着告辞回去了。

　　傍晚时分，我正用着晚膳，彩衣慌慌张张跑了进来，禀道："主子，不好了！莲婕妤……莲婕妤她……见红了！"

　　"哐啷"一声举在半空手中的银筷掉落而下，击在瓷盘上发出一声轻响，随即滚落在地，骨碌碌直滚到旁边的柜子脚旁方才停了下来。

　　我霍地起身，急道："怎么就不好了？"

　　"婕妤娘娘宫里来禀的丫头说，莲主子从主子这儿回去后便歇下了，不料过了大约一个时辰便叫肚子疼，起先奴才们没怎么在意，后来疼得狠了，这才慌张起来，却是已经见红了，已经请了南御医过去了！"

　　"什么？！"我一听，举步便朝门口奔去，"快走，去看看！"

　　刚出门口，却与冲进来的小碌子撞了个满怀，幸好旁边的小安子扶住了我，这才没有摔倒。

　　"该死的奴才，慌慌张张成何体统，撞倒了主子，你就是有十个脑袋也赔不起！"小安子怒喝道。

　　"奴才该死，主子息怒！"小碌子忙跪了连连磕头。

　　我心下一惊，小碌子不是这般毛躁之人，如此慌乱地跑来，连禀都没禀便直往屋子里冲……

　　我的心蓦地沉了下去，颤声问道："小碌子，是不是……雨妃那边出什么事了？"

　　"回主子，正是！"小碌子急忙回道，"方才小曲子匆匆跑来通传，说是储秀宫的奴才上御书房禀了皇上，说是雨妃娘娘不好了，只怕是……滑胎！"

　　"什么？！"我一个趔趄，小安子和彩衣忙扶住了我。

　　我闭眼深吸了一口气，强迫自己镇定下来："彩衣，你速带人去莲婕妤那边帮忙，请南御医务必竭尽全力。小安子，你跟我去储秀宫！"

　　我急急地赶到储秀宫中，皇上已在殿中焦急地来回踱着步子，我迎上前去："臣妾拜见皇上！"

　　皇上点点头，示意我起身，我焦急地问道："皇上，雨妹妹怎么样了？"

　　"杨御医正在里面呢！"皇上面容焦急，阴沉着脸。

　　我待要再说话，里屋传来雨妃痛苦的呻吟及断断续续的呼唤："皇……皇上……"

　　皇上一听，急了，迈步就往里屋而去。我忙上前拉了，目光炯炯地望着他，态度诚恳道："皇上，让臣妾去吧！"

　　皇上沉吟了一下，沉重地点了点头。我正要举步进屋，却迎上了杨御医出来，忙退到一旁。

　　皇上一见，忙问道："杨御医，雨妃她怎么样了？"

　　杨御医上前禀道："启禀皇上，雨妃娘娘身子骨还好，有些虚弱，悉心调养一下即可痊愈。只是……只是已经滑胎！"

　　"什么？！"皇上一个趔趄，我忙扶住了他，只觉他浑身颤抖着，半晌也没说出话来。

　　过了许久，皇上才缓过神来，大步入了暖阁，我跟在后面也入了暖阁之中。

　　屋子里弥漫着浓浓的中药味，床榻前那些个污秽之物奴才们早已收拾干净了，端木雨躺在床榻之上，脸色苍白，云秀嬷嬷伺候在侧。

　　皇上疾步上前，侧坐在床榻之上，拉了端木雨的纤纤细手，沙哑着嗓子柔声道："雨儿，你觉着好些了吗？"

　　端木雨虚弱地望着皇上，话未出口，眼角两滴豆粒般大的泪水滚落而下，哽咽道："皇上……臣妾的命……怎么这么苦啊！"

　　我上前两步，轻声道："妹妹如今身子正虚，切莫伤心过度，对身子骨……"

　　"皇后！你这个毒妇！"端木雨转头看向我，神情激动起来，口中也早没有往日的温柔典雅，挣扎着就要朝我扑过来，口中怒道："你还我孩儿，你这个毒妇……"

　　来时的路上，我就已隐隐感到事情有些不妙了，如今看端木雨这般神情，此事只怕是隐藏着的那个她……又出手了！

　　可怕的灾难啊，一箭三雕……

　　"妹妹，你怎么……"照莲婕妤那边的情况看，只怕雨妃这边的说法也不尽相同了，如今我只能走一步算一步了。

　　我话未成句，雨妃已哭倒在皇上怀中了，连连央求："皇上，臣妾的孩儿啊，皇上，您可要替臣妾做主啊！"

　　"好，好。"皇上抱着雨妃，轻抚她的背，柔声安慰道："雨儿，别哭了，你哭得朕心都碎了！放心吧，让朕查出来，朕绝饶不了她！"

　　我如入冰窟，原来还是自己傻，所以才一直在自己欺骗自己，一直告诉自己他对自己是特别的，原来……他对其他妃嫔也是那般的温言软语，呵护有加！

　　人生最失败之事莫过于一直自己欺骗自己，到了最后连自己也欺骗不了自己！

　　"你们说，这是怎么回事？"皇上转头朝跪了一屋子的奴才怒道。

　　"回，回万岁爷！"跪在云秀嬷嬷后面的宫女胭脂回道，"主子上午还好好的，奴婢午后还陪主子去了皇后娘娘宫里头玩来着，主子回来后便歇下了，不料过了一个时辰不到便说肚子疼，奴婢们不敢大意，由云秀嬷嬷做主，请了御医过来。杨御医诊完脉即刻便命奴才们前去禀了皇上您，说是主子有滑胎的迹象……主子好好的，怎么……怎么就……"

那胭脂说着说着便泣不成声了，床榻之上的端木雨也跟着嘤嘤痛哭起来："皇上，臣妾今儿午后只在皇后姐姐宫里头用了些水果，喝了一碗酸萝卜鸡皮汤，回来后再没用过其他东西，怎么……怎么就……"

我一听，怔在当场，这话中的意思再明显不过了，讷讷地说道："妹妹，你怎么……难道你也在怀疑姐姐吗？"

"皇后姐姐！"雨妃转过梨花带雨的苍白小脸，"妹妹本是信你的，不管宫里其他人怎么说，可是……可是这一次……连着两次了啊，姐姐，妹妹也想为皇上产下一男半女，也想尽力为皇家开枝散叶，您如今已贵为皇后了，您怎么就……怎么就容不下妹妹也做母妃啊！"

"我……"我万料不到端木雨会说出这番话来，一时愣在当场，随即又想，端木雨本年内两次没了龙胎，也难怪她如此反应了，可恨那下手之人……本宫一定要将你揪出来，碎尸万段！

皇上凌厉的眼光直射过来："皇后，你怎么解释？"

"皇上……不是臣妾！"除了这个，我实在不知该说什么，人是在从我宫里头回来后不好的，连我自己都觉得这句话显得那么的苍白无力，在皇上凌厉而陌生的眼神中，我如坠冰窟！

"万岁爷！我家主子自入宫以来，一向谨言慎行，尽心竭力服侍皇上，两次欲为皇上产下龙胎，不料一再滑胎，两次滑胎皆与皇后娘娘有关，请皇上明查，严惩凶手！"那胭脂却一再咬狠了说，端木雨更是在旁嘤嘤抽泣。

床前跪着的云秀嬷嬷阴沉着脸，听胭脂的话，明显是直指我而来，转身狠狠一巴掌打了过去，口中怒道："该死的奴才，主子们说话哪有你插嘴的份儿！还不快住嘴！"

皇上一言不发，阴沉着脸紧紧盯着我，仿若我是个陌生人般。我浑身冰冷，如今我是毫无头绪，我宫里头是防了又防，那些个瓜果酸汤皆是彩衣和小安子一手操办，不曾假以他人之手，怎么就……

屋子里寂静得连根针掉在地上都能听得清清楚楚，蓦地，珠帘响动，小玄子跑了进来打破了这一团死寂。

"启禀皇上，烟雪宫莲婕妤的贴身宫女梅香求见！"

"传！"皇上看着我的眼睛眨也没眨一下，口中沉声道。

我心下一惊，梅香？她怎么会来呢？脸上却不露声色，生死关头，我知我绝对不能表现出任何一丝的异常来。

"奴婢拜见皇上！"梅香小步跑进来，端正跪了磕头道，"启禀万岁爷，我家主子她……主子她……滑胎了！"

"什么？"皇上蓦地转过头去，满脸震惊，转回头紧紧地盯着我，沉声问道："莲婕

妤是怎么不好的，快快如实禀来！"

"回皇上，今儿午后我家主子去皇后娘娘殿中闲话家常，回来后便歇下了，不料歇着歇着主子就说肚子疼，起初奴婢们也没怎么在意，后来竟越来越厉害了，奴婢们这才慌了起来，忙派人请了南御医，禀了皇后娘娘。皇后娘娘派了彩衣姑姑到殿中帮忙，不一会子，南御医也赶到了，不料主子却见了红……熬到这会子……熬到这会子主子是没事了，可是……可是却滑胎了！"

我面无表情地看着跪在地上的梅香，心中万念俱灰，这个陷阱挖得太完美无缺了，就在我步步谨慎，提心吊胆之时轰然掉进这陷阱之中，毫无悬念地迎来了这灭顶之灾！

"皇后，你还有何话说？"皇上冷冷地问道。

"臣妾为人所害，无话可说！"我木然地呢喃道。

皇上的胸膛剧烈地起伏着，恶狠狠地瞪着我，眼中闪过深深的绝望，甚至……那一闪而过的眼中竟是……杀意！

待我再要细细地体会时，又已消失得无影无踪。半晌，皇上才冷冷地开了口："皇后莫氏，精神恍惚，言语无状，着即日起在莫殇宫中静养，没有朕的旨意，任何人不准前往探望！"

他的话直如一个惊雷般在我耳边轰鸣着，脑中像有一根钢针狠狠刺入又缓缓拔出，那样的令人痛不欲生！

一旁的小玄子急了，上前示意道："娘娘，还不快谢恩！"

这不是幽禁么？以前常常听说，如今这道圣旨终于也用到我身上了！

我整个人如失聪了般惊在原地，直愣愣地看着他，一动也动不得，不知该想什么，该说什么，只是痴痴地流着眼泪，心中一片空白。

他只转过头去，沉声道："皇后，你可有话说？"

我仍旧毫无反应，只那样愣生生地看着他，像是要看进他心灵深处，直把他看明白看清楚般，可却越看越陌生，陌生得仿若我都不认识眼前之人一般……

皇上眼中闪过一丝嫌恶，怒道："还不拉出去！"

小玄子和小曲子眼中闪过一丝心疼，默默地上前一左一右架了我，拖拽之间只听得"啪"一声脆响，发髻上那支南海白玉珍珠发簪掉了下来，着地刹那应声而碎，光滑圆润的珍珠散落了一地，直向四周滚落而去……

终于破灭了……

我直愣愣地看着那支皇上珍爱无比，命能工巧匠专门为我制作的发簪的尸体，看着那些散乱了一地的珍珠，终于明了，这几年不过是我自己为自己吹了一个梦幻泡泡，把自己装在泡泡里，假装独宠专房，假装恩宠万千，假装……

如今，终于破灭了，再也没有了假装的余地……

我蓦然觉着手脚无力,身子软了下去,眼前一片漆黑……

待我幽幽醒转已是华灯初上,小安子见我醒来,上前扶了我靠在软枕中,端了旁边几上的参汤喂我。

我摇了摇头,轻声道:"不用了,喝不下!"

小安子放下青花瓷碗,红了眼圈儿,转过头用衣袖揩了眼角的泪水。

我重重地透了口气,道:"小安子,如今不是伤心之时。我虽被幽禁可到底没有去了头衔打入冷宫,如今可不是颓废之时,咱们只要抓出那下手之人,就还有机会反败为胜!"

"主子,此事奴才也细细想过。要做成此事,恐怕不那么容易啊……如果说先前雨妃娘娘的龙胎是我们的防备有了疏忽,被人抓住了机会下了手,可以说得过去,可是这一次……"小安子细细分析道。

"这一次是在我这里出去以后,同时……你的意思是?我这里……"我努力思索着。

"不可能!"小安子打断了我的话,"主子,如果那人在这儿的话,那主子生产龙阳公主之时,她不可能坐以待毙。况且这殿里上上下下的奴才们都是经过一遍又一遍细细排查的,今儿午后的瓜果和酸汤更是奴才和彩衣二人一手操办的,不曾假以任何一人之手,不可能是主子这儿的问题!"

"那问题是在哪儿呢?如果说只端木雨一人如此,倒也还可以猜疑为雨妃回去后被人动了手脚,可偏偏木莲那边也同时不好了,几乎是同时滑胎的,这怎么可能呢?木莲殿里的人,哪一个不是我的人呢?"

"除非……她们是在离开后同时被人做了手脚。"小安子大胆揣测着。

"怎么可能呢?那个人就算是有通天的本领,我也不信她能在如今我势力已然遍布六宫之时同时在两处动手,而我却察觉不到任何蛛丝马迹。"我若有所思地说着,"这是多么可怕的一个对手啊,她究竟是怎样一个对手呢?难道……是她?!"

我灵光一闪,石破惊天地高呼出声,小安子一惊,追问道:"是谁?主子,她是谁?"

"不,不,不。不可能,不可能!"我打断自己的胡思乱想,"当初她临走前给我留下那么一手绝招,我做了皇后之后已将六宫所有可疑之人皆查了个遍,另做了安排。如今都过去两年有余了,她的势力绝不可能再触及得到了……"

"主子,难道……你说的是……太后?!"小安子也愣了一下,随即道,"她都作古那么久了,这宫中向来是树倒猢狲散之地儿,况且如今主子也没亏待她们,不可能还有人记着她的神威了。"

我揉了揉头,急道:"这也不是,那也不是,究竟是什么啊……"

"主子,你别急!"小安子宽慰道,"此事一时半会儿也急不出来,主子先歇歇

吧！"

"我如今哪有那心思歇息啊，眼看灭顶之灾尽在眼前，还歇什么啊歇，还不快些想，快些想！"我有些不耐烦起来，怒道。

小安子小心翼翼地看了我一眼，低头凝思不再言语，过了一会子，才轻声道："主子，奴才不过是怕等会子皇上过来了，看到主子这般憔悴的神色，只怕……只怕对主子的圣宠不利啊！"

"呵！难得你如今还能想到这个。"我自嘲地笑笑，"他不会来了！"

"怎么会？皇上那般宠爱主子，如今主子受了冤屈……"

"小安子，别说了。"我叹了口气，有气无力地说道："那都是过往之事，就不要再提了，如今我在皇上眼中，不过是毒杀他皇子的毒妇罢了。不是如今我要这般心灰意冷，而是……而是只怕今儿个皇上已对我起了杀心了！"

"什么？！"小安子大吃一惊，抬头不敢置信地看着我，"这……这怎么可能啊？主子，皇上对你素来荣宠，怎么会……"

"我不会看错的！"我肯定地说道，"起先我只以为他起了怀疑之心，可我现在能肯定的说，他下旨幽禁我的前一刻的确是起了杀意！"

"唉！"小安子重重地叹了口气，"君恩浅薄。主子，你看开点吧！"

"我早就看明白了，小安子，你就不用安慰我了！"我起身缓步走至窗边坐了下来，任由漫漫长夜席卷而来。

天空出现了鱼肚白，六宫还在沉睡之中，莫殇宫中的人儿皆是彻夜未眠，主子落难，奴才们的日子也不好过，只怕这会子都在感叹自己的命运了吧。

"皇后娘娘，皇后娘娘……"眼光所及的回廊拐角处，一小太监疾步狂奔而来。

小太监出现的前面看不到庭院里传来了一阵喧闹嘈杂之声，由远及近，我眉头微蹙，心道：来得好快啊！

"主子！"小安子一把掀开绣帘，匆匆进来，低声急道："主子，淑妃娘娘和容昭仪带着一帮人押着彩衣过来了，现在秋霜她们正拦着，候在正殿那里。"

我沉着脸，霍地一下子站了起来转身，长衫袖带翻了旁边几上小安子奉上的青花茶碗，啪的一声掉在地上，摔了个粉碎。

"主子，小心！"小安子眼明手快地上前扶了我，轻轻跨过瓷碗碎片，再看向我之时，眼中多了几分与往日的深沉不同的沉痛："主子，彩衣看上去不是很好，像是受过刑罚。主子，淑妃她们来意不善！"

话音一落，我愣了一下，心突地一跳，似被什么东西重重刺了一下般，疼痛迅速扩散至四肢百骸，竟觉着有些难以忍受。

小安子是见过不少世面之人，就连前些日子艳贵嫔殿里的事儿，江峰用刑之时，小安子也没眨一下眼，如今他既然说彩衣不好，那一定就是很糟糕了。

想当初，彩衣跟着如贵嫔之时便已受了不少苦，我曾暗暗发誓，有生之年一定保她平安，不想……我亦是保护不了她！

思及此，心中疼痛更甚，一个踉跄，几乎跌倒在地，所幸抓住了旁边的楠木椅背，小安子忙扶了我坐了下来。

自从昨儿我昏迷后被带回莫殇宫幽禁之后，就再也没有见过彩衣的影子，到夜里小安子也是遍寻不着，心知她已是必生不测，否则不会不回到我身边，我甚至在揣测她是不是被那人擒了去，却想不到是落在了淑妃的手中。

淑妃……她终于露出了真面目了，还真是挑了个好时候啊，倒是我真小看了她！

眼角斜斜扫过，侧头见铜镜冰冷的镜面上映着一个面容憔悴，形若弃妇般的女子，我沉痛的眼中涌上了一抹从未有过的冰冷凌厉。

"小安子，命人去取前几日新制的那套宫装来，伺候我更衣！"我冷冷地开口道。

小安子微微愣了一下，随即明白过来，眼中流露出深深的敬佩和赞许之情，转身出去了。

不一会子，玲珑取了那套毫无皱褶的端庄宫装进来，伺候我穿了，又拿了梳子，轻轻替我梳着头，轻声道："主子，奴婢接到老主人的信儿，特地赶来保护主子。"

我点点头，没有说话，心上涌上一丝暖意，见铜镜中自己的面色因为彻夜未眠而有些苍白，开了胭脂盒用假甲轻轻挑了点儿，放在手心中匀了匀，再细细地扑在双颊上，脸色顿时红润了起来。

玲珑熟练地将我齐腰秀发梳顺，再轻轻隆起盘于头顶，发髻正中簪着九尾凤凰发簪，鬓边斜斜地插着一支赤金镶玉步摇。

我轻轻起身对镜而立，赫然一副优雅高贵，端庄秀丽的模样，我满意地点点头，扶着小安子的手出了暖阁往正殿而去，袅袅婷婷地缓步走着，头上凤凰发簪口中的流苏轻晃，说不出的荡人心魄。

如今的我，已然输了先机，但我知道，自己绝对不能在此时输了气势！

"皇后娘娘到！"殿前通传的小太监见我过来，高声通传道。

宽阔幽深的大殿中此时站了不少人，为首的正是淑妃和容昭仪。那淑妃一身妃子宫装，头戴六尾凤凰发簪，一副意气风发的模样，旁边容昭仪一身粉紫宫装，肌肤细腻，一副清雅动人的模样，旁边还赫然站着艳贵嫔和雪贵人。

我一眼就看到了被两个身材高大的太监押着跪在旁边的彩衣，脸色苍白，面容憔悴，汗湿的头发紧紧贴在两鬓，衣裙破碎不堪，隐隐有些已经干涸的暗红的血迹，看上去更加的触目惊心。

彩衣自到我跟前一直是我宫中的掌事姑姑，她为人单纯，心地善良，待下面的宫女太

第十六章 落入圈套 413

监们一向和蔼可亲，从不刁难人，今日见她遭此大难，秋霜、小碌子他们早已是眼眶发红，眼泪婆娑，对淑妃一群人更是怒目相视，恨不能上前替彩衣报仇。

就连跟在我身旁的玲珑也红了眼圈儿，凌厉的眼光冷冷地掠过殿中众人，竟有人不由自主地打了个寒战。

我心中憋着一口气，强忍着愤怒，目不斜视地缓步走向正中的赤金凤凰椅，缓缓端正而坐，也不言语，目光如炬地扫过殿中立着的众人，带着冰冷的寒意，目光经过淑妃和容昭仪之时略微顿了顿，又自然而然地闪开了去。

我掌管六宫，向来奖罚分明，注重礼节，也算是恩威并施，招揽了不少人心，在奴才们心中也算是恩怨分明的主子了。

如今我虽然被幽，但到底还是正宫皇后，我如今一身正装出现在殿中，稳稳坐在当中的凤椅上，原本有些热血沸腾、目无尊长的奴才们，如今浑身一个激灵，倒是清醒了不少，也明白了我仍是那个尊贵无比、不可轻犯的庄懿皇后。

殿中众人一个激灵，清醒了大半，艳贵嫔不顾有孕在身，与雪贵人对望一眼，不约而同地跪了下去行着宫礼，口中道："嫔妾拜见皇后娘娘！"

众奴才一听，瑟缩了一下，忙跟着跪了下去："奴才（奴婢）给皇后娘娘请安，娘娘万福金安！"

我没有说话，只冷冷地盯着淑妃和容昭仪。容昭仪低下头去，躲开了我的寒意袭人的目光，慢慢地跪了下去。

淑妃紧抿着薄唇，看了我一眼，想来是没有想到我这只所谓落毛的凤凰还能开得这般妩媚动人吧，心中总有万分不安，却不得不屈膝行礼："嫔妾见过皇后娘娘，皇后娘娘万福金安！"

任谁都听得出来，最后那几个字几乎是咬牙切齿吐出来的。

"都起来吧。"我轻声道，待众人起身，又朝淑妃莞尔一笑，故作不知地问道："淑妃，这么早就来见本宫，莫非是有什么要紧之事？"

淑妃眼珠一掩，溢出一丝不屑，冷哼了一声，浅笑出声，那声音如尖刀般，直扎我心窝，声音中透出点儿幸灾乐祸来："嫔妾先给皇后娘娘赔礼了，一大清早打扰了皇后娘娘歇息，真是嫔妾的不是。不过，姐姐莫恼，如今姐姐进出也不方便了，嫔妾是专程把莫殇宫的掌事姑姑给姐姐送回来的呢！"

淑妃说着瞟了一眼身边的奴才，一使眼色，那两个太监手一松，彩衣便支撑不住，软软地瘫倒在地上，闷哼一声。

"姐姐！"秋霜忍不住抢上前去，带人扶住了彩衣。

彩衣的那声闷哼使我放心了不少，有声音至少代表还活着，活着就有希望，我就一定能想尽办法治好她。

我心中澎湃着无尽的悔恨与愤怒。悔：当初淑妃落难之时不该心软放了她；恨，那使毒计陷害我之人；愤，自己心慈手软如今倒给了她机会来落井下石；怒，淑妃这贱人竟不顾往日的情分这般对待彩衣。

然而，无论我心中怎么想，终是只能沉静地坐在赤金凤椅上，面无表情地优雅喝着黄色福字细纹瓷碗中新沏的蒙顶黄芽，不冷不热道："淑妃，不知本宫的宫女身犯何罪，遭此横祸，淑妃想必是知情的吧？"

"雨妃和莲婕妤在皇后娘娘宫里食了瓜果，饮了酸汤，竟同时滑胎，娘娘被斥，幽禁宫中。不料娘娘宫中的姑姑却在皇上回銮途中阻拦圣驾，为娘娘辩解，皇上本已恼怒，又岂容她狡辩。想不到彩衣姑姑情急之下居然口出狂言，说什么'欲加之罪，何患无辞'。"

淑妃声色并茂，说得津津有味，说到此处，幽幽叹息一声，脸上竟一副不忍的样子，怜悯道："还好臣妾刚巧去探望雨妃妹妹，和皇上同辇而归，见是娘娘宫中姑姑，心下不忍，费了好些口舌，才替娘娘为彩衣求了个情，免去了她的死罪。可是……死罪能免，活罪难逃，这鞭刑却是免不去了……"

我微眯着眼，仿若用心听着淑妃的说词，末了，才意味深长地看向淑妃，莞尔一笑："倒是劳烦淑妃了，这彩衣跟在本宫身边也有些年月了，算起来也是宫中的老人了，怎么倒生出这些事来了，都叫本宫不知怎么说她了……倒叫淑妃妹妹费心了！"

"主子……"原本耷拉着脑袋的彩衣听我如此一说，强撑着抬起头来，悲戚道："主子，是奴婢不好，奴婢害主子被人笑话了去，奴婢无脸再见您，请主子赐奴婢一死吧！"

我起身缓步而下，走到彩衣跟前蹲了下去，伸手握住她的下颌，目光炯炯地盯着她的眼睛，沉声道："淑妃娘娘煞费苦心方才救你回来，你不好好谢谢娘娘的一片好心，却说要去死？死，死是这世间最容易不过的事了，一杯毒酒，三尺白绫，怎么着死了就一百了了。然而，你若就这样死了，只会令亲者痛，仇者快，最是不值得！"

我霍然起身，目光直视着淑妃，一字一句道："彩衣，还不谢过淑妃娘娘的救命之恩？"

"主子，明明就是她……"彩衣突地大声起来。

"彩衣！"我打断了她的话，厉声喝道："此处岂有你多话的份儿？还不快谢恩！"

彩衣蓦地住了口，深吸了一口气，在秋霜等人的搀扶下，勉强行了一个称不上礼的礼，含笑冷声道："淑妃娘娘大恩大德，奴婢没齿难忘，他日必定加倍报答！"

淑妃自是听出了彩衣话中的刺儿，也不在意，冷冷地指桑骂槐道："报答倒不必了，只是你怎么说也是皇后娘娘跟前的得意人儿，以后说话做事再不检点些，只怕让别人见了笑话，岂不连累了娘娘？"

一直立于殿中的其他三人竟无一人敢上前插话，殿中一时沉静了下来，淑妃沉吟了一

下，又道："哦，皇后娘娘想来还不知道吧？皇上昨儿夜里已传下旨意，六宫诸事暂由本宫代理！"

已是意料之事，我也就不再与她计较，只轻笑道："淑妃对六宫诸事本就轻车熟路，本宫如今终于可以好好歇息歇息了，六宫之事就劳烦淑妃了！"

淑妃冷哼一声，也不看我，只是微微福了一福："皇后娘娘，嫔妾来了也有半日了，宫里边还有很多事要处理，就不打扰娘娘静养了，这就告辞了。"

待淑妃走远，小安子安排人扶了彩衣下去疗伤，又派人悄悄去请了南宫阳过来，我依旧冷若冰霜地立于殿中。

小安子上前轻声道："主子，你昨儿一宿没睡，今日又忙了一上午了，还是进暖阁里去歇着吧。"

我伸手扶了小安子的手，吩咐道："去彩衣处。"

小安子扶我入了偏殿之中，玲珑早已上前熟练地用剪刀撕开了彩衣的衣衫，露出血淋淋的伤痕，众人一见，不由得偏开头去，红了眼圈儿。

玲珑拿起桌上的酒瓶，是上好的酒，仰头喝了一口，"噗"的一声尽数喷在了彩衣一道道猩红的伤口之上，彩衣闷哼一声，幽幽转醒，拧紧了眉头，咬着牙关愣是不吭声。

玲珑迅速用丝棉按了按伤口，取了上好的治伤药，打开瓶盖，将白色的药粉密密地抖在了伤口之上。

我木然地看着浑身是伤的彩衣，冷然道："好，好，很好！淑妃果然按捺不住了。"

秋霜浑身打着颤，咬着唇满面忧色地看着我："主子，你，你不怕么？"

"怕？"我冷笑一声，"我若要是怕了，由得她们陷害欺凌，那下一个被拖走的人就是你秋霜，抑或是小安子，玲珑，甚至是我自己，一个也跑不掉！"

秋霜瑟缩了一下，不再说道，小安子安排她出去给彩衣熬粥去了。

我吩咐奴才们好生照顾彩衣，自己则带了小安子和玲珑回了暖阁之中。

我看了看他二人，沉声道："小安子，玲珑，如今我只能信你二人了。我们要赶快行动起来，不能坐以待毙！"

"主子，你吩咐吧！"

"玲珑，本宫的安危你就不必担心了，睿儿和蕊雅那边可就全权拜托你了！事到如今，我也无力去保护他们，只有靠你了！"

"主子放心，南院那边老主人早已暗中安排妥当，养兵千日，用在一时，如今正是用他们之际，主子就放心吧。"

我点了点头："那我就放心了。小安子，你暗中联络各宫众人，叫他们就地隐藏，如今淑妃掌权，只可表面温顺，暗中行动，切不可与淑妃起了正面冲突，若坏了本宫大事，决不轻饶！"

"是，奴才这就去办！"小安子答应着出去了。

"玲珑，你也回去吧。我那两个孩儿就全权拜托你了！"

"可是，主子……你这儿……"玲珑犹豫着，我知她是受了西宁桢宇之命过来保护我。

可如今，我心中所担心的是两个孩子的安危，如今的我只剩下他们了，如果没有了他们，我便失去了活着的意义！

"我这儿没事，不管怎么说，我皇后之位还在，暂时还没有人敢为难我，放心吧！"我轻拍她的手。

"既如此，奴婢就去了！"我点点头，目送玲珑离去。

又过了一会子，南宫阳进来了，我已命他先替彩衣诊脉开了方子，如今见他前来，忙请他坐了问道："南御医，彩衣怎样了？"

南宫阳坐在贵妃榻前的软凳上，一边伸手把住我放在旁边几上盖了绣帕的手腕细细诊着脉，一边回道："唉，彩衣那丫头啊，可是被人下了重手，皮肉之伤倒是好治，只是内伤……恐怕往后会落下咳喘的病根子啊！"

"南御医，你医术了得，可要好好替彩衣医治啊，她……"我说着不禁有些眼涩起来，"她这也算是替我受罚了。"

"娘娘切莫激动，微臣自当尽心竭力！"南宫阳叹了口气道，"娘娘脉象甚虚，想是休息不够所致，娘娘可要好生保护好身子，俗话说，留得青山在，不怕没柴烧！"

我点点头，道："有劳南御医了！"

"皇后娘娘切莫说这种见外的话，没有娘娘又哪有微臣的今日啊！"南宫阳态度诚恳地说道，"据微臣查察，雨妃娘娘和莲婕妤娘娘二人的滑胎之因皆是被人下了藏红花啊！"

我自嘲地笑笑，黯然道："难道……连南御医也怀疑是我所为吗？"

"断然不是！"南宫阳笑道，"她二人既然同在娘娘宫中闲话家常，同用了娘娘备下的水果和酸汤，又同时滑胎，这不摆明了就是自寻死路么？娘娘如今稳坐中宫，掌管六宫，如此聪明之人，又怎会做出如此愚昧之事呢？况且打胎的法儿千种万种，就连前些日子微臣给娘娘的那种也是一般人查不出的，娘娘又怎会用藏红花如此粗俗之物呢？依微臣看，此事只怕是有人给你下了套儿。"

"我也是这么想的。"我轻轻点了点头，"可是那人却隐藏得极深，雨妃第一次滑胎之后，我一直没有放弃过察查，可我动用了一切手段，竟查不出蛛丝马迹来！"

"娘娘，有句话……微臣不知当讲不当讲！"南宫阳诊完脉，边替我开着方子边道。

"南御医这不是见外了吗？但说无妨！"

"娘娘，俗话说，最危险的地方……可就是最安全的地方啊！"南宫阳沉吟了一下，

第十六章 落入圈套 417

又道,"微臣站在边上看着,也不知这种猜测是对还是不对,但微臣觉着这多少还是有些可疑的。"

"最危险……最安全……"我轻声重复着南宫阳的话,脑中灵光一闪,"你……你说的是她?!"

"嗯。"南宫阳点了点头,"娘娘细细回想一下,微臣倒是觉着,她是最了解娘娘动向之人,也是最有机会动手之人!"

我细细回想着,越想越怕,越想越是心惊,忍不住连声道:"是了,是了,我怎么没想到是她啊!雨妃头次怀孕之时,虽说吃穿用度全是我一手操办,但总有忙不过来之时,我都是假以她之手送过去的,而雨妃殿中之人全是我安排过去的,胭脂是雨妃自己带进来的贴身丫鬟,自然不会有任何问题了。是她,她替本宫送了东西过去,再抓住机会……"

我想着浑身打了一个冷战:藏得好深啊!难怪本宫抓不着你!

"可是……"想想她平日的所作所为,我不禁又犹豫了起来:"可是这一次,她是怎么动手的呢?当时明明我三人皆在暖阁之中,她坐着连动也没动一下,又哪有什么机会动手呢?"

"主子,奴才觉着南御医说得极有道理。"小安子掀了帘子进来,朝我一拱手,"主子,到底还是南御医旁观者清,一语惊醒梦中人!"

我点了点头,示意他继续说下去。

小安子见我没有责怪之意,才又接着道:"她不能动,可她宫里的人对主子这儿也早已是轻车熟路了,只怕当日里她端坐这儿,暗地里命人去小厨房抓住机会动了手脚,这才……"

"可是……"我仍有些疑惑,"她如此做,对她有什么好处呢?南御医,小安子,你们如此一说,是有些道理,可是……你们不要忘了,她膝下本就无子,如今她连自己的胎儿也这般愣生生打了下来,即便是我被废、被缢,于她也没有直接的好处啊?"

"主子糊涂!她如今已位居三品,依娘娘对她的信任程度,若主子有个三长两短,定然会将皇子和公主托孤于她,到时她自然可以母凭子贵起来,主子不要忘了,这后宫之事,她早已有所涉及,而且她的能力,绝对在淑妃娘娘之上!"

"是了,昨儿个皇上迟迟不肯决策,还是她宫里头的丫头助了一臂之力,本宫才如她所愿被幽!"我软软地靠在贵妃榻上,长长地叹了口气,"只是,人算不如天算了,她算来算去,也没算到她滑胎调养之时,倒叫淑妃占了先机了!本宫倒要看看,她有多大的本领,如何对付淑妃!"

"娘娘,如今正是您养精蓄锐的大好良机,娘娘切莫操之过急,好生调养好身子才是啊!"南宫阳温言劝道,将写好的方子递与小安子。

我点了点头,道:"有劳南御医了!"

"娘娘，微臣过来有些时候了，白天里不好多待，只怕等会子还要过雨妃娘娘和莲婕妤宫中，皇后娘娘但有何事，只需暗中派人唤了臣下过来便是。"南宫阳朝我拱了拱手，告辞而去。

小安子亲自前去煎好了药给我送了过来，我用了南宫阳开的安神补脑之方，不一会子便沉沉睡去。

半夜里只觉着有些口渴，半梦半醒间呢喃唤道："彩衣……彩衣……给我倒水来！"

茶具响动，不一会子便有人端了茶杯送至唇边，我微微张了嘴，喝了一小口温水，不对，方才想起彩衣如今正在养伤，怎么可能给我倒水呢？

随即又怪自己多疑起来，彩衣不在，自然是小安子了……我继续张口喝着水，也不对！气息不对！

如此熟悉而又陌生的气息！男人的气息！

我蓦地一惊，起身转头，昏暗的守夜灯下照着的那倒茶之人赫然是……西宁桢宇！"噗"地一声，口中那口尚未吞下去的茶尽数喷在了西宁桢宇身上！

我二人俱是一惊，我愣在当场，略微缩了缩身子，心知惹了祸事，有些胆颤着不敢看他。

直到耳边传来西宁桢宇的轻笑声，我不敢置信地抬头，心道：他不会气极了，怒极反笑吧？

此刻宫中上下正流传着本宫悍嫉，虐杀了两位宫妃的龙胎呢，我迅速缩至床角，伸手抚摸着脖子，上次的疼痛铭记在心，挥之不去，他……他……他不会是……

我目光惶恐地看向他，却对上了他含笑的双目，我微微发愣。西宁桢宇伸手抹去脸上的水珠，低笑出声："我本来还担心你受不住此等打击，准备过来安慰安慰你，如今看你喷我的水都这般有力，想来是没什么事了！"

"你……"我有些不敢置信地看着他，颤声道，"你不是来杀我替端木雨未出世的孩子报仇的么？"

"你是在指责我上次之过吗？"西宁桢宇沉声问道，随即又微微红了脸，偏过头去，"我相信以你精明过人的心机，绝不会一而再，再而三地做出如此明显的事来，于你，可是半点好处也没有。除非你是傻瓜，才会在你宫里给她们二人下什么藏红花，告诉我，你是傻瓜吗？"

我见他红了脸偏过头去，以为又是自己衣衫不整了，忙护着胸前，低头仔细检查，发现并未有不妥之处，这才想起他提到上次之事，上次挣扎之间竟衣衫散乱而不自觉，倒叫他……

想到此，我不禁也红了脸，收拢了手轻触到颈脖之间，那疼痛仿若未散，早已入骨入髓，蓦地暗骂自己胡思乱想，忘了正事！

我轻抚锁骨处的肌肤，谨慎地看向他，小心翼翼地问道："那个……你确定这次不会再拿手……"我边说边伸手在脖子上比了比，做了个掐脖子的动作！

他看向我的眼神竟有些深邃起来，呼吸也微微有些凌乱，半晌，才扭过头去，背对着我坐在楠木椅子上，一副不屑答话的样子。

我朝着他的背做了个鬼脸，低哼一声，也不理他。

"我可是在这儿坐着等了你一个多时辰了，你睡醒了吗？若是睡醒了，就过来吧！"西宁桢宇带着磁性的声音不温不火地再次传来。

我心知此时不是斗嘴斗气之时，忙起身取了挂在屏风处的晨褛罩在身上，缓步走到他旁边坐了下来。

西宁桢宇见我过来，收了笑颜，一本正经道："我刚刚去过雨儿那边了，具体细节你再说说，此事只怕没有那么简单，这一次一定要将那人抓出来，否则于你那是大大的不利啊！"

我点了点头，将今儿午时我与南宫阳及小安子在殿中的分析细细说与西宁桢宇听了。西宁桢宇眉头轻蹙，半晌，才轻声道："言言，此事切莫操之过急，若说是莲婕妤所为，倒也说得过去，不过，依我看，莲婕妤不像是那样有心计之人。依我之见，咱们先按兵不动，若真是她，就一定还有下一步的动作，看看再做打算，切莫打草惊蛇。"

我点了点头，疑惑地看着他，觉着事情并不像他所说的那般，他定然是知道了其他事情。我目光炯炯地看向他："西宁，你是不是知道了什么事？为什么不告诉我？"

"没，没什么！"西宁桢宇明显愣了一下，才又道，"言言，你不要瞎想，先好生调养好身子，这段时间，我会尽力去查，你先按兵不动，好生筹划着宫中之事，切莫被淑妃得手，否则你几年的苦心经营就要毁于一旦了。"

我若有所思地看着他，最终却只是点点头，轻声道："知道了，我会做好安排的。"

西宁桢宇似乎没有料到固执的我，这次竟会这般轻言放弃，没有追问下去，凝视我半晌，手缓缓伸了过来，我傻愣愣地看着他，不明所以，不免有些紧张起来。

他的手在离我脸颊一寸之处停了下来，屋子里一片寂静，静到我们几乎能听到彼此如雷般的心跳之声，我甚至能感觉到他手指传来的温暖。

这段时间我经历了太多的波折，承受了太多的压力，我甚至在私心里有些奢望西宁桢宇能拥我入怀，哪怕就是如亲人般借我肩膀，给我依靠，给我取暖，我也会感激不尽！

可是……我们都是如此理智之人，暧昧丛生却从不靠近，我感觉到了眼前的迷雾，也终于触及到了心中奢望的那份温暖，如此短暂，却足以给我足够的勇气继续支撑下去！

他轻轻抹去我脸颊的泪水，轻声道："好好保重！"

眨眼之间屋中早已没有人影，我对着空气，呢喃道："西宁，谢谢你！"

是的，应该谢谢他！毕竟，这一次他是完全信任我的，落难之时，他是唯一陪伴在侧之人！

回想起刚才的种种，我不禁笑了：是啊，多久了？没有这般轻松过了？想想他满脸满身的水，我不禁轻笑出声，仿佛自入宫以来，从来没有这般轻松过……

"主子，西宁将军走了吗？"身后传来小安子的声音。

我转头看着他，点了点头，缓步朝床榻走去。

"主子，你刚才笑了。"小安子边伺候我歇下，边道："主子，奴才许久没见你这般轻松地笑过了。"

我伸手摸了摸脸颊，失笑道："是吗？可能因为这一次他竟是站在我这一边的，所以轻松了不少吧。"

小安子待要再说什么，最终也只是轻叹了一声，替我放下纱帐，转身走至门口歪着守夜。

淑妃和容昭仪二人迅速动了起来，不断地在宫中恩威并施招揽人心，所幸我早有布置，将自己的势力全部隐藏了下来，令各宫掌权之人假意归顺了二人。

雨妃和莲婕妤二人的身子也一天天好了起来，我默默地等着她有所行动，不料她却毫无动作，我苦等了大半月，没有等到她行动，却等到了她找上门来。

第十六章 落入圈套 421

第十七章　宫杀

　　午歇起身后闲来无事，我便歪在贵妃榻上，随手拿了本杂记翻着，小安子掀了绣帘，小跑进来禀道："主子，莲婕妤过来了！"

　　"哦？"我心中诧异万分，如今她既已得手，又来做什么呢？看如今我的落魄相么？不过……貌似西宁桢宇说过，木莲并不像那样之人，况且如今宫中淑妃和容昭仪那般肆意扩大自己的势力，她却毫无所动，难道……真如西宁桢宇说的那般么？

　　想到此，我忙起身放下手中的书，刚落地，便见木莲在梅兰的搀扶下掀开绣帘缓步走了进来，见我立于殿中，忙紧步上前，端正跪了道："嫔妾拜见皇后娘娘，娘娘万福金安！"

　　我看了她一眼，不冷不热地说道："梅兰，还不快扶你家主子起来，如今本宫不过一个过气的皇后，可经不起你家主子如此娇贵的一跪，若是有个闪失，本宫可担待不起！"

　　听我如此一说，木莲竟嘤嘤哭泣起来："皇后姐姐，对不起！嫔妾不知道，嫔妾真不知道她会那般……嫔妾知道姐姐被幽禁，可皇上偏偏不准嫔妾为姐姐求情，嫔妾也是着急万分，辗转之间，才从奴才们口中知道了那日之事，嫔妾……"

　　我冷冷地看着她，缓步走到楠木椅上坐了下来，没有说话，想看看她这唱的又是哪一出戏了。

　　彩衣却从外面进来，看了一眼跪在地上嘤嘤哭泣的木莲，忙上前扶了她起身，口中直道："婕妤娘娘，你小产尚未出月，可不能这般不爱惜自个儿的身子，若是落下个病根儿什么的，别说皇上怪罪了，就连我家主子也是会心疼的！"

我见尚在调养身子之中的彩衣突然进来如此一说，心知她定是发现了什么，这才这般做的，忙接道："是啊，妹妹切切不可哭泣，染上眼疾可不是闹着玩的。快过来，有什么事，坐着慢慢说。"

木莲点了点头，起身上前坐了，蓦地转头朝门外高声喊道："还不快带进来！"

珠帘响动间，两个小太监拖了一珠钗散乱之人进来，押跪在地上，我定睛一看，心下吃了一惊，这不正是木莲的贴身宫女梅香么？

这梅香头发散乱，脸色苍白，神情憔悴，身上凌乱破碎的衣衫处显露出来的雪白肌肤上猩红的血块凝固了粘在伤口之处，看得人触目惊心。

这梅香一看便是受了重刑，伤成这样木莲竟不带她去疗伤，反而拖到了我这儿。我和小安子对望了一眼，心下越发地奇怪起来。

木莲恨恨地瞪了梅香一眼，转头朝我说道："姐姐，都是这作死的贱婢害惨了姐姐！嫔妾一知那日这贱婢竟然去了储秀宫中，在皇上面前颠倒黑白，搬弄是非，即刻便将她抓了起来，起初，她只咬死了不说，还说是为嫔妾鸣不平。嫔妾打小便是奴才出身，自然是不信这些，重刑之下，她方才招认，竟是淑妃娘娘收买了她，令她在关键时刻添油加醋……"

"哦？"我顿时来了兴致，看木莲的眼中多了几分敬佩之意，"是吗？"

哼，我心中冷笑一声，木莲啊木莲，想不到到如今了，你都还想利用本宫来对付淑妃。只是啊，如今本宫不过是个被幽之人，如何能帮得了你，更何况，如今本宫已然看清了你的真面目，又岂会为你所用……

"梅香，你自己跟皇后娘娘好生交代吧！"木莲一副气愤难平的样子，狠声道，"你可要实话实说，求皇后娘娘饶你不死！否则，明年的今日便是你的忌日！"

我看着愤怒而又凶恶的木莲，竟然觉着她有些陌生起来，原来她温柔的外表下，也有着如此生硬的心，为了取信于我，竟将梅香打成这般模样，也真是……

恐怕就算是我自己也是下不了手这般对我跟前的奴才们的，真是人心深不可测啊！

我冷冷地瞟了一眼半跪半趴在地上瑟瑟发抖的梅香，示意太监们放开了她，沉声道："梅香，你可要想清楚了，当日便是本宫接莲妹妹离开斜芳殿时一并带了你出来，如今本宫虽然被幽，是一个过了气的皇后，不过本宫凤位仍在，处置你一个小小的奴才的权力还是有的。如今，本宫给你个机会，你若有半句假话，本宫即刻命人将你丢入隽永宫内！"

"皇后娘娘饶命，娘娘饶命！"梅香趴跪着连连求饶，"奴婢招认，奴婢招认！"

"你不必朝本宫求饶，你朝你自己求饶即可！"我上前走到她身边，仔仔细细打量了她身上的伤口，确认那一道道的鞭痕绝没有半点虚假，凑到她身边，一字一句轻声道："梅香，你的命运就掌握在你自己手中，你可想好了再说！"

"回皇后娘娘，那日里淑妃娘娘悄悄来了我家主子的殿中，要我家主子与她合作，对

付皇后娘娘您,被我家主子当场拒绝后,拂袖而去。

"后来,淑妃娘娘殿中的海月姑姑便找上了奴婢,要奴婢做内应隐藏在主子身边,奴婢誓死不从,不料淑妃娘娘却怀恨在心,处处刁难奴婢。

"后来,奴婢的娘病重,递进话来,奴婢请守门的侍卫大哥悄悄送了银两出去,不料只是杯水车薪,奴婢万般无奈之下,逼不得已便……便悄悄偷了主子的首饰,送出宫去变卖了为娘看病。

"不料……这一切皆落在了淑妃娘娘的算计之中,被她当场抓了个正着,奴婢宁死不屈,她便缓了口气,让奴婢好好考虑考虑。

"奴婢回到宫中,却发现主子正在找那支她平日里从来不戴的六莲翡翠镶玉簪,奴婢慌乱万分,细细打听之下,这才得知那支发簪竟是主子刚刚晋位之时,皇后娘娘所赠之物,然而此时……

"那发簪被奴婢偷了去,还没来得及送出去就被淑妃娘娘截住了,落在了淑妃娘娘手中。奴婢本是杂役房的粗使丫头,被斜芳殿的掌事太监传来给主子做了贴身丫头,主子待奴婢一向宽厚,就连如今主子做了娘娘,也没嫌弃过奴婢,还命奴婢做了掌事姑姑。

"若是主子知道奴婢做了这等有违宫规之事,断然不会原谅奴婢的,奴婢万般无奈之下,只好前去求淑妃娘娘,在淑妃娘娘一再保证之下,这才答应在不伤害主子的前提下,替淑妃娘娘办事,换回了那支发簪。

"娘娘滑胎的当日,殿中一片混乱,淑妃娘娘跟前的海月姑姑却在此时来找奴婢,吩咐奴婢到储秀宫中向皇上禀告主子滑胎一事,并说清楚主子滑胎之前只在皇后娘娘宫中。

"奴婢心想,此事句句属实,没有什么不妥之处,便……不料皇上当场便下旨幽禁皇后娘娘,奴婢这才隐隐知道闯下大祸了。

"回到殿里后,奴婢三令五申以主子滑胎身子虚弱为由,严令宫里的奴才们不准在主子跟前提起此事。

"纸终究是包不住火的,主子终于还是知道了,主子焦急万分,频频向皇上求情,皇上却是不准,主子无奈之下,万般打听,终是知道了那日之事,便命人扣押了奴婢……"

梅香说完这些,重重地透了口气,沉声道:"主子,自从奴婢昧着良心做了此事之后,每日里提心吊胆地过日子,奴婢过怕了,如今,奴婢终于可以解脱了。皇后娘娘,请您不要怪罪我家主子,都是奴婢的不是,要罚就请你责罚奴婢吧。"

我看着她,没有说话,细细地回想着她所说之话,细想着那里面的可信性究竟有多高。

梅香吃力地挪起身子,端正地朝莲婕妤跪了,泣道:"主子,奴婢对不起你。主子的大恩大德,奴婢今生是不能报答了,来世,来世奴婢做牛做马再报答主子的恩德!"

我一惊,转头急道:"快拉住她!"

说时迟，那时快，梅香起身便朝旁边的书桌撞去，她身后的两个小太监忙伸手一拉，不料却只拉住了衣衫，扯下两块布在手中……

我听得一声闷响，痛心地闭上了眼睛，心下直道：可惜了，这么难得的一条线索，如果她句句属实的话……

"哎哟，哎哟！"耳边传来小安子的呼痛声，我蓦地睁开眼转头望去……

却见梅香和小安子二人皆摔倒在地，小安子揉着胸口直呼痛，梅香喘着粗气。

木莲移步上前，拉着梅香，哽咽道："梅香，你这是何苦呢？这又是何苦呢？！"

梅香连喘了两口气，高声道："皇后娘娘，都是奴婢一人之过，请你不要怪责我家主子，请您赐奴婢一死吧！"

我起身上前扶了木莲起身，冷冷地望着地上苦苦挣扎的梅香，一字一句道："糊涂东西！你家主子万分恩泽于你，你却要弃她于不顾，陷她于不义之中！"

"娘娘……"梅香顿了一下，急问道，"皇后娘娘此话何意啊？"

"你以为你死了，你家主子便没事了吗？愚昧无知！"我冷冷地说道，"如今本宫被幽，即便是本宫信了你家主子，又能如何？如今淑妃掌权，你家主子也照样逃不开被淑妃宰割的命运！"

"啊？！"梅香愣了一下，随即明了我说的皆是事实，爬上前来，趴在我脚下，哭求道，"皇后娘娘，求您救救我家主子吧，求你了！"

"本宫说过的，求本宫无用，只有求你自己！"我取了丝帕细细替梅香擦着泪水，"你若真想救你家主子，就该把你知道的都告诉本宫，让本宫把那真正下毒陷害本宫，害你家主子滑胎之人抓出来，那才是真正救了你家主子！"

"皇后娘娘请问，奴婢知无不言！"

"本宫问你，你偷了你家主子之物，是交予谁送出宫去的？"

"回皇后娘娘，奴婢本是不知这些的，是芳嫔主子跟前的宫女小红领了奴婢过去的，听小红讲，那送这些私货出去的殿前侍卫仿佛与芳嫔主子似乎很是熟悉，具体是谁，黑灯瞎火的，奴婢也没看实在。"

我心下有些底了，点点头，又道："淑妃娘娘除了叫你做这件事之外，还有没有叫你做过其他事？"

"回皇后娘娘，没有。"梅香细细地回想着，"奴婢后来细细想了一下，淑妃娘娘竟似乎早已知道会有此事般，奴婢当时求她归还发簪，不要逼迫奴婢做谋害主子之事。淑妃娘娘却冷冷一笑，满脸不屑地对奴婢说：'谋害你家主子？本宫才不做那么无聊之事，你家主子还不配给本宫谋害。你放心去吧，本宫只需要你帮本宫做一件事便成了，等着吧，本宫到时候会派人通知你的。只要你乖乖听话，按本宫的意思去办，你那些个见不得人之事，再也不会有人提起了。'奴婢如今想来，淑妃娘娘像是早已胸有成竹了。"

我点了点头，不再追问下去，看了梅香一眼，道："你先下去好生养伤，若想起什么即刻派人来禀。"

顿了一下，我看看木莲，又道："记住，你若真是诚心悔过，真想报答你家主子，你就不要心生轻生之念，你也瞧见你家主子方才的神情了。唉，只怕，她责罚于你，她心里比你还痛啊！"

梅香一听，抬头看了木莲一眼，眼中涌上了泪水，连连点头道："皇后娘娘，您对奴婢的再生之恩，奴婢永世难忘！主子，奴婢再也不会了，你放心吧。"

我点点头，吩咐道："小安子，吩咐小碌子在宫里找了僻静安全的地儿，悄悄请了南御医过来为梅香治伤，好生调养身子，告诉他，梅香若有个好歹，本宫决不轻饶！"

"是，奴才这就去办！"小安子答应着，示意太监们轻轻扶起梅香，慢慢朝门口而去。

"梅兰，你过去帮帮手，照顾一下梅香！"木莲吩咐道。

待众人离去，木莲才又道："皇后姐姐，这几天嫔妾细细想了前后之事，也想不出究竟是何人下此毒手。万般无奈之下，嫔妾竟有了一个石破天惊的想法……"

我轻轻拍了拍她的手，柔声道："此处并无外人，妹妹但说无妨！"

"姐姐，您还记得出事当天的情形么？"木莲陷入了沉思当中，缓缓道，"当日我们正在这儿闲话家常，安公公送了酸萝卜鸡皮汤过来。姐姐还记得吗？当时是雨妃姐姐冲上前去，亲手舀了酸汤。姐姐难道不觉得可疑吗？雨妃姐姐如此尊贵之人，平日里衣来伸手，饭来张口，怎么会那么奇怪，主动上前盛汤呢？"

"你是说？！"我心下诧异万分，却又不得不细细思考着木莲所言之事的可能性。

"嫔妾也只是觉着奇怪，所以便这么一说。"木莲目光真诚地看着我，轻声道，"嫔妾没有龙胎无妨，嫔妾只希望皇后姐姐能早日洗脱冤情，不再承受不白之冤。"

我点点头，柔声宽慰道："妹妹所说之事，姐姐会想办法一一查证的，只愿能早日抓到那下毒之人，好为妹妹腹中的胎儿报仇雪恨！妹妹不要多想，折腾了一下午了，先回去歇着吧！"

木莲点点头，柔声道："姐姐，嫔妾改日再来。"

待木莲走后，我唤了小安子过来。

"主子，你觉着莲婕妤之话可信吗？"

"不管可不可信，小安子，她说的也有些道理。"我回想起那日西宁桢宇欲言又止的神情，只怕他也有此怀疑吧？

"小安子，莲婕妤如此解释，也有些说得过去，毕竟那日盛汤之时，她果真是有机会下药的，先前我们防备得如此森严，也被人得了手，如果真是她的话，那她为何要这般做呢？难道……"

我心下大惊，转头看到小安子，他已然明白了我心中所想，低声道："难道她竟是知道了晴主子之事？"

"此事不可不防，若真如此，便坏事了！小安子，你速速命人去查，看看一向鲜少在宫中走动的雨妃今年都与什么人有过接触？"

"是，主子。"

"还有，不管怎么说，梅香提供了重要的线索，你悄悄去联系了我哥，细细查此事。"小安子点点头，转身离去，我又想起重要之事，忙唤住了他。

"小安子，此事事关重大，要瞒了西宁那边，切不可让他知道我在怀疑端木雨！"我仔细叮嘱着。

"奴才明白。"小安子点着头，一溜烟地悄悄出去了。

看似寻常的滑胎事件一时之间竟扑朔迷离起来，此时，我反而庆幸自己被幽禁了起来。正所谓当局者迷，旁观者清，当初的我立于那摊浑水之中，才会那般轻易被人陷害。

自入宫始，直到我掌权六宫，一直都是我立于旁边冷眼旁观，从中推波助澜，设下毒计将那些想害我之人一个个斗了下去。

登上后位，坐镇六宫之后，我便成了那只枝头鸟，成了众人狩猎的对象，然而做了皇后之后的我早已厌倦了那些争斗，只望能通过自己的努力使后宫争斗平静下来，力争做到面面俱到，想找到众嫔妃之间的那个平衡点……

直到现在，我终于明白了，那不过是我的美好愿望罢了，后宫三千佳丽的聪明，全用在了皇上一人身上，后宫争斗向来日复一日，年复一年，永无休止，至死方休！

莫殇宫！真的是莫殇么？

多么美好的愿望，多么动听的谎言啊！

钗散珠落的那一刻起，它便成了我心中永远的殇宫……

如今的我，要做的仅仅是坐在这殇宫之中，冷眼看这大顺宫廷的一片混乱，看她们你死我活，再坐享渔翁之利。

也许，一开始我便错了，真正的后宫强者，本就该冷眼旁观，落井下石，坐享其成！

拨云见日之间，我蓦地明白了太后的精明之处，也许这也就是我在她面前永远显得太过稚嫩的症结所在吧……

查证很快便有了结果，二哥迅速地掌握了芳嫔的兄长私运内廷之物出宫，盗卖皇家财物的证据，只待我一声令下，即可将之拿下。

雨妃那边的查证更是让我大吃一惊，我本自信满满地以为六宫皆在我掌握之中，细细一查，方知原来不过是我太过自信罢了。

太后两年祭日之后，雨妃便多次与云英、云琴嬷嬷等有了较为密切的来往，前两个月更是与淑妃、容昭仪等人有了较为密切的秘密来往。

我心下一动，大吃一惊，难道……

这群贱妇，本宫自坐镇中宫始，自认上至各宫妃嫔，下至宫中奴才，并未亏待过任何一人，想不到她们竟……

我越想越是心惊，忙唤来小安子，秘密商量着对策……可是在我暗自心惊，秘密行动之时，一场更大的灾难来临了。

"主子，主子……"彩衣一路跌跌撞撞跑来，唤我的声音中带着浓浓的哭腔。

我放下手中的书，诧异道："何事如此惊慌？"

"主子……"彩衣踉踉跄跄地上来跪了，哭倒在我脚边："主子，卫公公那边传来消息，说……说皇上刚刚传下旨意，要将……要将龙阳公主过继给雨妃娘娘……"

我霍地站了起来，脑中一片空白，耳中嗡嗡作响，我知道男人绝情，万想不到他竟绝情如斯，他明明知道……

龙阳，我的龙阳，他明明知道龙阳在我心中代替着浔阳的位置，他明明知道龙阳和睿儿都是我的命，我若丢了我的命，我还怎么活下去呢？

口口声声说疼我爱我的那个人去了哪儿？我偷偷去看浔阳之时对我万般包容的那个人去了哪儿？

不，不！这怎么可以……绝对不可以，我不同意，我……我要去找他问个清楚，他为什么要伤我如斯……

我一脚踹开抱着我的彩衣，大步朝外奔去，撞上掀了绣帘进来的小安子，顿了一下，在他诧异的眼神中一把推开他，埋头朝外而去，一路穿过回廊，直奔宫门。

眼前两支交叉的铁枪拦住了正欲举步出门的我，不用想也知道是奉命守在门口的殿前侍卫。我阴沉着脸，一字一句道："本宫要见皇上！"

"皇后娘娘，您若要求见皇上，奴才这就派人替您通禀，只是……皇后娘娘，请您……"那侍卫为难地看着我，"请您不要为难奴才们！"

我点了点头，没有说话，立于宫门口没有离去，焦急地等待着通传的结果。

初秋的天气依旧炎热无比，尤其此时日正偏西，不一会子我便觉汗如雨下，额头上的汗珠沿着两鬓滚落而下，我却浑然不觉，只焦急地探望着宫门外。

那道熟悉的身影一路狂奔而来，我急切地抬头望着他，只望他能给我一个肯定的答案，让我多一丝期盼和希望。

眼前那个堂堂七尺男儿在我急切盼望的眼神中黯然地偏开头去，半晌，才讷讷说道："皇后娘娘，这大热的天儿，您先回去吧，皇上这会子正忙，待会子微臣再替娘娘通禀一次吧！"

我一个踉跄，心中那最后一丝希望缓缓灭去。

忙么？

这样的拒绝就是无言的压迫，看来他是铁了心要将我的龙阳送人了……难道在他心中，我真的就是那么狠毒之人么？难道他竟认为是我欠了雨妃一个孩子么？

我该怎么办呢？该怎么办呢？

他不愿见我，是想逼迫我妥协，可是，我能妥协吗？我怎么能妥协呢？我妥协了，就是不要我的命了……

他轻轻叹了口气，小声道："娘娘，留得青山在，不怕没柴烧！"

我猛地抬头，一道凌厉的目光扫了过去，少帆眼中满满的心疼让我愤怒的话语哽在咽喉，再也说不出来了。

只是……真的要妥协吗？

妥协，不过是心中留着东山再起的希望，可是一次妥协，也有可能从此急转直下，再无回转的余地……

想到天真可爱的龙阳，眼前又闪现出浔阳纯真的笑颜。不，不！依如今雨妃的种种作为，我的龙阳若到了她手里，我还有机会再看到她吗？谁能保证她不是下一个浔阳……

我怎能就这般轻言妥协了呢？

我"咚"地一声跪在正门口内，抬头对着刺眼的骄阳，一字一句道："请莫统领再替本宫通禀一次，皇上若定不肯见本宫，本宫便长跪不起！"

"娘娘！"少帆一惊，待要劝我，对上我炯炯的目光欲言又止，终是长叹一声，转身离去。

空中的骄阳一点点沉了下去，我独跪宫门内的影子也越来越长。汗水早已湿透了里衣，脸颊早已晒得通红，嘴唇干裂，头如针扎般疼痛欲裂，我始终抱着一丝希望，用最后的毅力支撑着，我心知若是我不坚持了，那我的龙阳明天就彻彻底底地属于别人了，再也不会叫我娘了。

彩衣和小安子几番上前劝说，我也不为所动，就连守在宫门口的侍卫也红了眼圈，默默退了开去。

太阳一点点从宫銮顶上落了下去，一侍卫慌慌张张跑来，悄悄在守卫宫门的侍卫耳边低语几句。

小安子忙上前打听情况，在我身边欲言又止。我有气无力地问道："小安子，究竟出什么事儿了？"

小安子几经挣扎，才悲痛道："主子，刚刚得到消息，莫统领直闯御书房，惹恼了皇上，被皇上下令拿了，关入了牢房！"

我脑中一片懵懂，竟似反应不过来般，心顿时像被掏空了般接受不了这惊天霹雳的消息，一直坚信的那点信念一点点熄灭下去。

满心的绝望！对，绝望！我第一次感觉到了永无止境的绝望！

第十七章 宫杀 429

没有哭的感情，眼泪却像泉水般汹涌而出，一大滴一大滴滴落在地上，印出一大块一大块的花纹，瞬间又被吸了进去，仿若从未滴落过般。

原来……真的可以当一切都没发生过般！

我再也压抑不住内心的悲痛，高呼出声："肃郎，你怎么忍得下心啊！"眼前逐渐模糊，脑中思绪混乱起来，朦胧中只听得一片嘈杂之声！

待我朦胧醒来，屋中已然点上了红烛，我一惊，转头望见一片漆黑的窗外，着急地拉了彩衣问道："彩衣，现在什么时辰了？"

"回主子，快亥初了。"彩衣急忙扶了我回道。

我急忙推开她，起身穿了鞋子下床，彩衣急忙拉了我，问道："主子，主子，你方才晕过去了，现在虚弱得很，你要去哪里啊？"

"彩衣，皇上呢？皇上来过了吗？"我停了下来，看着彩衣问道。

彩衣明显地躲避着我的眼神，一副不知该如何回答的样子。我从她的神情中已然知道了答案，我再也不顾她的阻拦，下了床朝门口奔去。

彩衣上前拉我，却终是拦不住我，我出了暖阁一路前行，行至正殿中，终被彩衣拦了下来。

我推开她，再要前行，彩衣却"咚"地跪在地上，扑倒在地，抱着我的脚，哭道："主子，你何苦这般折磨自己？万岁爷他狠心至此，主子，你这般苦苦相求又有何用呢？主子，看您这样，奴才们心都碎了！"

我怔在当场，眼泪簌簌而下，跪倒在地，哽咽道："心碎了么？本宫心都死了！龙阳便是本宫的命，本宫当初保不住浔阳，如今连龙阳也保不住了么？彩衣，不如此，我又能如何？我虽是这六宫之主，可万岁爷是天下之主，我除了求他，我还能求谁呢？"

彩衣不再说话，嘤嘤痛哭着，不知如何安慰我。

我端跪在正殿之中，不吃不喝也不言语，小安子、彩衣等人在旁焦急万分，却又莫可奈何。

"庄懿皇后，想不到你也有今天！"清脆中带着几分讥讽的声音响起，我抬起头，却见端木雨在云秀嬷嬷的搀扶下迈着莲花碎步走了进来，身后的胭脂带着一群太监拥了进来，其中两人押着口中塞着软木呜呜挣扎着的小安子。

"雨妹妹，你这是……"我从未见过如此神情的端木雨，忍不住脱口而出。

"收起你那副伪善的面孔吧！"端木雨再也没了往日的温柔优雅，冷冷地看着我，一副不屑的模样，"不要张口闭口就妹妹长，妹妹短的，你说着不觉得恶心，我听着还嫌寒碜呢！"

我终于明了：来者不善，善者不来！端木雨，也终于露出她的真面目来了。

我不再说话，在彩衣的搀扶下，站起身来，冷冷地看着端木雨。

"听说龙阳公主聪明伶俐，乖巧可爱，本宫明儿个便是她的母妃了，有如此聪慧的女儿，也是本宫的福气了。"端木雨看了拳头紧握，竭力隐忍的我一眼，不紧不慢地说道，"这也难怪，龙阳可是宫中除了殁了的长公主浔阳之外唯一受封的公主了，皇上的恩宠是显而易见的。"

"我不会让你得逞的，龙阳是本宫的女儿，永远都是！"我咬牙切齿，一字一句道。

"你一个被幽的皇后，还有什么资格跟我争？"端木雨瞟了我一眼，冷冷道，缓缓朝阶上正中的赤金凤椅走去。

端木雨端坐在赤金凤椅上，细细地抚摸着那精致的雕花，似笑非笑道："庄懿皇后么？如若本宫愿意，这凤椅又岂是你能坐的？不过本宫对这皇后之位不感兴趣，对皇后您的孩儿却是喜欢得紧。"

端木雨用假甲轻敲旁边的小几，发出"嗑嗑"的响声，朝我诡异地一笑，缓缓道："这一次是龙阳，下一次……便轮到五皇子了……"

这个女人……她究竟在想些什么，她究竟想做什么？不管她想怎样，但我绝不允许她打我的孩子们的主意！

我霍地转身，冷冷地与坐在凤椅上的她对视而立，半晌，才一字一句道："雨妃，就因为如此，你便不惜牺牲自己，一次又一次地打掉自己腹中的胎儿，甚至连莲婕妤也不放过，几次三番陷害本宫么？"

"你……你知道了？！"端木雨大惊失色，失声惊呼道。随即，又回复了神色，笑道："即便是你知道了又能如何？如今所有人都知是你下的毒手，连皇上也下令幽禁了你。人都说落毛的凤凰不如鸡，我今儿个就是来看看落难的庄懿皇后究竟是凤凰还是只鸡？"

端木雨仰头大笑起来，刺耳的笑声在幽深空荡的莫殇宫中越发地令人毛骨悚然。

我却顾不得去计较她话中的刺头，只抓了这机会追问道："我早就想到是你了，只是，一直都没想明白你在我宫里是怎么下的毒……"

端木雨冷眼看了看身边的奴才们，一挥手，胭脂便带了奴才们退下了，我一挥手，彩衣也带了奴才们退了下去。

一时之间，殿中除了端木雨和我外，便只剩下云秀嬷嬷和小安子了。

端木雨这才不冷不热地嘲讽道："都说皇后娘娘兰心蕙质，心机过人，原来也不过如此，连这么简单的计谋都能骗过你。"

"如今的雨妃娘娘宠冠六宫，威名传遍了大顺宫廷，自然并非一般人所能比了。本宫这等粗俗之人，又岂能相比呢？还请雨妃娘娘不吝赐教！"

我看着得意忘形的端木雨，不禁想利用这样一个机会，好好从她口中套出更多的话来。

"皇后,你落得如今的下场,要怪,就怪你自己太过自以为是!"端木雨一副扬扬得意的模样,"自你坐镇六宫起,上至各宫嫔妃,下至杂役房的奴才,你都事事维护,只望能做到皆大欢喜,让众人都满意。皇后,你说本宫该说你太善良,还是该笑你太蠢?"

"你!"我自嘲地笑笑,"本宫一心想让众人满意,却不想仍旧是徒劳无功!"

"那是因为皇后娘娘忘了,人的欲望是永无止境的。你对六宫再好,又能如何?宫里人人都希望得到的不是你的好,而是皇上一人的恩宠,是晋位,是为妃为后!"

端木雨一副我是傻瓜的模样,嘴角溢出一丝冷笑:"本宫有了身孕之后,你更是尽心竭力,处处小心防备,可你忘了,日防夜防,家贼难防,你防得了宫里其他人,又怎么防得了本宫自己呢?"

"可这一次明明是你和莲婕妤二人同时在我宫里出了事,难道……你派人在莲婕妤回去后下了手?"

"哼!"端木雨嗤笑一声,白了我一眼,"我说喜欢酸汤,你就真信了么?不过是想利用这样一次难得的机会罢了。来时我便已在袖中放好了藏红花,酸汤呈了上来,我就知道机会来了,于是我在袖中用假甲勾了藏红花,在搅拌酸汤之时倒进了汤中……"

"你……可是你如何知晓我那日里会炖酸汤呢,又恰好带了藏红花在身边呢?"难道……就连我宫里头也……

"呵呵,如果我说其实我每次到你宫里头都带着在身边的呢?"

我一个寒战,果真是天下最毒妇人心了!如此处心积虑的计谋,防?如何防得了?她既然下定了决心要这般,即便没有了这酸汤,也定然还有其他……

"你终于自己说出来了……"熟悉而磁性的声音响起,殿中房梁角落处缓缓落下一道伟岸的身影来,"我等了你好久了!"

众人惊讶地看着如天神般从天而降的西宁桢宇,端木雨更是大惊失色,原本红润的脸颊上血色尽失,颤声道:"西……西宁哥哥!你……你怎么在这里啊?你什么时候来的?"

西宁桢宇冷冷地看着她,眼中再也没有她熟悉的温暖,不冷不热地回道:"来得不早,却也不晚,刚刚好够听到你是如何亲手虐杀自己腹中的龙胎,陷害皇后……"

"不是的,西宁哥哥,不是的!"端木雨满脸焦急,上前拉了西宁桢宇,急道,"西宁哥哥,我刚才不过是随便说说的,都不是真的!"

"雨儿,你真是让我太失望了……"西宁桢宇看着端木雨,痛心疾首道,"皇后娘娘这般真诚待你,你却如此恩将仇报,你……"

"哼!"端木雨见西宁桢宇冷漠的神情,不由得冷了脸,放开了西宁桢宇的胳膊,退了两步冷哼道,"她真的是对我好么?她不过是为了讨好你罢了!"

"雨儿……"西宁桢宇心疼地看着端木雨,对她的改变有些无所适从,也许从一开始他便开始怀疑端木雨了吧，只是到了心中的揣测被证实，真正面对事实的时候也照样无法接受。

"西宁哥哥，为什么你总是那么偏心？以前你的眼中只有姐姐，如今你的眼中只有这个女人……"端木雨看着西宁桢宇失望的神情，不由得歇斯底里起来，"可是，雨儿的眼中始终只有你一人啊，西宁哥哥！"

"你……"西宁桢宇大吃一惊，被端木雨这突然的表白炸得愣在当场！

"你喜欢姐姐，眼中无我，我无话可说，可是，姐姐去了后，你眼中仍旧没有我，但你却竭力携持这个女人，为什么？为什么？"端木雨憋屈多年，终于压抑不住爆发了出来。

"言言同你姐姐情同手足，你姐姐就是因为在宫中无依无靠方才被人所害，我受她所托，无论如何也要保护她的安全。"

"言言……"端木雨冷哼一声，讥笑道，"叫得多亲热啊！什么受姐姐所托，依我看，你是喜欢上这个无耻的女人了！"

"雨儿！"西宁桢宇一听，心虚地瞟了我一眼，转头朝端木雨厉声喝道，"不许胡说！"

端木雨眼中顿时涌上了雾气，双目含泪痛心道："你吼我……西宁哥哥，你居然为了这个女人吼我？你还说你没有喜欢上她？"

我冷冷地看着二人，一言不发，西宁桢宇沉了脸，摇头呢喃道："雨儿，你什么时候变成这样了？你为什么要这么做？"

端木雨却朝我诡秘地一笑，继而朝西宁桢宇一字一句道："为什么？我也是被你们逼出来的！西宁哥哥，你知道这个女人的真面目吗？你知道当初姐姐究竟是怎么去了的吗？"

"呵呵……"端木雨突然冷笑连连，直笑得我心中发毛，暗自心惊，她果真是知道了……

直看到我心虚地转过头去，她才一字一句铿锵有力地朝西宁桢宇说道："今天我就给你撕穿这个女人的真面目，当初，姐姐就是被这个女人害死的！"

此话一出，我和西宁桢宇俱是一震，殿中一片死寂。过了许久，西宁桢宇才颤声道："雨儿……此事切不可胡说，害你姐姐的丽贵妃早已被废，得到了应有的报应了！"

端木雨没有理会西宁桢宇，缓步走上前围着我绕了一圈，站在我跟前，紧紧地盯着我，淡然道："丽贵妃被废，死后更是弃尸荒野，被那些个野狼野狗的将身上雪白细腻的肉一块一块撕下来……皇后娘娘，那你呢？你这个真凶呢？你应该得到什么样的报应呢？"

我看了紧紧盯着我不放的西宁桢宇一眼，含笑轻声问端木雨："雨妃因何如此言之凿

第十七章 宫杀 433

凿地指责我才是害死晴姐姐的真凶呢？"

端木雨神秘地一笑："皇后娘娘，你真的以为小初死了，就再也无人知道殿前阶上结冰的秘密了吗？"

"小初？她不是晴儿殿里的宫女吗？又有什么殿前阶上结冰的秘密？"西宁桢宇上前一把拉了端木雨，急切地追问道："雨儿，你快些说明白！"

端木雨看着笑容早已僵挂在脸上的我轻声道："西宁哥哥，你不要急，我会让你看清楚这个女人的真面目的。"

端木雨轻轻拂开西宁桢宇，端了胭脂刚刚奉上来的茶，送到西宁桢宇手中，待他喝了两口，才又细细地叙说起来。

"姑妈忌日之时，我到福堂祭奠她，云英嬷嬷找上我，说太后临终之时作下安排，要她扶持我产下龙子，坐上皇后之位。

"我婉言谢绝了，告诉她如今的庄懿皇后为人宽厚，贤良淑德，是坐镇六宫最好的人选，况且我志不在此，当初一气之下入宫，之后悔恨万千，只想平平淡淡了却余生。"

"云英嬷嬷几次三番劝说无果，有一次竟带来了一个叫小绵的宫女，那宫女却告诉了我一个惊天的秘密。"

"她与姐姐殿中一个叫小初的宫女亲如姐妹，姐姐去了之后，那个叫小初的宫女神情恍惚，最后竟告诉她，姐姐出事那晚，有人悄悄在殿前阶上泼上了一盆水，大冷的天儿，那水结成了冰，姐姐从外面回来后竟在冰上摔了一跤，后来……后来当天晚上便流产了……"

"就算这样，也不能说明那泼水之人便是皇后娘娘啊！"西宁桢宇急声道。

端木雨冷笑一声，道："西宁哥哥，你不用这么着急地替她辩解！"说罢又转头看着我，继续道："二人商量许久，最后决定将此事告诉给与姐姐最为亲近的德昭仪，也就是如今的庄懿皇后了。不想，小初却在第二天便没了！庄懿皇后，你不会想告诉我，这不是你杀人灭口，而只是个意外吧？"

我没有说话，只转头望向西宁桢宇，却刚好看见他明显松了一口气的神情，转头朝端木雨道："雨儿，这些言言早就告诉过我了，我也细细查证过了，当初之事丽贵妃代理六宫，酸果也是她奉皇上之命送到各宫的，且宫中四处皆是她的眼线，的确她的嫌疑最大，虽说不能百分之百肯定是她，但也八九不离十了！"

"西宁哥哥！"端木雨蓦地转身怒视着西宁桢宇，一副恨铁不成钢的模样："为什么到现在你还执迷不悟？你口口声声说爱的人是姐姐，我看你早就爱上这个狐狸精了！"

"够了，雨儿！"西宁桢宇怒声喝道，"你错得已经够多了，快回头吧！恳求皇上和皇后原谅你的过错！"

"恳求？"端木雨冷哼一声，"西宁哥哥，你不会是想向皇上揭发我吧？西宁哥哥……不要啊，你那么疼雨儿的，你怎么舍得……"

"唉！雨儿，我一直把你当亲妹子般对待，你这次怎么这么糊涂啊！在家时你每次犯了错，我都要帮你，替你开脱，可是……可是这一次，你错得太离谱了，西宁哥哥想帮你，只怕也是……有心无力啊！"

西宁桢宇眼中满是心疼，抬手想摸摸端木雨的头，我却见西宁桢宇脸上闪过一丝震惊，随即又隐忍了过去，抬到一半的手却颤抖个不停，软软地落了下去。

端木雨却迅速地反应了过来，呵呵一笑，一把将西宁桢宇推倒在楠木椅上。西宁桢宇万料不到端木雨竟连他也……一脸震惊地颤声道："雨儿，你……"

我大吃一惊，待要上前去，端木雨却大喝一声："不许过来！"

我怕西宁桢宇有个闪失，不敢再上前半步，端木雨转身朝西宁桢宇笑道："西宁哥哥，我叫胭脂在你刚才的茶里下了无色无味的散功粉，一个时辰之内，你会武功全失，全身无力。"

"雨儿，为什么？为什么你……"西宁桢宇瘫软在椅子上，有气无力地说道。

"我知道，你想问我为什么要这么做？为什么吗？"端木雨蓦地面色一凛，"因为恨！因为我好恨！"

"为什么？为什么你爱的人始终不是我？"端木雨看向西宁的眼神狰狞起来，面色也更加悲痛起来。

"从前你的眼中只有姐姐，而我，始终只能做你们身后的小跟班。好不容易，姑妈在我的怂恿之下，一道懿旨将姐姐宣进了宫中，我本以为从此以后，你的眼神可以停留在我身上了……

"可是，我错了，即使姐姐做了皇上的女人，你仍然只爱她一人，甚至还在宫中私会，姐姐甚至怀了你的孩子！我好恨啊，我恨为什么我事事都比姐姐强，你眼中却从来没有我，从来没有！

"老天终于开了眼，姐姐竟在内廷争斗之中滑胎甚至丢了性命，你知道吗？我知道此事后的心情只能以欣喜若狂来形容！

"可很快的，我就失望了，姐姐去了后，你一心扑在为姐姐报仇雪恨上，我使尽全力，你却连正眼也不瞧我一眼。

"可是，这也没有关系，这些我都能理解，因为姐姐的大仇未报，而以你的性子是绝对不可能就此善罢甘休的，所以，我可以等你。

"可到后来，丽贵妃死了，贺家也土崩瓦解了，姐姐大仇得报，我满心欢喜地以为我终于可以如愿以偿了，你却一口回绝了我悄悄请去说媒的刘姨娘。

"我又怒又恨，一气之下，便听从了姑妈的安排，入了宫。我入了宫，反而你来看我的时间多了，对我也比以前好多了，可偏偏我又成了皇帝的女人，永远也不能同你在一起

第十七章 宫杀

了！

"我恨！

"我恨皇上，恨姑妈，恨我自己，更恨你！

"可偏偏这个时候，我竟发现了你与当今的皇后娘娘来往密切，关系非比寻常！

"我千方百计之下，才在云英、云琴嬷嬷口中知道了一些，后来才在云秀嬷嬷口中得知了你和皇后联盟替姐姐报仇之事！

"可我悄悄地观察，我便知你们之间远远不是联盟之事那么简单，皇后看你的眼神之中有着满满的期待和信任，而你，我最爱的西宁哥哥，你看这个女人的眼神中常常带着痛苦和满满的不舍！

"不要给我说你们之间清白之类的话，你们是当局者，你们可能不知，我站在旁边，却看得清清楚楚，你痛苦，是因为你心里有满满的挣扎，你不舍，是因为你心疼着她！

"我恨！我好恨！

"这个女人究竟有什么好？媚惑皇上，宠冠六宫，一连为皇上产下龙子龙女，就连坐镇六宫之后，新入了那么多的嫔妃也能圣宠不衰。

"这就算了，偏偏连我最爱的西宁哥哥也被引诱了。西宁哥哥，你只用那样的眼神看过姐姐的，如今你却用这样的眼神看着另外一个女人，那个女人，却不是我！

"为什么？究竟为什么？西宁哥哥，你为什么不要我？"

"雨儿……"西宁桢宇看着情绪有些失控的端木雨，悄悄给我递了个眼神，柔声哄着端木雨，"雨儿，你听西宁哥哥说，哥哥把你当自己的亲妹子般疼爱，从来没有不要你！你知道吗？哥哥听说你没了龙胎，心如刀绞，几乎亲手掐死了皇后娘娘替你报仇！我们都是疼你的！"

端木雨却一眼瞟见了西宁桢宇瞧我的眼神，嘶声吼道："就是这种眼神，事到如今，你还要用这种眼神看着她！"

端木雨早已没了往日的温文尔雅，双目喷火，恨恨地说道："莫言，你这只狐狸精，你勾引完皇上又来勾引我的西宁哥哥，我不会让你得逞的！如今的你不过个被幽的皇后，我看你还怎么神气！"

端木雨扬扬得意地朝我道："我要抢了你的圣宠，让皇上眼中再也没有你，也要把你的孩子一个个抢过来，龙阳、睿儿……一个也不留！"

端木雨随即黯然下来，呢喃道，"可是……我的西宁哥哥怎么办呢？如今他的心中只有你，再也容不下我了！该怎么办呢？"

我看着眼前红了眼的端木雨，心中一阵阵发怵，如今被围得铁桶般的莫殇宫中，真正有用的奴才早已没了几个，她来时又带了那么多奴才，西宁桢宇也被她下了药，若她真发起狠来，如今的我只怕已是岌岌可危了。

瘫软在椅子上的西宁桢宇显然也意识到了这一点，试图安抚端木雨的情绪，柔声道："雨儿，我心中除了你姐姐，从来没有过任何女人，你不要……"

"胡说！"端木雨喝道，随即又呵呵阴笑着，"西宁哥哥，我今儿要做什么，我们早已心照不宣了。我本不想这么快动手，今儿只是想来看看她的痛苦神情罢了，既然你都已经知道了，那就没有必要再等下去了。"

"雨儿！"西宁桢宇高声喊住了她，连喘了几口气，才又道："你以为你杀了她，我就会喜欢你了吗？"

"你终于承认你是喜欢她的了！"端木雨神情更加狂怒起来，"我得不到的东西，我也绝对不允许别人得到！"

端木雨转头朝殿外高声道："胭脂，你磨磨蹭蹭在做什么？制服几个奴才也用这么久吗？本宫养你们何用？还不快给本宫进来！"

"来了，主子！"胭脂答应着领了众人进来，身后的太监们赫然押着小碌子、彩衣等人。

我冷冷地看着眼前的阵势，一把推开护在我跟前的小安子，冷声道："雨妃，你想做什么？本宫如今虽已被幽，但也是皇上亲封的正宫皇后，你想弑后吗？"

"弑后？"端木雨哈哈大笑，"皇后若死了不也可以说是畏罪自杀吗？嘴长在本宫身上，本宫说是什么，便是什么！"

"你说什么便是什么，难道你能堵住幽幽众口吗？"我目光炯炯地瞪着她，"皇上又岂是糊涂之人，他岂能由着你胡来？"

"皇上么？呵呵，庄懿皇后荣宠万千，皇上不也照样下旨将龙阳过继给本宫了么？"端木雨不怀好意地朝我微微一笑，"皇后娘娘，明儿个开始，龙阳可就得叫本宫母妃了。她若是识相，乖乖听本宫的话，本宫可以放她一条生路，但若是……可别怪本宫管教严格，不给她好果子吃！"

"你！"听雨妃如此一说，摆明了是要为难我的龙阳，我气得满脸涨红，心如刀绞般疼痛。

"不过啊，皇后娘娘你是没有机会看到了！"端木雨也不理会我，上前一把掀了胭脂手中托盘上盖着的红布，众人不禁倒吸了一口冷气，托盘上赫然摆着一把三寸来长的短剑，赤金的雕花手柄，显示着短剑主人身份的尊贵，剑刃处在灯光下发着冷冷的幽光，显示着短剑的锋刃锐利。

"西宁哥哥，这把短剑你一定不陌生吧？"端木雨转头看着双目紧闭、额头冒着冷汗的西宁桢宇，嘲讽道，"不忍心看了么？我告诉你也一样，这是你送给姐姐的定情之物！西宁哥哥，你伤透了雨儿的心，雨儿也要让你痛回来，今天，雨儿就用这把短剑亲手杀了你心爱的女人。让你也尝尝眼睁睁看着心爱的人离去却救不得、得不到的滋味，让你痛不

欲生,这才叫公平!哈哈……"

幽深的正殿中,端木雨的疯狂的笑声让人忍不住心中发憷,毛骨悚然。

我看着西宁桢宇痛苦的表情,知他是听见了的,心中暗暗着急,只盼他能不受影响,尽快逼出毒来,否则,照端木雨如今的疯狂而言,只怕我今儿个就要命丧于此了!

我看着眼前头发凌乱,双目发红的端木雨,怎么也想不到向来温婉可人的端木雨竟会做出如此疯狂的事来。看来,她真是爱惨了西宁桢宇,只是,这样的爱,哪个男人敢要?

"怕了吗?"端木雨朝我冷笑道,"本来是打算先抢了你的龙阳,再抢你的睿儿,接着将你废黜打入冷宫,最后再将你赐死!如今看来,本宫的计划不得不提前了,可惜了……要怪,你就怪西宁哥哥太聪明了,逼得本宫不得不提前动手!"

端木雨一脸惋惜的表情,随即又兴奋着得意扬扬地说道:"所幸本宫向来信奉小心驶得万年船,来时便带齐了所有物件,否则,本宫此时倒成了你们瓮中之鳖了。"

我没有说话,心知如今只能尽量地拖延时间,等待西宁桢宇逼毒,方为上策。于是,我一言不发地盯着端木雨,只怕再出言刺激了她,会让她疯得更快……

"好了,折腾了这半宿,本宫也累了,这戏也该收场了!"端木雨优雅地打了个呵欠,指着胭脂道,"你,去替本宫杀了她!"

端木雨一句轻描淡写的话语,却令胭脂浑身一个激灵,吓白了脸颊,"咚"地跪在地上,小心地偷瞟了端木雨一眼,语不成声:"主子,奴……奴婢……怕,奴婢不敢!"

"没用的东西!你去!"端木雨随手一指,被指中的那太监浑身打颤,瘫软在地,连连磕头道:"娘娘饶命,娘娘饶命啊!"

身后一干奴才们也跟着跪了下来,连连求饶,谁也不敢抬头。

"一群废物!"端木雨恨恨的眼神扫过地上那帮磕头不止的奴才,举步上前一把抓起托盘中那把短剑,转身便冲我而来。

我此时才感到真正的恐惧,白了脸,连连后退,直到抵上殿中的圆柱,无处可退。我背靠着圆柱,浑身直打颤,脑中一片空白,想开口却发不出半点声音来。

端木雨满脸嫉恨之色,目露凶光冲了上来,抬手便刺了过来,我绝望地闭上了双眼……

那一瞬间,只觉有人抱住了我。我蓦地睁开眼,小安子那张熟悉的脸庞带着明显的痛苦近在眼前,我心下顿时明了:是他……替我挡住了这一剑……

端木雨怔在当场,手中的短剑没入了小安子的身子里,她握住手柄用力抽了出来,小安子便软软地倒了下去。

"小……小安子……小安子!"我蹲下去伸手用力摇着倒在地上的小安子,喉咙一阵紧缩,眼泪簌簌而下。

"贱人,我杀了你!"端木雨愣了一下,手持滴着鲜血的短剑,又要上前来。

"雨妃，雨妃娘娘，你收手吧！"一直立于殿角一言不发的云秀嬷嬷，此时正跪倒在端木雨的脚边，双手死死地抱着端木雨。

"闪开！"端木雨冷冷地看着云秀嬷嬷。

"雨妃娘娘，你收手吧！西宁将军和皇后娘娘并无私情，将军不过是受了晴主子临终所托，这才处处照顾皇后娘娘的，雨妃娘娘，你不要再错下去了，收手吧！"云秀嬷嬷老泪纵横，苦苦劝道。

"云秀嬷嬷，本宫敬你是宫里的老嬷嬷，这才不为难你。你可不要忘了，你是我父亲偷偷送到姑妈身边，方便照顾进宫的姐姐的，而姐姐很有可能就是这个贱人害死的，你难道要帮凶手说话，不想帮姐姐报仇了吗？"端木雨盯着脚下的云秀嬷嬷，振振有词道。

"不，不，不是的！皇后娘娘和晴主子情同姐妹，怎么会下那般毒手呢？是……是老奴……"云秀嬷嬷呢喃着，突然精神崩溃了般，失声哭喊起来，"雨妃娘娘，你要杀，就杀了老奴吧！杀了老奴，为晴主子报仇吧！老奴对不起晴主子，更对不住老爷，老奴罪该万死！"

"你……你说什么？"端木雨蓦然意识到云秀嬷嬷身上隐藏着一个惊人的秘密。

"是的，是老奴，不是别人！"云秀嬷嬷咬了咬牙，终于喊出了石破天惊的秘密来，"是老奴亲手喂晴主子喝下了滑胎之药，是老奴害死了晴主子！"

"你……你……你胡说！"别说我不信，就连端木雨也是一脸震惊，"你是姐姐的奶娘，从小看着姐姐长大。后来父亲想将端木家的女儿送进宫中，这才事先安排了你进宫，你待姐姐如亲生女儿般，你怎么会害她呢？我不信，你定是为了救这贱人才这样说的，她究竟给你了什么好处？给了你们怎样的诱惑，西宁哥哥向着她，连你也这般帮她？"

"没，没有！真的是老奴害死了晴主子。"云秀嬷嬷终于将隐藏在心中的秘密吼了出来，这会子反而平静了下来，缓缓回忆起往事来。

"老奴受命入宫，协助端木家的小姐入宫，晴主子入宫，老奴自是欣喜万分。

"可渐渐地，老奴却发现她并不开心，起初，老奴以为她是念家，可有几次晴主子偷偷掉泪后，老奴却发现了她无意中留在桌案上的情诗。

"细查之下，晴主子这才道出与西宁少爷已私定终身，恳求老奴与西宁少爷联络，见上最后一面。

"老奴终于禁不住她的哀求，找了机会找到了西宁少爷。哪知西宁少爷也是个痴情的种儿，一来二去晴主子她……她竟有了身孕。

"晴主子自是欣喜异常，终于有了活下去的念头，老奴却是痛苦万分，太后她竟然知道了此事，逼迫老奴给主子下药……

"老奴自是不肯，太后要老奴自己选择，若是老奴不肯保住皇家血统，她便要赐死主子，老奴无奈之下，便趁晴主子摔倒之际，喂她喝下了……

"谁知晴主子也是性烈之人，得知滑胎之后竟……竟偷偷闻了那无色无味的幽灵香，不多时便……便香消玉殒了……"

"雨妃娘娘，你醒醒吧，你们都是入了宫的女人，都是皇上的妃子，这辈子与西宁少爷是再无缘分了！雨主子，你收手吧，不要再错下去了！"云秀嬷嬷望着端木雨，恳求道，"这些年老奴一直满心愧疚，如今终于说出来了，心中也轻松了。雨主子要为晴主子报仇，就冲老奴来吧，老奴罪有应得！"

"替她报仇？哼！本宫哪来那个闲工夫。你知道为什么被送进宫来的是端木晴吗？"端木雨冷冷地盯着云秀嬷嬷，蠕动着双唇，说出那冷彻心扉的话来，"是我进宫劝姑妈下旨令她进来的！"

"你……你……"云秀嬷嬷万分震惊，瘫软在地。

"滚开！"端木雨一脚踹开了瘫软在脚边的云秀嬷嬷，狠狠道："敢抢我的西宁哥哥，让你们一个个不得好死！端木晴如此，你也如此！西宁哥哥不要我，我也绝不允许任何一个女人占据着他的心！绝不允许！"

端木雨扬起手中的短剑朝我而来，我迅速地往后退去：眼前这个女人完全疯了！看来今儿个我不死，她是绝不会罢手的了……

靠在殿中角落的最后一根圆柱上，看着缓缓逼近的端木雨，我彻底绝望了，这一次生死关头，我也只能依靠自己了，即使西宁桢宇就在眼前……

"贱人，去死吧！"端木雨朝我举起了手中的短剑……

"啊！"我绝望地惊叫出声，只觉一道影子朝我扑了过来……

没有疼痛！我慌忙张开紧闭的双眼，却见到那道熟悉的身影挡在我面前，随着端木雨手起剑出，她也软软地倒了下来，我失声呢喃道："云秀嬷嬷……"

我木然地看着眼前面目狰狞的端木雨，想起为了我躺在地上的小安子和云秀嬷嬷，心中万念俱灰，一个又一个的人为了我倒了下去。我不禁莫名恐慌起来，下一个轮到谁呢？脑中一片空白，呆呆地望着端木雨落下的短剑……

"不！"怒吼声起，一道挺拔的身影席卷而来，在千钧一发之际迅速将我带入怀中，飘落开去，我眼睁睁地看着那光亮的短剑划过了他的胳膊……

我被熟悉的味道紧紧包围着，甚至能听到他凌乱的心跳声，惊魂未定间，耳边传来他糊涂的呢喃道："所幸还来得及……"

我蓦然想起那短剑……他的胳膊……我迅速拉了他的手，袖袍上有道被利剑划破的口子，原本雪白的里衣早已被染成了一片刺眼的猩红，我一脸惊慌，心中闪过一丝疼痛，着急地问道："疼吗？要不要紧？"

他摇了摇头，一脸关切地上下打量着我，喃喃道："你呢？你没事吧？"

我看着他关切的目光，低下头去轻轻摇了摇，伸手取了丝帕替他绑着伤口……

端木雨呆呆地望着我身边的他，剑尖上那一滴分不清是谁的鲜血，在灯光下红得晶莹剔透，刺人心扉，缓缓滴落而下，在地板上印出一朵艳丽的小花儿来……

"啊……"端木雨尖叫着，手中的短剑应声而落，捂着耳朵转身跑了出去。

一队殿前侍卫一路小跑入了正殿，将殿中团团围了起来，为首的侍卫上前恭敬地朝西宁桢宇拱手道："西宁将军，卑职接到信号，即刻领人赶来，请将军示下！"

我靠在圆柱上瞟了一眼西宁桢宇，不得不佩服他的冷静睿智来，如此慌乱之间，那千钧一发之时，他仍不忘打信号唤人前来。

"嗯，雨妃娘娘意图弑后，即刻捉拿待审！"西宁桢宇冷冷地吩咐道，看了一眼那群早已瘫软在地的胭脂等奴才，"将他们押下去，每人赐酒一杯！"

"是，卑职即刻去办！"那侍卫答应着，忙转身吩咐众人行动了起来。

"小安子，小安子……"耳边传来彩衣的呼唤声，我转头看去，这才想起方才……

我大步上前，推开小碌子和彩衣，一把抱了小安子入怀，轻声道："小安子，小安子……你能听到我说话吗？"

我望着脸上血色尽失的小安子，心中一片刺痛，酸涩的眼中盈满了泪水，转头吩咐道："小碌子，快，快去请太医！"

"不……不用了。"怀中的小安子缓缓睁开了眼，吃力地说道，"主子，奴才自己清楚，奴才时候不多了。主子……奴才能单独跟你待会儿吗？"

我用力地点点头，彩衣他们忙退了开去，我满眼含泪，哽咽道："小安子，你想跟我说什么？说吧！"

"主子，奴才可不可以斗胆一次，不做奴才，唤一次你的名字啊？"小安子含笑恳求道。

我看着痛苦的他却要强作笑颜来安慰我，再也忍不住了，鼻子一酸，眼泪顺着脸颊滚落而下，用力地点着头。

"言言，别哭！你这般伤心，我会心疼的！"小安子吃力地抬起手，轻轻替我擦去脸颊的泪水，颤声道，"言言，只愿小安子来生……来生还能守候在你身边，默默地保护你一辈子！那……那我也心满意……足……了……"

轻抚我脸庞的那只手软软地坠落下去……

"不！"我嘶声吼道，心中悲痛万分，一个时时处处关心我，爱护我的人就这么为了我而去了，我……

彩衣和小碌子听见我的喊声，忙上前来，看着嘴角含笑而去的小安子，不由得也红了眼圈儿，偷偷抹着眼泪。

"云秀嬷嬷……云秀嬷嬷……"耳边传来西宁桢宇的呼唤声。

对了，还有云秀嬷嬷，她也是为了我才……我忙起身大步上前去，细细地看着她，柔

第十七章 宫杀 441

声道:"云秀嬷嬷,你……你怎么样了?"

云秀嬷嬷朝我虚弱地一笑:"皇后娘娘,你没事就好了!"

我刚止住的眼泪又流了下来,云秀嬷嬷转头朝西宁桢宇吃力地说道:"西宁少爷,老奴……老奴对不起你!老奴没能替你保护好晴主子,老奴也是无可奈何,请你不要怨恨老奴!不过,今儿个,老奴终于替你保护了皇后主子……"

"没有,没有!"西宁桢宇红着眼,颤声道,"我怎么会怪你呢,我知你是那般地疼爱她。谢谢你,真的,谢谢你!"

"无论这是不是你的真心话,但老奴信了!"云秀嬷嬷的眼神迷离了起来,满脸安详,轻声呢喃道,"西宁少爷,皇后娘娘,你们好好保重!老奴……老奴要去那边向晴主子请罪了……"

"都是我,都是因为我,如果不是我,他们也不会一个个就这样去了!"我生生地恨起自己来,发了疯似的捶打着自己。

"别,言言!"西宁桢宇一把拉住了我的手,看了一眼一脸平静的云秀嬷嬷,沉声道,"他们都是为了保护你,他们都希望你过得好好的,你这般不爱惜自己,怎么对得起为你丢了性命的他们呢?"

我满脸泪痕,失神地望着西宁桢宇,他朝我用力地点点头。我忍住心中的悲痛,缓缓起来,吩咐道:"小碌子,去……"

"娘娘……"话未成句便被殿门口一句熟悉的弱弱的呼唤声打断了,循声望去,我不禁大吃一惊,忙大步跨上前去。

"小曲子,你这是怎么啦?"我上前拉了浑身是伤,奄奄一息的小曲子,颤声问道。众人也跟了过来,小碌子帮着扶了他起身,靠坐在殿门口。

小曲子张了张干裂的双唇,沙哑道:"皇后娘娘,小玄子派奴才前来禀报娘娘,救……救皇上!"说罢软软地倒了下去。

西宁桢宇上前拉了小曲子的手,略一把脉,转头吩咐道:"彩衣,去备糖水来!"说着同小碌子一起扶了小曲子入殿。

喂下半杯糖水后,小曲子缓缓醒转,瞧了瞧身边的众人,一见我忙道:"皇后娘娘,小玄子派奴才来禀告娘娘,皇上被雨妃娘娘下了春药,性情大变,请娘娘想办法营救皇上!"

我和西宁俱是一惊,对望了一眼,西宁桢宇道:"昨儿个末将还见到皇上了,他身子骨虚弱了不少,精神还好,一再吩咐末将要派人保护好你的安全。末将以为皇上身子不爽,不想……"

我转身吩咐道:"彩衣,速派人悄悄去请南御医过来,再去小厨房熬些清粥来;小碌子,你在门口守着,任何人不准靠近!"

二人答应着出去了，我这才转头看着小曲子："小曲子，你别急，从头细细道来，本宫与西宁将军方才能对症下药！"

小曲子受了不少皮外伤，还好并无大碍，许是饿晕过去了，这会子喝了些糖水，精神好了很多，点点头，细细回忆起这几天的事来了。

"皇后娘娘被幽禁以后，雨妃娘娘圣宠日浓，起初小玄子和我以为皇上觉着亏欠了雨妃娘娘，对她上心些，慢慢地，竟发展到了除了雨妃娘娘的牌子，谁也不翻了，且月嫔、娇嫔等嫔妃频频出入储秀宫，夜夜笙歌。

"皇上一到晚上竟神情与平时有异，初时奴才们大感不解，可也不敢多嘴。后来，小玄子身旁的小李子无意中发现雨妃娘娘竟与其他几位主子联手，在皇上的膳食中下了……下了春药！

"小玄子看在眼里，急在心里，偏生淑妃娘娘掌权，派人紧盯着奴才们，皇上那边奴才们又不敢胡乱说话。

"可长久以往，皇上的身子骨如何吃得消啊，小玄子无奈之下，昨儿一早趁皇上早朝之时命奴才悄悄偷跑了出来，想禀了皇后娘娘，请娘娘想办法联系西宁将军，想法子救救皇上！

"奴才趁着天色未明一路疾跑，不料雨妃娘娘却命人在莫殇宫外等着奴才了……一步之遥，奴才被抓了回去，好在看守的奴才们都受过娘娘的恩典，雨妃娘娘下令鞭打，奴才们并未着实打，奴才这才安然无恙。

"直到今儿子夜，待雨妃娘娘带了宫里的奴才们出了宫，奴才这才好说歹说，在看守的两个奴才的协助下，让他们假装被奴才打晕了，这才逃了出来……

"皇后娘娘，这里发生什么事了？小安子他……"

我心中一阵刺痛，眼中又升起了雾气，哽咽道："雨妃带了奴才们前来闹事，小安子他……他为了救我……"

小曲子一听，也红了眼圈，低头呢喃道："娘娘，对不起……"

"皇后娘娘，此时不是伤心之时啊！"西宁桢宇沉声道，"雨妃如此淫乱宫闱，淑妃掌权，她不可能不知，既然她放任雨妃等人如此，只怕也是暗中支持的，至少是默许了，如此一来，只怕她会有其他打算啊！"

我吸了吸鼻子，点头道："淑妃如今两眼盯着那太子之位，她此时只怕是想趁乱坐享渔翁之利了。"

"照小曲子如此一说，皇上那儿也甚是让人担忧，月嫔娇嫔几人不足为惧，怕只怕……"西宁桢宇眉头深锁。

我用力抓住脑中一闪而过的念头，失声轻呼："怕只怕淑妃趁机扶持月嫔娇嫔等人，媚惑皇上，趁机夺了太子之位！"

第十七章 宫杀 443

西宁桢宇点点头，忧心道："这宫中自然到处是皇后娘娘的人，可现官不如现管，如今淑妃当权，奴才们没了主心骨，犹如一盘散沙，毫无用处，当务之急，还得要封锁了雨妃之事，不动声色地将皇上救出来才是。"

我点点头，道："要请西宁将军行个方便，让我与卫公公取得联系，方才便于行事。"

西宁桢宇点点头："这个自然，皇后娘娘想怎么做？"

"请西宁将军将雨妃暂时秘密羁押，我这就送信过去，让小玄子想尽办法先封了消息，尽量避开淑妃那边，待皇上问起，再禀了事实，请皇上定夺！至于皇上的安全事宜，就要拜托西宁将军了！"

西宁桢宇点点头，沉声道："皇后娘娘放心，末将定然不负众望！"

"西宁，你的手……"我蓦然想起他手上的伤来。

"一点小伤，不碍事！"西宁桢宇朝我笑笑，"皇后娘娘，折腾了大半夜了，你先歇一下，末将这就去布置，娘娘只管放心！"

我上前两步，一把抓住走到门口的西宁桢宇，沉声道："将军，如今六宫之权落入他人之手，太子未立，我们孤儿寡母全要仰仗将军了。"

西宁桢宇反手握了一下我的手，又迅速放开了去："放心吧！"

我这才微微松了口气，精神松懈下来，整个人却有些摇摇欲坠起来，眼前也跟着模糊起来，最后的意识是小曲子的呼唤和西宁桢宇朝我伸出了手……

再次醒来，彩衣和秋霜守在跟前，南宫阳也早已到了，我忙问道："南御医，小曲子他怎么样了？"

"娘娘放心，小曲子只是些皮外伤，休养几日便可。"南御医关怀地看着我，"倒是娘娘您，可要好好保重自个儿的身子啊！这宫里上上下下的担子可不轻啊！"

又闲聊了几句，天色已蒙蒙亮了，南宫阳忙朝我告辞，起身悄悄离去。我喝了小碌子送来的药，随口问道："西宁将军什么时候走的？"

"回主子，南御医过来诊脉完说是主子并无大碍，西宁将军便离去了，吩咐奴婢好生伺候主子！"彩衣恭敬回道。

我点点头，在彩衣的伺候下躺了下去，不一会子便坠入了梦乡。

到午后方才醒来，彩衣上来伺候我起身梳洗，笑道："主子，不出你和西宁将军所料，淑妃娘娘果真早已在行动了。"

"哦？你听到什么了吗？"我细细地抹着雪花膏，漫不经心地问道。

"前些日子侍卫们看得紧，消息传不进来，如今得了西宁将军的密令，也对奴婢们的行动睁只眼闭只眼的。方才小碌子打听到，这宫里头前些日子便流传开了，说是有个游方的高人说，宏儿皇子乃文曲星转世，是济世治国的奇才……吹得可神了！"

我一听，心下明了，看来西宁桢宇早就听说这些了，也难怪他会如此谨慎对待，如此看来，我倒不必多虑了，只管放心让西宁去办就成了。

"呵呵……"我咯咯轻笑出声，"传吧，就让她传吧，过了这几日，我倒要看看到时她如何神气！"

到傍晚之时，西宁桢宇传过话来，说是万事俱备，只等今夜动手了。我叫人掌了灯，用过晚膳后随手拿了本书，半个时辰也没翻上一页，起身拨弄桌案上的盆景，反倒把叶子扯下一大片来。

我叹了口气，转身朝窗边走去，心中焦虑，难免有些坐立难安，今日之事若然失败，只怕……往后在这宫中就更难了。

彩衣上前轻轻给我披了件披风，柔声道："主子，快金秋了，夜里有些凉，小心保重身子才是。"

我点点头，彩衣又劝道："主子，此事急也急不来，西宁将军办事，你还不放心么？主子，你去贵妃榻上歪会子，有了消息奴婢唤你！"

我点点头，缓步走到贵妃榻上歪了，彩衣忙取来小锦被替我盖了。我看着漆黑的窗外，又看看屋中摇曳的灯光，满脑子胡思乱想着这两日之事，不知不觉间竟眯了过去。

半梦半醒间，只觉有人轻轻碰了我几下，小声唤着"主子"。我忆起事来，心下一惊，悠悠转醒。

暖阁中灯火通明，彩衣伺候在旁，正用手轻触着我，见我醒来，悄悄伸手朝我旁边指了指。

我抬眼望去，却见殿前陈副统领正领着两人立于屋中，我心下一喜，面色含笑，问道："陈副统领，怎么样？成了吗？"

话刚出口，我蓦然惊觉自个儿还歪在贵妃榻上，而他们几人却未经通传便擅自入了暖阁。守在门口的小碌子哪儿去了？他也不是不懂规矩之人，怎么就……

等等，我心下一惊，浑身惊出一身冷汗来，这陈副统领貌似正是那芳嫔的兄长，他这会子出现在这儿……我的心一点点沉了下去……

果不其然，陈副统领朝我神秘一笑，恭敬道："回皇后娘娘的话，进行得相当的顺利。"说罢朝身后两人一示意，三人缓缓退了开去……

陈副统领等人身后淑妃仪态万千地端然而立，左右两边分别站着芳嫔和雪贵人，三人正笑意盈盈地看着我。

我心里不由得打了个寒战，淑妃这个时候来我这儿，岂能带了善意？还真是前脚送走了狼，后脚迎来了虎。

我打量着眼前的形势，对方有三个身材魁梧，训练有素的侍卫，而我，如今身旁除了彩衣，再也没有别人了。

怎么办呢？怎么办呢？在这关键的时刻，我绝对不能放弃，是了，我应该拖延时间，也许西宁桢宇已经在来莫殇宫的路上了，只要拖延到那时……

"皇后姐姐，事情进行得相当的顺利，本宫只用了一点点小手段，就穿透了皇上布下的那道铜墙铁壁，顺利地来到了姐姐面前。"淑妃似笑非笑地看着我，笑意中满是寒意，让我没来由地打了个颤。

"淑妃妹妹说笑了。"我不动声色地应对着，"难得妹妹如此有心，带了几位妹妹前来探望姐姐，妹妹们费心了。"

芳嫔朝我冷冷一笑，冷声道："皇后娘娘，妹妹们好不容易有了机会便巴巴地赶来看你了，还给皇后娘娘送来了玉露！"

玉露？我心下冷哼一声，毒酒还差不多呢！

"海月，端上来，本宫亲自给皇后姐姐满上！"淑妃高声唤着，海月姑姑忙托了放着一只玉壶和一只白玉杯的托盘上前，恭敬地递到淑妃跟前。

淑妃不怀好意地朝我微微一笑，伸出青葱玉手，拿起玉壶，将玉露缓缓注入杯中……

我看着那细水长流的玉露，心里一阵阵发揪，慌乱之中脑中一片空白，竟无计可施。

淑妃却已放下玉壶，轻轻端起白玉杯，缓缓走上前来，将手中白玉杯举至我面前，含笑轻声道："姐姐在这莫殇宫中也有些时日了，想来奴才们也伺候得不周，本宫如今代理六宫，却没能好好照顾姐姐，是妹妹的不是，请姐姐满饮此杯，权当妹妹向姐姐赔不是了！"

我冷冷地看着淑妃，嗤笑一声，将白玉杯推了回去，满脸堆笑道："难得妹妹如此盛情，姐姐心领了，这玉露就免了吧，姐姐这几日身子不爽，待过几日身子骨硬朗了，再向妹妹赔罪！"

"姐姐何需客气，这玉露可是上好的调养之物，姐姐身子不爽，正好应该多饮……"淑妃口中温柔地劝着，手上却半点也不含糊，上前一步就要将白玉杯往我唇边推来。

我心下大惊，毫不含糊地推了回去，口中急道："淑妃妹妹无须太过客气，姐姐刚刚转醒，尚未洗漱，先放了，等会子再饮吧。"

"姐姐……"淑妃再次推了过来。

"妹妹……"我再次推了回去。

一来二去间，白玉杯中的玉露竟全都泼洒了出来，一滴不剩，淑妃蓦地停了下来，我则尴尬地朝她笑笑。

淑妃恨恨地将手中的白玉杯摔了出去，"啪"的一声，白玉杯应声而碎，在地毯没有铺到的地板上碎了一地。

淑妃脸色一沉，冷声道："皇后姐姐既然敬酒不吃吃罚酒，就别怪本宫翻脸无情了。来人哪，伺候皇后娘娘满饮玉露！"

"是，淑妃娘娘！"

海月迅速取出一只新的白玉杯，斟满了玉露，陈副统领则带了那两人逼了上来。

"淑妃娘娘，请听嫔妾一言。"立于一旁的雪贵人突然跪了，恭敬道，"娘娘何需动怒，如今的皇后不过是娘娘的阶下囚，娘娘想让她生她便生，想让她死她就得死。"

"那是自然，本宫等的就是这么个机会！"淑妃一副小人得志相，笑得花枝乱颤。

"娘娘英明！"那雪贵人继续奉承道，"想当初庄懿皇后宠冠六宫，威风八面之时，何曾将娘娘放在眼中，如今落在娘娘手中，娘娘让她死得这么干脆，岂不是便宜了她？漫漫长夜，娘娘何不先消遣消遣，还怕她长了翅膀飞了不成？"

"你！"立于我旁边的彩衣听雪贵人如此一说，心知她是要报平日里我不给她脸面，时常当众羞辱她之仇了，忍不住目露凶光，就要上前。

我忙一把抓了她，示意她住了口，悄悄摇了摇头，彩衣纵然心有不满，却没再说话。

"消遣？等会子把脑袋消遣搬家了，看你还敢不敢消遣。"淑妃冷冷地瞥了雪贵人一眼，"不长脑子的东西，也不看看如今这宫里是什么形势。雨妃玩完了，本宫再不出手，下一个便轮到本宫了。"

淑妃指着我，愤然道："这个贱人入宫之时只是一个小小的答应，短短五年便一路擢升至皇后，圣宠不衰，好不容易中了雨妃之计被幽，却也能不动声色地扳倒雨妃，本宫再不上心，只怕下一个便是本宫了。"

"今儿个本宫如此轻易地便入了莫殇宫，掌握了她的生死，只怕……这会子皇上那边只恐怕已然生变了。"淑妃说着说着不禁打了个冷战，越想越怕，急急地命令道："片刻也不能耽搁了，都还愣着做什么？快给本宫灌了下去，将彩衣那丫头也一并解决了，做成服毒自尽的样子。"

"是，娘娘。"陈副统领阴笑着，再次逼了上来。

"主子！"彩衣一把将我揽在身后，死死护着我。

想到为了救我而倒下的小安子和云秀嬷嬷，我心中一片疼痛。不能，不能再让彩衣出事了，我伸手想要拉开挡在我跟前的彩衣，不料她却死死地护着我不放。

"皇后娘娘，卑职得罪了！"陈副统领已然欺了上来，动作可就不似言语这般客气了，一咬牙，朝我伸来了手……

电光石火之间，我只觉眼前寒光一闪，陈副统领左边的那名侍卫便软软地倒了下去。众人俱是一惊，定睛细细一看，那侍卫喉咙处赫然插着一枚多角形的钢锭，其中一只角深深地陷入了咽喉之中，那侍卫连吭都没吭一声，便断了气。

陈副统领大吃一惊，有些胆怯起来，淑妃一凝神，厉声喝道："两个手无缚鸡之力的女人，能做得了什么？还不快快动手！"

陈副统领面色苍白，双脚直打颤，一把抓了旁边的侍卫过来，推他上前，催促道：

"你，你去！"

那侍卫心惊胆战地移步上前，一抬头便对上了我冷然的眼神，双脚一软，连连磕头道："皇后娘娘饶命啊，娘娘饶命啊！"

"没用的东西！"陈副统领上前一脚踹开那侍卫，伸手便来抓我的肩膀，刚要碰到我，只听他一声哀嚎，伸手捂住了胳膊。

我定睛一看，那胳膊上不知何时已然多了一枚多角钢锭。陈副统领怒上心头，抬脚便踢，尚未踢出，脚上又多了一枚钢锭，立时便站立不住，倒在地上，哀叫连连。

芳嫔大惊失色，跑上前来抱着他，哽咽道："大哥，大哥……你怎么了？"回答她的却是一连串的哀嚎声。

"淑妃娘娘……依嫔妾看皇后娘娘早有准备，如今几位侍卫大哥都对付不了，咱们……还是算了吧。"雪贵人站在淑妃身后劝道，"娘娘，此事需从长计议啊！"

淑妃转头狠狠地瞪着雪贵人，冷声道："雪贵人，你处处阻扰本宫，长他人志气，灭本宫的威风，本宫都要怀疑你究竟是本宫的人还是皇后的人了！"

雪贵人迅速低下头去，吓得一颤，连声道："娘娘息怒，娘娘息怒！"

淑妃这才满意地收回眼神，转头朝我厉声道："究竟是谁在那儿装神弄鬼，还不给本宫滚出来！"

屋中一片寂静，无人回应，淑妃又不敢轻举妄动，又一次高呼："是谁？给本宫正大光明地出来！躲在角落里算什么英雄好汉？"

"呵呵……"屋中响起一阵清脆的娇笑声，众人只觉眼前一道影子飘过，窗台上已然坐了一道娟秀的身影，嘲弄的声音响起，"淑妃娘娘这三更半夜的不睡觉，私自带了殿前侍卫到皇后娘娘的宫里头来，也是正大光明的行为么？"

"你！"淑妃借着屋中的灯光凝神细看，蓦地一脸怒气，厉声喝道："玲珑！你这个贱婢，你想造反么？怒杀殿前侍卫，威胁本宫，桩桩件件皆是死罪，还不快快住手，本宫饶你不死！"

我见到了玲珑，犹如在茫茫大海中抓住了根救命稻草般，吊在嗓子眼的心终于落了下去，心中也有了底气。

"淑妃，你私调殿前侍卫，夜闯莫殇宫，意图弑后，哪一件又不是死罪？"我振振有词地驳了回去。

"我……我……"淑妃有些心虚起来，顿了一下，又强作镇定道，"本宫好心过来探望皇后，赠送玉露，不想皇后却不赏脸，愣生生打翻了本宫的一片心意！本宫一怒之下与皇后娘娘发生了口角，不料皇后娘娘却指使宫女射杀殿前侍卫，威胁本宫！"

"赠送玉露么？"我呵呵冷笑着，上前端起海月托盘之中的白玉杯缓缓逼上前去，"那本宫就借花献佛，敬淑妃妹妹一杯，请妹妹满饮此杯！"

淑妃看了看我端在跟前的白玉杯，满脸惊恐，连连退了几步，颤声道："你……你……"

我步步紧逼，端了白玉杯直往淑妃唇边送去，声声迫人："喝啊！妹妹，你喝啊！你喝给本宫看看！"

海月扔了托盘，上前从背后一把抱住我，口中直喊："主子，你快，快将杯中的玉露抢了灌她喝下去！"

淑妃一愣，随即发了疯似的上来抢我手中的白玉杯，我心下大惊，万料不到海月有此一招，一时间方寸大乱。

雪贵人吓了一大跳，上前也从后面死死抱住淑妃，拼命将淑妃往后拉去。淑妃愣了一下，口中恨恨道："你这贱人，你还真是她的人啊！"

雪贵人也不说话，只死死地抱住淑妃，意图拉住她的手。彩衣也跑上前来，拼命抢着那只白玉杯。

一时之间，屋中乱成一团。

玲珑大惊，跳下窗台，大步奔了过来，芳嬷上前意图阻拦，却被玲珑一个劈手打晕在地，陈副统领刚爬起来，玲珑抬起一脚，他便乖乖又躺下了，只是这次连吭声都没了。

杯中的玉露在争抢中飞溅而出，泼到了我脸上，雪贵人惊呼："娘娘，抿着嘴，不要张嘴啊！"

所幸玲珑已然赶到，一手抓了海月，另一手扣住了海月的命脉，海月顿时没了力气，玲珑一甩手，海月便飞了出去，重重地落在桌案上，滚落在地，便只有出的气儿没有进的气儿了。

我身上一松，忙退了两步，玲珑扶住了我，彩衣忙伸手取了丝帕，细细替我揩着脸上的玉露，生怕我一个不小心吞下一滴半丝。

淑妃见势头不对，抬脚狠狠地踩在雪贵人的绣鞋上，雪贵人一阵吃痛，随即松了手，淑妃趁机将她推倒在地，挣脱开去，踉跄着朝门口奔去。

"想逃？没那么容易！"玲珑冷哼一声，上前一把抓住淑妃的肩膀，用力朝后一拉。

淑妃一个趔趄，摔倒在了软软的波斯地毯上，头顶那支六尾凤头上的珍珠流苏晃个不停，脸上也没有了才来之时的雍容华贵。

我已用彩衣送来的清水洗去了脸上的玉露，透了口气，冷冷地看着倒在地上一脸狼狈的淑妃。

玲珑怔了一下，两步跨到窗口，探望了一下，旋即回身，一把抓了掉在地毯上还未摔碎的白玉杯，倒了满满一杯，口中急道："娘娘，快坐到椅子上去。"

我有些不明所以，但也一刻没有迟疑，退到了楠木椅上坐下。玲珑右手一把抓起瘫软在地上的淑妃，伸手一点，淑妃眼中一阵恐惧，张口惊呼："你……"然后便没了声音，

只是不停地张动着嘴，我顿时明白玲珑是点了她的哑穴。

"彩衣，你还愣着干什么，赶快把玉露给我端过来！"玲珑一边拉了淑妃到我身边，一边催促着在一旁傻愣愣看着她的彩衣。

"哦！"彩衣三步并作两步上前端了白玉杯递到玲珑手中，玲珑朝她努努嘴，道："倒下去！"

屋外响起了脚步声，彩衣这时也微微有些明了玲珑的想法，忙靠在我脚旁倒了下去。

玲珑一手扣住淑妃的命脉，一手将白玉杯塞到淑妃手中，将她推至我跟前，作势要灌我喝玉露，口中连连哀求道："娘娘，淑妃娘娘不要……"

我朝玲珑微微一笑，投去一抹赞许的目光，听到了响起在门口的脚步声，忙伸手拉住淑妃的手，作势推着，口中急唤："淑妃，你果真丧心病狂了么？你不怕皇上知道了灭你九族么？"

淑妃一直满脸疑惑着，直至此时方才微微有些明了，满脸惊恐，连连摇着头，却发不出半点声音。

珠帘响动，西宁矫健的身形首先闪了进来，随后那身明黄也在小玄子的搀扶下跨了进来，被眼前的一幕惊呆了。

"娘娘，娘娘不要啊！"玲珑急忙哭求着，声音中满是哭腔，"皇后娘娘，快，快逃啊！"

"你们！还愣着做什么？还不快上去拉开！"皇上愣了一下，怒吼道。

西宁桢宇眼中满是疑惑，却半点也不含糊，上前一把抓住淑妃拉开了去，一个用力，淑妃便撞在了旁边的椅子上，软软地倒了下去，小玄子身后的两个宫女忙上前将几欲昏厥的淑妃扣押着。

"皇上！"我梨花带雨地望了过去，悲呼一声扑上前去，跪倒在他脚下，悲痛欲绝，泣不成声。

"言言，快起来，起来！"皇上红了眼圈儿，搀扶起我一起走到椅子上坐了下来。

皇上看了看屋中的一片混乱，顿时阴沉着脸，转头看向我，问道："这是怎么回事？"

我满眼含泪望着他，刚张了口，眼泪却再也忍不住了，簌簌而下，半晌，才哽咽道："皇上……"扑倒在他怀中，再也说不出半句话了。

皇上心疼地拥我入怀，轻声拍着我的背，替伤心欲绝的我顺着气，转头沉声问道："你说，这究竟怎么回事？"

玲珑跪在地上嘤嘤哭泣着，泪流满面，哽咽道："回万岁爷，主子昨儿夜里受了惊吓，今儿晚上奴婢们正陪着主子说笑，淑妃娘娘突然带着陈副统领等人闯了进来，只说是奉了皇上口谕，前来赐主子玉露，主子不信，要求面见皇上，淑妃娘娘恼羞成怒，命人强行灌饮玉露。皇上若是再晚来半步，只怕……只怕主子便要香消玉殒了。"

"皇上，皇后娘娘连杂役房的奴才们都舍不得责罚，又当会做出谋害龙裔之事，请皇上明鉴，为皇后娘娘昭雪沉冤！"早已闻声赶来的木莲跟着诚恳请求道。

我一副悲痛万分的模样，嘤嘤抽泣着，怆然道："皇上，就请您赐臣妾一死吧，也好去了妹妹们的眼中钉肉中刺，省得今儿个持刀明儿个使毒的闯入这莫殇宫中！"

皇上一个趔趄，捂住胸口，连退几步，失声痛呼道："朕的爱妃们，朕宠爱着的一群好妃子啊！朕……"声音戛然而止，我抬头一望，皇上苍白着脸，表情僵硬，全身无力地向后倒去……

第十八章　东窗事发

"皇上！"众人齐声惊呼，随侍身旁的小玄子等忙扶住了他，我忙起身上前指使奴才们小心翼翼地扶了他躺在贵妃榻上。

看着乱成一团、六神无主的众人，我沉声喝道："都给本宫住了！小曲子，即刻传随侍的南御医进来。秋霜，把窗户开了，保持屋中通风透气，其余众人全部退后待命！"

南宫阳一路小跑进来，来不及见礼我便示意他上前替皇上细细诊脉。

我看着跪了一地的嫔妃奴才，神色一凛，冷声吩咐道："来人哪！即刻送各位妹妹回宫，没有皇上和本宫的允许，任何人不得私自出宫，相互来往。西宁将军，护卫各宫娘娘主子安危的重任，本宫就交给你了，皇上尚未康复传话之前，不得出任何意外！"

"是，娘娘，末将定然不辱使命！"西宁桢宇朝我一拱手，命人押了陈副统领等人出去了。

过了好一会子，皇上才幽幽醒转，伺候在旁的木莲一脸欣喜地拉了他的手，柔声道："皇上，你醒了？"

皇上苍白着脸，虚弱中带着内疚的眼光穿过众人直望向立于众人身后的我。我微微转开头去，不动声色地避开了他的眼光，朝南宫阳道："南御医，皇上的身子怎么样了？"

南宫阳看了皇上一眼，迟疑了一下，才朝我恭敬委婉道："回皇后娘娘，皇上最近操劳过度，加之方才怒气攻心，这才昏厥了过去。娘娘不必担心，皇上醒来便没事了，只需好生调养，不日便可康复了。"

操劳过度么？的确，在床榻之上操劳过度了！

我点点头，没有再问什么，只吩咐小玄子命人将皇上送回了养心殿中。

躺在宽阔的床榻之上，神情憔悴的皇上显得更加消瘦不堪了，看来这些日子那些妄图怀上龙胎的女人们可真是没少下工夫啊！

小玄子亲手端来了依照南宫阳开的方子刚煎好的汤药，我一言不发地接过青花瓷碗，端了汤药上前，微微吹了吹，试了一下温度，方才送到他跟前。

他从醒来之后目光便一直紧紧追随着我，几次欲与我说话，都被我淡淡引开了去，此时见我主动上前服侍汤药，双眼一亮，满脸欣喜，呢喃道："言言……"

"皇上，该服药了！"我淡淡地打断他的话，将药碗送至他唇边，他无奈之下只好就着我的手将墨汁般浑黑的汤药喝了下去。

一见他用完，我即刻起身将药碗放回宫女捧着的托盘之中，转头吩咐道："卫公公，皇上的身子要好生调养，最近就不要上绿头牌。好生侍奉皇上，皇上的身子关乎江山社稷，若有个闪失，本宫定不轻饶！"

"是，是，皇后娘娘！"小玄子恭敬回道。

我朝皇上福了一福，不冷不热地恭敬道："皇上，臣妾告退！"说罢转身朝门口而去。

"你站住！"身后响起威严而醇厚的喝令之声。

我立于原地，没有转身。

大口呼吸的喘息声伴随着莲婕妤担忧的声音在身后响起："皇上，皇上……你可要保重身子啊……"

皇上微微起身，由木莲伺候着靠在软枕之中，挥了挥手。木莲迟疑了一下，起身福了一福，带着奴才们退了下去。

我僵直着身子，没有回头，静静地立于原地，挺直了脊背，等待着暴风雨的来临……

"言言，你真的要弃朕于不顾吗？"预想之中的狂怒之声被痛心疾首的声音所取代。

空旷的暖阁中只剩下我二人，连浅浅的呼吸声都能清晰地传入耳中。仿佛过了一个世纪，我闭了闭眼，深吸了一口气，缓缓转身，淡淡地说道："皇上折杀臣妾，皇上是高高在上的君王，是臣妾的天。臣妾历来用心侍奉着皇上，何来弃皇上于不顾之说？"

"你！"面对我如此直接的挑衅，他怔在当场，难以置信地看着我，万料不到我会以如此的态度直面他。

"皇上好生歇息，臣妾先行告退，臣妾会交代莲婕妤好生侍奉皇上的！"我没有理会他的惊讶，福了一福，欲转身离去。

"好个用心侍奉！朕在这儿，你是朕的皇后，没有朕的允许，你意欲何往？"他沉声说道，威严的声音中透出一点点的……气急败坏！

我如沐春风般地微微一笑，声音中带着些许伤感和抱怨："臣妾自然是回莫殇宫了，

第十八章 东窗事发 453

皇上难道忘了吗？是您下旨幽禁臣妾，严令臣妾不准出宫。皇上如今身子已无大碍了，臣妾也该回去了。"

他愣了一下，听出我声音中的抱怨和委屈来，微微挑了挑眉："皇后，你这是在怪朕吗？"

"臣妾不敢！"声音中透出浓浓的埋怨气息。

"不敢？"他轻笑出声，"朕到现在还未发现过有朕的皇后不敢的事呢！过来，到朕的身边来。"

我不再言语，低头缓步朝皇上的床榻行去。

男人除了需要女人的柔顺，偶尔也是需要反抗的，适时适当的反抗是男人眼中的不羁，会带给男人不一样的感官冲击，会吸引男人的眼光久久地停驻在你的身上，但一味的反抗便会成为自命清高，孤芳独傲，难以亲近，也会让男人失去了兴致……

拿捏适可而止的尺寸向来是我的拿手好戏，而无情地伤害你后再用力地狠狠补偿你是他的强项，有时，我甚至觉得我们是最好的搭档和对手，配合得如此的天衣无缝！

他轻咳了几声，颤巍巍地伸手拉起我白如凝脂的纤纤细手，温柔地细细打量着我。半晌，才轻声道："言言……你恨朕吗？"

"臣妾……不怨你！"我红了眼圈儿，避重就轻地答道。

"言言，委屈你了，对不起！"皇上长长地叹了一口气，神情微微有些动容起来，一把拥我入怀，声音中带着涩涩的颤抖："朕不是不信你，朕是怕！"

我静静地坐着，任由他拥着，这些日子以来，我早已心冷如铁了，我厌恶透了他每每给你一巴掌又给你一颗糖的做法了。

因为他是君王，所以就从来不顾别人的感受，想要时便予取予求，不要时便不顾你的死活，反反复复，我早已疲惫不堪。

我没有说话，只是静静地坐着，静静地等着，等着他把那颗糖送到我口中，再审时度势，争取更多的糖果。

"朕知道你倔强的性子，可朕怕这是她们设好的一个陷阱，等你跳进去了，即便是朕相信你也挡不住悠悠众口，朕更怕……朕更怕查出来果真是与你有关……朕怕受不了……"

我平静地听着，心中再也没有了涟漪，只是静静地听着，一言不发。

"所幸你没事！"皇上用力地搂着我，把我揽进怀中，像是要把我糅进身体里般，"那群毒妇，朕一个也不会放过她们！"

"皇上……"我轻轻摇了摇头，"臣妾不委屈，臣妾只是担心……"

"怎么啦？"他仔细打量着我，谨慎道，"言言，你是不是还知道了什么？你告诉朕，朕……"

"不！"我轻点了一下他的嘴唇，摇头轻声道，"皇上，切不可因着臣妾伤害别人。臣妾只是听奴才们说，四皇子是什么文曲星下凡之类的话，明显是冲着太子之位而来了。淑妃妹妹绝不是有如此心计之人，定是受了他人的蛊惑或迷惑，臣妾甚是担心啊。皇上，三番两次有人陷害臣妾，谋害龙胎，皇上又被人下了药，此时又传什么文曲星下凡，依臣妾看来，只怕是有心之人想挑起事端，从中得利啊！"

"此等祸国殃民、蛇蝎心肠之人绝不可留，查，一定要查！朕即刻下旨让刑部严查此事！"如今的皇上犹如惊弓之鸟般，一点点风吹草动都让他惊惶不已。

"皇上。"我心下暗自着急起来，面上却是丝毫不敢有一丝异常，只轻声唤着他，迟疑了一下，才道，"此事关乎皇室颜面，臣妾连着两晚险些遭人弑杀，就连皇上也……此事若是传了出去，大内的安全岂不是要遭人质疑了？皇家的颜面何存啊？再者说了，此事目前就已牵扯到了淑妃、雨妃等几位身居高位的嫔妃，目前尚未知此事是否有朝中势力牵扯进来，皇上若然让刑部在此时插了进来，只怕会引发朝堂之上的慌乱，于国体不利啊！"

"那……该怎么办呢？"又一阵铺天盖地的咳嗽袭来，我忙伸手轻抚他的胸前替他顺着气。

待稍稍平复下来，他一把抓了我的手，双目炯炯地望着我，沉声道："言言，你如今坐镇中宫，掌权六宫，此事乃深宫争宠夺嫡之争，你贵为一国之后，此事朕便交由你全权处置了！"

我用力地克制住内心的激动和欣喜，假意推却道："皇上，臣妾人微言薄，能力有限，恐难担负如此重要之责，只怕到时会辜负了皇上的一番期望啊！"

"不，言言，朕信你定能处置好此事！"皇上拉着我，一字一句道，"言言，朕绝不容许这些个蛇蝎毒妇再存于这深宫之中，朕授予你调查处置此事便于行事的权力，即刻命西宁桢宇协助于你，查，给朕严查，将那些心存不轨之人统统绳之以法，严惩不贷！"

"皇上，皇上！您切莫激动，保重身子啊！"我急切地唤着他，轻轻替他顺着气，一副极其为难的样子，"臣妾……臣妾答应你就是了！只是……若臣妾毫无见识，还请皇上切莫怪罪才是。"

"言言，朕怎会舍得怪罪于你！"他一把抓住我的手，双目沉静地望着我，满是痛楚，"朕一心想保护你，不想却反而害了你，险些置你于死地！朕……朕于心有愧啊！"

"皇上！"我低下头去，避开了他的眼神，"臣妾真的没有怪过你。你好生歇着，好好调养身子，臣妾不能时时伺候在侧，臣妾会让莲妹妹日夜在身边侍奉皇上的，皇上就安心养病吧！"

我唤了奴才们进来，伺候我换了素净的单衣，上了床榻，与他相拥而眠。第二日醒来，看着沉睡中的他是如此的令人不忍，我只能感叹君心莫测，而我，始终只是一个平凡

第十八章 东窗事发 455

之人，承受不了如此浓烈而又惨烈的宠爱。

轻叹了一声，缓步走至门口，轻声命人传了木莲进来伺候，方才起身离开，我心知有更重要的事等着我去做，我绝不能放过这样一个大好的机会。

我静静地坐在楠木椅上，手上赤金镶玉假甲轻敲身旁的小几，发出"笃笃"的响声，若有所思地凝神望着桌案上新换上的白玉兰。

"主子，莫统领过来了。"小碌子径自领了少帆进来，恭敬禀道。

我抬眼看着小碌子身后英姿飒爽的男子，笑着招呼他上前坐下，盯着他微微有些消瘦的脸庞："二哥，你受苦了！"

少帆腼腆地低下头去，歉然道："不苦，即便是入了大牢，兄弟们也不会刻意为难。只是，妹子，兄长愚钝，没能帮上你的忙，反而要妹子相救，为兄愧疚万分！"

我看着成熟内敛了不少的少帆，胸中柔情激荡，从来想不到有一天我也能拥有如此温馨的亲情，微微一笑，柔声道："二哥有此心意，妹子心中已是感激万分了！"

"我答应过父亲，要好好保护你的，娘她们每每问起你来，就怕你一人在这深宫之中受了委屈。"少帆满是自责，落寞道，"都怪兄长无能！关键时刻保护不了妹子……"

"二哥切莫自责。"我叹了口气，"所幸有小安子和云秀嬷嬷拼死护卫，我才躲过了这一劫。云秀嬷嬷的骨灰已然送去陪伴太后去了，二哥，你把小安子的骨灰带回去，请父亲葬于莫家族坟，权当莫言的兄长供奉灵位吧！"

少帆点点头，沙哑道："安公公大仁大义，关键时刻舍命相救，是我莫家的恩人，妹妹放心吧，兄长知道该怎么办的！"

我心中悲愤难平，双手用力地握着楠木椅打磨得溜光的雕花扶手，狠狠道："放心吧，本宫绝不会让他们白白牺牲掉的！"

少帆起身恭敬朝我一拱手："皇后娘娘，西宁将军另有要事出宫去了，派卑职前来协助娘娘，娘娘想从何查起？"

我霍然起身，口中迸出冷冷的五个字来："储秀宫，雨妃！"

"可是……卑职听说雨妃娘娘精神失常了，谁也不认识，成日里胡言乱语。"少帆迟疑中，对我的决定深感疑惑。

我微微一笑，笑容中满是狰狞，冷冷道："放心吧，本宫有的是办法让她恢复正常。"

储秀宫门重掩，孤灯映壁，端木雨的宫人早已被西宁桢宇赐死了，如今伺候跟前的几人都是内务府新调过来的，他们早知雨妃落难，伺候得也不上心了，加之端木雨如今疯了般摔打着殿内的饰物，奴才们就更不会上前伺候了。

我立于冷清幽深的正殿中，看着跪在地上瑟瑟发抖的四个奴才，轻声道："起来吧，把灯都掌上！"

"是，皇后娘娘。"四人谢了恩，迅速起身分成两组，太监取灯罩，宫女点灯，不一会子，殿中便渐渐明亮起来了。

"把雨妃带上来吧！"

如今皇上病中，几位高位嫔妃被幽，我在宫中的权力空前的宏大。两个小太监一听我的吩咐，迅速闪入暖阁之中，不一会子便生生地拖拽了端木雨出来。

如今的端木雨早已没了往日的光鲜亮丽，身上还穿着前儿个到我宫中之时那身鹅黄的宫装，珠钗散乱，妆容全无，面色憔悴，穿梭于殿中众人之间，口中咯咯笑道："狐狸精，狐狸精，你是狐狸精……"

小碌子和彩衣素来与小安子关系最近，当时又眼睁睁看着小安子死于她手中，如今再见到她，早已愤恨不已，目露凶光，一副恨不能食其肉寝其皮的样子。

小碌子上前一把抓了她，毫不怜香惜玉地推倒在我跟前，冷声喝道："大胆罪妃，见了皇后娘娘也不行礼！"

"皇后娘娘？！"端木雨目光呆滞地缓缓爬起身来，嬉笑着上下打量着我，神情中陡然带着些惶恐，连声道，"不，不，你是狐狸精，狐狸精！"

蓦地，神色一凛，扑上前来，口中高呼："杀了你，狐狸精，杀死你！"

我不慌不忙地退后两步，彩衣迅速将早已备好的仙人球挡在我跟前，端木雨伸上来的手躲闪不及，一把便用力地抓了上去……

"嘶——"地一声低呼，端木雨迅速收回了手，手指中的红点清晰可见，原本木然地望我的眼中闪过一丝狠毒。

我心里冷笑连连：装吧，接着装，本宫有的是时间陪你玩儿，有的是招儿伺候你！看你能装到几时？

我面上不动声色地取了丝帕，上前一把抓了她受伤的那只手，紧紧握在手中，细细看着那些快要凝固的红点，狠狠用力一捏，那迅速冒出的红点在白皙的手上是那样的鲜艳夺目。

我口中啧啧出声，一脸的心疼惋惜，柔声道："雨妹妹，你怎么这么不小心啊？瞧瞧，这小手上突然多了这么多窟窿，多让人心疼啊！"

伸手抽了丝帕轻轻一揩，雪白的丝帕上迅速洇开来一朵朵鲜艳夺目的小花来，我轻叹了一口气，又道："哎呀，所幸这些个小窟窿在手上，若是不小心印在了脸上，那妹妹的花容月貌可就……"

我拖了长长的尾音没再往下说，咯咯地轻笑着，那笑声直寒入人心，端木雨忍不住打了个寒战，眼中弥漫着深深的恐惧，被我握住的小手一阵冰凉。

我含笑放开了她，看着她明显暗自松了一口气的神情，又指着那仙人球笑道："本宫听说雨妹妹精神有些不好，心急如焚，一大清早便巴巴地赶来了。听年长的老人们说，失

第十八章 东窗事发

心疯是惹恼了神灵,冲撞了邪气所致,只需要用仙人球的刺将十指放血,便可驱走邪气,恢复正常了。"

我冷笑着紧紧盯着脸色越来越白的端木雨,高声吩咐道:"来人啦!伺候雨妃娘娘驱邪!"

"是!"随侍中即刻便有两个身材高大魁梧的行刑司太监上前,不由分说,一左一右架住了端木雨。

彩衣将那盆仙人球递与身后的秋霜捧了,自己则拿了旁边小宫女手中托盘上的小镊子,选了仙人球上坚硬无比的长刺镊住,取了小银剪,一用力,"喀嚓"一声便剪下来一根一寸来长的小刺,放于洁净的小瓷盘中。

我伸出纤纤玉手拿了那根小刺,含笑走上前去,举在端木雨的面前,柔声道:"妹妹啊,你可要忍着点,这十指连心的,扎下去,啧啧……可是痛彻心肺啊!"

端木雨浑身打颤,面露惊恐之色,双目圆睁,紧紧盯着那尖细无比的小刺,不住地抽着冷气,双唇不住地颤抖,半天也没嘤咛出声来。

"雨妹妹方才不小心已经碰到这刺头了,也该知道厉害了,这大清早的,等会子妹妹不顾形象地高声尖叫,知情的人知道本宫好心,在为妹妹驱邪,那不知情的还以为本宫虐待妹妹了。"我转头声音一变,冷声吩咐道:"来人啦,给妹妹含了软木,省得那些个有心之人又到皇上面前嚼舌根子,说是本宫动用私刑,惩罚宫妃。"

"不……不……"端木雨早已六神无主,双脚发软,完全靠两个小太监支撑方才站立着。

"是,娘娘。"一旁的小太监迅速蹿上前来,伸手粗鲁地一把捏了呐呐自语不停的端木雨的下巴,疼得她直咧嘴,小太监顺势便塞了软木入口,堵住了端木雨呢喃不止的自言自语。

我霍地抓起她未受伤的那只手,叫小太监捏了放在她眼前,将手中那根刺轻轻移上前去,用刺尖轻触她的指尖,刺激着她的神经,凑上前轻声问道:"雨妹妹,你说是先刺这个好呢?还是先刺这个好?"

端木雨早已吓得浑身如绵,六神无主,额头上密密地冒出一层冷汗,连连摇头,口中发出呜呜的求饶之声。

我将手中那根刺随手一扔,在她松了口气时朝她恶毒地一笑,伸手抓了一把盘中彩衣挑着剪下来的长刺,冷冷问道:"抑或这么多同时刺下去说不定效果会更好呢,要不,就试试吧!"

端木雨一听,吓得魂不附体,两眼一翻,晕了过去,软软地靠在两个小太监身上。

我将手中的刺随手往盘里一扔,取了新丝帕细细擦着手,一副兴趣全失的样子,转身走至红木椅上坐了,冷声道:"就这样就吓晕过去了?那本宫准备的其他法宝不是用不上了么？提刀杀本宫时，我瞧她精神挺足的，怎么这会子倒成了软脚虾了！"

随手端起几上新沏的茶抿了一小口，又吩咐道："来人，上水，泼醒了再说！"

深秋天儿的冷水也有些刺骨了，一小瓢冷水迎头泼去，端木雨全身一颤，嘤咛转醒，我冷声道："雨妹妹醒来了？可真是撞了邪灵了，妹妹的身子骨虚弱了不少啊，这刺还没下呢，妹妹怎么晕过去了呢？彩衣，接下来就由你帮雨妃娘娘驱邪吧！"

端木雨一脸祈求地望着我，眼中泪如泉涌，大颗大颗滚落而下，口中呜呜不止。我示意了一下，小太监即刻拔了端木雨口中的软木，将她一放，退了下去。

端木雨双脚一软，跪倒在地，连连磕头道："皇后娘娘饶命啊，皇后娘娘饶命啊！"

我朝殿中众人呵呵一笑，高声道："瞧瞧，瞧瞧，这老人们的老法子还真是有效，这刺儿还没扎呢，雨妃娘娘就清醒过来了！"

说时迟那时快，端木雨蓦地起身朝旁边的立柱撞去，所幸立于一旁的小太监眼明手快，一把拉住了她，将她死死地扣押在地。

我面色一肃，起身上前，蹲在她身边，一字一句咬牙道："不装疯了又想死了？想死，没那么容易！你杀了本宫最信赖的安公公，最敬重的云秀嬷嬷，本宫岂能轻饶了你！本宫打算着，将你毒哑弄聋，熏瞎毁容，砍去四肢，丢进猪圈，让你求生不得，求死不能！"

"你不敢！"端木雨强做镇定。

"我不敢？呵呵，皇上已授予本宫便宜行事的权力，全权处置此事，本宫只需随便找具尸体去化人场化了，只说是你畏罪自杀就成了。你端木家么？哼哼，雨妃娘娘你媚惑皇上，谋害龙胎，意图弑后，桩桩件件都是灭九族的大罪，本宫即便就是杀了你，你端木家又有谁敢吭半句声？"

"不……不……不要啊！"端木雨此时才真正感到了恐惧，"咚咚"地朝我直磕头，"皇后娘娘，嫔妾知错了，嫔妾不敢求娘娘饶命，但求娘娘赐嫔妾痛快一死！"

"死？带着你端木全家一起死么？你以为你死了，你家族便可无事么？"我冷哼一声，嘲弄着她的天真。

"你……"端木雨听出了我话中的弦外之音，迟疑着。

"雨妃，这么多的事儿，难道就真是你一人捣腾出来的么？难道除了求饶求死，你就没有其他话对本宫讲么？"的确不愧为端木家蕙质兰心的千金小姐，一点即通。

端木雨听我如此一说，如抓住了救命稻草般，连声道："有，有，娘娘想知道什么？嫔妾知无不言，但求娘娘能放过嫔妾一家。"

我伸手扶了她起身，递了丝帕给她，含笑道："瞧瞧，雨妃妹妹这一失心疯，后宫嫔妃的端庄秀丽全无，所幸妹妹迷途知返，这会子就好了。擦擦吧，等会子叫奴才们伺候你好好梳洗梳洗。"

第十八章　东窗事发　459

此时的端木雨已然见识到了我温柔平和中的狠毒手段,半点不敢放松大意,连连赔着笑,坐在了我旁边的红木椅上。

我挥了挥手示意众人退下,只留了几个贴心之人守在跟前,我一把抓了端木雨的手,不高不低地问道:"妹妹啊,本宫一直好奇着,你是怎么知道西宁将军与本宫有来往的?"

"是……是我再三逼问当初姐姐之事,云秀嬷嬷不小心说漏了嘴,我这才知晓。"端木雨叹了口气,"那时的我是多么执著地心仪着他啊,听说了这件事我便用心细细观察着,凡是你二人同在的场合我都会用心细察,只一眼,我便发现了你们之间不寻常的气息。越看,我越是不甘,嫉妒到发狂,夜不能寐。为什么幸运的始终是你,拥有了圣宠还不够,还要抢走西宁的注意?既然争不到西宁的爱,那我也要抢走你的宠,于是,我一步步地接近皇上,不想却意外怀上了龙胎。我的心中只有西宁一人,我怎么可能为别的男人产下子嗣呢?而你,偏偏一副关怀备至,温柔贤淑的样子出现在我的面前,我终是敌不过心中的恶魔,伸出了报复之手……当我再次下手之后,淑妃却找上了我……"

我终于听到了自己想要的东西,不动声色地追问道:"淑妃娘娘找你,究竟所为何事?"

"淑妃么?傻瓜一个!"端木雨不屑地冷哼一声,"不过一个丫头出身的宫妃,也妄想当太后。不过也因为她,使我萌发了要夺你子嗣,让你痛不欲生的念头,孤掌难鸣,我自然与她联手,她替我寻来了媚药,大家各取所欲。"

"原来如此,可芳嫔是个为攀高枝不择手段之人,却也是个没脑之人,那陈副统领也糊涂,怎么就心甘情愿地跟着淑妃干上了弑后的勾当,就不怕灭九族么?"

"呵呵,这世间男人和女人不就那点事儿么?淑妃娘娘那是久旱逢甘雨,陈副统领那是长线钓大鱼,不正好干柴烈火,一点就着么?"端木雨眼中满是蔑视,"他们那点子见不得人之事,躲躲闪闪,还真当我不知道么……"

我得到了我想要的信息,便不再打断端木雨,待她说完,我才轻轻地叹了口气,道:"唉,妹妹这都是何苦呢?你我皆是皇上的女人,这一辈子是永远也跳不出这口井了。人生不过是活这一辈子,为了一个男人,妹妹落得如此下场,值得吗?"

"值得!"端木雨重重地点了点头,"为了所爱的人,做什么都值得!只是……皇后娘娘,是嫔妾被妒嫉冲昏了头脑,才做出那般狠毒之事,如今想起来,历历在目,为了所爱之人,做什么都值得,却偏偏不能伤害别人!嫔妾如今悔之晚矣,嫔妾死不足惜,只请皇后娘娘看在死去的姐姐和西宁家与端木家的情意上,替嫔妾在皇上面前求个情,给端木家族一条活路吧!"

端木雨说着跪在我跟前,苦苦求着。我伸手扶了她起身,轻拍她的手:"妹妹放心吧,姐姐会替妹妹求个情的,只是,妹妹啊,漫漫人生,往后的几十年都要在这宫墙之中孤独终老了！"

"不，皇后娘娘！"端木雨望着我，固执地摇摇头，轻声道，"嫔妾犯下的错，天理难容，嫔妾万没脸再苟活于这宫中，若然可以选择，嫔妾愿意长伴青灯，用余生来忏悔嫔妾犯下的罪行，替娘娘祈福。但这只是嫔妾的奢望，正三品以上的宫妃，除非死，否则是不可以离开宫闱的，所以嫔妾只能带着深深的内疚之情离开了，请皇后娘娘允许在嫔妾死后，将嫔妾的骨灰送至皇家归元寺中，让嫔妾生生世世长伴青灯，再不入红尘，免于为情所困之苦！"

我点了点头，让奴才们好生伺候端木雨，方才离开。

一回到殿中，彩衣便愤愤然道："主子，你怎么可以这么轻易地便放过她？你难道忘了小安子……"

我转头望着她，彩衣被我脸上的悲痛神色怔在当场，讷讷道："主子，奴婢口无遮拦了……"

我拉了她上前，轻轻靠在她肩头，无声地抽泣着，半响才道："彩衣，你以为我不恨她么？我恨不得将那仙人球上的刺一根根全插进她的身体中，恨不得让她受尽世间的酷刑，让她求生不得，求死不能！"

"主子，你……"彩衣从来没见过我神情崩溃，一副手足无措的模样，不知该如何安慰我。

"可是我不能！彩衣，小安子之死是雨妃下的手，可却不是雨妃一人之意，造成小安子死去的除了雨妃，还有以淑妃为首的一干宫妃，我不能为了逞一时之快而误了大事，错过了彻底惩治元凶罪恶的机会。我要将她们一网打尽，让她们全都死无葬身之地，拥有至高无上的权力，这才是真正为小安子报仇雪恨，了了小安子的心愿！"

彩衣连连点头，道："主子，都是奴婢不好，奴婢浅薄，自然想不到那许多。主子，那接下来我们该如何办呢？"

"这也正是我正在烦恼之事，对付雨妃，我有整个端木家族作为筹码。可是淑妃乃王皇后的丫头出身，上无父母兄弟姐妹，下无儿女，她若是心一横，我还真是拿她没有办法！"我揩去泪水，苦恼地揉着头。

"主子，身子要紧，你慢些想，先用午膳吧！"彩衣看秋霜已布好了午膳，进来禀报，忙上前劝道。

我点点头，起身由彩衣扶着缓步朝西花厅走去。用过午膳后，歪在了贵妃榻上，许是昨儿夜里没有睡好，抑或是这几日发生了太多的事疲劳过度，不一会子我便迷糊着睡了过去。

"主子，主子！"朦胧中听得彩衣呼唤，暮然一惊，醒了过来，却见彩衣一脸喜色地望着我，见我醒来，忙道："主子，西宁将军回来了，已在偏殿候了有一阵子了。"

我一听，忙起身穿鞋下地，口中埋怨道："西宁将军过来定然是有要事，怎么好让西宁将军等着啊，也不早些唤醒我！"

彩衣一脸委屈地回道："奴婢是看主子这几日疲惫不堪，这会子睡得极香，实在不忍心唤醒主子，便禀了西宁将军，西宁将军只道这几日难为你了，让奴婢不必唤醒你，让你好生歇会子。还是奴婢看主子都睡了两个时辰了，西宁将军也等了半个时辰了，这才斗胆唤醒了主子……一个想让你好生歇着，一个责怪奴婢，还真是左右为难，两头受气啊！"

我"扑"地一声笑了出来，拉了彩衣正经道："行了，不责怪你了。不过，彩衣，此话不可乱说，那日在殿中的奴才们除了你和小碌子其他人早就没了，我自然是极为相信你们的，只是你们自己也要谨慎些才是，这话若是有心之人听到了，可又是翻天覆地的大祸了！"

彩衣吓得白了脸，"咚"地跪在地上，连连磕头道："主子，奴婢该死，奴婢不是故意的，请主子责罚！"

"罚什么啊！"我亲手拉了她起来，"小安子去了后，我身边能说上话的也就剩你一个了，往后啊，也只有你能陪着我了。快起来吧，赶紧伺候我梳洗了，可别让西宁将军再久等了！"

我三步并作两步地跨进偏殿之中，见到刚站起身来准备行礼的西宁桢宇，摆摆手，示意他免礼，直入主题道："西宁将军，怎么这时候过来了？"

"皇后娘娘，末将接到归元寺的住持大师飞鸽传书，即刻便赶了过去，也没来得及跟你禀报，所幸不枉此行。"西宁桢宇面露喜色，朝我一拱手道，"皇后娘娘，末将要送你一份礼物！"

"哦？"我受了他的感染，脸上不自觉地浮上了笑容，"看西宁将军的神色，定然是喜事了。那本宫就不推辞，收下这份礼物了。"

"还不快带进来！"西宁桢宇朝门外高声道。话刚落音，便有两名殿前侍卫押着一个灰袍的僧人走了进来，那灰袍僧人一见我便跪了，不停地磕着头。

我不明所以地转头看着西宁桢宇，笑道："西宁将军，你不会专上归元寺就为了带这个专磕头的和尚赠与我吧？我这宫里头也不缺磕头之人。"

"听到了吗？"西宁桢宇朝那僧人沉声道，"皇后娘娘不喜欢磕头之人，还是说点皇后娘娘想听的话来听听吧！"

我疑惑着西宁桢宇怎么会说如此奇怪的话，他却朝我神秘一笑，示意我听那僧人说话。

"是，西宁将军。"那僧人朝西宁桢宇磕了个头，才又朝我道，"回皇后娘娘，贫僧是归元寺的粗使僧人一真，负责打扫后院。因为贫僧刚入寺不久……"

听着一真的讲叙，我从不明所以到震惊万分，再到欣喜若狂，也终于明了西宁桢宇为何一副胸有成竹的样子了。

听完一真的话,我心中那块大石也终于落了地,呵呵地朝西宁桢宇笑道:"西宁将军真是不枉此行,这份礼物本宫甚为满意,收下了!"

西宁桢宇含笑起身,恭敬道:"皇后娘娘喜欢,是末将的福分,皇后娘娘有需要协助的地方直接找莫统领便可,末将先行告退了。"

"西宁将军客气了。"我亲自起身送他至门口,"将军辛苦操劳一日了,快些回去歇息吧。"

西宁桢宇点点头,朝我行过礼方才离去,我立于门口看着他远去的背影,久久方才收回了眼光。

自从端木雨戳破了我们之间的那层纸之后,我们越发地客气起来,可我却隐隐感到我和西宁桢宇像蓦然走近了一步般,他对我亲厚了不少。

我踱回楠木椅上坐了,端起几上的茶轻轻抿了一小口,看了一眼跪在地上的一真,不冷不热地说道:"一真,你可知你犯下的可是灭族的大罪,即便是你遁入空门,也是要被凌迟处死的!"

我看着没有任何反应的他,也不知他究竟听没听懂我的话,又加重了语气:"你知道什么是凌迟处死么?"

我在他木然地轻摇脑袋时轻笑出声,"凌迟处死就是把你吊起来,用刀子一刀一刀将你的肉割下来,直到割到一百零八刀方才停手。当然,如果那时你还没有死,就再继续割下去……"

他浑身一颤,咚咚地磕头不止,声音中带着无尽的惊恐:"娘娘饶命,娘娘饶命啊!"

"行了!"我冷冷地打断了他,"本宫说过,这宫里头最不缺的便是朝本宫磕头之人!你若乖乖配合本宫,本宫自然保你无事!"

"但凭皇后娘娘吩咐,贫僧万死不辞!"他不敢再磕头,只信誓旦旦地保证着。

我点点头,朝彩衣吩咐道:"彩衣,带他下去换身衣服,顺便把他那个光头打理一下,太惹眼了。准备一下,今儿晚上咱们该去探望淑妃娘娘了。"

"是,主子!"彩衣听我如此一说,知我定然是想到主意了,一脸欣喜地答应着。

我疾步走入养心殿中,莲婕妤正陪着皇上在暖阁里说着闲话呢,见我进来,朝我伸出手来。

我看着满眼含笑的莲婕妤,走上前去,将手放入他手中,歪在他旁边柔声道:"肃郎,你身子好些了吗?"

"言言……"皇上颤巍巍地握紧了我的手,眼中满是内疚之情,沙哑道,"对不起,朕不知道……朕一直不知,你连御书房歇息室中那幅画之事也如此上心……"

"这……"我转头看看木莲。

木莲忙笑道:"皇后姐姐挂心皇上,不想让皇上知道,嫔妾知道。可是,姐姐,有些事一定要皇上知道啊,否则姐姐做了那么多,都被有心之人夺了功劳去,皇上也不知道啊!姐姐别怪妹妹多嘴,妹妹方才已然把姐姐发现嫔妾长得有七八分像那御书房歇息室中画像时,即刻命人教授嫔妾宫廷礼仪,派了嫔妾前去皇上跟前伺候,以慰皇上对薛皇后思念之情之事告诉了皇上。嫔妾不说,皇上还一直以为此事乃淑妃娘娘安排,直夸淑妃娘娘对皇上上心呢!"

我朝木莲眨眨眼,转头朝皇上笑道:"做妻子的关心丈夫本就应该,还争什么功劳不功劳的做什么?臣妾关心体贴皇上,事事为皇上着想,皇上即便是一时被人迷惑了,终有一天也会知道真相的。"

"言言……"皇上动容地看着我,"你不会怪朕对她念念不忘吧?其实她刚与朕大婚之时,朕忙于朝政,很少关心她,朕本想理顺了朝政之事,再好好疼爱她。怎奈……世事弄人,还未等到朕有时间关心她之时,她却因为生下太子难产而去。这么多年了,朕一直耿耿于怀,朕……实在有负于她!"

我拍了拍他的手,宽慰道:"薛姐姐断然不会责怪皇上的,她能理解自己的丈夫以江山社稷为重,若她在天有灵,一定不希望皇上对此事如此挂心的!臣妾自知道这事之后,非但没有责怪皇上之心,反而越发的幸福,因为臣妾的丈夫不仅是个明君,更是个有情有义的好男人!"

皇上摇了摇头,愧疚道:"朕真是糊涂了,居然相信了朕的皇后在自己的寝宫之中谋害朕的龙胎!连莲婕妤都能完全地相信你,朕却在他人的蛊惑之下一度怀疑你,朕真是愧对朕的皇后啊!"

"皇上,都老夫老妻了,怎么又说起这些话来,你也不怕莲妹妹取笑你!"我拉了他,咯咯娇笑着试图轻松气氛。

"是啊,皇上,皇后姐姐经常对臣妾说,皇上就是我们的丈夫,丈夫也不是圣人,难免有错怪臣妾们之时,要理解皇上的难处!"木莲在旁跟着劝道。

"不,言言。朕说过,绝不会亏待了你和我们的皇儿,朕一次又一次地失信于你,今天,当着莲儿的面,朕该实现对你的承诺了!"皇上说罢朝门口高声道,"小玄子!"

"奴才在。"守在门口的小玄子忙掀了帘子进来,躬身恭敬道:"万岁爷,您有何吩咐?"

"传朕旨意,皇五子睿儿系皇嫡长子,聪慧圣明,好文习武,深肖朕躬,可以承宗庙社稷大任,今立为太子,赐居东宫!"皇上一脸严肃地沉声道,"即刻令翰林院修书拟诏,令礼部准备册封大典,待到上几日,朕身子复原,即刻昭告天下!"

我被这从天而降的喜讯冲得整个人晕陶陶的,偷偷伸手掐了一把自己的大腿,痛得直钻心窝，但我仍旧是异常喜悦的，与木莲对望一眼，齐齐起身跪拜道："恭喜皇上，贺喜皇上！"

"好，好。"皇上面露喜色，伸手拉我二人起身。

我踌躇了一下，才小心翼翼地开口道："皇上，臣妾尚有下情，不知当禀不当禀？"

"皇后有何事，但说无妨。"都说人逢喜事精神爽，皇上如今的精气神也好了不少，面露红光。

"回皇上，二皇子转眼便十七了，今年春天里皇上亲自定下了翰林院梁大学士的嫡孙女儿，太子去了后，二皇子也算是长子了，已定下亲事大半载的长子尚未大婚，皇上却为睿儿的太子大典忙碌着，情理上……是不是有些说不过去！"

皇上若有所思地点点头："到底还是皇后考虑得周全些，这样吧，朕即刻命礼部准备大婚事宜，封二皇子为广平王，下个月大婚，赐居广平王府！"

"皇上！"我拉着他的胳膊，撒娇道，"好了，听臣妾的，你就先别操心这些事了，好生调养身子要紧，待养好了身子再操持这些事也不晚！"

"是啊，皇上，皇后姐姐说得没错，你还是先安心调养好身子要紧。"木莲有些疑惑地看着我，跟着劝道。

"好，好！"皇上高兴地看着我和木莲，眼光中多了一丝柔情，随即一捂肚子，咧嘴道："哎哟，哎哟！"

"怎么啦？"我和木莲俱是一惊，齐声惊呼道。

"呵呵……朕逗你们玩呢！"皇上呵呵笑着，朝门口高声吩咐道："小玄子，伺候朕出宫！"

我和木莲对望一眼，轻捂着嘴，笑了。

趁皇上出宫之时，我悄悄塞了早已备好的瓷瓶给木莲，悄声吩咐道："妹妹，你酌量放在茶水之中吧，能拖多久就拖多久，争取多一点时间给姐姐对付那些个蛇蝎心肠的女人们！"

"皇上这边姐姐就放心吧，妹妹会好好侍奉他的。"木莲收了瓷瓶，脸上闪过一丝狠毒，"姐姐可不能再心慈手软了，再不收拾了她们，只怕她们就会越发的无法无天了！"

我点点头，拉了她柔声道："妹妹，所幸有你，一直支持着姐姐！"

"自家姐妹……皇后姐姐不嫌弃嫔妾，是嫔妾的福分！"

"你们姐妹俩趁朕不在都说些什么呢？有没有说朕的坏话啊？"身后响起皇上的声音，我二人同时转过头去，嗔怪地娇呼："皇上……"

三人又闲聊了一阵子，直到用过晚膳，皇上用过木莲特制的茶水酣然入睡后，我才回了莫殇宫中。

"皇后娘娘，你可回来了！"刚一回宫，等候在殿中的少帆便迎了上来。

我朝他微微一笑,问道:"都准备妥当了吧?"

"都准备妥当了。"他点点头。

"走吧,去永和宫!"我扶了小碌子的手转身朝外走去,"本宫都有些迫不及待了!"

我端坐在永和宫正殿,冷冷地看着眼前一身正式宫装,头戴六尾凤簪,悉心修饰过精致妆容,傲然而立的淑妃。

"妹妹才两日未出宫门,就连宫妃的礼仪都忘了吗?见了本宫也不知道行礼了么?"我不冷不热的声音中听不出任何情绪来。

淑妃傲然而立,一副无惧的样子,骄傲地看着我:"从本宫出手的那一刻起,就知道了成王败寇的道理,若成了,宏儿便是太子,而本宫,将在皇上百年之后成为太后;此刻,本宫败了,要杀要剐悉听尊便,皇后又何必刻意来侮辱本宫?本宫已了无牵挂,无话可说,只请皇后娘娘能给个痛快!"

"唉……"我摇摇头,一副她可怜无比的模样,轻叹了一声,"看来本宫是要白跑这一趟了,淑妃妹妹既然已了无牵挂,无话可说了,那本宫也就不枉做好人了。来人哪,赐淑妃娘娘白绫三尺!"

我冷冷地吩咐道,毫不留恋地起身缓步朝殿门口走去。

"皇后,你此话何意?"淑妃追上前几步。

"妹妹不是想做糊涂鬼么?姐姐成全你,旁的就不必再问了。"

"皇后姐姐既然已跑了这一趟了,不妨就施舍妹妹做个明白鬼吧!"淑妃被我挑起了好奇之心,见我不是那么迫切地想向她索命,心中又燃起了一丝希望!

"唉,你我毕竟姐妹一场,姐姐实在不愿妹妹做了替死鬼还不自知!"我长长地叹了口气,吩咐道,"带上来吧!"

一身太监装扮的一真被带了上来,淑妃一脸疑惑地看着我。

"抬起头来!"

淑妃上上下下细细打量了一番,不明所以地望向我:"皇后娘娘这是……"

"一真啊,淑妃娘娘已经认不出你来了,你就帮着唤醒一下娘娘的记忆吧!"

"贫僧谨遵皇后娘娘懿旨!"一真伸手于胸前朝我一鞠躬,行了个和尚礼仪,而后迅速揭下帽子,扯下假辫。

淑妃满脸惊恐地看着一真,伸手指着他,踉跄连退几步,语不成声:"你……你……"

"贫僧一真拜见淑妃娘娘!"一真不慌不忙地朝淑妃一行礼,"淑妃娘娘,我们又见面了!"

"你……你……"淑妃看看我,又看看他,颤声道,"一真高僧,你不是云游四海去了吗？怎么这会子又在这里了？"

"对不起，淑妃娘娘……"

"一真，你就把对本宫说过的话对淑妃娘娘再说一遍吧！"我目光炯炯地看着他，吩咐道。

一真点点头，朝淑妃道："淑妃娘娘，贫僧并不是什么云游四海的高僧，贫僧只是归元寺扫后院的僧人，初入空门，六根不净，贫僧忍不住偷喝了几口烧酒，被师傅抓住，罚跪在后院中，不许贫僧吃饭。贫僧一直从午后跪到傍晚，对师傅是又怨又恨，正在此时，来了两位女施主，其中一位女施主还戴着面纱，贫僧记得师傅提起过那是宫中的贵人主子。"

淑妃脸上的血色正一点点褪去，我瞟了她一眼道："一真，你继续说，那两位女施主找你，所为何事？"

"那位戴了面纱的女施主告诉贫僧，七日后会有一队皇家仪队上山，让贫僧扮成游方的高僧对那位女施主说小少爷乃文曲星下凡。女施主许下承诺，此事若成了，就帮贫僧成为寺内高僧，再不用天天扫后院受责罚了，贫僧……贫僧终是没能抵住诱惑，便答应了。七日后，贫僧扮成游方的高僧，果真碰到了淑妃娘娘您，贫僧这么一说，娘娘当时便信了，还赏赐了贫僧不少贵重之物。后来……后来，贫僧的师傅知道了此事，即刻飞鸽传书禀了宫中侍卫，然后……"

"这……这……这……"淑妃蓦地转头望着我，一字一句道，"姐姐，告诉我，那个贱人是谁？！"

"妹妹想不起来么？你带宏儿上归元寺祈福之前，宫里还有几个人出过宫？"我闲闲地瞟了她一眼。

淑妃双目一敛，收紧了十指，愤愤然道："竟然是她，这个毒妇！"

我斜眼含笑看着她："淑妃妹妹入宫这么多年了，怎么就没看明白呢？这宫里谁不想爬高位？有儿子的后妃谁不想自己的儿子做太子登大典，自己做太后？淑妃妹妹想，她亦想，只是她的心比妹妹深，比妹妹毒。"

"若然本宫成了，那一真便是本宫的死穴，她不费吹灰之力便可毁了本宫的太后之路；若本宫败了，那弑后之人便是本宫一人，也与她无干，她照样做她的昭仪，仍然可等待下一次的机会。"淑妃就是再笨也算是被我点醒过来了。

"是啊，这一箭双雕的毒计可牢牢套住了妹妹你啊！如今妹妹你败了，皇上亲眼见你弑杀本宫，你就这样替她受了死罪，含恨而去，妹妹，你甘心吗？"我继续挑拨着。

"哼，皇后，你还真把本宫当傻子么？你无非是想利用本宫来帮你对付她罢了，雨妃毁了，本宫没了，再击败了她，这后宫就真的是你的天下了，太子之位自然也就是你的囊中之物了，本宫才不会那么傻呢，临死前还帮你一把，让你从此高枕无忧！"

"淑妃妹妹真的是好聪明啊，连这也想到了！"我嗤笑一声，凑上前去轻声道，"妹妹还不知道吧？皇上刚刚下旨，封二皇子为广平王，下个月大婚后居广平王府，就要搬出皇宫了，这太子之位这辈子是注定与他无缘的，你的太后梦已然破碎了。"

"这……"淑妃怔在当场。

我嘻嘻笑开了去，睨了她一眼："妹妹更不知道吧？皇上刚刚已经着翰林院拟旨，封睿儿为太子，不日将举行册封大典！"

"你……"淑妃双目圆睁，死死地盯着我，揣测我话中的真假。

"本宫根本就不需要你帮本宫对付她，本宫早已胜券在握，今儿走这一遭，只是与妹妹姐妹多年，不忍心看妹妹就这般不明不白地去了。"我整了整衣衫，不以为意地说道，"既然妹妹不领情，本宫也就不枉做好人了，这就去了。"

我在彩衣的扶持下缓步朝门口走去，丢下一句冷冷的话语："小碌子，你留下！奉上白绫三尺，伺候淑妃娘娘上路！"

淑妃立在原地，冷冷地望着我的背影，没有说话，眼中是无尽的死灰和漠然，再也没了任何涟漪……

太监小福子慌慌张张地从殿前阶下跑上前来禀道："皇后娘娘，芳嫔主子自被幽始每日吵闹，要求见主子！"

我停下步子，立于殿前阶上，目光如炬地瞪了他一眼，冷声喝道："本宫说过多少次了，本宫公务繁忙，哪得空去见她一个小小的嫔妃，再者说了，如今的本宫又岂是她一个小小的戴罪嫔妃想见就能见的？"

"皇后娘娘恕罪！只是……芳嫔主子都两天没用膳了，大吵大闹的，奴才们也是怕有了闪失，不得已这才前来烦扰娘娘，请娘娘示下。"小福子小心地赔着笑脸。

"绝食么？不吃就通知御膳房不用上了，浪费大内的银两。"我冷哼一声，"你现在就回去告诉她，若她乖乖的，她就还是芳嫔主子，若是闹出个好歹来，明年的今天就能看到她的坟头草了！"

"是，是，皇后娘娘，奴才这就去办。另外……"小福子见我神色不是很好，有些迟疑着。

"你有话就快说，趁本宫这会子心情大好，等会子小心有你的板子吃！"我斜眼瞟了一眼悄然上前两步，立着耳朵用心聆听的淑妃一眼。

"另外，莫统领那边传话过来，说是陈副统领的伤口恶化了，再加上这两日的严刑拷打，只怕……只怕是快要撑不住了！"

淑妃倒抽了一口冷气，一副心急如焚的样子，不自觉地上前几步，指望小福子能多说一些。

我睨了他一眼，冷声吩咐道："哼，再审，那个陈副统领可不能轻饶了，弑后之罪可有得他受的了，也不知他哪来的胆，敢行如此冒天下大不韪之事。给本宫重重地严审，敢闯入本宫的宫殿弑杀本宫，一定要把其中的内情审出来，撑不住了么？那就怪他自己命贱，死了拉到乱葬岗扔了便是！"

冰冷而毫不留情的声音飘进了淑妃的耳中，她身形一震，眼中闪过一丝光亮，身形一变，一路扑行而至，口中高呼："皇后娘娘，请留步！"

"怎么？淑妃妹妹还有何话想说？"我转头问道，心下冷哼一声：看不出来，你倒也是个多情的人儿。

"皇后娘娘，嫔妾方才听说陈副统领他……"淑妃小心翼翼地开口道。

"怎么？淑妃妹妹连白绫都心甘情愿地收下了，连自身都难保了，这会子难道还想保他人不成？"我目光炯炯地盯着她，似笑非笑地直望进她眼眸深处，仿佛要将她心中的秘密看透一般。

淑妃有些心虚地避开了我的眼光，讷讷道："嫔妾答应过芳嫔妹妹，要力保他兄妹二人的性命……皇后娘娘，你我姐妹一场，就请你看在嫔妾的面上，放他们一条生路吧！"

"淑妃妹妹是真傻还是假傻？"我凑上前去，"这宫里头啊，没有永远的敌人也没有永远的朋友，更没有什么姐妹之情，有的，只是永远的利益！"

我盯着她僵硬的嘴角，继续道："淑妃妹妹如今是人走茶凉，又哪还有什么脸面在？一群敢冒天下之大不韪弑杀本宫之人，本宫凭什么要给他们一条活路？你们既然一个个都杀不了本宫，那就得等着被本宫一个个地诛杀！只可怜了陈副统领他……英姿飒爽，年轻有为，堂堂殿前侍卫副统领，前途无量，却要落得英年早逝的悲惨下场了……"

淑妃陷入了往事的回忆中，眼中升起了雾气，满脸苦楚，缓缓跪了下去："是我害苦了他，请皇后娘娘示下，如何才肯放他们一条生路，嫔妾愿供娘娘差遣！"

我这才喜笑颜开，亲自扶了她起来，含笑柔声道："淑妃妹妹何需说得如此可怜，其实姐姐的心思妹妹还不知道么？只要妹妹愿意，这宫里头除了姐姐还是妹妹最大，这永和宫照样还是妹妹的天下，妹妹在这永和宫中想做什么就做什么，本宫保证，没有人敢来打扰妹妹！"

我不怀好意地朝她笑笑，淑妃蓦地红了脸颊，竟如正值青春年华的妙龄少女般散发出娇娇新妇的气息来，霎时迷人心魂。

我怎么就不知她原来也是可以如此美丽的？唉，万岁爷还真是老了，连淑妃这样的明日黄花也有人有能力让她枯木回春，不知万岁爷知道了又会怎样……

不过，这些都不重要了，重要的是如今这宫中的形势正在按我的设想一步步实现，至于其他的，稍后自然会见分晓了，本宫这一次绝对不会再手下留情了！

陪皇上用过夜宵后，回到莫殇宫中，沐浴完后换上了宽松净的衣裙，我伸了伸懒腰，吩咐道："秋霜，去把今年新做的宫装中挑套正式抢眼的出来整理妥当了，本宫明儿

要穿！"

"是，主子！"秋霜放下手中的参汤，转身出去了。

"彩衣，那参汤就不用了，过来伺候本宫歇息吧！今儿个你照例陪本宫歇着吧。"

"是，主子。"彩衣早已习惯了与我同榻而眠，也不惊讶，上前熟练地伺候我歇下，方才窝在我的脚边睡下。

"彩衣啊，明儿个可得要好好替本宫打扮打扮才是，明儿个可有好戏上演，可得让她们睁大眼睛看清楚了带到命里面去，过了明儿个，不知还有几人还能瞧见本宫身着正宫娘娘宫装的尊贵容颜了！"我显摆的声音中有着浓浓的疲惫。

"主子，奴婢们都知道你不是这样的人，可这后宫哪容得下善良之人啊，主子善良，看看这群嫔妃，哪个不是变着法儿地想害主子？主子，她们都公然闯进莫殇宫来了，你可不能再善心了！"彩衣对前些日子之事心有余悸，咬牙切齿道。

"嗯。"我咕哝着，长长地叹了口气，"这样的日子，何时才是个头啊……"

回应我的只有那盏守夜灯里被烧得哧哧作响的声音和夜里随风摇摆着如鬼魅般的灯影……

一整天我都心不在焉地陪着皇上，直到夜幕降临，皇上歇下了，我直奔回莫殇宫中。

入了东暖阁，换上昨儿夜里命秋霜备下的宫装，细细描好眉黛，梳了个精致的富贵流云髻，方才扶着小碌子的手臂，朝正殿而去。

殿前侍卫前行开路，太监宫女们簇拥而行，头上那支只有皇后一人可戴的十二尾凤凰簪在路灯下灼灼生辉，凤凰口中的珍珠流苏随着走动在风中摇曳生姿。

端坐在正殿正中的鸾凤椅上，看着散跪在地上的众人，满意地点了点头，吩咐道："小碌子，有没派人去传容昭仪？"

"回皇后主子，已经派人去传了，这会子只怕已经在来的路上了！"小碌子躬身恭敬回道。

话刚落音，门外便响起了当值小太监的尖声通传："容昭仪娘娘到！"

容昭仪满脸堆笑，带着并未到达眼中的笑意走了进来，看着地上跪着的众人，又看看一身正式宫装端坐在鸾凤椅上的我，不禁微微变了脸色。

多年的宫斗让她已然察觉到了危险的气息，忙敛了神色，上前恭敬跪拜道："臣妾拜见皇后娘娘！"

"嗯。"我不冷不热地点点头，轻声道，"容昭仪起来坐吧！"

"谢皇后娘娘！"容昭仪谢了恩，起身歪在旁边的楠木椅上，不敢再多言。

"容昭仪，雨妃谋害龙胎，媚惑君王，淑妃意图弑后，争夺太子之位，如今皆已查实，二人皆已认罪。这宫里发生这么大的事儿，容昭仪事前可知一二？"我瞟了容昭仪一眼，声音中听不出喜怒。

容昭仪脸色一白，顿了一下，恭敬回道："回皇后娘娘的话，臣妾素来深居简出，专心侍奉皇上和皇后娘娘，督促皇儿的学业，不曾听说其他事！淑妃和雨妃犯下此等大罪，也是前儿个才从奴才们的口中听说一二，请娘娘明察！"

"嗯，昭仪妹妹素来喜欢清静自在。只是这么大的事儿，牵扯到如此多的宫妃，昭仪妹妹身为二品宫妃，本宫不得不传了妹妹过来，照例问话。妹妹觉着，她二人该怎么处置才是？"

"回皇后娘娘的话，这国有国法，宫有宫规，淑妃和雨妃两位姐姐犯下如此滔天大罪，还请皇后娘娘奏请皇上，下旨严惩，以儆效尤！"

容昭仪那是见招拆招，回答得谨慎有理，丝毫不见破绽，看来啊，不出狠招儿是不行了！

"皇上授权本宫全权查处此事，命本宫不仅要严惩她们，还要抓出那些幕后捣鬼之人，一并严惩！"我紧紧盯着容昭仪的一举一动，似笑非笑，一字一句地说道。

容昭仪有些心虚地低下头去，避开了我迫人的目光，讷讷回道："皇上英明，理应如此，请皇后娘娘明察秋毫！"

"好，好，理应如此！"我高声答道，貌似就等着容昭仪此话了，嘴角逸出一丝笑意来，转头吩咐道："小碌子，带进来吧！"

一真特地穿了那日后院与容昭仪相见之时的那件灰袍，一进殿便紧紧盯着容昭仪的方向不放。

站在容昭仪身后的宫女小荷瞬间白了脸面，目露惊恐，慌乱中一转头便对上了我若有所思的目光，暮地低下头去。

我不动声色地瞟向容昭仪，她正努力控制着情绪，面目痉挛，双手紧紧拧着手中的丝帕。

一真走上前来朝我跪了，恭敬道："贫僧一真拜见皇后娘娘。"

我点点头，问道："一真师傅，可有结果了？"

"回皇后娘娘的话，已有结果了，那日在后院中利诱贫僧对淑妃娘娘谎称皇子乃文曲星下凡的，正是方才说话的这位娘娘！"随着一真的话，容昭仪面上的最后一丝血色完全消失。

"你可听得确了？"我瞟了一眼面色惨白、全身战栗的容昭仪，又转头目光炯炯地盯着一真，不高不低地问道。

"回皇后娘娘，贫僧不敢有半句谎言，的确是这位娘娘的声音，况且当时还有娘娘身后的那位丫鬟在，贫僧绝不会看错的！"一真仔细看着惊恐万分、立于容昭仪身后仿佛随时都要晕倒过去的小荷，恭敬回道。

我冷笑着看向容昭仪："容昭仪，你自己说说吧，这是怎么回事儿？"

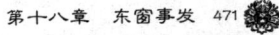

第十八章 东窗事发

容昭仪僵直身子，咬牙挺直了身子，努力控制着颤抖的情绪，平声道："皇后娘娘，嫔妾不认识眼前这位僧人，也听不懂他在胡说些什么！"

"昭仪妹妹真的听不懂么？"我也不再看她，转头朝跪在旁边的雪贵人道，"雪贵人，把你知道的都说出来吧！"

"回皇后娘娘，那日里嫔妾到昭仪娘娘宫中，适逢午歇时候，嫔妾便没有让守门的太监通传。因为嫔妾时常进出昭仪娘娘的宫殿，那小太监也就应承了。

"嫔妾走至东暖阁外，便听到昭仪娘娘正同宫女小荷说着话，嫔妾不敢吱声，便立于窗下。听见昭仪娘娘心急如焚地跟小荷说，皇后娘娘被幽之后，宫中大权已落在了淑妃娘娘之手，恐怕淑妃娘娘已准备动手了，太子去了后，二皇子为长，不能眼看着太子之位落入淑妃之手。

"小荷却不慌不忙地建议昭仪娘娘对淑妃娘娘来个螳螂捕蝉黄雀在后，不妨上归元寺找个僧人对四皇子下套，若淑妃娘娘除去了皇后娘娘，正好流言事件扳倒淑妃娘娘，如此一来，太子之位自然便是二皇子的了。

"第二日，昭仪娘娘便带着小荷上了归元寺，没过几日，淑妃娘娘便带着四皇子上归元寺祈福，流言也就随之传了开来。"

我再转头望向容昭仪时，她已然瘫软在楠木椅上，见我望了过去，吓得浑身一颤，滑下椅子，跪倒在地，颤声道："皇后娘娘，臣妾冤枉啊！不是臣妾指使他做的，定然是有人串通了这僧，让他来陷害臣妾！"

我瞟了她一眼，抬头冷冷地盯着小荷："小荷，你说，你家主子冤枉不？"

小荷突然被我点到名，浑身一颤，吓得疾步上前，跪了回道："皇后娘娘明察，此事乃奴婢一人私自所为，皇后要罚就罚奴婢吧，此事与我家主子无关！"

"你一人私自所为么？"我目光一敛，厉声道："那你就该死！"

众人皆被我这突如其来的怒气吓坏了，浑身一颤。我高声吩咐道："小碌子，传杖！"

小碌子朝我一躬身，转头朝殿外高声道："皇后娘娘懿旨，传杖！"

霎时江峰便带着小太监抬了条凳，拿着木杖疾步走了进来，跪拜道："启禀皇后娘娘，刑杖到！"

"宫女小荷买通归元寺僧人，妄传谣言，意图谋害四皇子，拖下去，给本宫着实地打！"我瞟了一眼暗自咬牙的容昭仪，重重地说道，"打到她说出幕后主使之人为止！"

"奴才遵旨！"江峰朝我躬身回过话，转身一挥手，即刻便有小太监拥了上来，拖起早已瘫软在地的小荷，按到暗红色的实木条凳之上，塞了软木。

木杖高高地举起，又重重地落下，殿中除了木杖落下，击打小荷单薄身子的噼啪之声外，便只剩下江掌事尖尖的数数声了。

众人屏住呼吸，那重重的木杖落下之声直瘆入人心，无不变了脸色。如此打了六七下，我估摸着小荷也快受不住了，挥手示意了一下，江峰即刻停了下来。

身形单薄的小荷早已皮开肉绽，破开的衣衫处血迹斑斑，令人触目惊心，额头之上的汗水早已湿透了秀发，黏在两鬓边，苍白的小脸显得更加柔弱了。

"小荷，你可想说实话了？"

小荷似没听见般也不看我，只满目痛楚，可怜兮兮地望向容昭仪。容昭仪连张了几次口，却终是没有发出任何声音来，狠心地转过头，不再看她。

"接着打！"我愤愤然道。

江峰的数数声和木杖的噼啪之声再次响起，直至小荷的挣扎停止了方才停了下来。

"启禀皇后娘娘，宫女小荷已断气了！"江峰朝我恭敬禀道。

我点点头，朝跪在一旁脸色苍白，满脸愤恨之色的容昭仪道："昭仪妹妹还觉着冤枉么？"不待她说话，我又朝她诡异一笑，转头道："淑妃妹妹和雪贵人说完了，雨妃妹妹也来说说吧！"

"是，皇后娘娘。"雨妃恭敬回道，"嫔妾设计流掉了自己和莲婕妤肚中的龙胎后，容昭仪来到了嫔妾宫中，说嫔妾外有端木家的势力所依，内有皇上的宠爱所依，正是入主中宫的大好机会。可没过几日，皇上便因为一盘糕点在嫔妾们面前念起皇后娘娘的好来，第二天，容昭仪便给嫔妾送来了……送来了回春散，让嫔妾每日里暗地里放在皇上的茶水之中，保准皇上再也不会想念皇后娘娘，更是让月嫔娇嫔几位妹妹过来合力侍奉皇上。嫔妾提起嫔妾只是一个无子嗣的嫔妃，也不去想这些权势之事，偏偏容昭仪又劝嫔妾，说是嫔妾无子嗣，皇后娘娘却有一子一女，深得圣心，过继到嫔妾跟前便可母凭子贵，平步青云，宠冠六宫。嫔妾竟鬼使神差地信了她的话，才缠着皇上过继龙阳与嫔妾……"

"雨妃，你……你血口喷人，信口雌黄！"容昭仪紧张地转头望着我，"皇后娘娘，嫔妾没有，嫔妾冤枉啊！请皇后娘娘明察！"

"昭仪妹妹又冤枉了？"我冷笑连连，冷哼道："那月嫔，娇嫔，你们说！"

"回皇后娘娘，雨妃娘娘句句属实！"月嫔磕头回道，"容昭仪娘娘还悄悄对我二人道，要我二人趁机努力怀上龙胎，说是宫中历来是母凭子贵的地儿，只有产下皇子，才不会被皇上遗忘！"

"你！你们……"容昭仪陷入了无尽的绝望中，手指众人呵呵笑道，"你们这是盘算好了给本宫下套！"

"昭仪妹妹的意思是本宫和雨妃、淑妃、月嫔、娇嫔、雪贵人等众位妹妹联合起来冤枉你？"我似笑非笑地看着她，冷声问道。

"不，不是……"容昭仪惊觉自己说错了话，连连否认道。

"不是，那就是说雨妃和淑妃她们所说句句属实了？"我目光炯炯地逼视着她，紧紧

追问道。

"启禀皇后娘娘，这是在容昭仪娘娘宫中搜出之物！"少帆带了人进来禀道，交了一小包层层丝帕包裹之物给小碌子呈了上来。

我打开丝帕，刚用指甲挑起一点来，还未细看，雨妃已指着我指甲中的粉末，失声道："皇后娘娘，就是它！这就是昭仪妹妹给妹妹送过来的回春散！"

我顿了一下，将指甲中的粉末抖回了丝帕之中，看了容昭仪一眼，吩咐道："昭仪妹妹，别说本宫冤枉你。小碌子，即刻派人去请南御医过来查验，看看此乃何种药粉！"

待小碌子离去后，我又转头朝少帆问道："莫统领，此物从何处搜出？"

"回皇后娘娘，卑职奉命搜查荣华宫，起初一无所获，后来搜到书房时，一侍卫不小心打翻了书柜正中的一个景德镇色釉瓷瓶，卑职责骂他时却意外发现了这包药粉，卑职觉着奇怪，这才带了过来。"

我瞟了一眼容昭仪面如死灰的神情，惊道："景德镇色釉瓷瓶么？那可是难得的极品，古人曾形容它为'绿如春水初生日，红似朝霞欲上时'。本宫一直只是听说，却不想昭仪妹妹有这等稀罕物，打碎了么？真是可惜了！"

"那个景德镇色釉瓷瓶么？"淑妃眼中闪过一丝光亮，"嫔妾可记得那是昭仪妹妹产下二皇子时，皇上高兴异常，亲赐的圣品啊！"

淑妃一语戳破了其中的奥秘，容昭仪的脸色越发难堪起来。

南宫阳一路小跑进得跟前，跪了回道："启禀皇后娘娘，微臣已细细查探过那包药粉，确认为宫中禁用之物——回春散！"

"容昭仪，事到如今你还要喊冤么？"我走至跪在地上的容昭仪跟前，冷冷地俯视着她。

"不，不……"容昭仪蓦然明白了自己掉入了一个早已精心设计好的陷阱之中，浑身一软，瘫坐在地，低声呢喃道："嫔妾已无冤可喊！"

我神色一整，踱步走回鸾凤椅上坐了，环视了殿中神情各异的众人一眼，威严道："本宫终于不负皇上所托，将此事彻查清楚，本宫明儿一早便将此事原委始末详细禀了皇上，请皇上定夺！"

第二日午后，我由奴才们簇拥着，意气风发地出了养心殿，抬头看看天，初冬的阳光暖洋洋地照在人的身上，今年的冬天，来得可真晚啊！

"皇后娘娘，等会子先去哪里？"立于一旁的小曲子恭敬问道，身后随侍的小太监手中捧着的俨然是明黄绸缎金丝线绣龙圣旨。

"容昭仪在此次事件中可是拔了头筹啊，先去看她吧！"我莞尔一笑。

容昭仪独身一人端正跪于正殿之中，小曲子手拿圣旨高声念道："奉天承运，皇帝诏曰：容氏昭仪有失妇德，蛊惑他人，妖言惑众，意图谋害龙子，有失德行，媚惑君王，按律当凌迟处死，然念其诞育皇子有功，特赐乌头养颜汤十服，即日起由内务府每日定时监督服用。钦此！"

我接过圣旨，蹲在瘫坐在地、面目无神的容昭仪跟前，轻轻将圣旨塞到她手中，轻声道："皇上已下旨封二皇子为广平王，令礼部准备二皇子大婚事宜，一月后大婚，赐居广平王府。你若是乖乖的，二皇子有生之年便是广平王，衣食无忧地度过余生；你若是不乖……"

我没有再说下去，但浑身一颤的她已清楚地告诉我，她已经清楚该怎么做了。

永和宫正殿淑妃正一脸喜色地跪了接旨，小曲子高声念道："奉天承运，皇帝诏曰：永和宫淑妃妄图混淆视听，谋取太子之位，意图弑后，国法家规难容，赐白绫三丈。钦此！"

随着小曲子的宣旨，淑妃脸上的血色一点点失去，待小曲子念完，她惊呼一声，跪着扑上前来，失声道："皇后姐姐，曲公公是不是弄错了啊？这怎么可能？皇后姐姐，你答应过嫔妾的……"

"你没有听错，这道圣旨是本宫亲自向皇上请的！"我退后两步避开了她，一字一句地说道，将她最后一丝希望一并毁灭！

"你！皇后，你这个毒妇！"淑妃嘶声吼道，再次起身扑上前来，小碌子早已带人拖住了她。

"说得好，淑妃妹妹！"我欺上前去，柔声道，"量小非君子，无毒不丈夫，是淑妃妹妹你教会了我！"

"你！你明明说过，待收拾了容昭仪，这永和宫便是我的天下了么？你为何要失言？"淑妃不甘地吼道。

"淑妃，你果真当本宫好欺么？你一次又一次地与本宫作对，本宫放过了你一次又一次，你却变本加厉地想弑杀本宫，叫本宫如何饶恕你？"

我如此一说，淑妃反而平静了下来，自知难逃一死，也不再白费力气，眼中闪过一丝嘲弄之色，不屑道："那是你自己要相信，与我何干？皇后娘娘如此心慈手软，若换成她人，我不知早死了多少次了，这会子只怕是坟头之草都早已齐腰长了！"

我摇了摇头，叹了口气，轻声道："淑妃妹妹，你以为凭雪贵人一个小小的嫔妾，她敢在本宫面前三番两次地不把本宫放在眼中，令本宫难堪么？凭什么本宫要一再地容忍于她？"

"你……"淑妃吃惊地看着我，"你是说……"

我没有理会她的惊讶，径自凑到她耳边小声道："你以为你与陈副统领那档子事儿本宫不知道么？"

我在她目瞪口呆的神情之中，继续道："你输就输在勾搭的男人不够强势！你以为他凭什么在雨妃弑杀我时拼命保护我，又刻意留下玲珑来保护我呢？"

我退开身去，在她渐渐明了的神情之中高声吩咐道："曲公公，还不即刻送淑妃娘娘上路！"

淑妃终于明白了我话中的含义，咯咯笑开了去，挥了挥手道："不用，本宫自己来！"

淑妃举步上前踏上太监们早已备好的小凳上，双手拉着白绫看着我笑道："莫言，你才是最绝情最狠毒之人！"

说罢缓缓将手中白绫系了个死结，轻轻拉了结套，将头慢慢放了上去，一个用力蹬翻了脚下的小凳……

我一甩长袖朝殿外走去，吩咐道："来人，送海月姑姑前去伺候淑妃娘娘！"说罢，头也不回地走出了永和宫。

华灯初上，彩衣气喘吁吁地跑了上来，悄悄塞了一小包东西到我手中，低声道："主子，南御医说还没有百分之百的把握啊！"

"嗯。"我点点头道，"如今之事，也只能死马当作活马医，听天由命了！"

彩衣扶了我上了凤辇，缓缓朝储秀宫驶去。

我入储秀宫东暖阁之时，端木雨早已梳洗完毕，穿了入宫之时的那套衫裙静静地坐在炕上的小方桌前等着我的到来。

小曲子刚拿出了圣旨，端木雨看了一眼身后太监端着的托盘，挥挥手，轻声道："曲公公，不用念了，端上来吧。"

小曲子看了我一眼，我点点头，缓步走上前去，坐在了她对面，小曲子才转身端了托盘放在桌上。

"其实我和姐姐都是傻瓜，明知道不可以，却仍是死死抓住不放！"端木雨自嘲地笑笑，又无奈道，"其实西宁也是个可怜人，爱上了一个得不到，爱上了另一个，仍然是只能看不能动！"

"妹妹能看得明白也是一件好事，只望妹妹能获重生，从头开始！"我轻声道。

端木雨伸出青葱玉手举起酒壶，缓缓将白玉杯斟满，轻轻端起酒杯，真诚地看着我："莫言，如若有那样一次机会，请你好好爱西宁一回！"

我没有说话，全神贯注地看着她慢慢举起酒杯，放至唇边缓缓将杯中玉露一饮而尽，一滴清泪沿着眼角滚落而下！

过了许久，我命内务府专门负责监督行刑的掌事太监上前伸手探视端木雨的鼻息，他转头朝我点了点头。

我轻声吩咐道："小曲子，你带了几位公公前去养心殿复旨吧！留了莫统领在跟前，本宫还想再陪雨妃妹妹一会子！"

小曲子收到我示意的眼光，忙带了众人行了礼出去了。

待几人走远，我连忙起身问凑上前来的少帆："怎么样？都安排妥当了吗？"

"放心吧，都安排好了，代替雨妃的尸体已在门口了。"少帆擦拭了一下额头，沉声道。

我点点头，吩咐道："少帆，即刻安排人按计划将端木雨的尸体送到静心庵去；小碌子，即刻安排人将代替的尸体送到化人场化了，将骨灰送出去给端木大人。"

众人点了点头，分头行事去了，待一切安排妥当，我方才由彩衣陪着乘了凤辇回到莫殇宫中。玲珑早已等候在殿中，见我回来，忙迎了上来："主子，深夜唤奴婢来所为何事？"

我转身走到桌案前，打开抽屉，从暗格中取出早已写好的信，交到她手中，沉声吩咐道："玲珑，你即刻想办法与西宁取得联系，将此信亲手交到他手上，要快！切记，切记！"

玲珑见我严肃沉重的神情，心知定然是极重要之事，不再言语，只点了点头，将信妥当收了，转身离去，身形一闪便消失在了黑暗之中。

解决了这三个眼中钉肉中刺，我总算可以重重地透口气了，至于牵扯在内的其他那些嫔妃，也不过是些不成气候的东西，我如此大张旗鼓地杀鸡儆猴，想来她们也不敢再轻举妄动了。

我没有再亲自前往，只是歪在贵妃榻上吩咐小碌子替我走了这一趟，吩咐她们遵守妇德，谨言慎行之类的，让牵扯在春药事件中的月嫔、娇嫔等面壁思过，抄写经文。

芳嫔自然是不能留的，幽禁后没两天她便一病不起，病情是一日重过一日，没几日便一命呜呼了，陈副统领公然弑后，皇上在第二日就卧在床榻之上亲自命人将他推出了午门，在淑妃面前刻意提起他来，也不过是刺激刺激她的神经罢了，哪里有什么严刑审问一说。

事情顺利解决了，也就没了必要再每日早早让皇上歇息了，我找木莲拿回了剩下的蒙汗药，亲自下厨房给皇上炖汤做糕点。

第十九章　情难自禁

　　皇上的身子在木莲和我的悉心照料之下慢慢好了起来，后宫经历了一番天翻地覆的变化，好在朝堂之上尚无太大的影响。礼部为了二皇子的大婚事宜忙碌着，一副欢天喜地的模样。

　　淑妃去了之后，宏儿又成了无人照料的孩子，我向皇上请旨擢升木莲为宸妃，将他养在木莲名下。

　　半夜里我只觉有双眼睛紧紧地盯着我，心下一惊，蓦地睁眼坐了起来。自楠木椅上的挺拔身影传来轻柔的声音："还是睡不安稳么？我刚一来，你就惊醒了。"

　　我轻吐了一口气，诧异于他越发温柔的口吻，起身穿了绣鞋下床："这宫里哪还有什么安稳的地儿？连睡觉都得睁着一只眼，要不连怎么死的都不知道！"

　　他没有接口，转而又道："雨儿之事，谢谢你！另外，端木尚书请我代为转达，皇后娘娘宽厚仁义，日后但有用得着端木家族的地方请娘娘尽管开口！"

　　我发自内心地微微一笑，知道我这一投李，终于换来了我想要的桃了，但是……我蓦地抬头直直地看着西宁桢宇，轻声道："我这般做，不过是为了要拉拢端木家，仅仅是因为你说，你把端木雨当做自己的亲妹妹！"

　　西宁桢宇怔在当场，愣愣地看着我……

　　"你应该知道了吧，皇上今儿午后已传下旨意，让你整顿殿前侍卫营了。"

　　他点点头，我又道："另外……另外传下口谕，让睿儿开春后跟着你习武！"

　　"真的？"西宁桢宇双眼晶亮。

我点点头，心中那丝光亮再次沉了下去，睿儿，睿儿……若是有一天他知道了，该是多么大的打击啊，我不敢想象！

广平王大婚后迁居广平王府过新年去了，原本病中的容昭仪病情越发的加重，还未熬到新年便去了。

一开春，皇上便颁旨诏告天下封五皇子睿儿为太子，令礼部准备册封大典，又特地指派了翰林院首席大学士许默之为太子太傅，西宁桢宇为武艺师傅。

又是一年樱花开，我立于屋前檐下细细数着，惊觉不知不觉间我入宫已整整十三年了。这几年睿儿的成绩让我甚是欣慰，学业上自是不必说了，武艺上有西宁我也不必担心。从前些日子起，他便要每天五更天起身和皇上一起上朝听政了，我甚是担心，但从这些日子看，皇上甚为满意，我悬着的一颗心也渐渐放了下来。

西宁桢宇转眼也已三十有余了，皇上几次赐婚皆被他婉拒，只是接受了不少皇上赏赐的侍妾，但这些年仍是未产下一男半女，这让我甚为奇怪。

眼看临近中午了还没下朝，我不禁有些着急起来，派去打听的小全子也还未回来。杨公公去了后，我见小全子甚为稳重，便调了他到跟前使唤着，也甚为顺手，但我仍是常常想起小安子。

我常常在想，若是小安子在，该多好啊！如今无论是后宫之中，抑或是朝堂之上，早已是我的天下了，再也无人可以威胁到我们了，再也不用为了自保每日里寝食难安了。

可是……那个陪着我走过了最艰难的道路之人，再也不会醒来了……

"主子，主子！不好了……"小全子一路奔来的急呼声打断了我的思绪。

"何事不好了？"小全子甚少如此惊慌失措。

"回主子，奴才刚刚打听到，异域突然来袭，边关告急！"小全子喘着粗气，"皇上已下令封孙将军为主帅明日领兵出击，这会子刚下了朝，又和大臣们入了军机处。"

我点点头，吩咐道："再去打探！"

异域多年来一直臣服于我朝，此次突然来袭，定是做了万全准备了。焦急了一整天，直到华灯初上也没等来皇上和太子，却意外等来了少帆。

"皇后娘娘，卑职是来向你辞行的！"少帆朝我一拱手，恭敬道。

"怎么？二哥，你这是？"我一惊。

"妹子，我已主动请缨，为孙将军副将，明日随将军出征！"

"不。"我摇摇头，一把拉了他，"不要去，二哥！"

他反手握住我的手，宽慰道："妹子，别怕，我不会有事的。"

"可是……"

"我答应过父亲要好好保护你的，我若不去，莫家在朝中永远说不起话，谁来保护你们母子？"

第十九章 情难自禁

我连张了几次嘴，始终没有将心中的话说出来，最后只是沉重地点了点头，不是为了我自己，而是为了莫家。

少帆说得对，殿前侍卫做到头也顶多到四品，且无实权，要想莫家在朝堂之上有说话的分量，只能出去，得胜立功了自然才能加官进爵，才有说话的份儿！

"放心吧，妹子，如今的展副统领是我的心腹，我不在了，你有事尽管传他过来，他会处理好一切的。"少帆又吩咐了些细致之事，方才离去。

朝廷一时陷入沉闷当中，好在孙将军一去，局势便稳定了下来，连连收复失地，传来捷报。皇上一听便坐不住了，朝臣们再一怂恿，他更是意气风发，直说要趁此次机会御驾亲征。

我一听，急了，大步出了门，直奔养心殿而去。这几年他的身子越发地不好了，近六十的人了，怎么也不考虑考虑自己的身子骨，非得要出去呢。

"皇上，臣妾刚刚得知，皇上要御驾亲征，可有此事？"我疾步入了暖阁，喘着粗气，顾不上行礼，上前急道。

"皇后的消息灵通啊！"皇上神清气爽地笑着看着我。

"皇上，臣妾跟你说正经的，你还有心思说这些！"我嗔怪道，"睿儿一下朝便到臣妾宫里了，臣妾是听他说的。皇上，你的身子骨刚刚调养好，怎么经得起长途跋涉呢？"

"皇后，你是在说朕老了吗？"他沉声道。

"臣妾失言，请皇上恕罪！"我忙跪了下去，"臣妾不是这个意思，臣妾只是关心皇上的身子！"

"好啦！"皇上叹了口气，亲自上前扶了我，"朕知道你关心了，只是，朕心意已决，此事早已在朝堂之上定了下来，岂能更改？皇后就不必再说了。"

"可……"我待要再说什么，却见一旁的宸妃和雪贵嫔连连朝我打着眼色，我只得道："皇上好生歇着，臣妾去令人为皇上打点行装。"

皇上这才缓和了脸色，点点头，在宸妃和雪贵嫔的伺候下躺了下去。

三日后，皇上领着西宁将军，亲率二十万大军御驾亲征，朝边关而去，朝中由房丞相及端木尚书等辅佐太子监国。

谁料皇上刚到边关，祁朝竟出兵援助异域，好在西宁桢宇所率二十万大军乃他亲手调教的精兵，与祁朝和异域联军三十万僵持在边关，一时之间竟难分胜负，谁也不敢轻举妄动。

十万火急间，太子与众臣商议之后，从各地抽调了二十万大军，急速赶赴边关，不出十日，局势顿时扭转，锁定胜局，边关捷报连连，更有断言，不出一月便能大获全胜，班师回朝！

朝中喜气洋洋，我更是松了口气，歪在贵妃榻上歇息着，朦胧间听得门外有人说着话，声音虽小，却透着着急，貌似是……小曲子！

我一惊，立时便坐了起来，朝门外道："门外可是曲公公？快快请进来！"

"皇后娘娘好耳力，正是奴才。"小曲子疾步跨了进来，行了个礼，着急道，"皇后娘娘，太子殿下请娘娘即刻移步御书房。"

"什么？"我心下大惊，御书房乃皇上批阅奏章之处，如今太子监国，便在御书房批阅奏章。小玄子跟着皇上御驾亲征了，留下小曲子伺候太子跟前，没有紧要之事，皇儿定然不会派了小曲子过来的，我忙道，"都有谁在？"

"回皇后娘娘，房阁老在。"

我忙起身吩咐彩衣进来伺候梳洗，上了凤辇，急急朝御书房而去。

"母后！"睿儿一见我忙迎了上来，扶了我坐下。

"老臣拜见皇后娘娘。"房丞相朝我拱手躬身道。

"房阁老，皇上命你辅佐太子监国，朝堂之上的事你和众位大臣商议决定便可，就不必问本宫的意思了。"我朝房丞相道。

"皇后娘娘，没有十万火急之事，老臣万不敢惊动皇后娘娘，只是，此事事关重大，老臣不敢告知他人，只好冒昧请皇后娘娘前来，好拿个主意！"

我越发心惊起来，房丞相乃朝中老臣，他都拿不定主意的定然是极其棘手之事了，我望向神色有些忧郁的睿儿："究竟发生什么事了？"

睿儿拿了桌案上的奏折，递到我跟前："母后，这是刚刚收到的边关五百里加急文书！"

我心中一个咯噔，难道……迅速接了过来，打开大致浏览了一遍，双手发抖，脸色剧变，心中阵阵发揪，双唇抖个不停，半天也没发出任何声音来。

"皇后娘娘，两军对垒，重在军心士气，我军虽已胜券在握，可偏偏这个节骨眼上，皇上病重，你看这……"房丞相小心观察着我的神色，迟疑道。

"那还迟疑什么？让西宁将军全权指挥，立刻将皇上接回宫来，调养身子！"

"万万不可！"睿儿反对道，"西宁将军完全封锁了父皇病重的消息，就是怕影响军中士气，皇上若贸然回宫，只怕对我军极为不利啊，况且父皇身子骨本来就不好，军中缺少紧要药材，如若再长途跋涉，只怕父皇的身子经不起如此折腾了！"

我点了点头，着急之后迅速冷静了下来，赞许地看着睿儿，这几年这些个大臣们也没少用力，睿儿成熟稳重了不少，十来岁的年纪脸上已完全没有了稚气，有的只是冷静和睿智。

"唯今之计，只能命人偷偷送去南御医所需的药材，医治好皇上的病，此方为上策。"我细细地分析着，两人皆赞同地点了点头。我沉吟了一下，又道，"那派谁前往合适呢？"

"这就是老臣请皇后娘娘前来的原因所在了。"房丞相道,"此事事关皇上的安危,老臣不敢私自作主,请皇后娘娘定夺!"

我点点头,这只老狐狸,这种关乎全家性命之事,他断然是不会做决定拿主意的了。经过一番思索,我终于下了决心:"谁也不派,本宫亲自去!"

"母后……"

"皇后娘娘,这……"

我挥挥手,挡去两人的惊讶和不赞同,沉声道:"此事一旦泄露了风声,别说军中,只怕朝中也会起风波,朝中武将已派完,谁也信不过,本宫亲自前往。房阁老!"

"老臣在!"

"此事谁也不许提起,你像往常般同几位朝中大臣一起辅佐太子监国,在驿站处照样放上自己的人,截取塘报文书,其余之事本宫自会安排!"我沉吟了一下,又道,"若果真出了事,房阁老可要和众臣一起力保太子登基才是!"

"老臣谨遵皇后娘娘懿旨!"房丞相郑重地跪拜道。

"母后……"睿儿一听我如此交代,不由得红了眼圈儿。

"好皇儿,别怕,母后相信你!"我拉了他的手,沉声交代道,"若父皇母后有个闪失,你可一定不能丢了皇家的江山!"

"嗯!"睿儿含泪重重地点头。

"另外,房阁老乃朝中重臣,为官多年,皇儿可要尊之敬之,朝堂之事要多听房阁老教诲才是!"

"儿臣遵母后懿旨!"睿儿跪了磕头回道。

"好了,我先回去了,再待下去只怕别人就要怀疑了,引起什么流言蜚语可就麻烦了。"

回到宫中,我一刻也没有耽搁,命小碌子和小全子去传了木莲和玲珑前来,细细地对她们说了如今的形势,又说了我即将赶赴边关之事。

"宸妃,本宫走后,这宫中大小事宜就要由你一人挑起了,无论遇到何事都不要退缩,果断处理。"

"皇后姐姐,那你一不出现,宫中他人问起,该怎么办?"

"我已命彩衣等人去准备了,今儿夜里就走,明儿一早你就对外宣称本宫病重,要静心调养,不准她们前来打扰。"

"是,娘娘!"

"妹妹,你去帮我看看彩衣准备得怎样了,我担心那丫头粗心,忘带了东西,你心细,再细细检查一下,尤其是皇上的药材,可千万不可带少了。"

木莲一走,玲珑便上前跪道:"皇后娘娘,奴婢陪你去!"

"不，玲珑，宫中有更为重要的事得要你做。我走后，太子和两位小公主的安危就拜托你了！"我亲自扶了玲珑起来，小声交代着，"如今的殿前侍卫营基本上都已是西宁将军的心腹之人了，但有何事，尽管找展副统领。"

"皇后娘娘……"玲珑迟疑了一下，见我坚持的神情，明白已是多说无益，只沉重地点了点头，"娘娘放心，奴婢明白。"玲珑神情庄重地回道，面对我交代后事般的话语，不禁湿润了眼圈儿。

"你办事，我自然放心了。只是今时不同往日，如今宏儿也封了广梁王了，他和广平王只有头衔没有实权，我并不是特别担心，我只怕有个闪失，朝中生变，端王手中可有两万防卫精兵啊！殿前侍卫营五千人，即便是加上西宁和少帆平日里暗自培养的死士也不过八千人，要抵御他那两万人，恐怕也是一场硬仗啊！"

我拉了玲珑的手："这不怕一万，就怕万一，若皇上和我平安归来，自然无事，若是……朝中大臣自是不必担心，但若端王逼宫，可就得要靠你撑着了！"

玲珑一脸严肃地端正跪了，沉声回道："娘娘放心，奴婢定然不辱使命！"

我安排妥当了所有的事，这才松了口气，让玲珑扶了我躺在床榻之上闭目养神，静静地等待夜晚的降临。

"主子，你先歇着，奴婢去唤彩衣进来伺候你，奴婢亲自前去安排一下，找几个人护送你前往！"

"玲珑，人多了只怕坏事，你安排一下，我只带一人上路！"我闭眼吩咐道。

我换好衣衫，借着夜幕的掩饰，混在房阁老的婢女们中间出了宫，展副统领迅速带我到早已准备好的马车上。

坐在车上的车夫朝我恭敬道："夫人，卑职三号，负责陪你出这趟远门。"

我点了点头径自上了马车，三号一挥马鞭，马车便沿着官道急行而去。一路上为了不引起注意，我们尽量走小道，投宿在平常的客栈之中。

到了第三天，马车行过之地已是人烟稀少之处，我掀了帘子问道："三号，还有多远？"

"夫人，快到了。此处已近边关，人员混杂，夫人还是少露面的好。此去那里有两条道，一条为官道，好走，但要明天晚上才能赶到，另外一条为小道，地势险要，比较难走，不过今天晚上便能赶到！"

"那走小道。"我心急如焚，如今战事未平，睿儿尚未成熟，皇上万万不能有事。

"是，夫人。"三号不再说话，赶车急行。

不知过了多久，我感觉马车越来越颠簸，肚子已咕咕作响，马车却没有停下来的迹象。不对，三号虽然很赶，但是个极细心之人，不可能到此时还不停下来让我用餐歇息。

难道……

我心下一惊，掀了帘子，还未说话，正急速赶着马车的三号头也没回，只道："夫人，我们有客人了！"

　　我一惊，忙转身掀了马车后的那块布帘，果不其然，身后不远处跟着一辆马车，我不再说话，紧紧抓了马车扶手，任三号赶车急行。

　　"夫人，你得要赶快收拾一下，关键时刻咱们只能弃车骑马了！"

　　我点点头，放下帘子，转身爬入马车中，在颠簸中将药材细细打包，斜挎在身。正想转身间，马车一颠，我跌倒在马车里，正疑惑间，马车已停了下来。

　　我一刻也不敢停留，忙爬起身来，一把掀了帘子，只见两棵被砍倒的大树斜斜地横在小路中间，将小路拦腰截断，难怪……

　　"两位，在下有礼了！"

　　我举目一望，旁边山石上立了两人，其中一人长得极为高大魁梧，一看便不是普通人，旁边立着的仿若是他的随从。

　　此时，后面那辆一直尾随的马车也赶了上来，停车走下来两人，上前几步朝山石上那人恭敬行礼。

　　"在下看两位气度不凡，想请两位到府上做客，不知两位意下如何？"那人说是请，可语气中却无半点客气之意。

　　"公子客气，我家夫人不过是为了赶亲戚，路过此地，平凡人家岂敢称气度不凡。着急赶路，就不到公子府上叨扰了！"三号不亢不卑地恭敬道。

　　"在下请的人，还没有请不到的理！"那人脸色一沉，从后面马车上下来的两人便赶了上来。

　　三号敛了神色，抽剑一挑，马车滑落，凝视着上前的两人，挡了我后退几步，转身一把将我扶上马背，高声道："夫人快走！"

　　"你……"

　　"夫人，此处交给属下了，夫人赶路要紧！"三号不由得咬重了赶路二字。

　　我不再多说，两腿一夹，纵马跳过大树，沿着小道策马急行，耳边却传来那男子浑厚的声音："夫人，咱们后会有期！"

　　我拼命地朝前跑去，身后响起了刀剑相撞的响声……就在我筋疲力尽，全身虚脱之时，终于看到了军营，很快地西宁桢宇便将我带入帅帐，看到了躺在病床之上的他。

　　"皇上，你好些了吗？"我迅速地将药材交给南宫阳，上前看着两颊发红，嘴唇干裂起壳的他。

　　他缓缓睁开眼，眼中闪过一丝光亮，沙哑道："言……言言……你怎么来了？！"

　　"别，皇上，快躺下。"我上前将他按回床上躺下，"南御医已经煎药去了，调养几日，皇上便会没事了！"

待到南宫阳煎了药过来，我亲自试药，伺候他服下，沉沉睡去，我方才拖着疲惫的身子走出帐营，拣了僻静之处，默然而立，看着周围的篝火和一动不动站岗的士兵发愣。

"你怎么亲自跑来了？"西宁桢宇不知何时来到了我的身边，"宫里没什么事吧？"

"宫里一切正常。"我看着他满脸的赞同，沉声道，"睿儿羽翼未丰，我不能让他此时有事！"

西宁桢宇不再言语，转身离去，轻轻扔下一句："你也累坏了，快去洗洗歇着吧！"

我眯在皇上床榻旁的小床之上，半夜惊醒过来，起身上前查看，只见他满头大汗，双目紧闭，低声呢喃着什么。

我忙拧了毛巾，细细替他擦着汗，我见他脸颊通红，忙伸手试了试，糟糕，有点烫！要不要再服一次药呢？

我正踌躇间，他却一把抓了我的手往怀中一带，我一个不着力便趴倒在他身上，挣扎着待要起身，他却抱了我一个转身，将我带进了床榻之上。

我低呼出声，惊魂未定间却见他双目紧闭，完全没有醒来的迹象，忙轻声唤道："皇上，皇上？"

他嗯哼一声，却凑上前来在我脸上胡乱亲吻着，我心下大惊，想要推开他去，却被死死搂在怀中。

他一路沿着颈脖向下吻去，我奋力躲避却是徒劳无功，紧贴着他的小腹明显感觉到了他的勃起，我越发慌乱起来。

不是吧，他难道是想……

我挣扎中对上了他那双不知何时睁开带着激怒的眼神，我轻声道："皇上，你如今的身子……"

他没有说话，一个翻身将我压在身下，伸手一扯，我身上的单衣应声而裂，白如玉脂的肌肤暴露在空气中，他的眼神随之深邃了起来……

"我想要你……"他低声在我耳边呢喃着，一口含住我小巧的耳垂，一路细吻而下。

我瘫软在锦被之间，伸手死死地抓住被面，我知道自己不能挣扎，越是挣扎他就越是兴奋，他忙碌着褪去了我们身上的阻挡，有些迫不及待地挺身而入。

我低哼了一声，这几年我刻意躲避着他，许久没有被他碰过的身子竟有些承受不住，撕裂般的痛楚不断传来……

还好没过多久，他便翻身躺在旁边，再次呼呼入睡。我紧握拳头，瘫软在被子中，两滴清泪自眼角滚落而下……

南宫阳不愧为名医，皇上连续用药三天，竟已大为好转，关键的反攻之战前夕出现在了大军跟前，一时之间流言尽破，三军气势高昂！

大战前夜，用过晚膳后皇上便再没说过一句话，我也不敢多说话，只静静地陪在他身

第十九章 情难自禁

边。过了许久,他才似下定了决心般,唤道:"小玄子,去传西宁将军过来。"

小玄子应声而出,我有些疑惑,在这样的夜晚所有人都该是闭目养神的时候。

不一会子,西宁桢宇进来了:"末将拜见皇上、皇后娘娘!"

皇上点点头,沉声道:"西宁,有件极其重要的事,朕思前想后,欲派你前往,在朕心里,只有你能胜任!"

"请皇上下旨,末将万死不辞!"

"朕的病已大好,皇后娘娘出宫也有些时日了,无论在军中被识破,还是宫中被识破,皆会一片哗然。如今大战在即,朕命你今晚即刻起程,送皇后娘娘回宫!"

西宁桢宇顿了一下,拱手回道:"末将领命!"

"皇上……"我没想到这样的时刻他沉思的竟然是我的安危,"不,臣妾要陪着你!"

"胡闹!"皇上一敛神色,威严道,"打仗是男人的事,你一个女人在这儿做什么?回去,给朕坐镇中宫,等着朕的捷报!"

我低下头去,没再说话。西宁桢宇拱手道:"末将即刻回去准备!"

西宁桢宇一出,他便柔和了神色,拉了我的手一把拥我入怀,柔声道:"言言,回去!明儿一开战朕恐怕就分不出心来顾及你的安全了,朕最不放心的便是你!"

万般滋味涌上心头,对他早已不抱任何的奢望了,但对他如此的柔情还是有着深深的疑惑,实在有些真假难分!

我又连夜上了马车急行而回,只是这一次的车夫由三号换成了西宁。三号一直没有回来,坐上西宁赶的马车,我心中隐隐有些不安。

回宫的路西宁仍然选了那条小道,我心中一直提心吊胆,急行一夜终于出了那片山峦,我一直不安的心这才稍稍平静了下来。

"言言,前面有间小客栈,山中寒湿,你又一夜未眠,去吃点热乎的东西暖暖身子,寒气入体可不好。"西宁桢宇减缓了速度。

"好。"我点点头,他也一夜未合眼了。

店小二热情地接待了我们,一入里间,早有了两桌客人,我们选了个较角落的桌子坐了下来。掌柜的满脸堆笑上来客气道:"两位客官,吃点什么?"

西宁桢宇看看门口挂的招牌,笑道:"掌柜的,上两碗牛肉汤,两盘馒头,另外再来两个小菜!"

"哎,哎,好嘞!客官,您稍等!"掌柜的笑着下去了。

不一会子便上齐了,我从小便是吃过苦之人,也不拘泥,端了牛肉汤就是一大口,热乎乎的牛肉汤带着些辣味直入喉咙,立时冰寒的胃便暖和了起来。

西宁桢宇看着狼吞虎咽的我没有说话,只拿了茶杯细细地把玩着。我疑惑道:"你怎么不吃？"

"你快吃，吃完好好睡一觉。"他朝我神秘一笑，高声道："哪个道上的朋友，正大光明地出来不好么？怎么动这般幼稚的手脚？"

我一惊，心中那股不安又涌了上来，这才感觉到不对劲起来，身上渐渐无力，眼前也有些模糊起来。

掌柜的站了出来，笑道："客官好警惕，连这也看出来了！"旁边那两桌客人也霍地站了起来。

"你……你什么时候知道的？你怎么不说？"我眼前越发地模糊起来，忍不住抱怨道。

"呵呵，一点蒙汗药，正好让你好好睡一觉。"西宁桢宇回道，眼睛却紧紧盯着眼前的几人。

掌柜的退了两步，那三人却霍地拔剑走了上来。我看着明晃晃的剑，想起上次端木雨之事，心有余悸，用尽全力吼道："西宁，你该死的，我现在这样岂不连跑的力气都没了，任人宰割么？"

"呵呵，原来你也怕死啊？！"西宁桢宇呵呵笑着，一副轻松自在的模样，"放心吧，他们就是冲你而来的，不会动你的！"

"是你在哪儿惹的祸吧？我又不认识他们！"

"你还是自己想想在哪儿惹的祸吧！"

说话间双方已动起手来，西宁桢宇的武功自然是远远在他们之上的，很快便占了上风，但立于一旁的客栈掌柜却是一副胸有成竹的样子，我心中越发不安起来。

刀光剑影间，原本占了上风的西宁桢宇却蓦然退了几步，我心中大惊："西宁……"

"你！"西宁桢宇沉静立于原地，蹙眉怒视着几人。

"西宁少侠，在下的蒙汗药不是只有喝下去才有效的，摸着也会随着肌肤进入体内的。西宁少侠还是省点力气，越是用功就越发作得快！"客栈掌柜笑意盈盈地说道。

"卑鄙！"西宁桢宇忆起方才把玩茶杯之事，忍不住低咒出声，体力却越发不支起来。

客栈掌柜趁几人将西宁逼开之际，缓步朝我走来，含笑道："夫人，得罪了！"

西宁见状急忙冲过来，却被三人阻拦在外，我心知再打下去他也会如我这般，用尽全力吼道："西宁，快走！别管我，快走！"

西宁桢宇痛苦地看了我一眼，撑了最后的力气破窗而去。我最后的意识里，传来一个熟悉的声音冷冷道："别追了！"

头痛欲裂，我费力地睁开眼，映入眼帘的却是白纱的挂帐，转头望去，是雕工考究的红木家具，我蓦然一惊，想起昏迷之前的事来，坐了起来，低头一看，还好，没有被束，

衣衫也还是昏迷前的那身。

"夫人,您醒啦?"

一个身着翠绿衫裙的少女笑意盈盈地端了一个青花瓷碗迎了上来:"夫人,主人交代,请您醒来后将这碗安神汤喝了,缓解头疼。"

我一把推开瓷碗,穿鞋下床:"这是哪里?"

"回夫人,这里是盘龙山庄!"绿衣丫头也不勉强,只把瓷碗放在了圆桌上。

"我为何在此?谁带我来的?"我揉了揉额头,追问道。

"呵呵,夫人醒了,看来精神挺好,倒是在下多虑了,还命人专为夫人备了安神汤!"

熟悉的声音再次响起,我抬头朝门口望去,吃惊不小:原来是他!

"你……"我怒视着他,"原来是你!"

"正是在下!在下要请之人,还没人能够拒绝!"他手中捧了一把鲜花从门口跨了进来,将花插在了桌上的瓷瓶中,"在下早对夫人说过'后会有期',如今终于又见面了!"

"你掳了我来,究竟意欲为何?"我警惕地看着他。

"在下早就说过了,想邀夫人来府上做客,夫人不肯赏光,在下只有命人请夫人来了!"他满脸笑意地看着一脸戒备的我,"忘了向夫人自我介绍了,在下姓祁,字浩明。"

"祁庄主,如今客也做过了,妾身还要赶路,这就告辞了!"我最厌恶伪善之人,若是单纯邀请做客,犯得着布下如此精细之局么?

祁浩明却不以为意地笑笑:"夫人好好休息一下,待西宁少侠来接夫人,在下自然送两位离开。"

我不再与他说话,转头却被桌上那束鲜花吸引了过去,四五片大大的花瓣中间伸出淡黄的花蕊来,我忍不住拿了一朵出来放在鼻端,迷人的清香沁人心扉。

"这是难得的凤仙百合,我一猜夫人准是爱花之人,所以便带了一束过来,夫人果真有些兴趣,总算没有白费心思!"

我没理他,他也不再说话,含笑朝门口而去,停在门口转身道:"夫人好生歇着,若有任何需要,只管朝绿叶开口。"

祁浩明离开后便再没出现过,绿叶送了午膳过来,我怕再生意外,也不食用,绿叶竟像是知晓我的心思,径自试吃过每样饭菜后,再伺候我用膳。

一夜赶路再加上早上的惊吓,我早已饥肠辘辘,也不客气,以风卷残云之势将一桌饭菜一扫而光。

午后我闲来无事,便与绿叶闲聊,只望能从她口中套出有关祁浩明的信息,不料这丫头口风却极紧,只要问到事关祁浩明之事,一律避而不答。

　　华灯初上,费了一下午的心思也是一无所获,我也不再多说,待绿叶伺候我梳洗之后,我便让她下去了,独自待在房中。

　　我不知道祁浩明强掳了我来的用意,心中越发地不安起来,这祁浩明强行掳人,看来也不是什么好人,若我的身份被识破,后果不堪设想……

　　不知不觉已到深夜,我仍不敢轻易入睡,只靠在躺椅上闭目养神,时刻提防着有人趁夜闯进来。

　　"笃……笃笃!"窗外响起手敲窗户的声音,我一惊,疾步上前低声问道:"谁?"

　　"是我!"窗外响起那再熟悉不过的男音。

　　我猛地开了窗户,欣喜之情溢于言表,低声喜道:"西宁,我就知道……"

　　"嘘!"西宁桢宇朝我做了个噤声的手势,左右查看了一下,跳进了屋中。

　　西宁桢宇细细地打量着我,眼神中满是担心:"他有没为难你?"

　　"没有!"我摇了摇头,轻声道,"好奇怪的一个人,只在我醒来时出现过一次,也不知他这般一次又一次执著地强掳了我来究竟有何目的!"

　　"怎么?你认识他?"

　　"去的途中三号留下要对付的人,就是他!"想到生死未卜的三号,我不禁伤感起来,"也不知三号如今怎样了。"

　　"他就是在祁朝皇室中地位尊崇却从不过问政事,神龙见首不见尾的浩明王爷!"西宁桢宇眉头紧皱。

　　祁朝的皇室宗亲!我也跟着紧张起来,不知他是否已知道了我和西宁的身份,只怕……

　　"走吧!"西宁桢宇一把抓了我的手,轻车熟路地沿着花园的回廊避开巡逻的家丁,看来他早已打探好路了,翻过院墙,轻轻落在早已备好的马车之上,赶车离去。

　　终于逃出来了!

　　我轻轻舒了口气,提到嗓子眼的心刚放了下去,却听见后面传来一阵马蹄声及喧闹之声。我吓得转过头去,一把掀了帘子,映入眼帘的赫然是一群追兵,我转头惊道:"西宁……"

　　"坐好!"西宁桢宇沉声道。

　　我不再言语,双手死死地抓住马车的立柱。

　　马车飞驰在蜿蜒盘旋的山路上,我甚至能看到车轮与碎石摩擦间迸出的火花,但是,身后的马蹄声却越来越近……

　　"出来!"西宁桢宇朝我吼道,我小心地爬到西宁桢宇旁边,他一把把缰绳塞到我手中,"言言,你赶车先走!我随后就到!"

他想……我蓦然明了他的想法，不，不能！三号也是这么承诺我的，可是他却再也没有出现过！

如果西宁也……我心中一阵恐慌，混沌中心中犹如被人用针狠狠地扎了一下般，刺痛直漫漫扩散开来，直至四肢百骸！

"不！"我高声惊叫，再也顾忌不了其他，伸手一把抱住了准备离开马车的西宁桢宇。

"该死，你！"西宁桢宇被我这么一抱，又掉落回马车上，突然的用力却让疾步奔跑的两匹马受了惊吓，相互冲撞着，在狭窄的小道上左右摇摆着，我失去了重心，朝马车外滚落而下。

"小心！"千钧一发间，西宁桢宇倾身上前抓住了我，一把搂我入怀，耳中却传来了马儿的嘶叫声，蓦然感觉到我们俩的身子不断地下坠……

"言言，言言……"耳边传来由远而近的呼唤声，我朦胧睁开眼，眼前逐渐清晰起来，西宁桢宇一脸焦急地搂着我。

我蓦然清醒过来，细细地望向他，却见他竟赤裸着胳膊，不禁红了脸颊，轻轻转开视线，讷讷问道："你……你没事吧？"

"还好，所幸悬崖下面是一潭溪水，我们才逃过此劫！"西宁桢宇似没发现我的尴尬般，径自起身道，"你先梳洗一下，我去拾些柴回来，得先把衣服烤干了才行。"

春日的深山仍旧有些寒冷，我蹲在火堆旁抱着身子取暖，西宁桢宇将刚刚烤干的衫袍递了过来："你先去把身上湿衣服换下来吧，寒气入体可对身子不好。"

我点点头，伸手接过衣衫躲到潭边的大石后将身上半湿的衣衫换了下来，走回篝火旁。

"拿来，我帮你烤干了！"西宁桢宇一把抓住我的衣衫，拖了过去。

"不用了！"我想起衣衫中包裹着……忙伸手抓紧了衣衫，推辞道，"我自己来就好了！"

"我来吧，比较快一点。"

"那个……"

拉扯之间，两人同时停了下来，四只眼睛皆愣愣地盯着地上，粉红的锦缎绣凤肚兜映入眼帘。我蓦然红了脸，低下头去，他也不禁红了脸，松了手，转过身去，干咳了两声："我……刚才拾柴时看到下游貌似有我们的行李，我去找一下！"

我望着他跟跄逃开的背影，忍不住低笑出声，真是一个很不错的男人，只是……我不再多想，趁他离开的时候迅速烤起衣服来。

身上的衣袍上弥漫着他的味道，端木雨说他对我是上心的，真的是这样吗？我不知，但我只能深深地长叹一声，我这样身份的女人是不值得人爱的，后宫的女人，哪一个不是事事算计，步步防备的？况且，我这一辈子已注定是皇帝的女人，永远也逃不脱这套枷锁了，如何回应得了这样的爱？若真是爱上了，依西宁桢宇那倔强的性子只怕是他一生的孽……

西宁桢宇回来时，我已换好衣衫了，轻轻地将手中换下的衣袍递了过去，他接过穿上，径自转身烤着带回来的一块马肉。

"我找到了我们散落下来的行李，回来之时察看了四周，上面山洞像是打猎之人偶尔上来居住的地方，咱们可以暂住一下。"

我点点头，清理着包袱中的物品，将衣衫拿至溪边清洗。溪水清亮透明，我将我俩湿透的衣衫打开来，熟练地放到清水中洗涤，洗去衣物上沾上的杂质，再卷起拧干，放在干净的石头上。

待到将衣服洗完，我抬手用衣袖擦擦额上的细汗，转头却见西宁桢宇不知何时已站在我身后，正愣愣地看着我，我诧异地朝他一笑："怎么啦？"

"没，没什么。"他回过神，讪讪地一笑，"那时候定然吃了不少苦吧？"

"啊？！"我愣了一下，顺着眼光看到了那堆衣服，心下明了他话中所指，惊讶道，"你知道了？"

"上次你说过之后，我便亲自去查探过了。"他见我陷入对儿时的回忆中，神情有些落寞起来，忙岔开了话题，上前拿了衣服，"我已经搭好架子了，一起去晾啊！"

"好啊。"我回过神，拿了石头上剩下的两件衣服，跟着他爬了上去。

西宁桢宇早已用木材搭好了晾衣服的架子，他捧着衣服，我一件件将衣服晾好，配合得极其的默契，仿佛许久之前便是这样过的了。

我躺在先前西宁桢宇新铺了蓑草的石床上，中间那堆篝火正熊熊燃烧着，石洞中一片温暖，西宁桢宇歪在靠洞口的地方，用手拨了拨篝火，抬头对上我的眼，轻声道："累了一天了，好好睡吧。"

"睡不着。"我疲惫地朝他一笑，"可能就是太累了，闭上眼全是这两天的惊险画面，就不敢再睡了。"

西宁桢宇沉吟了一下，拿起身边的酒囊，走上前来递给我："喝上一口，压压惊，解解乏，睡个安稳觉，明儿就好了！"

我点点头，伸手接了过来，仰头就是一大口，辛辣的烈酒从喉咙一直烧到胃中，我被呛得连连咳嗽，朝他一个瞪眼，将酒囊递了回去。

他轻笑着接过酒囊，又歪了回去。我闭上眼，许是酒精的作用，许是这两天的劳累惊吓早已令我筋疲力尽了，不一会子我便陷入了沉沉睡梦中。

不知过了多久，我只觉全身炙热，呼吸也不由得沉重了起来。

"言言，言言，你快醒醒……"

耳边传来低沉而悦耳的轻呼声，我朦胧睁开眼，脑中一片混沌，西宁桢宇近在眼前，

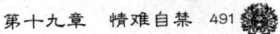

第十九章　情难自禁

脸庞在篝火的映衬下越发的刚毅有型。

"西宁……难受，好难受！"我只觉口干舌燥，浑身燥热难忍，忍不住伸手扯开了身上的衣衫，口中不住呢喃道："热，热……"

"别！言言。"西宁桢宇一把抓了我的手，喘着粗气，柔声安慰道，"听话，你生病了，好好躺好。"

看着呼吸沉重、双颊酡红的西宁桢宇，我全身一个激灵，浑身越发的炙热难忍，脑中一片空白，心中升起一种前所未有的渴望。

西宁桢宇伸手轻轻替我擦着额头上的汗珠，轻声道："言言，你忍一下……"

我一把抓住他的手，本能地一个起身，将侧坐在床边的西宁桢宇压在了床上，西宁桢宇满脸错愕："你……"

我脑中一片空白，只知道自己好难受，心中对他有着无限的渴望，伸手一把扯开他的衣衫，整个人扑了上去，双手抚着他古铜色的肌肤，嘴唇贴在他颈窝中，发出一声满足的叹息。

西宁桢宇愣了一下，随即一个转身将我压在身下，抓住我四处游走的手，粗哑着嗓子："言言……你知不知道……"

"我不知道！"我固执地打断他的话，整个人贴了上去，挂在他的身上，从颈脖处一路轻吻而下，低声呢喃着："我不管……我想要……"

西宁桢宇全身一颤，咬牙切齿地咒："该死的！"伸手轻拥着我，温柔地将我平放在床上，伸手抚开我额前汗湿的秀发，低头吻上我光洁的额头。

我恍惚不安的心竟在这一刻出奇地平静了下来，忍不住发出满足的呻吟，伸手轻抚他毫无一丝赘肉的身子。

他在我脸上印下柔软而狂热的吻，如膜拜珍宝般珍惜异常，细细的碎吻一路从额头眼睛脸颊而下，直到轻轻含住我干裂的双唇，温热的舌尖润湿了我干裂的樱唇，灵巧的舌尖打着圈儿轻敲贝齿，直与我纠缠不休。

他轻轻褪去我的外衣，长年军队生活留下了厚茧的手轻轻抚上我白皙小巧的肩胛，所到之处带来一阵阵战栗。

这样的温柔直入心扉，这样的珍惜让我忍不住湿润了眼圈儿，小腹处升起的渴望越发地难忍，我不由自主地躬身紧贴着他的小腹。

"宝贝儿，别急……"他控制着急促的呼吸，轻声诱哄着，性感的嗓音让我越发地疼痛难忍起来。

他额头的汗珠直落在我胸前，泄露了他正竭力控制的情绪，颤抖的手覆上光滑的锦缎，一路移至身后，轻轻拉开了肚兜的绳带。

粉红的锦绣绣凤肚兜轻轻滑落，映入眼帘的是光洁如缎的肌肤和……

西宁桢宇倒抽了一口气,闭了一下眼,抓住最后一丝理智,扳过了我的头,沉声道:"言言,你……"

他竭力克制着充满情欲的声音消失在我双眼迷乱的光芒中,全身一僵,低声咒道:"该死的,你居然是被……"

他一个翻身下床,伸手将我搂入怀中,朝洞口急奔而出,我胡乱扭着身子,在他胸前磨蹭着,渴望的呻吟粗粗浅浅地诱惑着他。

蓦地全身一阵冰凉,微微有些刺骨的冷水让我全身一个激灵,完全清醒过来,黑暗中我的身子紧紧贴着他的,更让我震惊的是,身上竟不着片缕……

脑中闪过一些断断续续的画面,天哪!这……这……该不会是真的吧?这会子在他心里我不仅是毒妇,更是淫妇了。

我羞愧难当,伸手一推,想要挣开他去,他双臂一收,我就越发紧贴着他赤裸的全身,冰凉的溪水中仍能感受到自他传来的温热气息。

"别乱动!"他低声喝道,痛苦的声音像是极力在隐忍着什么,我吓得僵在当场,再不敢乱动。

过了许久,西宁桢宇方才抱我回到了山洞,我着好衣衫,坐在篝火旁瑟瑟发抖,连打了几个喷嚏。

西宁桢宇走了进来,将手中的披风披到我身上,又加了些木材,用土罐倒了烧开的开水递了过来:"喝一点,暖和暖和再歇着吧,小心染上风寒!"

想起方才之事,我越发的无地自容,伸手接了过来,小心地喝了一小口,顿觉寒气驱走了不少,低头手捧土罐暖着手。

"言言,你用的盘龙山庄的饭菜可能有些问题。"西宁桢宇若有所思地说道。

"怎么会?我都是让侍奉我的丫头绿叶用过了之后再用的。"

"那你被掳去以后祁浩明有没为难你?"

我摇了摇头:"那倒没有,他也只是在我醒来之后出现过一次,只是说等你来接我便恭送我们离开,我想他定然是布下了天罗地网来对付你的。"

"不对,不对!"西宁桢宇蹙紧了眉头,"入了夜,我便去探过路了,庄内的防御特别的松懈,我去救你之时,更是如入无人之境。这时候想起来,追赶我们的那些人也不过就是做做样子,现在想起来若真要追赶,早就赶上来,看来他们的意图便是要逼我们滚落山崖……"

我低下头细细回想着当时的情形,呢喃道:"这个人真是好奇怪……"

"言言,他去看你之时,可有什么异常的举动?"

"没有啊!"我细细回想着他说的每一句话和当时的每一个情节,实在想不出有什么特殊之处。

对了，花……他来时手中拿着的那束淡雅清香的白花，这种事按理说应是丫头们做的事，他一个大男人的亲自拿来岂不有些奇怪么？

"对了，他来之时，手中拿了一束鲜花，他说叫……叫什么凤仙百合！"

"凤仙百合？！"西宁桢宇神情一肃，追问道，"是不是竹叶长度细叶，花朵较大，四五个花瓣中夹着淡黄的花蕊，闻起来有一股淡淡的清香？"

我点点头，诧异道："你怎么知道？"

"该死的！他定然是知道了我们的身份，只是不知他此举究竟有何用意。"西宁桢宇愤愤然道，"那凤仙百合实属难得的极品，也难为他有心了。"

"那凤仙百合究竟是何物？"我见他神情，心想这凤仙百合定然有蹊跷。

"这凤仙百合实乃花中极品，外观漂亮且香味淡雅，实属难得。原本闻了这花香也没有什么，只是闻过此花后三天内不可饮酒。"

"若饮了酒呢？"我对它的花啊，香啊的，统统都不感兴趣了，可偏偏西宁桢宇又不说明白，真是急死人了。

西宁桢宇双目含笑，斜了我一眼："你不是已经知道了么？"

"啊？！"我愣了一下，随即想起我睡前曾喝了一小口西宁递过来说是暖身的酒，结果……原来那凤仙百合竟是……是……春药！

"真是想不到，看似清新淡雅的花儿，竟然是……是这般害人的东西！"我感叹着，终是对春药二字难以启口。

"呵呵，这有什么好奇怪的，就好比越是漂亮的女人，就越是毒药……让人忍不住喝了下去，又始终无法逃离解脱。"西宁桢宇呢喃道。

"你说什么？"我听得不是很准确，忙追问道。

"没，没什么。"西宁桢宇回过神来，忙噤了声，闪烁其词，"夜深了，快睡觉吧。"

"嗯。"我奇怪地看看西宁桢宇，满腹疑问，待要再问，西宁桢宇却不再多说，只扶了我上床睡觉，自己则守在洞口。

这么一折腾，大家都累坏了，我不再多说，不一会子便沉沉入睡。

这一觉睡得真舒服，可偏偏有人像是不想让我睡安稳般，总是吵着我，更有人硬是往我嘴里灌东西。

真是讨厌，累了那么久，好不容易睡次好觉都要吵醒我。

我愤愤然地睁开眼，张口想凶人，却刚好赶上那舌尖渡过来的汤汁，被呛了个正着，我忍不住咳嗽起来。

"你醒过来就好了！"西宁桢宇抬起头来，松了一口气。

原来他是在用嘴渡了汤药给我喝，我轻摇了下昏昏沉沉的头，试图让自己清醒一点，想要起身却发现自己浑身瘫软在床上，吃力地问道："我这是怎么啦？"

"别动！快躺好，快躺好！"西宁桢宇按住了欲起身的我，"你染上风寒，都昏迷三天了，如今醒过来就好了！"

原来……难怪我嗓子这般干涩疼痛，全身软绵绵的，头晕目眩。

"来，喝点汤！"西宁桢宇见我醒来，忙端了土罐上来，伸手扶了我起来，将土罐递至我唇边。

我靠他的手臂支撑着，歪在他怀中，就着他的手将土罐中的汤如数喝入胃中，看着他憔悴的面容，想来这几天为了照顾我也没怎么休息吧，连下颔也有些尖瘦了。

接下来的几日，西宁桢宇每日外出采草药给我调养身子，打野物维持生计。这两日身子好了许多，西宁桢宇又出去了，我百无聊赖地坐在石桌旁，转头却看到西宁桢宇换下的衣袍，沉吟了一下，拿了衣袍朝外走去。

将衣服浸泡在溪水中，拣了衣领袖口处用力搓洗着，抬头看看这青山绿水，想想西宁桢宇这些日子的悉心照料，我心中一片静谧，多少年了，没有过过这么惬意的日子了。

别人都言我是大顺皇朝集极贵和荣宠于一身的女人，可是我的辛酸痛苦谁人知道？我说我睡觉都得睁着一只眼，否则不知什么时候一觉睡过去了就再也醒不过来了，又有几人相信？

西宁桢宇，这个天下皆知的名将，皇朝众多名门闺秀的如意郎君，如今却如个乡野村夫般每日打猎砍柴，传了出去不知有多少少女的心要破碎了。

我想着想着，不由得哧哧轻笑出声……

身后蓦然响起一阵窸窸窣窣的动静，我忙转身一看，僵在原地，双脚发软，心中一阵阵发揪……

"言言，别动！"刚回来站在小坡上的西宁桢宇高声制止想拔腿就跑的我，迅速卸下身上的东西急速朝我靠了过来。

我双目圆睁，紧紧盯着石头上那条青色的小蛇，它正抬着头与我对视着。

"言言，你千万不要动！我马上就来。"西宁桢宇拿着剑，几个纵步便下了小坡，踩着溪边的石头，轻轻靠了过来。

我倒吸了一口冷气，全身战栗着，就在西宁桢宇近在眼前之时，那条小蛇却猛地纵身蹿起，朝我扑来。

"啊！"我尖叫一声，连退几步，一脚踩空，一个趔趄，落入冷凉的溪水中。

"莫言……"

西宁桢宇抱着浑身湿透的我回到山洞之中，我换下衣衫后坐在篝火前瑟瑟发抖，西宁桢宇取了火上的罐子将汤轻轻倒入土罐中，递上前来："刚熬好的汤，暖暖身子，驱驱寒气。"

第十九章　情难自禁

我点点头,接了过来,一咕噜全喝了下去,身子暖和了许多,细细回味方才的汤,没有了前几日野鸡野兔汤的土味,汤中的肉细腻滑嫩,入口即化,看来西宁炖汤的技术提高了不少啊。

西宁桢宇笑意盈盈地盯着我一口气喝完了一整罐:"好喝吗?"

"好喝!"我用手帕揩了揩嘴,意犹未尽地回味着。

他点点头,接了土罐过去,满是心疼地看着再次落水后形容憔悴的我:"歇息一会子吧,我守着你!"

"西宁,那个……有蛇,我怕……"我目露惊恐,小心翼翼的话语中带着轻颤,又怕他取笑我。

"别怕!"西宁桢宇怪怪地笑道,"它再也不会出来吓你了。"

"为什么?"

"因为你已经把它吃下去了!"

"什么?!西宁,你这玩笑开得……"我猛然想起那汤中白嫩的肉,颤声道,"你……你不会是说刚才……"

我祈盼的眼神在西宁桢宇缓缓的点头中一片死灰,胃里不停地翻腾着,终是没忍住,忙跑了出去呕个不停。

西宁桢宇忙端了干净的水递上前来,我接过漱了口,转身将碗塞进一脸歉意的西宁桢宇手中,一言不发地走了回去。

"那个,言言……"西宁桢宇一脸小心翼翼地走了进来。

"西宁,你,你怎么可以开这种玩笑?"我气呼呼地爬上床不想理他。

"我并没有跟你开玩笑啊,蛇肉很补的!"西宁桢宇一本正经地回道。

"既然那么补,你自己怎么不喝?"

"哪有!我是想等你喝过,我再喝的。"西宁桢宇一脸委屈地看着我,将锅里剩下的汤全部倒入我用过的土罐中,仰头一咕噜喝了个底儿朝天。

我反而不好意思起来,他一片好心却引来我莫名其妙的怒气;又看着他竟然用我用过还未清洗的土罐喝了汤,越发红了脸颊。

如若他喝的地方正是我喝过之处,那岂不就是变相的……亲吻了么?难道他真的对我……不,不,怎么可能?

这些年来,他教授睿儿习武,对我们母子关爱有加,就如亲人一般,但对我绝对没有任何一点轻薄之意,更没有任何一点点越矩之处,当然,昨儿晚上是那情花之故。

也许,是因为当初我放过了端木雨之故吧?他对端木晴的爱,真正是这世间最纯正的爱情了,不求回报,没有任何一点杂质,所以就算端木晴早早便去了,她也是这宫里头最幸福的女人了。

如果能得这样的人爱一天，那到终老都算有了美好的回忆，人生也便有了意义，如若能和这样的人一起平凡地生活，那该……

我即刻甩开这个念头，这一辈子，我已注定是宫中的女人，此生连出宫的机会都是屈指可数的，有了这几日的生活，也算是百无聊赖的生命中最华丽的点缀了，已是一种别的后妃求之不得的幸福了，岂可再奢求更多？

朦胧中陷入沉沉的睡眠之中，我没有想到，这一睡我竟卧床不起，多次的惊吓加上寒气入体，我彻彻底底地病倒了。

西宁桢宇越发悉心地照顾着我，每日采药打猎，可我的病却一天天严重起来，他的神情也一天比一天严肃起来。

"言言……言言，该喝药了。"耳边传来自责的呼唤声，他一直觉着是他自己没有照顾好我，所以我才会生病。

我虚弱地睁开眼，引来的却是又一阵铺天盖地的咳嗽声，我只觉头一阵眩晕，胸口疼痛难忍，四肢无力，仿佛随时都会一口气喘不上来般的痛苦。

待到喘过气来，我张开嘴就着他的手将碗中的汤药如数灌进肚子里，虚弱地躺在他的臂弯中，喘着粗气。

"西宁，你别忙碌了，风寒不是大病，我歇息几日就会好了！"看着他憔悴着急的神情，满脸的胡楂子，我心中一片酸涩，还有一点点的欣喜……

毕竟他这样担忧的神情，不是因为其他，仅仅是因为我一人！我怔怔地看着他，小心翼翼地收藏起来，留着往后孤寂的日子里慢慢回忆。

西宁桢宇眉头紧皱，沉吟了一下，果断地将我放了躺回床上："不行，不能再这样拖下去了。言言，这山中寒气太重，你身子虚，寒气入体驱之不去，必须马上找大夫才行。我去收拾一下，我们即刻启程，往最近的集市上赶。"

所幸前几日，西宁桢宇在溪边发现一群野马，他费尽心力终于驯服了那匹头马，更取名追风。有了追风，我们才得以顺利上路。

西宁桢宇根据我们滚落山崖的地方，大致推测出回路的方向，沿着小溪一路顺流而下。由于我身子的缘故，我们走得很慢，一路上草药汤汁没有停过，我的身子却丝毫不见起色。

大约过了四五天，终于穿出了群山，看到了官道，我们对望一眼，一副喜出望外的样子，西宁桢宇明显松了一口气。

迎面过来一个商人模样的男子，西宁桢宇忙上前一拱手，问道："兄台，我们是赶路之人，不小心迷了路，敢问兄台，到最近的集市怎么走？"

那男子上下打量了西宁桢宇一下，见他不像坏人模样，这才一指身后的小道："你沿着这条道直走，赶得快一点的话，天黑之前便可到集贤镇了。"

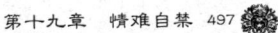

第十九章　情难自禁

"谢谢兄台！"西宁桢宇谢过那人，这才上前牵了马，朝我柔声道："言言，你再忍忍，天黑之前就可以找到大夫了。"

我点点头，没再说话，软软地趴在马鞍上，西宁桢宇不再犹豫，径自上了马，搂我靠在他肩窝处，拉过披风轻轻遮住我，策马疾驰前行。

赶到集市时日头尚高，西宁桢宇抱我入了集市上最好的客栈悦来老店的门，高声道："掌柜的，要间上房！"

"好嘞！"掌柜的停下手中拨弄的算盘，抬头回道，接触到西宁怀中的我时，小心翼翼道："客官，尊夫人这是……"

"掌柜的，要间上房，即刻派人去帮我请城中最好的大夫过来！"西宁桢宇扔了一锭银子过去。

掌柜的伸手接过银子，一掂量，即刻一脸喜色，连连点头哈腰："好嘞，客官，你这边请，这边请！"说着转头高叫，"小二，小二！"

"来啦！"牵马入后院的小二一路小跑进来，恭敬道，"掌柜的，您有何吩咐？"

"快，帮这位大爷去将朱大夫请来！"店家一边带我们上楼，一边吩咐道。

"是，是，马上就去！"店小二应着，转身一溜烟出去了。

西宁桢宇轻轻将我放在床上，拧了热毛巾细细替我擦着额头。不一会子，朱大夫便来了，细细替我诊完脉，还未说话，西宁桢宇便抢着问道："大夫，她怎么样了？"

朱大夫捋了捋花白的胡须，沉声道："这位大爷，尊夫人这是受了风寒之后，长期处在湿冷的地方寒气入体所致，你不必太过担心，我这边开方子，夫人只需按时服用，悉心调养上一段时日，便可痊愈。"

西宁桢宇这才松了一口气，朝我微微一笑，连声道："谢谢大夫，谢谢大夫！"

西宁桢宇喂我吃过热粥之后，又喂我喝下汤药，这才柔声道："好了，这下没事了，你好好睡上一觉，明天就没事了。"

我摇摇头，担忧道："西宁，你怎么选这集上最好的客栈啊？落崖之时我们丢了不少财物，如今剩下的盘缠不多了，如此几日便要捉襟见肘了。"

"我怕再生出什么意外来，住在这最显眼的地方是最安全的。"西宁桢宇上前替我盖好被子，轻声道，"没事，有我呢，你好好歇息吧。"

"那……你睡哪儿啊？"我迟疑着。

"别怕，我就守在你跟前！"这些天的风餐露宿，担惊受怕，我早已如惊弓之鸟般，一点点的陌生都让我恐惧不安，西宁桢宇心疼地看着我，"我已跟掌柜的多要了一床被子，我就睡在房中，你有事只管叫我！"

我点点头，不再说话，不一会子便沉沉入睡了。

经过几日的悉心调养，我的身子明显好了许多，已经可以下床活动了。

店小二敲了敲门，站在门外高声道："西宁大爷，小的给二位送晚饭来了。"

西宁桢宇起身开了门，店小二端着饭菜进来摆在了屋中的方桌上，西宁桢宇扶了我入座，准备用晚膳，却发现店小二还立于原地。

"小二哥，还有什么事吗？"

"没，没什么事！"店小二平时也没少拿西宁给的好处，这会子迟疑了一下，转身朝门外走去，走至门口才又道，"西宁大爷，掌柜的要小的带话给西宁大爷，说是该结一下这两日的账了！"

西宁桢宇顿了一下，才道："不是三日才结一次账的么？怎么？难道掌柜的怕在下付不起钱吗？"

"不是的，掌柜的不是这个意思，西宁大爷，你别误会，别误会！"店小二顿了一下，才又道，"只是西宁大爷最近为了夫人的病已经花了不少了，掌柜的是……是担心……"

"你回去告诉你们掌柜的，叫他只管放心，我不会少他一个子儿！老规矩，明日午后结账！"

"谢谢西宁大爷，谢谢西宁大爷，小的这就去！"店小二点头哈腰，高兴着离去了。

"西宁，那个……"

"言言，这些事你别管，你只管安心养病就好！"西宁桢宇一副不愿再提的样子，只往我碗里夹着菜，让我尽量多吃。

吃过晚膳不一会子，西宁桢宇便到后院中替我煎好汤药端了进来。我刚服了汤药，便有人敲门，我奇怪地看了西宁一眼，门外响起了一个陌生女人的声音："西宁大人，老身准备好热水过来了！"

西宁桢宇放下药碗，上前开了门，便见一五十出头的老妇人走了进来，朝我们点头示意了一下，又转身吩咐道："还不快抬进来。"

话刚落音，便见两个家丁模样的人抬了一只木桶进来，放到了屏风背后，不一会子又用小桶拎了几桶热水进来。

我这才明白了，原来他是……想不到他连这也注意到了，许久没有沐浴，我身上早已奇痒难忍，因为出门在外再加上身子的原因，我不敢胡乱沐浴，只在每日早上洗漱之时悄悄用毛巾擦了擦身子，想不到他……

我朝他投去感激的眼神，他朝我柔柔一笑："我出去下便回来！"

西宁桢宇离去后，家丁们准备好热水后也离去了，那妇人上前朝我微微一笑："夫人，老身是这掌柜的内人，西宁大爷说夫人身子还很虚弱，请老身过来伺候夫人沐浴，夫人，热水准备好了，请吧！"

"多谢夫人！"我朝她微微一笑，柔声谢道。

第十九章　情难自禁　499

"西宁夫人不必客气，若不嫌弃，叫老身周妈便可。"那老妇人扶我入了屏风之后，轻轻帮我宽衣，羡慕道，"夫人好福气，嫁了西宁大爷如此细心体贴的男人，老身过了大半辈子了，还没见过西宁大爷这般疼老婆的男人呢！"

我但笑不语，西宁桢宇一直没有解释我们之间的关系，不知是出于安全的考虑，抑或是存在某种不明所以的私心，但他不说，我也不去捅破这层窗户纸，任由这种暧昧的气氛蔓延着，直侵入心灵深处……

我在老妇人的协助下，轻轻褪去衣衫，打开随意盘在耳后的头发，周妈瞪直了眼，叹道："老身一看夫人言行举止，便知夫人乃大户人家出身，不想夫人却有如此美貌，难怪西宁大爷如此疼爱夫人！"

"周妈，你这也太夸张了点。"我口里谦虚着，心中却是异常高兴的，入宫这些年了，和那些妹妹们比起来，我早已是宫中的明日黄花了，如今听人赞美，心中还是挺受用的，也许，但愿我真如她说的那般年轻美貌吧！

我在周妈打量的眼神中，丝毫没有半点羞涩之意，也许后宫的女人早就被看得没了感觉。我扶着周妈，踏着小梯，入了桶中，享受了许久难得的沐浴。

又过了两日，我身子骨恢复得差不多了，西宁桢宇决定明儿一早便上路。用过晚膳后，我歪在床上休歇，养足了精神只待明日一早上路了。

"言言，言言……"耳边传来西宁桢宇试探的轻唤声，我没动，闭目假寐。

西宁桢宇见我没有动，转身在包袱中取了宝剑，蹑手蹑脚地朝门口走去，我睁开眼含笑看着他的背影，轻声问道："你这一次准备怎么办？是去当铺当了你的宝剑呢，还是去打家劫舍呢？"

西宁桢宇身形一震，回过头来指责道："你装睡？！你怎么知道？"

"上一次回来后，我便发现你从不离身的那串青田墨玉雕佛手链没了！"我低下头去，"西宁，那是晴姐姐留给你的唯一的东西！"

"人死不能复生，有没有那串手链，晴儿都会永远在我心里。"西宁桢宇愣生生扯出个笑容来，"何况这是为了救你，我相信，晴儿她是不会怪我的！"

我默默地从脖子上取下饰物，上前塞进他手里："咱们要赶路，有用的东西先留着吧，你把这个拿去当了吧！"

"不！这怎么可以！"西宁桢宇满脸震惊地看着手中纯金打造的长命锁，他自然知道这是当初我亲手为浔阳戴上的，浔阳去了后，从不离身之物。

"你都能为了我舍去手链，我怎么就不可以？"我一把抓住他递过来的手，"还有一个更重要的人等着我们回去保护，我们必须尽快上路！"

他凝神看了我一眼，沉吟了一下，大步走了出去。

第二日一早，我们便起程了，直到天黑之后，方才赶到了下一个小镇，找了客栈歇了下来。

半夜里，西宁桢宇上前唤醒了我。

"怎么啦？"我浑身一惊，急忙坐了起来。

"今儿一天都有人跟踪我们，这会子就歇在旁边房里。"西宁桢宇低声道。

"怎么会？难道那个王爷又要……他怎么会发现我们的行踪呢？"

"我细想过了，应该是我们当掉了那两件东西了，一看就不是普通之物，他顺藤摸瓜，找到我们也不足为奇了。"

"那如今，我们该当如何？"

"如今的情形我不想再与他起冲突，拖得越久对你越是不利，我只想将你平安送回宫中，我已经打点好了，我们要悄悄上路！"

我点点头，不再犹豫，忙下床整理了衣衫，收拾了行李，西宁桢宇搂我入怀，轻踩窗台，借着窗口大树的遮掩，毫无声息地落了地，径直往后门而去，追风早已候在后门，西宁桢宇策马离开。

追风疾驰在小道上，两边的树木倒影形同鬼魅，直瘆人心，我心里忍不住突突直跳，却又不敢扰乱了西宁桢宇的心神，只得屏气凝神，窝在他怀中，听着他有力的心跳声。

蓦然，追风被横在路中的绳索绊了一下，嘶声高叫着停了下来，我身子一斜，便从马上直往下掉，西宁桢宇慌忙伸手将我往怀中一搂，在地上打了个圈儿，方才稳住了身子，一张巨网从天而降。

西宁桢宇神色一敛，将我一揽，一个健步上前拔出藏在马鞍上的宝剑，举剑在空中挥出一个优美的弧度，网应刃而散，散落在地。

一群黑衣人举着火把从林中冲了出来，举剑将我们团团围住。

西宁桢宇脸色一沉，高声道："不知尊驾究竟何方神圣，还请现身一见！"

"西宁少侠，在下诚心请二位到府上做客，不料二位愣是不给面子，逼得在下不得不一再地命人来请！"一旁的小坡上那熟悉的身影不是他又是谁？

"咱们就不要再兜圈子了，打开天窗说亮话吧，浩明王爷！"西宁桢宇有些厌倦了祁浩明这样不瘟不火的性子，索性将话挑明了。

"哈哈，西宁将军果真英雄少年，这么快便知道了本王的身份了！"祁浩明哈哈笑着，却突然朝我问道，"皇后娘娘，本王送了凤仙百合，不知你还满意吗？"

"你！"我为之气结，"浩明王爷使这种见不得光的手段，究竟意欲为何？是为祁朝战败之事而来吗？"

"哼，祁朝是胜是败，与本王何干？"祁浩明一副满不在乎的样子，随即又不怀好意道，"本王只是闲来无事，听说大顺朝的皇后娘娘国色天香，才智过人，这才想动心一会，不料天下闻名的西宁将军却坏了本王的雅兴！哼！那就别怪本王不客气了！"

第十九章 情难自禁 501

"浩明王爷好雅兴！对一介弱女子使些下三滥的手段，算什么英雄好汉！"西宁桢宇不屑地哼了一声。

"哈哈，本王本来只是好奇庄懿皇后究竟是如外界传闻那般端庄秀丽，还是会像宠妃一般风情万种，更好奇大顺朝的皇帝对宠爱的皇后舍命救他，却半路失贞究竟有何感想？"

"不想，西宁将军却愣是不给本王这个机会，本王转念一想，就更好奇大顺朝的皇帝对自己最宠爱的皇后和最信任的将军交媾之事究竟会不会发狂，索性推了你们一把，给你们创造了这样的机会。"

"不知二位有没有令本王失望啊？看皇后娘娘这身子骨，该不会是纵欲过度吧……"

"下流！"西宁桢宇怒骂一声，举剑便朝四周围着的人砍去。西宁桢宇武功了得，此刻又怒气沸腾，更是勇猛无比，一下子便放倒了上十人，剩下的人只是将我们团团围住，不敢再随意上前。

"再勇猛的敌人也有他的死穴，而西宁将军的死穴，自然就是他怀中的美人儿了！"祁浩明不冷不热地说道。

众人得了指令，再次挥剑上前，却不与西宁桢宇正面冲突，只招招攻向我，西宁桢宇为了保护我，不免有些狼狈起来。

我二人被围在中间，我转到何方，何方的刀剑便朝我攻来，待西宁桢宇转过身来时，他们又退了下去，另外一方再次朝我攻来，西宁桢宇忍不住咒出声："卑鄙！"

火光下一把明晃晃的剑直直地朝我刺来，西宁桢宇想拥了我躲开，已是闪避不及，西宁桢宇将我用力一搂，将背迎了上去……

我窝在他怀中，眼睁睁地看着那把剑从他的背上掠过，衣袍随之开了口，有猩红刺目的东西迅速渲染开来！

"不！"我双目含泪，嘶声高呼，用力把他往外推去，"不要管我了，你快走！"

"胡说！"西宁桢宇用力地收紧了手臂，背上的衣袍红了一大片，"要走一起走！"

"这种地方管制不严，说不定早已全是他的势力了，他敢如此明目张胆行事，自然是有备而来了，你带着我，如何走得了？"我摇了摇头，"你回去！告诉皇上，莫言绝不会让大顺皇朝蒙羞！"

"好！精彩，真精彩！"祁浩明轻拍着手，狡黠地朝我轻薄道，"皇后娘娘如此深明大义，本王实在好奇究竟是你的意志力强，还是本王的手段强。皇后娘娘艳宠六宫，名不虚传，本王被皇后娘娘如此一撩，实在有些迫不及待了……"

"今儿个，谁也别想走！"祁浩明神色一敛，冷声喝道，"来人哪！放箭！男的格杀勿论，女的留下！"

他身后迅速冲出来一群手持弓箭之人，围着我们的那群人迅速退开了去。

一男子疾步跑上小坡，凑在祁浩明耳边低语了几句，祁浩明神色一敛，沉吟了一下，半晌才蹦出一个字来："撤！"

我不知发生了什么事让祁浩明做了这样的决定，但我却知西宁桢宇的伤必须赶快止血，忙扶了他坐在地上："西宁，你放松，放松，别用力！"

身后响起凌乱的脚步声，又一群人迅速跑了上来，将我们团团围住，一部分人朝祁浩明撤离的方向追去。

"别追了！保护夫人要紧！"低沉浑厚的声音传来，我神色一振，是……是……

"末将救驾来迟，请夫人恕罪！"

"少帆，别多说了，快，快！西宁将军受伤了！"我颤抖着声音朝跪在跟前的莫少帆语无伦次地吼着，精神一松，软软地倒了下去。

第二十章 决绝

　　我缓缓地睁开眼，映入眼帘的是熟悉的床榻，空气中弥漫着熟悉的樱花香。我神色一喜，转过头，熟悉的物，熟悉的人映入眼帘！

　　"皇后姐姐，你醒来了！"木莲一脸欣喜地看着我，上前侧坐床榻拉住了我的手。

　　我点点头，转头望向那身明黄的身影，这一次他没有如往常般侧坐身旁，抓着我的手，温柔地看着我，而是背着手，在屋中踱着步，听到木莲欣喜的呼唤，才上前来立于床前。

　　我心中咯噔了一下，强作欢颜，朝他轻声道："皇上……"

　　"嗯，醒来就好，醒来就好！"那温柔的声音如常，眼中却透着丝丝的冰凉气息，只朝杨御医道，"杨御医，你再细细把好脉！"

　　"皇上！"木莲转头直愣愣地望着他，满脸心疼，双目含泪，"皇后姐姐刚刚醒来，你就不要……"

　　皇上痛苦地闭上眼，转过头去，冷然道："别说了，朕也不想，只是此事宜早不宜晚！"

　　我这才惊觉有我不知道的事儿正在发生着，我一脸惊慌，抓了木莲的手，急道："妹妹，究竟发生什么事了？"

　　"什么事？"皇上抿了抿嘴唇，缓了口气，才道，"皇后自己不是最清楚吗？"

　　"主子，杨御医诊出姐姐已怀有一个多月的身孕了！"跪在一旁的彩衣垂下头，低声抽泣着，哽咽道。

"真的？！"我心中有些不知所措，这些年我一直小心翼翼，没想到就那么一次，居然……等等！不对！对于我的龙胎，床前几人并未表现出欣喜，反而……难道……

"皇上！你是在怀疑臣妾的清白吗？"心口蓦然疼得有些喘不过气来。

"言言，不是朕不相信你，而是……"皇上满目痛楚，"杨御医，你再仔细诊清楚，皇后的身孕究竟多少天了？"

"皇上息怒！"正在替我诊脉的杨御医转头朝皇上磕头道，"微臣能力有限，只能诊出皇后娘娘怀有一月有余的身孕，具体多少天，却是无论如何也诊断不出的，微臣不敢确定！"

他果真……

"南御医呢？他定能诊断出时日！"

"姐姐，大军得胜班师回朝，南夫人却重病不治，撒手去了，南御医悲痛之下，卧床不起，已有些时日了！"木莲擦着泪，轻声道。

"看来是老天不待见本宫过得这般幸福，要惩罚我了！"我叹了口气，自嘲地笑道，"皇上既然怀疑臣妾的清白，就请皇上下旨废黜臣妾吧！"

"言言，朕没有这个意思！"皇上满脸焦急地看着我，为难道，"只是……此事事关皇室血脉，朕不得不小心谨慎！杨御医又诊出你被人下过春药一事，朕知道你是身不由己，朕不怪你……"

"皇上！臣妾是你的妻子，西宁将军是你的臣子！西宁将军对您忠心耿耿，为了救臣妾更是拼尽全力，几欲丧命，难道皇上怀疑臣妾与西宁将军的清白吗？"我神色一敛，双目圆睁，怒视着他！

"朕若信不过你们，也不会派西宁桢宇护送你回来！只是……"他气急败坏道，"只是你被盘龙山庄庄主掳去一整天，还被下了春药……"

"皇上大可派人将盘龙庄主抓来审问便知！"

"你以为朕没有吗？小小一个山庄竟敢强掳了朕的皇后，朕早派大军将山庄夷为平地了，只是那盘龙庄主早已逃之夭夭了。"他愤愤然道。

"皇上既然信不过臣妾，臣妾无话可说！"我转过头去，心知此时绝对不能表现出一丝一毫的软弱，否则照他的多疑，定然以为我是心虚了！

"你！……"皇上伸手指着我，气得连连喘了几口大气，来回踱着步子。

"皇上息怒！皇上，臣妾也相信皇后姐姐……"木莲见我的倔脾气又上来了，怕惹恼了皇上，忙跪在跟前劝道。

"你住嘴！"皇上将气一股脑撒在了木莲头上，转而指向杨御医，"你，再给我诊脉，诊确切！"

"皇上！西宁将军求见！"小玄子进来跪拜道。

第二十章 决绝 505

皇上顿了一下，吩咐道："彩衣，还不快去给你家主子准备些膳食进来，好生侍奉着，你家主子若是有个好歹，我唯你是问！"

"宸妃，好好照顾皇后！"

他吩咐完，连看都没有看我一眼，转身便离去了。

"还不快端上来！"皇上朝门口磨蹭的木莲冷声吩咐道。

木莲万般无奈地将汤药端了上来，放在床榻前的小几上，满目痛楚地看着我，我有些疑惑地看看那碗汤药，又看看房中的二人。

"皇上，请你收回成命！皇后姐姐她断然不会做出对不起皇室之事！"木莲咚地跪在他跟前嘤嘤哭泣着。

皇上看也没有看她一眼，神色凝重，双目炯炯地盯着我："言言，朕思前想后，实在不能拿皇室血脉当儿戏。朕也不逼你，你若喝下这碗汤药，你就还是朕的皇后，朕便当什么事情也没有发生过；你若不愿喝，朕即刻昭告天下，皇后娘娘暴病而亡，暗中派西宁桢宇送你入深山隐居，朕百年之后，传位于太子睿！"

"皇上……"木莲轻声唤道，暗示性地瞟了我一眼。

我心下冷哼一声：卑鄙！到这种时候了，还要来试探我！西宁桢宇这会子只怕早已出了皇城……

"肃郎，既然你已经替臣妾选好了路，臣妾还有什么好说？"我莞尔一笑，轻声道。

"姐姐……"木莲看着一脸淡然的我眼中那深深的痛楚和绝望，刚止住的眼泪又滚落而下。

他背过身去，没有说话。我缓缓端起几上的瓷碗，双眼直直地瞪着他，只想把他深深地印入脑海之中，仰头将碗中汤药一饮而尽！

心里竟出奇地平静，仿若早已知道会有这个时刻到来般，眼里心中早已没了泪，没了痛！

青花瓷碗哐啷一声掉在地上，应声而碎，他头也没回，举步朝门外走去："宸妃，好好照顾皇后，朕晚点再过来！"

鲜血自双腿间汩汩流出，伴随着一块血肉模糊的东西滚落而下，我知道我内心的矛盾终于迎刃而解了，那还未成形的孩子也终于失去了……

肃郎，我们终于再也没有了挽回的余地了！

木莲找来宫里最有经验的稳婆替我清理了身子，我躺在床上一动也不动，双眼木木地盯着床顶，没有皱过一下眉，没有叫过一声疼。

"姐姐，你想哭就哭出来吧！"木莲侧坐跟前，红着眼圈儿。

我摇摇头，没有说话，甚至连眼珠也没有转一下。

"我知道姐姐宁死也绝不会让那盘龙庄主碰姐姐一下的,我更相信姐姐和西宁将军之间是清清白白的!姐姐一定是用尽了全力往回赶了!"木莲用力地握住我的手。

"妹妹,你……"我转过眼珠,望着她。

"因为睿儿还是太子,大局已定,但这中间的变数又还太多,姐姐是定然放不下心的,而西宁将军打小便教授睿儿武艺,这么多年来,西宁将军侍妾虽多却并无子嗣,早就把睿儿当做自己的孩儿般疼爱,你们定然不会做出危害到睿儿地位之事了!"

"妹妹,你,你……"我吃惊地看着木莲。

木莲朝我点了点头,低声道:"是的,姐姐,从上次雨妃和淑妃之事时妹妹便有些察觉了,后来,也感觉到你和他之间若有似无的情愫了,但妹妹却知道你和他之间并无半点越矩之处,是真正的发乎情,止乎礼!"

"你……"我惨然一笑,"妹妹果真不简单,枉我自以为天衣无缝,不想你还是知道了,妹妹定然是觉着姐姐是那淫荡无耻之人了!"

"不,不!姐姐,妹妹从来没有这么想过,甚至……甚至有些羡慕姐姐!他是个非常优秀的男子,能这般心甘情愿地守着姐姐,是姐姐的福分!这次皇上回来,听说姐姐和他未归,心急如焚,即刻便派人四处查找。妹妹私心里,其实好想他们找不到姐姐了,甚至奢望是他带着姐姐远走高飞,隐居山野了!"

木莲淡淡地朝我一笑:"这么多年了,我也早就看明白了,这宫里哪儿是人待的地方啊,还不如和心爱的人在乡野山岭间做对平凡的夫妻,也不用过着看似锦衣玉食、富贵万千,实则提心吊胆、寝食难安的日子!尊贵么?今儿皇妃,明儿冷宫,富贵生死一线之差,半点由不得自己!"

"妹妹能这般想,不知是妹妹的福气还是悲哀了!"我长长地叹了口气,"这都是命!咱们注定了这一辈子走不出这红墙碧瓦了。妹妹看得明白,过得轻松些,可看得明白了,也就不能自己骗自己了,也更过得孤寂些了……"

"妹妹本来就是奴才命,能过到这份儿上,早就知足了,只是……苦了姐姐。时时处处替皇上着想,不料他却一次又一次地伤害姐姐,连肚子里未成形的孩儿也不放过!"木莲有些愤愤然道。

我轻轻摇了摇头,呢喃道:"妹妹,姐姐想过了,这都是报应!当初我就不该起那报复心理,对艳贵嫔腹中的胎儿痛下杀手,以致艳贵嫔产下畸形死胎,精神失常跳湖而亡。"

"不,不是的!姐姐不要胡思乱想,那是艳贵嫔福气不够,不该为皇室的妃嫔,更不该强求产下龙胎,这都是上天降责的结果,与姐姐无关!"木莲连连摇着头。

"妹妹,别人不知,我们还不知吗?你就别自欺欺人了,那是我亲手造下的孽!"我深深地吸了一口气,"我入宫十几年来,对付敌人心狠手辣,无所不用其极,但我总觉得

第二十章 决绝 507

她们都该死，都是她们要来陷害于我，技不如人反而被我害而已，唯独艳贵嫔那个胎儿……命，都是命！"

"姐姐胡说！"木莲擦去眼泪，满脸愤愤然的样子，道出了这几日来一连串的变迁。

"事到如今，姐姐还要这般隐忍！姐姐一回来，皇上便让杨御医替姐姐诊脉，杨御医当场诊出姐姐身怀有孕。

"皇上大喜，直说这是老天恩赐，居然让姐姐在相隔近十年后再次怀孕，还是个大战在即时怀上龙胎，将来定会在战场之上大有作为。

"可当杨御医又诊出姐姐有被下过春药的迹象之后，皇上便犹豫了起来，连连催促杨御医确诊姐姐的怀孕时间。

"姐姐也看到皇上那天的行为了，刚好西宁将军求见，二人谈了什么不得而知，但第二天皇上却突然下旨封了西宁将军为镇国大将军，派遣驻守边关！

"西宁将军前脚刚走，皇上后脚便命嫔妾端了宫人煎好的汤药进来，嫔妾万没料到，皇上他……他逼姐姐服下汤药之时，竟然还会说出那样的话来试探姐姐与西宁将军！

"姐姐，嫔妾一直知道君心莫测，却是第一次真真实实地意识到：最是无情帝王家，最是无奈小女人！

"姐姐贵为皇朝第一尊贵的女人，终究还是敌不过圣意难测！"

"妹妹……"我眼中的泪滚落而下。

"姐姐，你安心调养身子，让彩衣好好照顾于你，妹妹有空会过来看你的！"木莲神色一肃，眼中是从未有过的坚决，"姐姐，因为你，才有了妹妹的今日，不仅为妃，更有了太子、龙阳、海雅的尊重和爱戴，妹妹从未报答过姐姐的恩情，这一次，妹妹就帮你一把！"

我一听，心下一惊，忙拉住了她："妹妹，切不可做傻事！"

"姐姐，放心吧！"木莲拍了拍我的手，"太子、龙阳他们唤你母后，却唤我为母妃，姐姐说过，你的孩儿也便是妹妹的孩儿，我定然不会害他们！"

听到她这样的保证，我才微微松了口气，软软地放开了手，原本虚弱的身子加上流产，我越发地柔弱，说了这会子话，早就疲惫不堪了。

木莲将我的手放入薄被中，替我盖好被子，我陷入半醒半梦之中，耳边听到木莲轻声呢喃道："过完年睿儿也快十一了，虽然是小了点儿，但足以把持朝政了……"

朦胧间，我觉着被人紧握的手上有些热乎乎的水珠滴落，我睁开眼，吃力地转过头去，却见那本已远去之人正趴在我身边，埋在我手中，低声抽泣着。

"西宁，你，你怎么……"我吃了一惊，睡意全无。

"言言，对不起！"西宁桢宇低声抽泣道，"我答应过要好好保护你们母子的，我又失信了！"

我轻轻揩去他眼角的泪水："男儿有泪不轻弹，为我这样的女人，你犯不着这样！况且，那孩儿本是他自己的，他连亲手虐杀自己孩儿的勇气都有，你又何苦这般？"

"我难过，不是因为他，仅仅是为着你！"西宁桢宇一把拉了我的手，"言言，你知道吗？我后悔了！早在掉下山崖之时，我就应该带着你远走高飞，隐姓埋名，再也不问世事！"

"你！"我诧异地看着他，从来稳重内敛的他竟说出这般话来。

"雨儿说得对，爱便是爱了！我这般隐忍又能如何？伤害的不仅仅是我自己，更有你！"

"西宁，你……你真的？你说的是真的吗？"心中知道，听别人说是一回事，亲耳听他说又是另外一回事，我原本以为这段情永远只能是那般暧昧不清，隐忍在心的，不想他却在此刻如此赤裸裸地说了出来。

他用力地朝我点了点头，侧坐在床，轻轻揽我入怀，像搂着一件稀世珍宝般珍爱着。

"我承认，一开始，我仅仅是想利用你为晴儿报仇，后来又因为睿儿我不得不协助你，可我始终觉着你是一个为了攀龙附凤，不择手段，心狠手辣的女人。

"可渐渐地，我在你身上看到了一般女人身上所没有的精明睿智和宽厚善良，对你产生了一种莫名的渴望，隔三岔五总想到你，哪怕就是看一眼，也能平复我内心的波涛汹涌。

"可你是皇上的女人，是宫妃，和晴儿一样，是我一辈子都不可能触及的渴望！

"我已经害了晴儿，我不能再害你，所以我只能逃避，只能对你冷淡，甚至恶语相向，可看着你眼中的落寞，我心中疼痛无比，又不得不隐忍着！

"言言，你就像一块磁石，无论出现在哪儿都深深地吸引着我的目光，让我忍不住想靠上来，即使明明知道只是飞蛾扑火，明明知道永远不会有结果！

"别人都羡慕西宁将军府中的侍妾美眷无数，都说本将军无情，玩厌了便安排嫁人，可这么多年，却从未有一人生下过一男半女，你从来就没好奇过吗？

"此番回来，我就知皇上定然不会轻信我二人，可偏偏你又有了身孕，我又急又恨，却不得不想尽办法保护你。

"我在御书房中与皇上密谈了两个时辰，将我们离开营地后直至获救期间的事细细禀了皇上，一再保证你并未有不贞之举，龙胎定是皇家血脉，并自愿请命驻守边关，永不回皇朝！

"岂料他竟这般心狠，到此也信不过你，我前脚一走，他便前来逼迫你饮下汤药！我一接到信儿，便马不停蹄地悄悄赶了回来……

"可回来了又能如何？我西宁桢宇说是大顺朝第一勇猛的大将军，却一次又一次地保

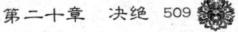

第二十章　决绝　509

护不了自己心爱的女人！我活着……"

"不，不！"我早已泪流满面，一把捂住了他的嘴，"不是这样的，要怪都怪我！若不是我，你这些年也不会过得这般痛苦，只怕早已是儿女成群，幸福美满了……"

我轻轻推开他去："西宁，我又何尝不想与你隐居山林，做一对平凡夫妻，只是……这都是命！我的命，和晴姐姐一般的苦！注定了这一辈子是要在这深宫之中苦苦挣扎，孤寂终老了！你走吧，走吧，西宁，走得远远的，忘了晴姐姐，也忘了我，重新开始新的生活！"

"不！"西宁桢宇一把抓了我，"不管你要不要，这一辈子我都不会放手的，我会好好守着你和睿儿，你要的东西，我会一样不少地放在你面前！"

"西宁……你这是何苦呢？何苦啊！明明知道不可能，何苦偏偏这般执著呢？"我失声低泣起来。

"不要赶我走，言言，只要能看着你，守在你身边，我就心满意足了！"西宁桢宇一把搂我入怀，轻声道，"让我最后再抱你一次，我保证，以后再也不会越矩，只远远地守着你！"

"主子，主子！"彩衣慌慌张张地跑了进来，低声唤道。

我二人迅速分开来，我擦了擦眼泪，急道："怎么了？"

"不好了，主子！"彩衣小步跑上前来，"皇上正朝这边来了。西宁将军，主子平安无事，你也看到了，你快走吧！奴婢会好好照顾主子的，你就放心吧。"

西宁桢宇起身朝我点点头，沉声道："保重！"身形一闪，钻进里间，从窗户一闪而出，迅速湮没在了黑暗之中。

听到门口传来的脚步声，彩衣忙低声抽泣着，苦苦劝道："主子，你好生歇着吧，您这样不吃不喝，坏了身子可怎生是好？"

停在门口的脚步声久久未动，半晌，才又走了出去，次日，皇上便命小玄子送了许多补品过来，让我好生调养身子。

在彩衣和木莲的劝说下，我不再执拗，悉心调养着身子。因为这次小产不过一个多月的身孕，我并没有吃太多的苦，身子也恢复得极快，不几日便可下床走动了。

这日里，我刚起身，彩衣一脸喜气地伺候我梳洗完毕，才笑道："主子，莫老爷和夫人她们一早便过来了，在偏殿候了有些时候了。"

"什么？你是说？"我有些不敢置信。

"是的，皇上一大早就下旨让莫将军将老爷和夫人们接了进来，主子还未起身，奴婢便领了他们候在偏殿里了。"彩衣笑着朝我点了点头。

"那，你怎么不早点告诉我，快，快去请进来！"我急忙吩咐道，对着镜子细细看了又看，见脸色微微有些苍白，忙挑了一点胭脂，细细地在脸颊上晕开，满意地看着脸颊上顿时红润起来的血色。

　　刚打理好，缓步走至贵妃榻上歪了下来，把脚伸到软凳上，彩衣便掀了帘子，引了他们进来。

　　我忙拦了正要行礼的几人："快免礼吧，父亲，快带了娘她们过来坐着，又没有外人！"

　　父亲抬头看着满脸含笑的我，见我肯定地点点头，才笑着领了几人上前入座。秋霜带人奉上新沏的茶，退了下去。

　　几人看着歪在椅子上的我，不免有些激动，娘微微红了眼圈儿，上前来坐在我身侧，拉了我的手："言言，你可算回来了，吓坏我们了！"

　　除了少数几人，他人并不知我秘密出宫之事，娘这样说，那他们定然是知道此事了，不用怀疑，告诉他们此事的只有一人，我转头嗔道："二哥，你怎么可以……"

　　"别怪少帆！"娘打断我的话，"是我们见他得胜归来，立了头功，被皇上钦点为御前右营威卫将军，却毫无喜色，追问之下，他才道出你秘密出宫为皇上送药未归之事。"

　　"好啦！女儿都平安回来了，你又提那些个做什么？应该高兴才是！"父亲颤抖的声音微微有些激动。

　　"是啊，妹妹，皇后娘娘如今身子正需要调养，你就不要提那些不开心的事情了。"二娘上前扶了娘回座，低声劝道。

　　我朝二哥看去，少帆虽然黑了不少，却也精神了不少，但战场之事，我多少也听说了一点，怔怔地看着他，道："多危险，以后别去了！你若有个好歹，让爹和娘他们怎么办？"

　　少帆微微红了脸颊，转过头去，沉声道："我若不去，谁在朝堂之上替你们母子撑腰？"

　　"二哥，莫家就靠你了，太子往后也要靠你辅佐，你可千万要保重！"我沉吟了一下，又道，"你也不小了，该成家立业了，有没有中意的女子？"

　　我抬头朝父亲道："父亲，二哥的婚事你可有主张了？"

　　父亲摇了摇头："儿孙自有儿孙福，为父老啦，也不想去操心这些事了，你们兄妹俩商量着办就成了！"

　　"二哥怎么看？"

　　"如今朝堂之上，虽说上有丞相，但根基势力还得要数端木家族，听说端木尚书中年得女的那个小女儿如今也已十六了，因为端木尚书喜欢得紧，至今仍未许人家，若能娶得此女，也算是能帮上妹子一把了。"

　　"二哥。"我摇了摇头，"人家好好的姑娘，二哥若不是真心实意想娶别人，也就不

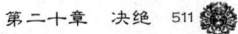

必为了我和睿儿勉强为之，既害了二哥自己，又耽误了人家姑娘的终身。"

少帆见我竟然反对，不禁有些着急起来，红了脸颊："我与那端木姑娘曾有过一面之缘……"

我见二哥这般神情，不禁恍然大悟，好你个二哥，自己喜欢上端木家的小姐，怕端木大人不许，却来推托是为了助我。

"只是有过一面之缘么？"我沉吟一下，又道，"一面之缘也应该没什么印象了，二哥如今封了将军，也算得上是英雄少年了，本宫就替莫家作次主，悉心为二哥选房好亲事！"

"不用，不用！娘娘，微臣与雪儿情投意合，只是……只是怕端木尚书反对，这才出此下策，请娘娘成全！"少帆一听我要亲自替他选亲，不免着急起来，立时跪在跟前，沉声禀道。

"娘娘……"二娘一见少帆的神情，不免着急起来，父亲和娘也直直地盯着我。

"哦……"我拖着娓娓的长音，狡黠一笑道，"原来那姑娘叫端木雪啊？听名字就知道是个冰雪聪明的女子！"

二哥一听，又见我这般神情，立时明了我不过是戏弄他，脸红到了脖子，嗔怪道："妹子！哪有人这般戏弄哥哥的？"

"想不到在战场力敌千军万马的二哥，竟是这般纯情啊！"我咯咯地轻笑出声，心中轻松了不少，许久没有这般开心过了，"放心吧，此事我会替你安排的！"

"谢皇后娘娘成全！"少帆欣喜道。在座的众人也不由得松了一口气，父亲看着其乐融融的我们，眼中闪现着晶莹的泪花。

调养身子这一个多月里，我不言不语，淡淡地含笑任由彩衣安排，时常陷入沉思之中，回忆着生命中少有的美好时光。

这期间，木莲来得甚少，每次都是来去匆匆，皇上来得更少，统共来了两次，我们之间也没有了多余的话，只淡淡地问候了几句，我向他表明了少帆的心意，他点点头，没有多说便离开了。

没过几日，皇上便下旨，封了端木家的小姐端木雪为晴雪郡主，指婚给了莫家新晋的御前右营右威卫将军莫少帆，赐居右威卫将军府，半年后完婚。

御前右营右威卫将军本是军衔，并无府邸，皇上特旨破例赐了府邸，少帆自是欣喜异常，特意进宫来谢我。

端木雪晋了郡主，自然也就时常入宫来参拜我了，两人若是碰上了，我便假意不知，每每给二人单独相处的机会，只望他们能培养好感情，婚后能幸福美满。

我的身子一天天好了起来，但心中对皇上的隔阂却是越来越深了，我甚至对他有了深深的恨意！

这么多年来，仍是得不到他的信任，我不知究竟是我做得不够好，还是君王的心是永远也揣测不到的。

虽然我早已对他完全死心，甚至早已有了深深的厌恶，但如今的我却是有了深深的恨意，甚至没有办法在他面前掩饰住自己的真实情绪了。

对他的恨意，对西宁桢宇的思念和挣不脱这个牢笼的苦闷深深地困扰着我。宫中如今有木莲打点一切，我自是不必烦恼，对皇上，我只能是能避则避，能躲则躲了，好在这半月来他都未再出现过，也省去了我不少烦恼。

"皇后娘娘，南御医求见！"小碌子通传道。

"快请！"我心中一喜，只是听说他夫人去了，他重病不起，我派人打探消息，却是再也打探不出其他消息来，真想不到，他竟自己出现了。

话刚落音，南宫阳便掀了帘子进来，神情悲戚地扑倒在地："微臣拜见皇后娘娘！娘娘救命啊！"

"啊？！南御医快快请起，有话慢慢说！"我忙命小碌子将他扶了起来，坐在旁边的椅子上。

"南御医，救命一事，从何说起？"我忙问道。

"皇后娘娘，微臣内人身子骨向来不好，娘娘是知道的，所幸这些年有娘娘福泽，恩赐了不少稀罕物调养着，身子这才有了一些起色，不料内人却悄悄背着微臣，怀了身孕，待微臣知道之时，已三月有余，想要流产，已是不能，微臣随皇上出征得胜返来，大喜之日，内人却不慎摔了一跤，腹中胎儿早产，微臣费尽全力，终是救不了她，留下弱女奄奄一息，急需千年雪参续命。微臣遍寻皇城，花了千金也只寻得两支，眼看着雪参一天天减少，微臣实在无能为力，这才厚了脸皮来求皇后娘娘……"

南宫阳说着说着，不禁老泪纵横，用衣袖揩了眼泪。我看了看眼前的南宫阳，不禁有些羡慕起他的夫人来，能得一男人数十年如一日的对待，此生无憾了！

"南御医，你我之间，谈什么求？你早该来了！我刚好还有半支千年雪参，你先拿去救救急，我即刻命人在药膳房中再找。"

"彩衣，即刻去把柜子里的那半支雪参取来！"我吩咐道，"小碌子，即刻去内务府传本宫的旨意，本宫调养身子，需要大量的千年雪参，命他们即刻将库房中所有千年雪参送到本宫宫里来，另外，即刻命采办处派人前往天白雪山采办补充千年雪参！"

"谢皇后娘娘救命之恩！"南宫阳朝我拱手谢道。

"南御医这是哪里话？本宫承南御医的情也不在少数！"我叹了口气道，"只望南御医的爱女能平安无事！"

"谢娘娘吉言，有娘娘的福泽，微臣想她一定会平安无事的！"

"皇后娘娘，不好了！"小全子慌慌张张跑来，"皇上刚刚在御书房晕倒了！"

"什么?"我心下大惊,"请御医了没?"

"这会子杨御医正在赶去的路上!"

我和南宫阳对望了一眼,南宫阳即刻起身道:"皇后娘娘,微臣即刻前往御书房!"

我点点头,吩咐道:"小全子,即刻备轿,送本宫和南御医前往御书房,另外,派人拦下杨御医,请他到偏殿候着,本宫晚些时候再召见他。"

正急着出门,彩衣已取了雪参进来了,我看了南宫阳一眼,吩咐道:"彩衣,即刻派人去南御医府中将南御医刚出生的千金和奶娘接到我宫里头,好生伺候着!"

南宫阳朝我投来感激的眼神,不再多说,出了门直奔御书房而去。

"怎么样?"南宫阳一收回手,我便着急地问道。

南宫阳朝我轻轻挥了挥手,我会意地转身出了御书房歇息室的门。

南宫阳跟着出来,朝我拱手道:"皇后娘娘,皇上这是纵欲过度,中气不足方才出现了短暂的昏厥!"

"你是说……"我脑中蓦然闪过一丝光亮,即刻吩咐道,"南御医,你先别声张,快去开了方子,让皇上用过汤药,好好歇着,调养生息!"

南宫阳会意地朝我点了点头:"娘娘放心,微臣这就去办,微臣受皇后娘娘之命,自然会守在皇上跟前,半步也不会离开!"

我满意地点了点头,神色一敛,沉声道:"小碌子!即刻跟我来!"

入了莫殇宫,一路往左,朝烟雪殿而去,转过回廊,便是烟雪宫正门了。小碌子手一挥,立时便有人上前捂了守在门口的小太监的嘴。

我举步而入,在林中便隐隐约约能看到守在偏殿门口的梅香,我朝小碌子一个示意,他带了人悄悄绕到背后,一把捂住了梅香的嘴。

我几步上前,看着梅香眼中的惊恐,挥挥手,让他们无声地将梅香带了下去,殿中传来宸妃的呵斥声和柳条挥起的呼呼声。

我略一沉思,不动声色地退至角落,轻轻推开最后那扇并未关死的小窗,朝殿中望去。

只见殿中央一全身几近赤裸的少女双手被束缚,吊在殿中的房梁上,双脚被叉开捆绑在一圆木上,整个人呈一大字形。

一对玉峰高高挺立,随着她的喘气声不住跳动着,白嫩如脂的玉臂和长腿在短小而破碎不堪的裹裤映衬下越发的诱人,私处在少女不停的扭动下若隐若现,活脱脱一幅让人血脉贲张的活春宫,让我也忍不住面红耳赤,心跳加速。

但此刻殿中跪在旁边的一群与被绑少女一般只着裹裤的少女却完全没有心思去想这些,因为那细柳枝的呼呼声声声入耳,一个不小心只怕就要抽到自己身上了。

宸妃不停地挥着手中的柳条，那原本令人血脉贲张的美人儿雪白的肌肤上立时便多了一条条的红印子，说不出的妖艳，却越发的令人触目惊心！

"娘娘……不要……"

"不要？"宸妃背着我的身子微微抽搐了几下，又狠狠地挥了几下，方才觉得解恨，愤然道："本宫从杂役房中将你们挑了出来，调教你们，自然就是要你们替本宫办事的！你们就该乖乖听话，可你倒好，居然敢违抗本宫的旨意，私自对皇上下春药，你是活腻了还是怎的？"

"娘娘让奴婢们学春宫图，想尽办法勾引皇上，不就是为了榨干皇上，不让别宫的主子得宠么？"那少女嘤嘤哭泣着，委屈道，"皇上年老体衰，哪里还能夜夜春宵，奴婢……奴婢也是没有办法了，这才引诱皇上服下了神仙丸！"

"还敢狡辩！"宸妃愤愤然道，"本宫一再交代，不准用春药，你把本宫的话当耳边风吗？"

宸妃说着，又是一顿狠抽，旁边跪着的几个赤身裸体的妙龄少女浑身打着颤，宸妃打够了，转身走到圆桌旁，看着锦盒里剩下的几颗神仙丸，拿了一颗在手中把玩着，神色一敛："既然你这么喜欢这个东西，本宫就赐你一颗！"

宸妃转身上前，一把捏了那少女的口，将那丸子塞了进去，少女又急又气，却终是敌不过宸妃的力气，将神仙丸吞了下去。

我到此时，终于明白了宸妃那日所说，睿儿虽年幼，却足以把持朝政的含义，原来她竟是打着这样的主意……

我推门而入，宸妃万没料到我此时会出现在此，大吃一惊，迎上前来："姐姐，你……"我举手示意她噤声，转身关好门，径自上前。

那服药的少女此时已然药性发作了，口里咿咿呀呀地发出一阵阵让人脸红心跳的娇喘声，低声呢喃道："嗯……要……娘娘，奴婢……想要……"

我斜了跟在身后的宸妃一眼，轻笑道："妹妹，恐怕还得借你殿中的太监小喜子一用，替这位妹妹降降火了！"

"姐姐！"宸妃吓得双脚一软，咚地一声跪在地上，满脸惊恐，颤声道："你……你知道了？！"

我笑着上前扶她起来，轻声道："我又没有责怪妹妹之意，长夜漫漫，妹妹也实在犯不着守着那个糟老头子了，自个儿能找些乐趣，也未尝不是好事啊！"

宸妃低头转身出去了，我转头朝地上跪着的几人道："都起来吧，这宫里又不缺跪的人，宸妃娘娘找你们来，是为了好好伺候皇上的，可不是找你们来跪的。起来将她解下来，丢到殿中波斯地毯上！"

那少女满脸潮红，蜷缩在波斯地毯上，双目含春，扭动着身子摆出各种撩人的姿势，

我不屑地看了她一眼，冷声道："你再忍忍吧，等会子就找人来给你降火！"

不一会子，宸妃便带着小喜子进来了，小喜子一见屋中几个几近赤裸的少女，双眼发直，看到躺在地上正发春的少女，更是双目放光。

我轻咳了一声，小喜子方才回过神来，忙跪拜道："奴才拜见皇后娘娘，娘娘千岁，千岁，千千岁！"

我没有理他，拿了宸妃放在桌上的柳条，径自上前举手挥向殿中卷着悬挂在空的卷轴，声响卷展，映入眼帘的赫然是一幅幅的春宫图。

殿中少女对这些春宫图早已见惯不惊了，只是满脸疑惑地看着我，不明白我究竟意欲何为。

"妹妹，你不会计较你的人碰了别的女人吧？"我朝宸妃浅笑道。

"呵呵，这些人的身子个个都是他破的，姐姐既然已知道了妹妹的意图，自然就知道我断不会送些不懂风情之人到他跟前了。"

"好，既然如此，妹妹就用这活生生的春宫图来调教她们该如何伺候男人吧。"

我瞟了一眼地上被春潮激得双颊绯红的少女，冷声道，"记住，男人不行，是你们的功力不够，要服这神仙丸就得要你们自己服，要妩媚到凡是公的见了你都能一柱擎天，方才算是出师了！"

几个少女忙跪了齐声道："皇后娘娘教训得是！"

我拉了宸妃一同往门口走去，轻声道："妹妹，你有心了！只是，这几人可靠得住？此事事关重大！"

"放心吧，姐姐，妹妹明白！"宸妃斜了那几人一眼，"借她们几个胆，她们也不敢造反！"

"既如此，我也就不多说了，接下来就靠你了，我得要即刻前往御书房那边了。我会把御书房那边的事处理好的，妹妹就不要担心了。"

我沿着台廊走到方才驻足的窗前，举目望去。小喜子早已迫不及待地趴了上去，一面肆意地淫笑着，一面伸手在少女光洁如缎的肌肤上来回抚摸着，遇到紧要的部位，更是带着技巧地着力挤压着，少女气喘吁吁，随着他的抚摸摆着各种各样的诱人姿势……

我关上窗户，命小碌子留下几人协助梅香在门口好生守着，自己则上了软轿直奔御书房。

"南御医，皇上的身子怎么样了？"我替熟睡中的皇上理了理盖在身上的被子，转身朝南宫阳问道。

南宫阳边朝我示意着，边道："娘娘放心，皇上的身子并无大碍，只是劳累过度，好好调养一些时日便可痊愈。"

我点点头，同南宫阳一起朝外殿走去："有劳南御医了。"

我示意小碌子和小曲子守在偏房门口，自己则请了南宫阳进得屋内，低声问道："南御医，皇上究竟怎样了？"

南宫阳蹙紧了眉头，轻声叹道："娘娘，请恕微臣直言，皇上如今已五十过半了，身子骨比不得从前了，还是要节制些的好，若皇上从现在起悉心调养，还能再拖上三五年，若是……若是依旧如此，恐怕也只一两年的光景了。娘娘，太子那边，你还是早作打算的好！"

我点点头，态度谦和道："南御医，相信你也诊出来了，皇上是被人下了药了，方才我已过宸妃娘娘那边了，宸妃娘娘正在彻查此事，这宫中已经经历了不少浩劫了，此事我就不希望再被搬到台面上来了，实在有辱皇室尊严。"

"娘娘不说，微臣也是明白的。"南宫阳点了点头，"等会子娘娘是要去见杨御医吧？"

"嗯，他和本宫之间，可有些账要好好算算了。"我冷声道。

"娘娘，微臣与杨御医乃是同僚，就在此先替他给娘娘求个情了，请娘娘得饶人处且饶人，若娘娘觉得他还饶得过，就请娘娘饶他一次。"

"哦？难得南御医还有开口替别人求情的时候了。"我对向来稳重冷淡的南宫阳突然的求情诧异起来。

"微臣不在，微臣的夫人保胎之事是杨御医全权负责帮忙的，所以……"

"既然南御医开了口，那我也不能不给你这个面子了。"

"娘娘，杨御医也不是冥顽不化之人，只要娘娘从旁提点，相信杨御医也是识时务之人。"南宫阳顿了一下，又道："嗯，另外，上次娘娘流产之事……其实若不是春药已解是诊断不出有被下药的迹象的，另外，娘娘身子骨异常虚弱，也是因着药毒未清，寒气入体所致……"

"我明白了，谢谢南御医。"我心领神会地点点头，大步朝外走去。

"微臣叩见皇后娘娘！"杨御医不卑不亢地朝我恭敬行着礼。

我点点头，轻笑道："免礼，杨御医请坐。"

杨御医谢过恩，这才坐了下来。顿了一下，朝我拱手道："不知皇后娘娘传微臣来所为何事？"

"本宫的身子不好，特请杨御医过来诊脉。"我不冷不热地说道。

"这……皇后娘娘，微臣接到旨意，需即刻赶往御书房替皇上诊脉，娘娘……"

"哼，就杨御医这点医术，还不够资格替皇上诊脉！"我冷哼一声，"皇上那边，杨御医就不必操心了。"

第二十章　决绝　517

"娘娘……"一直强作镇定的杨御医见我这副神情,不免有些慌张起来。

"杨御医五岁入宫,十二岁拜在华御医门下,二十一岁出师,从医官到太医,再升至御医也有二十余年了,难道不知道春药已解是诊断不出被下过春药的吗?杨御医难道不知若非春药残毒未解,本宫又怎会寒气入体,虚弱异常呢?"

"这……娘娘……"杨御医语不成句,额头之上冷汗直冒。

"杨御医,瞒得了一时,瞒得了一世吗?你这御医也快做到头了啦!"我用赤金镶红宝石的假甲轻敲着小几,发出笃笃的声响,不冷不热道,"当然,杨御医也可以保持沉默,只是……本宫可不保证杨御医往后所诊之脉不出什么岔子!"

"娘娘饶命!"杨御医吓得全身一软,从椅子上滑了下来,跪倒在地,连连磕头求饶,"微臣该死,微臣对不起娘娘,微臣……"

假甲上不知何时沾上了一个小污点,我取了丝帕细细地擦了擦,轻轻吹了口气,不冷不热地冷笑道:"杨御医,本宫从来不缺人磕头求饶,你还是快说些本宫想听的话出来,本宫的耐心实在有限……"

"是,是,皇后娘娘。"杨御医拉了衣袖轻轻揩了揩额头的冷汗,颤声道,"娘娘,不是微臣不懂这些,而是……而是……圣意难违啊!"

"什么?!"我浑身一颤,呆若木鸡,半晌,才冷声道,"杨御医,你在说什么?你可想清楚了再说,仔细着祸从口出!"

"那……不是,不是!"杨御医惊觉自己失了口,但处在他的位置上,谁也得罪不起,连连磕头道,"是微臣糊涂,微臣能力有限,请娘娘责罚!"

我深深地吸了一口气,紧握拳头,光洁椭圆的指甲深深地嵌入手心,连心的刺痛唤回了我的理智。

"杨御医,你可是欠了本宫一个龙裔啊!你说,如今该当如何是好啊?"许久,我才轻吐细语,仿若刚才杨御医并未说出那话一般。

"嗯……这个……"杨御医虽拿捏不准我的意思,但见我没有追问那事,也聪明地没有再提起,只拱手道,"微臣这就替娘娘开上两副方子,愿娘娘早日怀上龙胎!"

"杨御医这法子是好,但杨御医应该也知,如今皇上的身子……"我瞟了他一眼,不冷不热地说道。

"这个……"杨御医重重地透了一口气,状似下定了决心般沉声道,"微臣家有祖传的虎骨酒,可助娘娘一臂之力,只是……只是此酒伤身,不可长期饮用。"

"嗯……"我沉吟了一下,才道,"真的有用吗?"

"回娘娘,微臣万不敢欺骗娘娘!"

"既如此,你就送几坛进来,顺便把药方也送进来吧!"我冷声吩咐道。

"嗯……"杨御医待要再说什么,抬头撞上我冷冷的眼神,急忙低下头去,连声道:

"微臣遵旨！"

我这才喜笑颜开，亲自上前扶了杨御医起身，笑道："杨御医放心，只要你好生替本宫办事，本宫绝不会亏待你！"

虎骨酒送来时，我正和宸妃在她殿里聊着此事，小碌子上来禀道："主子，杨御医送娘娘的礼快到了，这会子已到宫门口了。"

"呵呵，我正与宸妃聊到此事呢，就不必送到本宫那边了，去叫他们直接送到宸妃娘娘这里来便是了。"

不一会子，酒便送到了，挥退了众人后，宸妃取了酒杯舀了两杯上来，递与我一杯，自己端了一杯细细闻着。

这虎骨酒酒色明黄透亮，细细一闻更觉酒香醇厚。宸妃轻笑道："看起来是好东西，就是不知是否真如杨御医说的那般有效。"

我抿嘴一笑，朝她努努嘴："好与不好，妹妹在殿里悄悄一试不就知道了么？"

宸妃一愣，随即明了我所指何事，微微红了脸颊，嗔怪道："姐姐怎好这般取笑嫔妾，姐姐可有兴致，妹妹唤他出来好好伺候伺候姐姐？"

"哎哟，我的好妹妹！"我连连摆手笑道，"姐姐可比不得你，早就人老珠黄了，哪还惦记着那事儿？妹妹留着慢慢享用吧。"

"姐姐该不会是嫌弃吧？要不赶明儿也悄悄去净身房挑上两个？"宸妃凝神了一下，又道，"也难怪，姐姐有情投意合之人，自然是要为他守身了，只是苦了姐姐这么多年来竟还与他清清白白，这份情意，真是羡煞旁人！"

"妹妹还真以为我与他情投意合么？"我摇摇头，自嘲地笑道，"不过是我们孤儿寡母在这深宫之中，圣意难测，朝堂之上再无可依靠之人，就真只能任人宰割了……"

"原来……我就说姐姐如此性烈之人，怎会无缘无故与人不清不白的呢！"宸妃一副恍然大悟的样子，随即愤愤然道，"姐姐就放心吧，就快熬到头了！若是这虎骨酒真如杨御医所说的那般有效，嫔妾自会吩咐下去，让她们轮流好好伺候他，保准他欲罢不能。"

我点点头，起身朝宸妃笑道："这些个东西妹妹就先收下吧，不够的话我再想办法。姐姐先回去了，不打扰妹妹试用了，呵呵……"

宸妃羞红了脸颊不依地嗔怪着，眼角却是一片春色……

"娘娘，这宸妃可真不是个善主儿啊！"刚入暖阁，彩衣便上来伺候我更衣，小声道。

"她从来就不是个善主儿，她的心可深着呢！"我换了身简便的衫裙，往贵妃榻上一歪，"但如今大局已定，她也折腾不出什么来了，况且她向我表明忠心之时已然喝下了绝

育的汤药。寂寞深宫，也怪难为她了，只要她不闹出什么岔子来，本宫就睁只眼闭只眼，凑合着过吧！"

"也亏得主子心善，这些年给了她名誉地位，更给了她无限权力，她才敢这般肆无忌惮，居然在宫里面也敢养男宠。"

"呵呵，她养好啊，我还怕她不养呢！"我嗤笑一声，"有了那个宝贝儿，她哪还有心思在睿儿他们身上转？本宫也就不用担心她会做出什么危害到睿儿的事来。你可不要忘了，那王皇后和淑妃就是一个活生生的例子，这宫里头本就需要相互提携着过下去的，我给宸妃她想要的东西，就是给自己平安。"

"主子……奴婢只怕你会养虎为患……"彩衣担心着。

"好啦，别担心我了，还是担心担心你自己吧！"我叹了口气道，"彩衣，你跟着我也十几年了，我是把你留得不能再留了，前儿个殿前侍卫营管统领已经托少帆过来给我提亲啦，我已经同意了！"

"主子！"彩衣羞红了脸颊，跪在跟前连声道，"主子，奴婢不出去，奴婢要留在宫里伺候您一辈子！"

"胡说！"我拉了她起来，"你与管统领情投意合，我早就知道啦。彩衣，你跟着我这么多年了，你也知道入了宫的女人，要么做了皇上的女人，一辈子老死深宫，要么做了宫女，等到够了年纪出去了，也嫁不到什么好人家了。你如今也二十多的人了，管统领虽出身低微，但他快四十了也没娶过亲，你嫁过去便是正房，如今他前途无量，跟着他，怎么也比跟着我一辈子窝在这深宫之中强，嫁吧！"

"奴婢……"

"少帆与晴雪公主婚期已定，如今已是浓情蜜意，好不让人羡慕，他与管统领交情深厚，自然希望管统领也能早日娶妻了，如今已是万事俱备，只待管夫人你点头下嫁了！"

"主子，你取笑奴婢，奴婢不依……"彩衣娇羞不已，连连嗔怪道。

"太子殿下到！"门外响起了小全子的通传声。

我拉了彩衣低低地轻笑出声："今儿个全赶上了，说完你的，该说说本宫宝贝睿儿的了！"

珠帘响动，太子一身明黄的锦袍，英姿飒爽地走了进来，上前朝我行礼道："儿臣给母后请安！"

"好，好，快起来！"我眼光柔和地看着他，心中一片温暖，拉了他坐在身旁，"刚下朝吧？"

"嗯。"他点点头，拿了彩衣刚刚奉上来的糕点就往嘴里放，连连赞道，"母后这儿的糕点最是好吃！"

"累坏了吧？"我心疼地看着他，小小年纪就要在皇上不能上朝时代理政事。

"有母后做的糕点吃着,儿臣不觉得累!"

我温柔地看着他,笑道:"母后老啦,哪儿还做得动糕点照顾得了你?赶明儿给你讨房媳妇来照顾你好了!"

太子笑道:"但凭父皇母后做主!"

我轻轻摇了摇头,拉了他,用丝帕细细替他揩着嘴角:"睿儿,可有中意之人?"

太子不以为意地摇了摇头,笑道:"西宁师傅常说,男儿要以事业为重,天下百姓的安危都系在儿臣身上,儿臣不敢有半点分心,母后是要跟孩儿说大婚之事吧?一切但凭父皇母后做主便好!"

"苦了你了,睿儿!"我轻叹了一声,"生在皇家有皇家的好,可生在皇家有皇家的无奈,睿儿,你的婚事终是逃不开政治目的的,但我还是希望我的睿儿能幸福。"

我沉吟了一下,又道:"这样吧,母后先给你选定几个侧妃,至于太子妃之事就由你自己定吧,可以在侧妃里面选定,也可以另外选定,你就自己做主吧!"

睿儿断没料到我会如此做,双眼一亮:"真的吗?母后!"

我点点头,笑道:"真的,再过几年,我的睿儿长大了,知道什么是喜欢了,就挑一个自己喜欢的好了!"

"谢谢,谢谢母后!"

这些年协助我处理后宫琐事历练了宸妃,她的办事能力是越来越强了,不过一个来月的时间,皇上已很少离开养心殿了,也越发地不理朝政了,到后来更是以调养生息为由命太子监国,拣重要事件朝他禀报。

我立于养心殿暖阁门外,本想探望他的病,顺便跟他商量一下睿儿娶妃之事,却听到殿内一片嬉笑之声。

守在门口的小曲子见我到来,待要迎上来,我朝他一摆手,他忙低下头去,只作未见。

我缓步跨了进去,驻立于厚厚的帘子外,伸手轻轻推了推帘子,从缝隙中望了进去,被眼前一幕活色生香的画面怔在当场。

暖阁里炉火烧得旺旺的,皇上赤身躺在厚厚的手织羊毛地毯上,一全身赤裸的宠妾正坐在他身上扭动着身子,胸前饱满的玉峰随之颤栗不止。

另有一不着寸缕的宠妾侧坐在旁,高高先举起手中的玉壶,微一倾斜,玉壶中的佳酿汩汩而出,直流入口中,复又低下头去,将口中的酒如数渡入他口中。

不用想,我也知那便是虎骨酒了。果然,那姬妾的动作不由自主地剧烈起来,口中逸出诱人的浪叫,引得一阵战栗,半晌,方才听得满足的叹息之声……

"皇上,您真是太厉害了,臣妾……"低言软语之声传来,甜得快腻出蜜来。

看来宸妃是把她们调教好了,我轻轻地放下帘子,不动声色地转身朝门外走去。在台

第二十章 决绝

阶上遇到了宸妃，我一把拉了她往外走去："妹妹，皇上忙着呢，妹妹跟我过去选选吧，替睿儿选上几个合适的侧妃。"

开了春，少帆正式迎娶了端木雪，我顺利地将彩衣嫁了出去，又张罗了睿儿的婚事，这一年里相继娶了房丞相的嫡孙女，端木尚书的嫡孙女以及孙将军的嫡孙女入宫，但始终未立太子妃。

皇上的身子越来越差了，熬到入冬已是完全被掏空了，卧床不起。我和宸妃轮流侍奉跟前，皇上的情形却是越来越差，近年关时竟已是终日昏睡不醒了。

"几位夫人，这是今秋新进的秋香铁观音，大家尝尝味道如何？"我含笑着端了新沏好的茶，招呼几个朝中重臣的夫人们一起品尝。

端木夫人也已是五十出头的人了，却保养得宜，珠圆玉润，别有一番韵味，优雅地端了青花瓷碗，抿了一小口，笑道："入口滑润，唇齿留香，真真是好茶！也算是托了娘娘的福，妾身们方才能喝上这么好的茶！"

"呵呵，端木夫人不嫌本宫时常传了你们过来陪本宫闲话才是，几罐子茶，何足挂齿！"我满脸堆笑道。

这些年为了睿儿的地位，我也没少跟她们联络，给她们好处了，正所谓男人有男人的法儿，女人有女人的招儿，这些个半老徐娘虽没有那些个狐狸精会迷惑男人的心，却个个都是正房的夫人，真正在男人跟前说得上话的人儿。

"娘娘这是哪里话？娘娘不嫌妾身们叨扰便是妾身们的福分了。"袁夫人笑道，众人忙跟着称是。

"对了，本宫成日里待在这宫中也没什么新鲜事儿，皇城里最近可有什么新鲜事儿？"我一副兴致勃勃的样子同她们八卦起来。

"要说新鲜事儿？还得数端王爷纳妾那件了。"房夫人绣帕轻掩笑开了去。

"是啊。"余夫人接着道，"这端王爷也都五十的人了，却偏偏非得纳天香楼的红牌春花姑娘做妾室，端王妃气得和他大闹了一场，重病卧床不起了，可这端王爷仍是将那春花娶进了门！"

"呀？！"我满脸诧异道，"本宫只是听说端王妃身子微恙，还派人送了些补品过去，却不想是因此而起。"

"这端王爷也真是……人老心不老，都年过半百的人了，还是那般风流……"房夫人一脸的幸灾乐祸。

我心下冷笑一声，端王在忙些什么，我又岂会不知，他闹这么大，也不过是想转移我的注意力，让我放松警惕罢了。

不过他也太小瞧我了点，当年他斗不过皇上称不了帝，如今又凭什么跟我斗？仅凭他手中两万人马么？

我心中思绪万千，面上却不动声色地同众人说笑着。

小全子打了帘子慌慌张张地跑了进来，凑到我跟前耳语道："主子，不好了，皇上刚刚呕血昏过去了！"

我浑身一凛，转头朝众人道："本宫有些事情要去处理了，就不留各位夫人了，都散了吧！"

众人一听，忙起身向我告退，我高声吩咐道："彩衣，去给每位夫人取一罐子新茶来，小碌子，替本宫送送各位夫人。"

我说完也不待众人离开，径自携了小全子的手出了宫，坐上软轿，直奔养心殿。

"怎么样？南御医。"我看到刚刚从暖阁中出来的南宫阳，忙上前问道。

南宫阳恭敬回道："皇上刚刚醒过来了，精神气儿十足。"说罢又把我朝边上引了引，低声道："娘娘，依微臣看，皇上的情形并不乐观，只怕是……是回光返照！"

我点点头，神色一肃，转头大步走到立于殿门口的管统领跟前，低声吩咐道："管统领，如今形势凝重，你即刻挑了心腹之人守着养心殿，皇上病重需要安心调养，没有本宫的旨意，不准任何人随便出入。"

"是，娘娘，卑职即刻去办！"这管统领是少帆一手提拔上来的人才，出身低微，为人却忠厚老实，练就了一身好武功，后来中意上我跟前的彩衣，我如嫁妹子般将彩衣嫁给了他，又处处提携他，早已对我忠心不二。

"娘娘，皇上传你进去！"小曲子上前恭敬道。这两年，太子监国，皇上便让小玄子去东宫侍奉去了，养心殿这边都是小曲子侍奉的。

"曲公公，皇上跟前的奴才们可靠吗？"我边往里走边问道。

"娘娘尽管放心，都是奴才精挑细选过了的。"

我点点头，吩咐道："派人去给宸妃娘娘传话，近日里在皇上跟前侍奉的那几个姬妾有媚惑君王之嫌，令她速速派人拿下。另外，让她密切注视各宫动向，但有异常者，即刻拿下！"

"是，娘娘，奴才这就去办。"

我举步走入暖阁之中，冬日的光线并不充足，暖阁中的窗户又关得极为严实，暖阁中一片昏暗，空气中弥漫着一股浓浓的中药味。

我走上前去，侧坐在床榻之上，轻声唤道："皇上！"

皇上睁开眼，目光炯炯地看看我，朝守在跟前的奴才们挥了挥手，示意他们退下。宫女太监们行过礼，才退了出去。

"言言，你终于肯来看朕了吗？"他伸手抓住我的手，骨瘦如柴的手指微微有些冰凉。

"皇上这是哪里话？臣妾不是时常过来看皇上的吗？"我轻轻反握住他的手。

"是吗？自从那件事后，我们之间就已是咫尺天涯了。"他长叹了一声，"言言，你恨朕吗？"

躺在床榻之上的他消瘦了不少，眼睛深深地凹陷了下去，颧骨高高隆起，我心中一酸，别过头去，不忍再看，轻轻摇了摇头。

"真的吗？"他抓着我的手用力起来，眼中闪过一丝光亮，随即又黯了下去，低声道："怎么可能呢？你是那么爱孩子们，就连宏儿海雅也得到了你真真切切的关爱，朕亲手虐杀了我们的孩儿，你怎么会不恨朕呢？"

眼泪如断线的珍珠般滚落而下，眼前的他模糊了起来，我深吸了一下鼻子，沉声道："恨！是的，恨，我恨你！"

他松开了手去，呢喃道："我就知道……这些年，你对我是越来越冷淡了，尤其是上一次……我亲自逼你喝下那小产的汤药之后，你连看我的眼神中都带着深深的凉意，脸上的笑容再也没有到过心里。"

"你叫我如何不恨你？"我忍不住嘶声痛哭起来，似乎要把多年来纠结的怨气发泄出来，"这些年来，我一心一意地侍奉你，把你当自己的丈夫般尊敬爱戴，可你呢？一次又一次的伤害我，甚至怀疑我谋害这宫中的龙胎，将我幽禁，更甚者，我冒死前去送药，几经生死方才归来，你却亲手虐杀了自己的龙胎……"

"言言，我……"他眼中满是痛苦，别开了眼神，沉声道，"当初冤枉你谋害龙胎一事是朕的不是，可为了皇室血脉的纯正，朕不得不痛下杀手，朕的心，比你还痛！"

"冤枉吗？呵呵，一点也不。"我失声笑道，"说起来，臣妾还得感谢你怀疑臣妾谋害你的龙胎呢，你若不那么怀疑，艳贵嫔也不至于生下一个畸形的死胎。可是多公平啊，你不也亲手杀死了臣妾腹中的胎儿么？你痛么？难得你也知道痛！臣妾冒死前去给你送药，你却强要了臣妾，回程中臣妾被掳，为保清白，对抗春药在冰冷的潭水中整整浸泡了一个时辰，九死一生回到宫中，换来的却是一碗打胎药……"

"你是该恨朕的，可朕这一辈子最宠爱的女人便是你，把所有的荣宠都给了你一个人，甚至力排众议立了睿儿为太子。"

"是啊，皇上，臣妾有时候都不知道是该谢你还是该恨你！"我哭倒在床边，任由眼泪肆无忌惮地滚落着，"皇上给了臣妾天堂般的荣宠，却也给了臣妾地狱般的痛心！"

"言言……朕……对不起！"他喘着粗气，咬牙切齿道，"你是朕的女人，可你却跟西宁桢宇孤男寡女一起待了整整一个多月，朕的心如万蚁同噬，寝食难安！"

"所以你明明知道我腹中所怀的胎儿是你的，你也痛下决心虐杀了他；所以你派西宁桢宇镇守边关，永不回朝；所以你每日临幸不同的宠妾，也不愿多见臣妾一面？"

"你知道吗？朕恨不得杀了你们！可你是朕这一生唯一爱过的女人，朕容不得你却又离不开你，哪怕只是远远地看着你，朕也安心；西宁桢宇是朕一手培养的爱将，唯一能让朕罢手的方法就是让他离朕远远的,永远也不要出现在朕的面前!"皇上涨红了脸颊,嘶声吼道。

"爱么?皇上的爱是博爱,臣妾承受不起!臣妾也要感谢皇上,若不是皇上如此狠毒,臣妾与西宁将军如今又怎会冲破世俗观念,郎情妾意呢?"

"什么?!"他愤怒地转过头,"你果真与西宁……"

"孩子没了的那天晚上西宁便回来过了,怎么说臣妾都还要谢谢皇上才是!"

"奸夫淫妇!朕……朕杀了你!"他满脸愤怒,目露凶光,挣扎着便要起来。

我慌忙退后两步,冷冷道:"皇上还是省点力气的好,省得臣妾的话没说完,皇上便一命呜呼了,那岂不是死不瞑目了?"

"你,毒妇!"他怒骂一声,随即软软地靠进被褥中,有气无力道,"你还有何话要说?"

我心知他已控制住内心的汹涌澎湃,长长地舒了一口气,凑上前去,轻声道,"皇上,过完年,臣妾入宫也就十五年了,皇上难道就不想听听臣妾的秘密?"

"秘密?"他明显一愣。

"是啊,这宫里面谁没有秘密呢?臣妾也有好多的秘密,想跟皇上一起分享!"我朝他莞尔一笑,那笑意却没有进到眼中。

他仿若看着陌生人一般看着我,一言不发。我猜,此时此刻,他心中定是疼痛不已,后悔万分的!

"皇上,你知道吗?臣妾原本也是善良无比的,可这吃人的后宫一次又一次地以血的事实告诉臣妾,若不把别人往死里踩,下一个死的人,便是自己!"

"看来,皇后是想告诉朕皇后的丰功伟绩了?"

我蓦然失去了诉说的兴致,摇了摇头,道:"一路走来泪血斑斑,臣妾早已是疲惫不堪,如果可能,臣妾宁愿隐居深山,做一个平凡之人,过着与世无争的日子!"

"皇后不是有秘密要说吗?怎么?不想说了?还是不知从何说起?"他靠在软枕间,嘲弄地看了我一眼,"要不要朕先帮你开个头啊?你想先说丽贵妃的死,还是先说皇后之死呢?"

"你……"我惊出一声冷汗来,"你知道……"

"你执意要去东宫,朕岂有不怀疑之理?"皇上面无表情地说道,"只是那个贱妇,居然连朕的太子也要勾引,确是该死!朕只是不知,你为何也要置她于死地?仅仅是为了得宠晋位么?朕不信!"

"呵呵,皇上不是神通广大么?怎么连这也查不出来?"

"总该不会是为了浔阳之死吧?朕可不信浔阳之死真是丽贵妃所为,她怎么会那么明目张胆地引火上身呢?"

"正是为了浔阳之事！"我愤愤然道，"不错，浔阳是臣妾亲手捂死的！可那个毒妇，她早已对浔阳下了毒手，浔阳最多也活不过七天，臣妾真是叫天天不应，叫地地不灵，万般无赖之下，这才……"

我泣不成声，十指紧握："臣妾恨不能亲手将她碎尸万段！"

"哎，往事已去矣，不说也罢，不说也罢！"皇上摇了摇头，"朕相信你的善良，朕宁愿相信你若是个平凡妇人，定然连蚂蚁都舍不得踩死一只！可偏偏你入了宫，进了这吃人的地儿……"

半晌，他才又道："你走吧，朕不想再见到你，待朕百年之后，你好好扶持太子成就大业吧！去给朕传宸妃来，所幸朕还有宸妃！"

"宸妃吗？"我冷哼一声，不能容他在我面前总是一副胸有成竹、高高在上的模样，"看来在皇上心目中宸妃便是那最善良之人，就是这宫中连蚂蚁也舍不得踩死一只的女人。可是，皇上，她真的就如你说的那般善良无辜么？"

"至少……她的手上没有沾满鲜血！"他别过头去，不再看我。

"哈哈……"空旷的暖阁中，我凄凉的笑声直颤人心扉，是在为他悲哀，更是在为我自己悲哀。

"你笑什么？"他有些恼怒地看着我。

"皇上可识得虎骨酒？"我笑容一收，神色一敛，突然冒出这么一句。

"你也知道这虎骨酒？"他蓦然一惊，"你……你是说……"

"那虎骨酒不是能强身壮阳，皇上服用之后不是精力骤增，一夜能御七女么？"我凑上前去，一字一句道，"皇上，那些侍奉跟前的美女宠姬，可都是宸妃娘娘和她宫里的小喜子真人真式活春宫调教出来的噢，皇上是不是觉得风情万种，欲罢不能啊？"

"小喜子？！"

"宸妃娘娘年轻美貌，皇上都大把年纪了，怎么满足得了正值盛年的妹妹呢？"我看着他脸上的血色一点一点消失，一字一句说道，"皇上力不从心之事，宸妃妹妹自然只能找别人代替了啦，那虎骨酒的妙处相信皇上和宸妃妹妹皆是心知肚明啊。"

"噗……"一口鲜血自他口中喷射而出，随即而来的是铺天盖地的咳嗽声。

"皇上，你可要保重身子啊！"我看着床榻之上精神萎靡、骨瘦如柴的他，微微红了眼圈儿，甚至有些觉得自己原来是这般的残忍，连一个病入膏肓之人也不放过。

"朕的好皇后，朕的好妃子啊！"他怆然泪下，躲开了我拿了丝绢上前准备替他擦拭的手，一把夺了丝绢过去，细致而优雅地揩着嘴角的鲜血。

我愣愣地看着他，他却调整了一个舒服的位置，冷静了下来，漠然地看着我。

"好，好，好……朕来时便是孤家寡人，去时亦然！朕成全你们！"说罢高声朝门口道，"许默之，进来！"

候在门口的小曲子忙传了早已候在偏殿的许大学士进来，见过礼，垂手立于一旁。

　　"默之，拟遗诏！"他深吸了一口气，双目紧紧地盯着我，"即刻诏回西宁将军，晋封靖康王；晋封端木尚书为御史大夫，晋封许大学士为太子太保，与房丞相一并辅佐新皇！册封庄懿皇后为皇太后，册封宸妃为定宸太妃，改莫殇宫为长乐宫，赐居长乐宫！"

　　"皇上，您……"我震惊万分，愣在当场，原本以为他知道真相后会想尽办法虐杀我们，原本想在他叫天天不应、叫地地不灵之时嘲弄他，淋漓尽致地痛快报复他，不想他却……原来，我一直都不是赢的那一个！

　　"呵呵，朕这一辈子算是走完了，皇后的一辈子还长路漫漫，睿儿的一辈子刚刚开始。"他拼尽了最后的力气，高喊道，"朕只是想知道……想知道……"

　　声音戛然而止，许默之抬头一望，拟诏的笔垂落在宣纸上，一大片黝黑的墨汁渲染开去……

　　"皇上！……"

　　许默之匍匐在地，悲切的哭喊声声声入耳，我却觉着是那般的遥远，两眼木然地看着仰在床上一动不动的他，伸出颤抖的手，举步往床榻迈去，全身却软软地倒了下去，最后的意识里耳边传来了轰鸣的钟声……

　　皇上按祖制葬于灵山，下葬的前一天，我下旨命宸妃送了那些个艳姬陪葬，去那边伺候皇上，懿旨一出宫中人人自危。

　　我又传了众人到莫殇宫中，有生养的嫔妃们自是封了太妃，独居一处，无生养的嫔妃们愿意居住宫中的一并住在宁寿宫中，愿意长伴青灯的一并送往皇家寺院出家为尼。

　　朝中众臣对我此举更是感激涕零，毕竟自古为了巩固皇权，谁家没有送女儿入宫？按例未有生养或地位低下的嫔妃一律都得殉葬，我下旨让她们留在宫中养老，也算是仁至义尽了。

　　百日之后，太子睿登基继位，改国号皇睿，尊母庄懿皇后为皇太后。因新帝年幼，由皇太后垂帘听政，靖康王、房丞相和端木御史辅政，共理朝政！

第二十一章　成全

我立于廊下，看着满园樱花盛开的景象，十五年了，我终于熬到了这一天，可是为什么感觉不到一点点快乐，甚至觉得心里空落落的呢？

我终是命许默之改了皇上遗诏，将永和宫改为长乐宫，赐予定宸太妃居住。一来我可以眼不见为净，二来我可以就近监控着，以免她闹出什么出格的事来。

定宸太妃倒是深居简出，兴致不减，终日与奴才们饮酒作乐，倒也过得自在异常。我落寞地一笑，能够这般自欺欺人地快乐着又何尝不是一件幸事呢？

而我呢？我怎么办？究竟哪里才是我的归宿，什么才是我想要的生活？

西宁桢宇自是全力辅政，闲暇之时也时常来宫中闲话，有时皇上在跟前，有时不在，但无论人前人后，西宁桢宇终是守住了他当初对我的承诺，再无半点越矩之处。

皇睿元年就在这种平淡而真实中度过了，皇睿二年一开年，皇上便钦点了翰林院首席大学士许默之的嫡孙女许嫣然为后。

我歪在樱花树下悠然品着春茶，看着皇上一脸意气风发地向我说起此事，我这才惊觉，我入宫已经整整十六个年头了，而我的睿儿也已十三了。

十三了，是该大婚了，嫣然这孩子早几年便入了宫给睿儿作伴读，两人也算是青梅竹马，如今郎情妾意，我自然是极力赞成的，当初我不为睿儿立太子妃，不就是想他自己选个中意的女子为后么？

封后典礼后第二日一早，皇上便带了新后来给我请安，嫣然越发出落得典雅端庄，聪慧优雅，我相信她自会替皇儿做好这内当家。

我亲自上前扶了她起来，给了见面礼，无论外貌家世还是内在秉性，对许默之调教出来的孙女，我是十分满意的。

皇上终于大婚了，也算是成年了，待过上两年，便可还政于皇上，我与靖康王便可真真正正地清闲下来了。

到入夏之时，我却病了，这病来势极为凶猛，南宫阳诊脉说是那年流落野外之时寒气入体，加之去年先皇驾崩操劳过度，这才落下了病根。

往后每年季节变化总会有些咳嗽体虚的毛病，若要根除此病，需寻得燕山红玉，长期佩戴方可渐渐痊愈。

皇上和靖康王着急万分，即刻便派出勇士寻找燕山红玉。皇上更是下令张贴皇榜悬赏寻找燕山红玉，天下百姓无不称赞新皇大孝。

午膳后服用了汤药后便朦胧睡了过去，睡得也极不安稳，总做些自己也不记得内容的梦，睁开眼时秋霜正立于床前，见我醒来，忙上前扶了我起身："太后娘娘，你终于醒来了。定宸太妃过来探望你，在偏殿候了有一阵子了。"

"还不快叫人去请！"

定宸太妃进来时，我正坐在梳妆镜前，春桃正替我梳着头，从镜中看到她走了进来，忙笑道："妹妹快过来坐，今儿个怎么有空过我这边坐坐？"

春桃熟练地替我绾了个简单的发髻，定宸太妃上前示意奴才们退了下去，在锦盒中挑了两朵素色的小花替我簪在发髻上，有些不好意思道："姐姐就别取笑妹妹了，昨儿个不小心喝多了，今儿个睡过了头，一醒来便听说姐姐身子微恙，妹妹巴巴地就赶来了，姐姐不要怪罪才是！"

我拉了她的手，走至炕上同坐了，柔声道："都怪奴才们大惊小怪，惊扰了妹妹，太医都说了，我这是老毛病，妹妹就不必担心了。"

"听说皇上已下令张贴皇榜悬赏征集燕山红玉，姐姐这病治愈自是有望了，姐姐可得安心调养才是。"定宸太妃宽慰着我，"皇上真是个孝顺的孩子，妹妹从小看着他长大，就知道他一定是个明君！"

"妹妹啊，皇上是哀家的好皇儿，也就是妹妹的好皇儿，皇上一定会像孝顺哀家般孝顺妹妹的，你就放心吧！"我轻拍她的手，柔声道。

"姐姐别误会啊，妹妹没有别的意思。妹妹也真是好命，遇到姐姐这样善心之人，才有了妹妹的今日。"

顿了一下，定宸太妃话锋一转，又道，"姐姐，听说靖康王也派了府中的勇士前去寻找燕山红玉，若不是皇上和朝臣们力劝，只怕这会子靖康王就亲自前去寻玉去了。"

"妹妹哪里听来的这些啊？这朝堂之上哪里离得了王爷，不过也就这么一说罢了。"我淡淡地说道，眼神却不由自主地柔和下来，心中溢出丝丝甜意。

第二十一章 成全

西宁对我的情谊，这一辈子我是再也无法回报了，这么多年了，他仍然未娶妻，先皇赐的美妾，新皇赐的美人，他照单全收，但仍是未有一男半女，且府中姬妾但有要离开嫁人的，西宁桢宇一律赠送丰厚嫁妆，此为皇城一大奇闻。

众人不知，我心中却是明白的，甜蜜、心疼和苦涩并存着，心中五味俱全。若有来生，若有来生我一定生在最平凡的家庭，让自己在最美丽的时刻第一时间让他遇到我，过着平淡而幸福的生活……

定宸太妃看了我一眼，一脸羡慕道："一生能得一知己足矣，姐姐这一生能有这样一个深情的男人爱着，真是羡煞了妹妹！"

"羡慕么？"我淡然一笑，"这种咫尺天涯的苦，谁人知晓？有时候哀家真是羡慕妹妹，能抛开一切，及时行乐又何尝不是一件快事？"

"姐姐那是饱汉不知饿汉饥，妹妹生来便是奴才命，为温饱受尽屈辱，得姐姐提携方才成了宫中嫔妃，日夜想着的便是如何讨得皇上的欢心，如今皇上去了，只能幽居深宫，过着行尸走肉般的日子。活了二十几个年头，竟不知爱为何物。没有人爱过，也没有爱过人……"

"妹妹……"我看着一脸凄凉的定宸太妃，实在不知该如何宽慰她。

"太后娘娘，靖康王求见！"门外响起小全子的通传声。

那熟悉而挺拔的身影跨了进来，径直走上前来，完全没有理会定宸太妃，只把我上上下下打量了一番，关心道："微臣见过太后娘娘！太后娘娘，你今儿个身子可好些了？"

我朝他淡淡一笑，眉目之间传达的情意我二人心知肚明，微微低下头去，轻声道："多谢靖康王爷关心，哀家今儿个觉着好多了！"

定宸太妃看看西宁桢宇，又看看我，眼中闪过了一丝奇怪的光芒，快到几乎让人觉得那是错觉，起身笑道："太后娘娘，嫔妾来了也有些时候了，这就不打扰太后娘娘歇息了！"

定宸太妃走到屋中朝西宁桢宇福了一福，走至门口时又转身望了我二人一眼，方才转身出去了。

靖康王爷不理会她，径自朝我宽慰道："太后娘娘，皇上与微臣已尽力在寻找那燕山红玉了，娘娘只管悉心养病，相信不日便会有好消息传来了！"

"唉，何必为了哀家这点小毛病兴师动众，劳命伤财呢？"我叹了口气，道，"有南御医悉心调养着，不日便……便会……"

咳嗽再次席卷而来，我忙抽了丝帕轻轻捂着嘴，西宁桢宇见状更是着急万分，忙上前来端了桌上的水递到我跟前，劝道："太后还是不要思虑过重了。"

好容易缓了口气，我见他欲言又止，不由得笑道："靖康王爷是无事不登三宝殿吧？"

他怔了怔，笑道："总是瞒不过太后，微臣正想奏请您恩准，待明年开春就准微臣辞去辅政大臣一职。"

我一顿，继而点点头："难得靖康王对权势如此看得开。上一次的匪患一事后，本宫也在想，如今的皇儿已经长大了，他是皇上，再也不是当初窝在哀家怀里撒娇的睿儿了。所谓伴君如伴虎，如今的皇上意气风发，正想施展远大抱负，咱们这些个守旧的老骨头要是再拦着，只怕啊，就要讨人嫌喽！"

"微臣正是如此想的，所以微臣想辞去官职，交出军权，做一个清清闲闲的靖康王，在家种种花，养养鱼，得空啊，再进宫来跟太后娘娘聊聊天，下下棋！"

"下棋？"我一乐，"好啊！小全子，摆棋！哀家今儿个就来会会这天下第一的战场名将！"

"太后娘娘，你这不是痞微臣吗？"西宁桢宇呵呵笑着，看我的眼神始终是那么温暖而深情。

他执黑，我执白，你来我往聚精会神地下着棋。不一会子棋盘上已摆了满满一盘棋，我手心不由得腻出一手的汗，一时不察竟走错了一步，只要西宁桢宇将眼一瞋，那我这唾手可得的胜棋便要功亏一篑了。

西宁桢宇凝神半响，举手落子，我面上一喜，他终是没看到那个漏洞，那我只需要再连一步，他就回天乏力了，我抬头朝他盈盈一笑，举手便要放子。

"太后娘娘，你赢了！"

我抬起头来，却刚好抓住了西宁桢宇眼中那一丝光芒，我一愣，收回棋子，扔了回去，轻笑道："不玩了，靖康王爷明明看见了这步棋，却故意让我，没意思！"

"呵呵，太后娘娘多虑了。"靖康王随示意小全子将棋盘撤下，退了下去，替我倒了清茶，"胜败乃兵家常事，微臣陪太后娘娘下棋，只愿娘娘能开心，能换得娘娘盈盈一笑，输赢又有何妨？"

"开心？"我重复呢喃着西宁桢宇的话，陷入深深的沉思中。

是啊，如今的我贵为当朝太后，垂帘听政，凌驾在一切之上，权倾天下，我本该开心，可是为什么我的心总是空落落的？为什么我没有感到一丝一毫的幸福，有的只是无比的无奈和倦怠呢？究竟，什么才是我要的呢？

"靖康王身为当朝唯一的异姓王，权势熏天，拥有数不尽的奇珍异宝和妙龄美女，靖康王又开心吗？"我淡然一笑，反问道。

"开心？"西宁桢宇无奈地一笑，长叹了一口气，"这些年我活着的意义就是辅佐睿儿，如今睿儿继承了大统，一天天地不再需要我了，我都不知我立于朝中还有何用。王府内珍宝无数，美女如云，可哪一个不是为了讨好本王，获得宠爱，奢望产下王儿，继承本王的一切。"

"西宁……"我上前拉了他的手,语重心长道,"王爷终究是需要家人和妻儿的,总不能一人孤独终老吧?王爷转眼即至不惑之年,总该有人继承爵位才是……"

"呵呵……那些女人又怎配替我西宁桢宇产子?冯婆婆替我把着关,除非我愿意,任何人也不准有孕,我只要我喜欢的女人替我生儿育女。"西宁桢宇凝神看着我,"如果这一辈子注定命中无子无女,我西宁桢宇也认了!"

"西宁,你这又是何苦?你明明知道……"

"我明明知道我们只是有缘无分,我明明知道这是我们之间的交易,一场游戏而已,但我还是没有办法控制我心中的真实情绪!权势、珍宝、美女……只会让我越发的空虚和寂寞。"

西宁桢宇颤巍巍地伸出手轻触我的脸颊,眼中满是柔情,喃喃自语道:"言言,我想要的只有你!"

时间在这一刻停止,曾经多么地羡慕晴儿拥有西宁的深情,如今这份深情近在眼前,唾手可得,可是……

"这个游戏一旦开始,便没有了回头路……"我转过身去淡淡地说道,眼泪如断线的珍珠般滚落而下,心中的痛无法用言语来形容,一阵阵自心中激荡开来,直延伸至四肢百骸。

"你撒谎!"西宁桢宇一把扳过我的身子,"你为什么从来不肯面对不肯承认?你若真如你说的那般无情,为何你要落泪?"

"承认又能如何,不承认又能如何?"我低下头去,嘤嘤抽泣起来,"你真的以为皇肃那般好心,把你召回来,封你做异姓王吗?"

"你,你是说……"西宁桢宇愣了一下,怔在当场。

"他这般做自然不是怕你造反,毕竟睿儿也是哀家的皇儿,哀家再狠再毒也不会支持你反睿儿。"我长长地叹了一口气,凄凉道,"他这般将你我捧得高高的,不过是为了让我二人完全暴露于文武百官之前,看得见摸不着,咫尺天涯,每天承受着相思之苦,却偏偏只能望梅止渴。"

"哈哈……天下最痛苦之事,莫过于明明彼此相爱,却又不能在一起。君王就是君王,天下最歹毒的计谋莫过于此!"西宁桢宇这才听懂了我话中的含意,怆然悲泣起来。

"若我二人真有了私情,别说皇上,连天下百姓皆会容不下……"我泪流满面,痛心万分,一字一句道,"西宁,死心吧!我们,没有未来!"

我们拥头痛哭,却是一点办法也没有,最后,还是西宁桢宇强撑着身子,轻轻替我擦去泪水:"言言,别伤心了。若我这辈子守在边关,便真是天涯海角,连死也见不上一面了,如今,至少还能偶尔见上一面,以解相思之苦,也算是一种幸福了。"

"真的吗?"我抬着蒙眬的双眼,看着他眼中的真情和肯定,呢喃道,"西宁,我莫言何德何能，能得你如此深情？"

"你知道吗？晴儿自小和我青梅竹马，我眼中除了她谁也容不下。你在我眼中不过是一个表面温柔优雅，实则机关算尽，心狠手辣的女人。

"我对你不屑一顾，甚至蔑视你，可渐渐地，我却在你身上看到了一般女人没有的精明睿智，你识时务，知进退，计谋过人却也宽厚善良，也看到了你在这吃人的宫中无数的痛苦和挣扎，心中涌上的是不可节制的敬佩，还有……心疼！

"待我明白过来之后，心慌不已，也曾试图把你从心中赶走，却只是徒劳无功，越是拒绝就陷得越深，越是不见到你，越是挂念，思念越深……

"晴儿是我不可磨灭的过去，在我心中始终有她的存在，可你是我如今真真实实爱着的女人，先皇至死也不给我碰你的机会，可他却一次又一次地伤害你。

"既然他不让我挨着你，那我就远远地守着你，默默地爱着你，他若在天有灵，我一定要让他后悔当初那般残忍地对待你！"

"西宁……"我心中升起一片温暖，看他的眼神也不由得柔和了起来。

"言言，两情若在久长时，又岂在朝朝暮暮！"西宁桢宇伸手轻轻替我擦去脸颊上的泪珠，柔声道，"不要伤心，不要难过，我的心时时刻刻都守在你身边，你永远也不会孤独寂寞！"

"谁？！"西宁桢宇蓦然起身，一把掀开帘子。门外，春桃从殿外跑了进来，讷讷回道："刚刚，皇上来了……"

我一惊，西宁神色一沉："我去找皇上！"说罢，追了出去。

我忐忑不安地等到晚上，得到的只是西宁出宫的消息。第二日，皇上来请安，面上却是不露半分声色。我既安慰又忐忑，心下叹道：终是长大了……

转眼已是年关，皇上早早地便颁下旨意，年三十夜里要大摆宴席，邀请皇亲国戚，朝中重臣同乐，内务府早早地便开始准备，因为这是皇后第一次举办如此盛大的宴席，皇后自然很是上心，难免有些紧张，早早地便过来向我请旨。

我本想亲自指点她，不想天气变化，咳嗽的老毛病又犯了，连着几日皆咳得头晕眼花出不了门，定宸太妃便主动请缨，过去帮忙去了。

所幸南宫阳早已有了治疗的法子，快三十时我的身子就痊愈了，再过去看时，定宸太妃已然帮着把筵席准备妥当了。

年三十转眼便至，我午歇刚起身，春桃便带人进来伺候我梳洗，替我梳好头，又命奴才们将宫装一件件举着走到我跟前："太后娘娘，今儿晚宴你想穿哪一套宫装啊？"

我看了看眼前新制的几套宫装，一眼便相中了那套青色金丝线锦团绣凤宫装，伸手一指，奴才们便举上前来，伺候我着装。

第二十一章 成全 533

刚刚打理妥当，定宸太妃也就过来了，我二人还没说上几句话，皇上便进来了："母后，母妃，时辰到了，该上殿了。"

"太后娘娘，定宸太妃，皇上，皇后娘娘驾到！"通传的小太监尖着声音高声通传道。

我四人缓步踏入殿中，西宁桢宇和房丞相、端木大人等人早已带了众人齐齐跪拜道："臣（妾）拜见皇上、太后娘娘、太妃娘娘、皇后娘娘，皇上万岁，万岁，万万岁！娘娘千岁，千岁，千千岁！"

"平身！"皇上一脸喜气洋洋。

众人又谢了恩，这才起身入坐。正殿右手侧端坐着朝中重臣，靖康王自然坐在右首位，接下去自然是房丞相，端木大人。因为皇上乃新皇，宫中嫔妃不多，皇后便下了懿旨准许朝中大臣携带夫人入宫，因此正殿左手侧此时也坐得满满的，嫔妃们与身后的夫人但是母女的皆频频相望，眉目之中传递着亲情。

皇上开了宴，众人也跟着喝了起来，几杯下肚，也就不那么拘束了，皇上高声与众臣谈笑着，这边嫔妃们与命妇们也闲聊起来了。

阶下坐于位首的西宁桢宇口中谈笑风生，眼神却频频朝我瞟了过来，眼中满是刻骨的相思痛，仿佛流星划过夜空转瞬不见。

我心头一酸，喉咙仿佛哽着一块硬物，鼻子微酸，眼中升起一团雾气，含在口中的糕点却是无论如何也咽不下去了。

"姐姐，今日大喜的日子，大家喝得这么尽兴，咱们姐妹俩也满饮一杯吧。"定宸太妃两杯下肚，脸颊微红，亲自替我斟满了酒。

我愣生生地扯开嘴角，露出一丝苦笑，端了桌上的酒杯朝定宸太妃一举，仰头一饮而尽，放杯之时却见西宁桢宇正凝视着我。

我口中的烈酒一直烧到胃中，呛得我几乎要流出泪来，眼底深处闪过一丝雪亮的悲哀之色，仿佛流星划过夜空般转瞬即逝。

可从他低头拿起酒壶不住往莲花金盏中倒酒，仰头畅饮的急切中，我知道他看见了，怕自己控制不住情绪，匆匆别过头去，和定宸太妃闲说了几句，又夸皇后贤惠。

定宸太妃忙笑道："皇后，还不快向皇太后敬酒。"说着又将我杯中的酒斟满，我呵呵笑着喝了下去。

皇上兴致颇高，传了歌舞助兴。乐声一起，便有一女子身着轻薄的轻纱舞衫，在伴舞众人的簇拥下缓缓盈步登台，闻乐起舞，纤长盈透的裙带随着旋转漫天飞舞，飘逸之姿，美若流云，赢得喝彩之声一片。

我因心中苦闷，在定宸太妃的劝说下又饮了两杯，竟觉着头有些眩晕，不由得伸手揉了揉头。定宸太妃忙关心道："姐姐，你凤体初愈，不宜操劳，宴会怕是还有些时候呢，妹妹命人送你到偏殿歇息一会子吧。"

我头眩晕得厉害，便点了点头，由春桃扶了从后殿退了出去，偏殿倒也不小，装饰素净，春桃伺候我躺下，轻声道："太后，你先躺会子，奴婢令小全子在外间守着，奴婢回去给您煎汤药过来。"

我本不想在大过年里服用汤药，于是便命人从昨儿个起便停了药，如今看来却是非服不可了，我点点头，不再说话，靠入软软的被褥上。

朦胧中耳边传来一阵杂乱的脚步声，眼前的灯光蓦然亮了起来，我皱了皱眉头，眯着眼唤道："春桃……"

回应我的却是一阵抽气声，我蓦然想起此刻并非身在莫殇宫中，而是在福寿宫偏殿之中，忙睁开眼，转过头却赫然发现床前围了一堆太监、宫女，簇拥着皇上立在跟前。

我头疼欲裂，奇怪道："皇儿，哀家这是怎么啦？"

"怎么啦？"皇上冷冷地看着我，又瞟了旁边一眼："朕也想问问母后这是怎么回事呢！"

我心下一惊，忙坐起身来，却惊觉自己不知何时已衣衫不整，忙拉了锦被捂着，却惊觉床前跪了一身着男子里衫之人，定睛一看，却惊出一身冷汗，失声道："靖康王？！你怎么……"

西宁桢宇早已醒来，浑身冷汗涔涔，重重地朝皇上磕了一个头，勉强道："皇上，微臣……"却蓦然觉得如今再做任何解释皆是枉然，再也说不出一个字来。

皇上气得浑身发抖，看看西宁桢宇，又转过脸来，眼中似要喷出火来，冷冷道："母后，你太令儿臣失望了，别人传，儿臣只是不信，想不到如今……"

此时我已猜到发生什么事了，想不到如今深居简出的我也有人陷害，惨然一笑，喃喃道："皇儿，哀家是被人所害！"

皇上内心波涛汹涌，胸膛剧烈地起伏着，皇后见势不妙，轻唤了声"皇上"，待要再劝，皇上已骤然发作，厉声喝道："卫公公，传掖庭令！"

皇后一听，看了我一眼，满脸担忧，又叫了声："皇上……"

皇上恶狠狠地瞪着靖康王，杀意顿生，但几乎是立刻，又硬生生地压了下去，冷冷道："靖康王酒后无状，御前失仪，着闭门思过，没有朕的旨意不许再踏出王府大门一步！"

思过？这是明摆着的圈禁。但我仍是松了一口气，小玄子忙上前提醒呆跪在地上的西宁桢宇："王爷，快快谢恩！"

西宁桢宇状似没有听见般僵在原地，小玄子忙使了一个眼色，小曲子忙带人上来搀着他磕了个头，架起他朝外而去，直到门口之时，他才淡淡开口道："皇上，微臣本想待开春请辞，不想皇上连几日也等不了了……"

第二十一章 成全 535

皇上全身一怔，愣在当场，半晌才道："卫公公，太后娘娘重病卧床不起，需留在莫殇宫中静心调养，没有朕的旨意，任何人不得前往打扰！"

皇上看了我一眼，毅然决然地转身而去，我只觉得心如死灰，手足发软，一动也动不得，只是愣愣地看着床顶。

混混沌沌地回到宫中，任由奴才们伺候着，任由小碌子等人劝说，也不再言语，如行尸走肉般活着，最常做的事便是坐在窗前呆呆地看着窗外。

"太后娘娘，定宸太妃来了。"小碌子慌慌忙忙掀了帘子进来，见端坐在窗前的我，迟疑了一下，又道，"要不，奴才这就出去婉言谢绝太妃娘娘的探望？"

我眼中闪过一丝精光，收紧的十指又慢慢地放开了去，淡淡地说道："小碌子，你退下吧，定宸太妃既然要来，又岂是你能阻止得了的？"

"还是姐姐了解妹妹啊！"定宸太妃跨进屋中，朝小碌子吩咐道，"退下！"

小碌子望向我，我点了点头，小碌子才躬身退了出去。

今儿个的定宸太妃一身绛红绣金宫装风姿宜人，满头青丝梳成精致的富贵流云髻，发间一支赤金红珊瑚簪，映得面若芙蓉，眉目之间尽显得意之色。

"姐姐，你身子可好些了？"她一脸意气风发，笑意盈盈地走了上来。

"哀家好着呢，不劳定宸太妃操心。"我不冷不热地说道，双眼冷冷地看着她，直看进她心里，仿佛要把她看穿似的，直看得她心里直发毛。

她眼中闪过一丝心虚，随即又镇定了下来，干脆也不客气，自顾自地坐在旁边的楠木椅上，一脸不屑道："事到如今，太后娘娘还有什么架子可端？"

我没有说话，还是紧紧盯着她，她想端起几上的茶杯喝上一口定定心神，颤抖的手却怎么也端不起茶杯来，茶杯在杯托之中"嘚嘚"直响。

我嘴角露出一丝冷笑，她正巧撞见，忍不住怒从中来，索性将手中茶杯向几上一磕，茶杯倾斜一旁，杯中的茶水流出，沿着小几流至几边，盈满了几边，隐忍许久，终是冲破阻拦滚落而下，涓涓流至地上。

"木莲，哀家自认对你不薄，你为何要陷害哀家？"我淡淡地问道。

"呵呵，不薄么？的确是不薄！"定宸太妃冷冷一笑，随即敛了神色，"我早就对太后说过，人的欲望是不可节制的，有了皇子便有了野心，可你偏偏不信，说什么你的皇儿便是我的皇儿，把皇上自小就放在我跟前共同养育，这么多年来，我与皇上的感情可半点不比你薄，我待皇上才是真正尽到了一个做母亲的责任，那为什么只有你一人能做太后，我就只能是太妃呢？"

"太后，太妃，不过是个虚名而已。哀家给了你所有别人想都不敢想的，你却仍是背叛了哀家，为什么？"

"为什么？就是因为你口中所谓的别人想都不敢想的荣耀，就是你口中那言之凿凿的善良！"木莲愤愤然说道，第一次在我面前说出了她深藏在心中的话语。

"你成日里打着善待的名义将我放在身边，让我看着你的幸福，你的荣耀，在你的光环下受着无尽的煎熬。先皇在世之时，你十余年宠冠六宫，无人能及，即便是先皇疑你与西宁桢宇有染，也只是逼迫你喝下了汤药，无论我在他身边如何煽风点火，他终是舍不得对你痛下杀手，甚至时刻挂记着你，即使不来莫殇宫看你，也只是在别人的身上寻找你的影子，甚至暗地里传了你宫里的宫女过去，询问你每日的作息和身体状况。"

我惊在当场，全身颤栗着，想不到我一直耿耿于怀的这件事，这中间还有这么多的隐情，想不到他竟……竟对我上心至此，用情至深。

曾经是那么刻骨地感激他，毕竟除了娘，他是第一个给我温暖的人，曾经只想要陪着他一生一世，只是后来的我们，各自因为自己的立场越走越远。

蓦然想起先皇临终之前那句未说完之话，此时想来他定然是想问我：朕只是想知道，你是否真的爱过朕……

我脑中一片空白，眼泪如断线的珍珠般滚落而下，喉咙里梗着，鼻子酸涩，浑身一软，跌坐在地，半晌，才嘶声痛呼出声来："皇上，臣妾是爱你的，的的确确爱过你的……"

话未落音便哑然失笑，声音也随之戛然而止，沙哑得连自己也不信自己说的是实话，明明是我活生生将皇上气得吐血……

"拥有了先皇的独宠你还不满足，又勾引了大顺皇朝的第一勇士靖康王，靖康王竟也无法自拔地爱上了你，甚至为了你这个他人之妇至今未娶，更未留下一男半女。甚至为了你落得无依无靠，流落他乡，孤独终老的下场！"

"什么？"呆坐在地的我诧异万分，失声道，"你胡说！怎么可能？皇儿他……"

定宸太妃朝我得意地一笑："昨儿皇上亲自去了靖康王府，今儿早朝之时靖康王上奏，奏请皇上准其辞官，隐居山野，皇上当场便准了奏。莫言，因为你的自私，害了两个深爱着你的男人！"

我蓦地抬头，愤愤然地看着她，冷冷道："你胡说，是你，是你嫉妒哀家拥有的一切，是你一手导致了他们的悲剧，你才是那个刽子手！"

"不错，是我命人令皇上沉迷酒色，是我让人设计陷害你和靖康王的，可追根究底，祸根还是你，逼迫我不得不如此做的人，还是你！"

"你如愿以偿做了皇太后，可我呢？仅仅是一个太妃，你与西宁桢宇情长长意绵绵之时，我却只能依靠宫中的男宠颓废度日；就连皇上……皇上还是皇子之时，你终日里忙于争宠斗争，是我把皇儿养育成人，可如今呢？如今他眼中又几时有过定宸太妃？有的还是你这个皇太后！你不过落下个咳嗽的病根，皇上和靖康王便倾尽全力，只为寻那块燕山红玉。可我呢？我就算死在长乐宫中只怕也无人问津，为什么差别就这么大呢？我不甘心，不甘心！"

我看着几乎已是半疯狂的定宸太妃，淡淡地一笑，道："木莲，你确实是这宫中最精明的女人，可你机关算尽最终又得到了什么呢？"

"至少我可以不用生活在你的阴影之下，不用想到先皇对你的荣宠，不用看着你眼角那片被靖康王的爱情滋润着的柔情春色，不用成日里看着皇上和皇后对你嘘寒问暖，孝顺有加……"定宸太妃咬牙切齿道，"至少我不用在你的光芒下暗自伤神，银牙咬碎，夜不能寐！"

"真的不用了么？"我咯咯笑着，"只要哀家在这莫殇宫中一天，你又真能越过哀家去么？痴人说梦！"

"哈哈，莫言，你还是太天真了，如今已是皇睿三年了，你怎么还做着皇肃年间的美梦？年轻气盛的万岁爷怎么可能接受自己最敬爱的母后与最尊敬的师傅通奸？大顺皇朝最圣明的君王又岂会容得下自己有个淫荡无耻的母后呢？"

定宸太妃给了我一个你是白痴的眼神，眼中尽是得意之色，一副胜券在握的样子，转头朝门外高声道："卫公公，还不快进来！"

珠帘响动，小玄子一身正装宫服缓步走了进来，神色凝重，眼中满是痛楚之色，跟在身后的小曲子托着的托盘中赫然是一只白玉壶和一个白玉杯。

小玄子会亲自过来，自然就是皇上的意思了，我站起身来，淡淡地看着定宸太妃一眼，轻笑道："难怪定宸太妃一副胜券在握的样子，想来促使皇上下定决心痛下杀手，定宸太妃也是功不可没了。"

定宸太妃冷哼一声，得意道："太后娘娘，请吧！"

我看都不看她一眼，直盯着小玄子："卫公公，皇上可有说什么？"

小玄子摇了摇头，黯然道："回太后娘娘，皇上命奴才将鸩酒送了过来，什么也没说，只留下一道口谕，让奴才明儿一早昭告天下！"

"什么口谕？"

小玄子突然咚地一声跪在地上，失声痛哭道："太后娘娘，皇上……皇上命奴才明儿一早……明儿一早昭告天下：太后娘娘暴病而亡！"

我一个踉跄，连退几步，跌坐在身后的楠木椅上，微微一笑："哀家的好皇儿，好皇上，天下百姓的明君！哀家死而无憾！"

"别再一副与世无争，一派淡然的样子了，莫言，你的自私害了两个男人，你自私地欺骗着皇上，我做的不过是让皇上看清楚你的真面目，让你得到你应有的报应！"定宸太妃哈哈笑着，一脸痴狂，"莫言，你终于消要失在我眼前了，终于拦不住我的路了，哈哈哈……"

我木然地坐在地上，先皇临终痛心遗憾的神情，西宁桢宇筵席上刻骨相思的眼神交错浮现在我脑中。

是啊，多么优秀的两个男人，因为我这样一个心狠手辣，自私自利的女人，一个含恨而去，一个却要孤独终老……

我心中万念俱灰，痛极反笑，咯咯笑着愣生生地看着定宸太妃，直笑得她心中发毛，偏头躲开我的眼神，才低声道："木莲，定宸太妃，哀家成全你！"

"你……"定宸太妃一头雾水，怔怔地看着我。

"宫斗，宫斗！宫还在，斗怎会休止呢？哀家斗赢了所有人，却输给了一个毫不起眼的小人！木莲，哀家只愿你永远都是赢的那一个，只愿你永远也不要后悔！"我在她惊愕的神情中，转过头去，轻声道，"小玄子，传哀家懿旨：尊定宸太妃为定宸太后，居长乐宫！"

众人仿佛忘了呼吸，屋子里一片死寂，我缓步走至小曲子跟前，优雅地伸出纤纤玉指，端起盘中白玉杯，仰头一饮而尽，在众人的痛呼声中意识逐渐模糊了起来，仿佛又回到了每日守候在山洞口等候西宁桢宇打猎归来的日子，那样的简单却是那样的幸福……

宫中沉闷的钟声再次响起，皇太后殡天，帝悲切，追封为尊懿孝诚皇太后，亲自入殓，葬于灵山。百日之后，遵懿孝诚皇太后临终懿旨，尊定宸太妃为定宸太后！

第二十一章　成全　539

第二十二章　后记一（莫言篇）

　　我坐在木屋外的树墩上，溪水淙淙，明澈照人，迂回于脚边，杂花生树，飞鸟穿林，云雾蒙蒙的空气中飘荡着恬淡的花香，只见那百花深处，鸟儿成群，飞来飞去，争鸣不已，好一派春色宜人的旖旎风光。

　　是的，我没有死去，葬在灵山的不过是一个宫中意外身亡的宫女。我的自私狠狠地伤害了身边爱我的人，可我的一念之仁却救了我自己。

　　当初我用南宫阳的药暗度陈仓救了端木雨，如今皇上用南宫阳的药偷梁换柱将我送到了辞官隐居的西宁桢宇手中。

　　三天后醒来之时，正颠簸于马车之中，我虚弱地掀开帘子，映入眼帘的是那个熟悉的背影，我长长地嘘了口气，躺了回去，再次陷入沉睡之中，嘴边浮上一丝暖暖的笑意。

　　西宁桢宇带我来到了这风景如画之地，经过一段时间的调养，我的身子已渐渐康复了，更是幸运地完好如初。

　　今儿一早，趁他外出之时，我缓步出了木屋，坐在小溪边的树墩上，感受这如诗如画的美景。小溪中有不知名的小鱼正自由自在地游来游去，我含笑凝视着幸福的它们。

　　是的，幸福！它们是幸福的，我，亦然。

　　"言言，你在看什么？"西宁桢宇不知何时已回来了，蹲在身后轻轻揽着我，将一束鲜花放到我面前来，"送给你！"

　　"好漂亮！"我忍不住赞道，一大把不知名的鲜花开得娇艳欲滴，香气宜人，晶莹的小水珠在花瓣上滚动着，在朝阳的照耀下越发的剔透。

想不到……他，竟也有这等心思。我伸手接了过来，双颊酡红，微微低下头去，柔声道："谢谢！"

"清晨露气较重，你身子骨又弱，当心寒气入体，还是先进去吧！"他状似没有发现我娇羞不已的表情般，蹙眉道，边说边扶了我起身，踏着木台阶朝依古树而建的木屋走去。

看着他小心翼翼的样子，我心中一片温暖，朝他莞尔一笑："我哪有你说的那般娇弱啊？我的身子早就痊愈了啦！"

"上次就害你落下了咳嗽的病根，这次肯定得要万分小心才是，这里空气潮湿，若你身子不适，我再带你去别的地儿。"

西宁桢宇扶了我坐到屋中的竹椅上，替我倒了温水，递到我手中："等你身子再好些，我就带你去寻燕山红玉。"

"不用！"我含笑看着他，摇了摇头，眉目之间含着淡淡的柔情，"我喜欢这里，有你陪着我，我就觉得很幸福了，不需要什么燕山红玉。"

西宁桢宇温和地看着我，轻轻握住我的手，眼中满是柔情："可我希望你好！"

"有你在身边，比什么都好！"我轻轻反握他的手，"皇榜有寻燕山红玉，只怕那些人为了赏赐不择手段，我不想你去冒险……"

"不会的，我……"西宁桢宇想起了什么紧要之事，放开我的手，转身到柜中取了一个锦盒，放在我手中，"这是皇上那日里到我府中之时亲手交给我，让我转交给你的。前些日子忙着给你调养身子，倒把这事给搞忘了。"

"真的吗？"我喜出望外地接了过来，心中喜忧参半，很想知道睿儿留了什么给我，又有些怕知道……

我在西宁桢宇鼓励的眼神下，用钥匙打开了锦盒，盒中放着一封信，信上放着一块拇指大小的镶红美玉。

我将玉握在手中，镶红的玉竟蓦然红艳起来，仿若活了过来般，玉中似有玉液缓缓流动着，不用说，这定然是燕山红玉了。

我慌忙拿了信打开来，却是一封睿儿写给我的信：

娘：

你一定要幸福！无论如何，孩儿爱你！赠燕山红玉一块，愿娘亲身体安康！

儿：睿敬上

寥寥数语，却字字钻心，我眼中弥漫着雾气，眼眶中晶莹的泪珠打着转，含泪欲滴……

"怎么啦？言言，你这是……"西宁桢宇一脸的惊慌失措，着急问道。

我默默地将信递了过去，他一把抓了过去，迅速浏览了一遍，缓缓松了口气，伸手拥

第二十二章 后记一（莫言篇）　541

我入怀，柔声道："我一定会让你幸福的。我们不能辜负了睿儿的一番苦心，一定要幸福！"

"可是……"我再也忍不住心中的煎熬，痛哭出声，"对不起，西宁，对不起！我不值得你这般对我好，我，我欺骗了你！"

"我知道。"他柔声哄道。

"你不知道。我说的是，是睿儿他……"我终于忍不住喊出了心中的秘密。

"我知道！"他温柔如故。

"啊！"我怔在当场，震惊万分，愣愣地看着他，忘了哭泣，忘了呼吸……

西宁桢宇满脸含笑，深情地望着我，伸手轻轻替我擦去脸颊的泪珠，肯定地，一字一句道："我知道的！"

"你，什么时候知道的？"我迟疑着。

"那不重要。"

"那，你和睿儿合计好了赐我鸩酒？"我疑惑着。

"我们都很爱你，希望你幸福！"避重就轻的答案。

"睿儿他怎么会……？"

"彩衣找过他，他什么都知道。"

"睿儿找你时，你们都说了些什么？"

"那不重要！"西宁桢宇再次拥我入怀，"你不要再像个好奇宝宝般问个不停了。言言，换我来问你了，你还欠我个孩儿，你说，该怎么办？"

"怎么办？"我的大脑还停留在方才的震惊中，尚未转过弯来。

"还能怎么办？生一个还我呗！"西宁桢宇一把抱起呆愣着的我朝里间走去。

"啊……啊……"我回过神来，挣扎着，"这大白天的，你，你怎么可以……"

"怎么不可以？反正也没有别人，况且你如今名正言顺是我的妻子！"西宁桢宇将我放到床榻之上，整个人压了上来。

"可是……"我抵住他的胸膛，西宁桢宇却不再多说，猛地低头含住我喋喋不休的小嘴，湿热的舌尖在我的嘴唇上打着转。

我脑中早已一团糨糊，忘了方才想说的话，伸手搂住他的脖子，嘤咛一声，热切地回应着他。

西宁桢宇猛地抬起头来，喘着粗气，像在努力地隐忍着什么，咬牙切齿道："你确定你的身子已经完全好了？"

我莞尔一笑，主动伸手勾了他的脖子，整个人贴了上去，吻住他性感的双唇。他低咒一声，将我压向被褥之中，伸手拉开了我腰间的裙带……

第二十三章　后记二（木莲篇）

　　我在一片清脆的鸟鸣声中朦胧醒来，恍然惊觉，又是一年春来到。不知道莫殇宫中的樱花是否繁华依旧……

　　"太后娘娘，今儿午后你想做何为乐？"小恩子上来伺候我起身，替我梳洗更衣完，小心问道。

　　"又是春天啦，不知那片樱花是否还那么招人喜爱……"我对小恩子的话恍若未闻，轻声呢喃着，顿了一下，转头吩咐道，"小恩子，等会子陪我去莫殇宫看樱花吧！"

　　小恩子愣了一下，随即躬身恭敬答道："是，太后娘娘！"

　　我伸手端了几上早已备好的参汤，用银质汤勺轻轻搅拌，喝了几小口，发现向来侍奉在旁的小喜子竟不见踪影，随口问道："小喜子呢？怎么不见踪影？"

　　"回太后娘娘的话，方才喜公公叫奴才进来侍奉，说是有些乏了，想歇息一会子。奴才这就去请喜公公过来侍奉太后主子！"

　　"行了，你扶我去吧！"我唤住作势要往殿外而去的小恩子，吩咐道。

　　"是，太后娘娘！"小恩子答应着转身到屏风后取来披风为我披上，躬身抬手引我出门，沿着回廊往宫门方向行去。

　　午后的阳光暖洋洋地照着大地，奴才们午歇也还未起身，除了偶尔的鸟叫声，院子里静悄悄的一片。

　　扶着小恩子的手路过偏殿之时，却听得殿中传来一阵熟悉的娇喘之声。我心下一沉，驻步而立，任由那令人面红耳赤的呻吟断断续续传入耳中。

小恩子欲言又止，终在我严厉的眼神之下默默垂首退至一旁。我缓步走至窗前，抬手想拉开窗户，手刚触上窗沿，不由自主又停了下来，过了许久，终是不忍让那残忍的事实映入眼帘，缓缓放下手来。

"春桃，你叫啊，快，叫出声来，大声叫……"熟悉的声音如魔音贯耳般直刺进我心中，冰冻了心中那最后一丝奢望。

我心下一阵悲哀，不禁暗自嘲笑自个儿，还存了什么奢望呢？这长乐宫中除了他，又还能有谁呢？只是没想到另外那个，却是春桃……

我不禁想起莫言去了后，我叫了春桃来的一番对话。

"春桃，如今你面前有两条路可选，一是到我跟前来侍奉我，二是去随了你的老主子，到阴间去侍奉她。"我笑意盈盈地看着春桃，"哀家给你个机会，你自己选吧！"

"回太后娘娘的话，奴婢只是个奴才，是不能自个儿选择去留的，请太后娘娘示下！"春桃向我端正磕了个头，恭敬答道，"若太后娘娘让奴婢去侍奉老主子，那奴婢就为老主子尽了孝，奴婢到死也是感激太后娘娘的；若太后娘娘留了奴婢在身边侍奉，那太后娘娘就是奴婢的主子，为主子尽忠是奴婢的本分！"

好个心思玲珑的丫头，回答得如此天衣无缝，让人毫无半点破绽可寻，既维护了旧主子，也不开罪于我。

自从梅香去了后，我身边少了个机灵的丫头，于是，我留了她在身边，只是，身边有了小喜子，也极少让她太过亲近，毕竟，她是她的宫人，我再中意，也不能不防。

"唔……奴婢，奴婢不敢！"春桃状似痛苦地隐忍压抑着，娇喘着断断续续道，"太后娘娘睡着了也是睁着半只眼看着你的，若是让她知道了……"

"宝贝儿，乖了，她这会子正与周公下棋呢！"小喜子低声哄着，"你别紧张，慢慢放松来！"

"嗯，啊……"春桃终是娇呼出声。

"啊！"小喜子粗喘了几口气，低吼一声，"我……我受不了了！"

一阵猛烈的床榻摇摆之声随着一浪高过一浪的叫床之声，最终都化为一声满足的叹息，而后，一切归于平静……

我木然转身，缓缓转过回廊，出了宫门，往莫殇宫而去。小恩子自然是知道发生了何事，不敢多言，只紧紧跟在我身后尾随而至。

我拢了拢身上的披风，歪在院中樱树下莫言生前常坐的镂空雕花楠木椅上，满园樱花繁华似锦，清香依然……

莫殇宫中一切依旧，皇上特旨，不准任何人动园中一草一木，派人悉心照料，到如今，依然与莫言生前无二，只是……

人面不知何处去，樱花依旧笑春风！

莫言啊莫言,你始终是我无法超越,只能仰慕的大山。

就算你不守妇德,可你仍旧是他最宠、最爱的女人。虽然人人皆道他终生念念不忘的是薛皇后,可我却知他对薛皇后不过是内疚而已,对你,才是真正的爱,是男人对女人那种爱情!

莫言啊莫言,即便你不是个好母亲,可你仍旧是睿儿心目中最爱的娘亲,他为你保全声誉,更为你保留了莫殇宫,无论我怎么努力,依旧只能活在你的阴影之下。

我原本以为,只要你不在了,睿儿便会全心全意地尊敬我,孝顺我。如今,我终于明了,你活着时,我争不过你,你死了,我连同你争的机会也没有了。

诚如你所说,太后、太妃,皆不过是个虚名而已,宫斗,宫斗,宫还在,斗怎会休止呢?

我看着你斗赢了所有人,最终我斗赢了你,可我,仍旧斗不过我自己……

你的一生,有皇上的恩宠,西宁的爱恋,睿儿的孝顺,而我呢?我的一生只是个卑贱而痛苦的开始,只是一个长得像薛后的代替品,只是你手边的一颗棋子……

我一直不肯承认的事实,隐忍已久的落寞和悲哀终于爆发开来,铺天盖地地席卷了我,压抑得我快透不过气来。

我望着满园你痴迷不已的樱花,呢喃道:"尊懿孝诚太后在世之时,最爱的便是用这满园樱花酿制樱花酿。如今,物是人非,若是还能饮上一杯姐姐亲手酿制的美酒,该多好啊!"

"莫殇宫每日早晚内务府必派奴才过来打理,酒窖中定然还有封存的樱花酿,太后娘娘有此雅兴,奴才这就去取!"一直默默侍奉在旁的小恩子答应着朝后院奔去。

看着他迅速隐入院落中,直奔通往后院酒窖的那条捷径,仿若对园子一切熟悉无比一般。我蛾眉轻皱,若有所思地望着小恩子消失在林中的背影。

"太后娘娘,请您品品这三年陈酿的美酒!"

我回过神来,看着气喘吁吁的小恩子已奉上樱花酿,替我斟了满满一杯,香醇的酒香自酒杯中蔓延开来。

我怔怔地望着他,轻笑道:"嗯,小恩子,你办事越来越可靠了。先放着吧!"

"是,太后娘娘!"

"你先去替哀家办件事吧!"我挥手示意他上前来,在他耳边低声吩咐道。

小恩子脸上闪过一丝惊讶之色,即刻归于平静,垂首恭敬答道:"是,太后娘娘,奴才这就去办!"

小恩子答应着转身而去,小喜子已带了春桃迎面赶了过来,上前给我行过礼,小喜子凑上前来,一脸讨好道:"太后娘娘,你过莫殇宫赏樱花怎么也不叫奴才在旁侍奉呢?旁人粗手粗脚,惹恼了娘娘,可就坏了娘娘赏花的情趣了!"

第二十三章 后记二(木莲篇) 545

"是吗？哀家倒觉着小恩子侍奉得挺好的！"我瞟了他一眼，不咸不淡地答道。

小喜子讨了个没趣儿，也不敢多言，只尴尬地恭敬站在一旁。

我瞟了立于身后不远处的春桃一眼，又朝小喜子道："况且喜公公午歇尚未起身，哀家也不想累坏了喜公公！"

"太后娘娘恕罪！"小喜子"咚"地一声跪在跟前，颤声答道，"侍奉太后娘娘是奴才的本分，奴才不敢叫累！"

"嗯。"我淡淡应了一声，一脸高深莫测，不露喜怒。

小喜子只当我恼他并未在跟前侍奉，立时便厚了脸皮，躬身上前，低声笑道："这早春的天儿拔凉拔凉的，奴才睡了一下午也没睡暖被窝，不知娘娘可曾睡好了？要不，奴才回去替娘娘暖暖被窝？"

一股厌恶之情油然而生，我蓦然觉得眼前的小喜子是如此的令人厌恶，真有些不明白往日里究竟是中意他什么来着……

我冷哼一声，一字一句道："怎么？春桃那丫头还替喜公公暖不了被窝么？要不要本宫把屋里头的丫头们都叫过来给喜公公暖被窝啊？"

小喜子怔在当场，脸上闪过一丝错愕，"咚"地一声跪倒在我跟前，磕头不止，冷汗淋淋，连声道："太后娘娘饶命啊！都是春桃那丫头勾引奴才啊，奴才不依，那丫头却给奴才下了春药，奴才无可奈何，这才……"

"春桃，是这样的么？"我转头冷冷地望着脸色发白，额头早已冒出一层冷汗的春桃。

"哼！不要脸的东西，敢做不敢当！"春桃冷哼一声，当地跪了，冷然道，"太后娘娘既已知晓，要杀要剐悉听尊便！"

我看看早已痛哭流涕，连连磕头求饶的小喜子，又看看一脸淡然，视死如归的春桃，长叹一声，挥手示意早已按我的要求准备好汤药的小恩子走上前来。

"春桃，你真的不怕死么？"我盯着她，一脸惋惜道，"你该知道宫女不守妇德的下场？你若是如实道来，哀家定会还你一个公道！"

"公道？"春桃仿若听见天方夜谭般轻蔑地看着我，"这宫里还有公道可讲么？若真有公道，太后娘娘岂非早该下十八层地狱了？"

"不识好歹！"我沉了脸色，挥手示意小恩子将托盘中汤药端至春桃跟前，"你不怕死，哀家就成全你！"

春桃愣愣地盯着那碗汤药，怆然悲道："主子，奴婢无能，终究不能给您老人家报仇雪恨！奴婢这就过去侍奉您老，任由您处置，奴婢绝无怨言！"

说罢，毅然决然地伸手端了那碗汤药，仰头一饮而尽！

"哈哈！"我冷笑出声，"你终于还是说出来了！这两年，你忍辱偷生跟在我身旁，

546

就是为了找机会给你的旧主子报仇吧？"

"不错！"春桃狠狠地瞪着我，"我只恨没有手刃了你这忘恩负义的淫妇！尊懿孝诚太后娘娘对你恩重如山，你却忘恩负义，恩将仇报！等着吧，我杀不了你，总有人会替主子报仇雪恨的！"

"哼！她究竟给了你们什么好处，让你们这样死心塌地地跟着她，至死也忘不了她？！"我愤愤然道，"你想死？想去接着侍奉她么？哼，哀家偏偏不给你这样的机会！"

"你知道你方才所喝的是什么么？"

"是什么？难道不是你命人熬制的毒药么？"春桃听我如此一问，不免目露惊慌之色。

"你还真是想死！"我仰头哈哈大笑起来，"你勾引了哀家的男人，哀家会这么轻易地就让你死了么？"

"不用紧张，不要害怕！那只是一碗替你解决烦恼，打消你的后顾之忧的藏红花罢了！"

"你！"春桃这才真正恐惧起来，双唇颤抖不已，半晌也没说出一句话来。

我心中的怒意蓦然间爆发出来，高声唤道："来人哪！将这贱人送到军中，让她做千人骑，万人枕的军妓。"

我恨恨地瞪着她，满意地看着她脸上的血色一点点褪尽，"你口口声声骂哀家淫妇，哀家就成全你，让你做一次真真正正的淫妇，把你勾引男人的本领尽管使出来伺候男人吧！"

"不，不！"春桃看着慢慢逼向她的太监，终是抵不住心中的恐惧，起身转头奋力朝樱花而去。

满地樱花赏心悦目，妖艳而美丽……

小喜子吓呆了，听我冷哼一声，见我但笑不语的模样，越发害怕起来，连连求饶："太后娘娘饶命，奴才知罪，求娘娘饶命！"

"快住了！"我厉声喝断他唠唠叨叨，令人厌烦不已的求饶之声，轻声问道，"小喜子，你跟着哀家也有些年月了吧？"

小喜子愣了一下，随即小心翼翼地答道："是，太后娘娘，奴才记得刚进宫那年，太后娘娘正与尊懿孝诚太后一起赏樱花呢，算算到今年，奴才跟在娘娘身边整整十年了！"

我点点头，陷入深深的沉思中："嗯，哀家进宫二十有三年了，比尊懿孝诚太后还要早三年，算算，哀家这一辈子，你也跟在哀家跟前不少年月了。"

"能跟在娘娘身边，是奴才的福分！"

"福分么？"我淡淡一笑，"若哀家有一天也死于非命，你会像春桃一般费尽心力替

第二十三章　后记二（木莲篇）　547

哀家报仇雪恨么？"

"会的，会的，为了太后娘娘，奴才粉身碎骨，肝脑涂地，在所不惜！"小喜子拼命磕头保证着。

"嗯，你有这份心，哀家也就满意了！"我淡淡地挥了挥手，"你出宫去吧，走得远远的，去一个没有人认识你的地方，隐姓埋名，安安稳稳地过完后半辈子！"

"啊？！"小喜子愣在当场，满脸惊讶地望着我。

"快去吧，带上你所有的家私！"我平静地看着他，"趁我还未反悔前！"

小喜子这才相信我所言非虚，一股欣喜的神色涌上脸颊，连连磕头道："谢太后娘娘，谢太后娘娘！太后娘娘的大恩大德，奴才永世不忘！"

我收回看着小喜子的背影消失在回廊转角处的眼光，不紧不慢端起旁边几上那杯樱花酿，转头对小恩子说道："小恩子，这是尊懿孝诚太后亲手酿制的樱花酿，珍贵无比，今儿个，哀家就赏赐你一杯！"

小恩子忙上前跪在跟前，双眼紧盯着我手中的白玉杯，颤声道："奴才惶恐，这是尊懿孝诚太后亲手酿制，奴才不过一介奴才，岂敢受此恩赐！"

"喝了它！"我双目炯炯地盯着他，厉声喝道。

小恩子欲言又止，颤抖着伸手接过酒杯，一咬牙，一饮而尽！

"好样的！真不愧是忠义无比的好奴才！"我忍不住开口夸赞道，叹了口气，轻声道，"小恩子，尊懿孝诚太后去了后，这宫中，哀家连个说说贴心话的人都没有了，今儿个，你就陪哀家说说知心话吧！"

"是，太后娘娘！"小恩子淡淡一笑，"这是奴才的福分！"

我指了指旁边的椅子，道："坐吧！"

小恩子也不客气，朝我谢过恩，一屁股坐在雕花楠木椅上，朝我问道："太后娘娘，不知你想说什么呢？"

"小恩子，你来哀家身边也有两年了，哀家还不知道你的全名呢。你叫什么名字呢？"

"怀恩，奴才名叫怀恩！"

"怀恩，好名字！"我淡淡一笑，"心怀感恩！"

"她究竟有什么好？为什么你们一个个这般记着她，甘愿为她而死？"我心中悲哀不已。

"没有为什么，她是奴才的主子，奴才当从一而终！"

"哀家知道，春桃是她宫里的姑姑，你呢？你又是谁？哀家从来未在莫殇宫中见过你！"我不禁疑惑着。

"奴才的师傅，尊懿孝诚太后唤他小碌子！"

"小碌子？"我眉头紧锁，"他不是被皇上派去灵山守卫尊懿孝诚太后的陵墓了么？"

"师傅说，尊懿孝诚太后是被她最信任的姐妹出卖，被逼服毒自杀的……"小恩子淡淡一笑，嘴角溢出一丝黑血，凄然道，"奴才想知道，太后娘娘是何时开始怀疑奴才的？"

"就在今天！"我不冷不热答道，"方才你刻意带哀家从偏殿而过时，哀家只是疑惑，明明可以穿堂而出，你却为何偏偏选了偏殿那条回廊？"

"太后娘娘心思缜密，奴才望尘莫及！"小恩子取出白色丝绢，细细擦去嘴角的血丝，轻笑道，"娘娘又是如何得知奴才已然在酒中下了毒？"

"这才是你真正让哀家怀疑的地方，哀家对莫殇宫熟悉到闭着眼睛也能在这宫中行走，你一个奴才又是如何得知那条通往酒窖的捷径之路呢？若不是莫殇宫里有头有脸的奴才，也断然不会知道此路，哀家不过是想试试，没想到你真的……"

"百密而一疏，这小小的疏忽竟令奴才功亏一篑！"小恩子自嘲地一笑，"奴才方才还得意扬扬地想着，努力了两年，终于有了这样一个机会！"

"两年，你从一个内务府派来扫院落的粗使奴才一步步爬至哀家身边做了哀家身边一等太监，心思不可谓不缜密，用心不可谓不良苦！"

"可惜，奴才，奴才不中用，仍旧……呕！"小恩子呕出一大口鲜血来，奋力挤出最后一句话来，"仍旧……不能替尊懿孝诚太后讨回公道！"

我闭眼深深地吸了一口气，对着在春风里逐渐冰凉的尸体，低声呢喃道："谁对？谁错？谁好？谁坏？在这后宫从来没有公平与公道，有的，只是主子的喜怒哀乐，有的，只是无休无止的争斗！活着，努力地活着，并且活得好，活得尊贵无比，才是最重要的……"

"朕的母后向来最喜欢后宫和睦温馨，太后如今在她的宫中上演这全武行，恐怕不太好吧？"

温和却透着丝丝寒意的熟悉男音令我怔在当场，心下咯噔一声，暗叫不好。自那件事之后，他虽尊我为太后，却从不称我为母后，甚至连太妃也不叫了。

深吸了一口气，转头，笑意盈盈地看向他："皇儿，惊了你了。"

"朕倒是不惊，只是太后年岁大了，难免虚火上升，为了朕和江山社稷着想，还是好好歇着的好！"睿儿似笑非笑地看了我一眼，转头高声道，"传朕旨意，太后身子违和，着孙太医看护，在长乐宫中好生调养，没有朕的旨意，任何人不得叨扰！"

我浑身一颤，噔噔退了几步，跌坐在楠木椅中，心下没来由地松了口气：如此也好，如此最好……

第二十三章　后记二（木莲篇）